Von Budd Schulberg
sind als Goldmann-Taschenbücher außerdem erschienen:
Asyl Hölle. Roman (7021)
Schmutziger Lorbeer. Roman (3722)

Budd Schulberg

Die Faust im Nacken

Roman

Wilhelm Goldmann Verlag

Aus dem Amerikanischen übertragen von Werner Balusch
Titel der Originalausgabe: On the Waterfront

Made in Germany · 7/79 · 1. Auflage · 1118
Genehmigte Taschenbuchausgabe

Umschlagentwurf: Atelier Adolf & Angelika Bachmann, München
Umschlagfoto: Deutsches Institut für Filmkunde, Wiesbaden /
Marlon Brando in dem Film »Die Faust im Nacken«
Druck: Mohndruck Reinhard Mohn GmbH, Gütersloh
Verlagsnummer: 3762
Lektorat: Martin Vosseler · Herstellung: Peter Papenbrok
ISBN 3-442-03762-X

ERSTES KAPITEL

Von Bohegan, der geschäftigen Hafenstadt, fiel der Schein vieler kleiner Lichtervierecke quer über den Hudson und ergoß sich über die ganze Hafenmetropole. Die wuchtigen Senkrechten der New Yorker Silhouette verloren ihre harten Konturen und wurden allmählich zu einer weichen, endlosen Kette von Menschenhand geschaffener Gebirge.

In den Städten, die sich um den Hafen herumgruppieren, drängten sich die Leute in den Untergrundbahnen zusammen – Menschen, die von der Arbeit nach Hause fuhren. Doch das Tagewerk am Fluß fand nie ein Ende. Bohegan unmittelbar gegenüber, am alten North River, wie ihn die Holländer einst nannten und wie er auch heute noch bei den Hafenarbeitern heißt, wimmelte es auf dem Pier 80 wie in einer Ameisen-City und mit der gleichen scheinbar chaotischen Ordnung – Tausende von Passagieren, Angehörige und Freunde, Zurufe, Umarmungen, flatternde Taschentücher – das ganze Ritual des Abschiednehmens. Seit dreihundert Jahren bis auf den heutigen Tag dasselbe Weinen und die Angst und das Lachen und die Hoffnungen und das Unvorhersehbare jeder Schiffsreise. In der Mitte des Stromes schien etwas mehr Ordnung in das Durcheinander zu kommen, und altmodische Fähren, Schlepper, Küstenfrachter, Kohlenkähne, eine vorbeirauschende *Queen* und ein gedrungener holländischer Hochseedampfer bahnten sich mühsam den Weg durch das Gewirr, ließen die Sirenen ertönen und fanden wie durch ein Wunder den richtigen Weg aneinander vorbei.

An einem Pier in Bohegan lag ein für Lissabon bestimmter portugiesischer Frachter; dort wurde noch bei Licht gearbeitet, Winden brummten und ächzten, und die Dockarbeiter, fünfzig und sechzig Jahre alte Iren und Italiener, setzten ihren Stolz darein, Schritt zu halten mit den Jüngeren, den Dreißigjährigen, die aus dem Zweiten Weltkrieg heimgekehrt waren, den Kerlen mit den breiten Schultern und muskulösen Armen und den Bäuchen, die zwanzig Jahre später vom Bier und dem Sitzen an den Bars dick geworden sein würden – dick vom Herumlungern an der

Theke nach der Schicht oder in der Wartezeit, dem nicht endenwollenden Warten auf Arbeit. Hier in Bohegan arbeiteten sie meist in Gruppen zu zweiundzwanzig, acht im Laderaum, acht auf dem Kai, vier an Deck, daneben noch zwei als Kranleute; jeder kannte des anderen Arbeitsrhythmus, als wären sie alle Kameraden derselben Fußballmannschaft. Sie arbeiteten in einem regelmäßigen, leichten, aufeinander abgestimmten Tempo, wobei die gefährlichste Arbeit in ganz Amerika – mehr Todesfälle sogar noch als in den Kohlengruben – sicher und wie beiläufig aussah. Stahlträger schienen völlig herrenlos herumzufliegen, als sie vom Kai zu den vorderen Ladeluken herüberschwangen: ein paar Zentimeter weiter nach links oder rechts – und sie würden vom Kopf des Arbeiters eine Scheibe absäbeln wie von einem Stück Käse, und wenn man die Füße nicht in Sekundenschnelle wegzieht, wenn die Greifer sich auf den Kai heruntersenken, dann lebt wohl, ihr Zehen! Mehr als ein Hafenarbeiter kann seine Zehen zählen, ohne dabei alle Finger benutzen zu müssen, und mehr als einer hat überdies auch nicht mehr alle Finger. Das ist alles ein Teil der Hafenarbeit. So ist es kein Wunder, wenn sich hier und da einer bekreuzigt, wie es Grubenarbeiter oder Stierkämpfer tun, bevor er in die Ladeluke hinuntersteigt.

Laden und Löschen ist Kunst und Fieber zugleich. Der Kaimeister sitzt einem die ganze Zeit im Nacken. Los! Laden, Löschen und 'rum mit dem Kran. Je schneller der Greifer die Last herunterläßt, absetzt und die nächste faßt, um so besser! Tja, damit ist Geld zu verdienen. Schaff die Drei-Tage-Arbeit in zwei Tagen – das gibt Dollars. Und dazu noch ganz legal. Oh, 's gibt noch viele andere Möglichkeiten für das einfache Volk, das sich an den Piers und in Bohegan auskennt. Es gibt viel mehr Wege, sich selbst von dem dicken Kuchen eine Scheibe abzuschneiden, als sich der rechtschaffene Bürgersmann träumen läßt. Wenn man bedenkt, daß Güter im Werte von sechzehn Milliarden Dollar jedes Jahr im Hafen umgeschlagen werden, was macht es da schon aus, wenn die Leute, sagen wir, sechzig Millionen in andere Kanäle leiten, durch Plünderung, Betrug, Bestechungen, gefälschte Löschbescheinigungen und Dutzende andere raffinierte Operationen?

Wen kümmert's? Die Schiffsgesellschaften etwa? Davon ist nichts zu merken. Die Hafenarbeiter? Von ihnen sind die meisten froh, daß sie zu arbeiten haben. Die Stadtväter? Über die lacht man am Hafen bestenfalls. Das Volk, das Publikum, du und ich? Kaum, wir zahlen bloß das bißchen drauf, die extra sechs oder sieben Prozent, die dem Verbraucher aufgehalst werden, weil der größte Hafen der größten Stadt im größten Lande der Welt wie ein privates Profitunternehmen geleitet wird.

Der Hafen von New York macht die Stadt New York aus, und die Stadt New York ist die Hauptstadt Amerikas, ganz gleich, was uns die Lehrer in der Schule weismachen wollen. Ein Anteil von acht Milliarden Dollar am Welthandel macht diesen Hafen zum Handelszentrum der westlichen Welt. Ja, du einfältiger Hendrik Hudson in deinem einfachen, kleinen Schiff, der du Indien hinter den Palisaden von Jersey suchtest – sieh dir deinen Hafen jetzt einmal an!

Da fährt eine Lkw-Ladung Kaffee ab. Kaffee ist in diesen Tagen knapp. Ein Aufseher leitet die Fuhre nach einem Lagerschuppen um, bloß nicht zu dem, für den sie bestimmt war. Der Lastwagenfahrer muß eine Quittung abliefern; wer aber wird in den nächsten sechs Monaten merken, daß die Quittung gefälscht war? Kaffee im Werte von dreißigtausend Dollar. Nichts leichter als das. Am Hafen wird nur mit großen Summen gerechnet. Kein Wunder bei den sechzehn Milliarden Ein- und Ausgängen. Wer wird dabei schon eine kleine Wagenladung Kaffee vermissen? Und bis vielleicht einmal irgendeine übereifrige Spürnase dahinterkommt, dann liegt die Geschichte schon so lange zurück, daß sie nichts weiter tun kann, als den Vorfall dem Aufseher zu melden, und der meldet ihn weiter an zwei oder drei höhere Instanzen, bis er glücklich einen Direktor der betreffenden Firma erreicht, der ihn seinerseits an die Versicherungsgesellschaft weitergibt. Man braucht den Verlust nur den Gesamtkosten zuzuschlagen, das gehört zum Geschäft, so sind die Spielregeln. Keiner merkt etwas davon außer dem Verbraucher, außer dir und mir, und wir sind viel zu gleichgültig, um uns groß darüber aufzuregen.

Am Flußufer auf der Boheganer Seite, wo sich die alten Hudson-America-Kaianlagen 300 Meter in den eigentlichen Hafen hinein erstreckten, war das Wasser faul und abgestanden; es war bedeckt von einer dünnen Schicht gesplitterten Holzes, halbgekenterten Bierflaschen, Ölschlick, toten Fischen und hier und da einem Präservativ, das jemand nach einer Nacht voller Lust ins Wasser geworfen hatte. In der Mitte war der Strom tief und prächtig, doch hier am Uferrand sah er aus wie eine Müllgrube. Auf Stelzen, die das Wasser angefressen hatte, über dem flachen Uferrand, im Schatten eines großen Ozeandampfers am Pier B und eines ägyptischen Frachters am Pier C, lag ein Bootshaus, das mit seinen zwei Räumen einmal in einer fernen, eleganteren Vergangenheit dem Boheganer Jachtklub gehört hatte. Seit Jahren war Bohegan jetzt eine Arbeiterstadt, ein Geschäftszentrum am Hafen und – versteht sich – ein Tummelplatz für allerlei Politiker. Jetzt hatten sich in dem Boheganer Jachtklub Sportler anderer Art eingenistet. Ein Schild über der Tür lautete: Hafenarbeitergewerkschaft – Ortsgruppe 447. Jedermann wußte, was 447 in Bohegan bedeutete. Johnny der Freundliche. Und jedermann wußte, was Johnny der Freundliche bedeutete. Eben Johnny der Freundliche. Johnny der Freundliche war Leiter der Ortsgruppe und Stellvertretender Leiter, Sekretär, Schatzmeister und Delegierter in einer Person, wenn er auch seine Leute hatte, die auf diesen Posten saßen. Darüber hinaus war er Stellvertretender Leiter des Distriktsrats der Hafenarbeitergewerkschaft. Und darüber hinaus war er es, von dem es abhing, ob man in diesem Teile des Hafens Arbeit bekam und auch behielt; er war es, auf den allein es dabei ankam, wenn man von den paar Leuten absieht, die auf Grund besonderer Beziehungen zum Bürgermeisteramt Arbeit bekamen. Das ist aber noch nicht alles – Johnny der Freundliche stand auf ausgesprochen vertrautem Fuß mit Tom McGovern, einem Mann, dessen Macht so groß war, daß man seinen Namen am Hafen nur im Flüsterton auszusprechen wagte. Mr. Big hieß er in den Zeitungen und in den Bars; die einen hatten Angst vor seinem Regiment von Wall-Street-Juristen, die anderen fürchteten ganz einfach für ihr Leben.

Mr. Big, oder Big Tom, wie ihn seine bunt zusammengewürfelte Anhängerschaft nannte, war ein großer Freund des Bürgermeisters, und zwar nicht etwa nur des Popanzes, der ins Boheganer Rathaus von Johnny dem Freundlichen und den Stimmen seiner Gefolgsleute hineingewählt worden war, den Stimmen der *Hudson-American and Inter-State (McGovern) Stevedore Company*, sondern ein Freund des Oberbürgermeisters der ganzen Riesenstadt, neben der Hoboken, Weehawken, Bohegan, Port Newark und die übrigen wie reiche kleine Nebenadern um die eigentliche Haupt-Erzader herum wirkten. Tom McGovern war ein schwerer, aus eigener Kraft emporgestiegener, selbstbewußter Mann. Während Johnny der Freundliche die Kaianlagen von Bohegan gewissermaßen in der Tasche hatte und, wie man oft hören konnte, dabei nicht schlecht abschnitt, verfügte Tom McGovern über einen ganzen Stall derartiger Johnnys von Brooklyn bis Bohegan. Johnny der Freundliche wirkte wie eine zweihundert Jahre alte Eiche, die man dicht unter der 1,80-m-Grenze abgesägt hatte. Er hatte wuchtige Schultern und noch aus seinen Dockarbeiterzeiten her starke Arme und Beine. Er war das, was die Leute einen schwarzen Iren nennen, mit Augen, die wie kleine schwarze Marmeln aussahen, allmählich schütter werdendem Haar, das er ganz zu verlieren fürchtete, und einem Unterkiefer, den er weit nach vorn zu schieben pflegte, wenn er im Begriff stand, sein Gegenüber zusammenzudonnern. Er hatte die Statur, die man bei jenen abgebrühten Kerlen findet, die ein oder zwei Leute auf dem Gewissen haben und ihr Bier lieben und Fünf-Dollar-Beefsteaks auf fettgerösteten Zwiebeln mit überdimensionalen Portionen von Bratkartoffeln, um die sich ein Kranz netter kleiner Teiche goldbrauner Butter bildet. Johnnys Muskeln waren bereits von einer dünnen Fettschicht überzogen, doch traten sie noch immer deutlich hervor und kündeten von der Kraft, die in ihnen schlummerte.

Johnny der Freundliche war nie allein, außer wenn er schlief. Er war immer von seinen Leuten umgeben, und die waren genau so ein Teil seiner selbst wie die tausend Füße eines Tausendfüßlers. Seine Männer – »Johnnys verlängerter Arm« wurden sie gemeinhin genannt – wurden auf Grund von drei Eigenschaften ausgesucht; das heißt, sie mußten zwei dieser drei besitzen. »Meine Leute müssen handfest oder schlau plus loyal sein.« In Johnny dem Freundlichen, dessen bürgerlicher Name Matthew J. Skelly lautete, waren allerdings alle diese drei Qualitäten vereinigt, und darüber hinaus noch drei weitere: Rücksichtslosigkeit, Ehrgeiz und Gutmütigkeit. Letztere besaß einen Schuß Weichheit, fast könnte man sagen Weichlichkeit. Niemand wagte das natürlich auszusprechen, ja nicht einmal Notiz davon zu nehmen, aber Johnny der Freundliche hatte so eine Art, einem die Schulter zu drükken und zu tätscheln, während er mit einem sprach – vorausgesetzt er hatte einen gern. Und er faßte sehr starke, plötzliche und – von seinem Standpunkt aus – einleuchtende Sympathien und Antipathien. Er war nicht bloß gut zu seiner Mutter, obwohl er tatsächlich versuchte, die verblüffte alte Dame in die Kirche zu begleiten. Es geschah wohl auch, daß die Frau eines Hafenarbeiters in ihrer Verzweiflung zu Johnny kam und die altbekannte Geschichte erzählte, ihr Mann versaufe seinen Wochenlohn auf dem Wege von den Docks nach Hause und jetzt stehe sie da mit den fünf Bälgern und einer leeren Speisekammer. Dann sorgte Johnny regelmäßig dafür, daß das Geld direkt von der Kasse der Firma in das Haus der betreffenden Frau wanderte. Ein König zu Zeiten des Absolutismus hat nie eine größere Macht besessen, als Johnny der Freundliche, McGoverns Lehensmann, an den Docks bis tief nach Bohegan hinein besaß. Und manch ein König, von dem in den Geschichtsbüchern geschrieben steht, besaß weniger Mitempfinden für seine Untertanen. Johnny der Freundliche setzte Himmel und Hölle für sie in Bewegung. Das beschränkte sich keineswegs nur auf Geschenkkörbe zu Weihnachten, obwohl er auch die nicht vergaß, und zwar auf dem Wege über den Cleveland Democratic Club an der Dock Street, den er unter seiner Kontrolle hielt. Es kam ihm nicht auf eine Fünfzig-Dollar-Note mehr oder weniger an, verbunden mit einem freundschaftlichen Klaps auf die Schulter und einem heiseren »Ach was, ist schon gut, ich verstehe schon, Schwamm drüber!« Wirklich ein großer Mann in Bohegan, dieser Johnny

der Freundliche, hundertprozentig, wenn er für dich ist. Absoluter Nullpunkt, wenn er gegen dich ist.
Gerade jetzt näherte sich Johnnys innere Verfassung dem absoluten Nullpunkt. Seine Geduld, von der er, seiner eigenen Meinung nach, einen großen Vorrat besaß, war restlos aufgezehrt. Dieser Junge, der Doyle. Diese Rotznase, diese freche. Ein Querkopf und Störenfried. Es schien in der Familie zu liegen. Der Onkel, Eddie, lief schon damals mit Unterschriftensammlungen und derlei Zeug herum, als die Ortsgruppe gerade anfing. Johnny war damals noch ein Kind. Sie hatten Eddie Doyles Wagen kurz zusammengeschlagen und Joeys Vater hatte dabei ein paar Haare lassen müssen. Das Bein wurde dem alten Doyle im Winter seither immer steif, von der Kugel, die noch drin saß. Er schien aber wenigstens seine Lehre daraus gezogen zu haben.
Seit Jahren war er nun mit dem Verein ganz gut ausgekommen; er war zufrieden mit seinen Arbeitstagen und den vierzig, fünfzig Dollar die Woche. Stets bereit, einen Dollar für die Sammlung zu zahlen, die in den Wohlfahrtsfonds bei 447 mündete (und ebensoschnell wieder aus ihm verschwand). Gelegentlich, wenn irgend jemand von oben eine Versammlung in der Ortsgruppe abhalten wollte, hatte Papa Doyle genug gesunden Menschenverstand, der Versammlung fernzubleiben. Papa Doyle war in Ordnung. Johnny der Freundliche hatte nichts gegen ihn einzuwenden. Aber der Junge, dieses Milchgesicht, das noch nicht trocken hinter den Ohren war. Zwei Jahre in der Marine und gebärdet sich jetzt wie ein Fachmann in Seerechtsfragen: die Satzung der Gewerkschaft verlangte zweimal im Monat die Abhaltung einer Versammlung. Der Bursche hat doch tatsächlich die Stirn, hinzugehen und die Satzungen zu lesen. Das ist genau der Typ, den wir hier nicht brauchen können. Wir brauchen Kerle, die nichts weiter lesen können als die Totoformulare und die nach der Arbeit hingehen und einen hinter die Binde gießen. Friedfertige Staatsbürger, mehr brauchen wir hier nicht. Nun gut, sie sollten ihre Versammlung haben. Wir beriefen sie vierundzwanzig Stunden vorher ein, und zwar durch einen Anschlag am Schwarzen Brett hier im Büro. Schön, die Bekanntmachung

stand auf einem Fetzen Papier, drei Zentimeter hoch, aber in den Satzungen steht nichts darüber, wie die Bekanntmachung aussehen soll. Dort heißt es bloß, sie soll angemessen sein. Ich hab's ihnen angemessen gegeben. Bloß ungefähr fünfzig waren erschienen. Fünfzig von insgesamt fünfzehnhundert. Und die Hälfte waren unsere Leute. Ihr wißt schon, besonders loyale Mitglieder von 447. So wurden wir alle auf weitere vier Jahre gewählt. Dieser Joey Doyle inszenierte ein großes Geschrei, so daß Truck, dessen Nacken so breit ist wie bei sonst jemand die Schultern, so daß also Truck ihn mit nach draußen nehmen und beruhigen mußte. Er ist ein zähes Luder, dieser Joey Doyle. Sieht zwar gar nicht so aus, aber der ganze Gewerkschaftskomplex ist ihm anscheinend übel zu Kopf gestiegen. Genau wie seinem Onkel Eddie, der war auch nicht davon abzubringen. Und jetzt kommt der Trumpf. Der Gouverneur hat da eine Anzahl von Leuten, die bei ihm Staatliche Kriminalkommission heißen. Ein Haufen elender Heuchler, eine aufgeblasene Bande. Jetzt stehen sie ganz groß in den Zeitungen wegen der Untersuchung von Verbrechen im Hafengebiet und so. Der Gouverneur hat dem Tom McGovern seinerzeit manchen Gefallen erwiesen. Aber jetzt stehen die Wahlen bevor, und der Gouverneur braucht Stimmen. Da ist zunächst dieser Spaßmacher Kefauver und dann seine Kumpane, die auch mit von der Partie sein wollen. Man kann natürlich bloß darüber lachen. Wer soll sich denn mit diesen Gesellen in den gestreiften Hosen unterhalten? Man fängt bloß an, Sachen über Joey Doyle zu hören. Man hat ihn gesehen, wie er mehrfach in das Gerichtsgebäude hineinging, wo sie herumsitzen, weise Reden führen und wer weiß was alles tun. Ich habe Geduld. Im Stadtrat drinnen, da kannst du jeden Beliebigen fragen und der wird dir bestätigen, daß ich einer von den besonneneren Köpfen bin. Ich gehe nicht gleich die Wand hoch wie mein alter Freund Cockeye Hearn, Gott hab' ihn selig. Du wirst nie erleben, daß ich bei hellichtem Tag jemanden eins auswische, bloß weil ich seinen Haarschnitt nicht leiden kann. Bevor ich den Joey mit dem Arm aus dem Wege räume, schaue ich zu, ob ich ihn nicht mit etwas sanfteren Mitteln loswerde. Für solche Sachen habe

ich Charley Malloy. Charley wird nicht umsonst »der Gent« genannt. Er besitzt eine wesentlich bessere Bildung als wir alle zusammen. Er studierte zwei Jahre in Fordham, man mag es glauben oder nicht. Und der Grund, warum er dort herausflog, war nicht etwa der, daß er zu wenig smart gewesen wäre. Er war ein bißchen zu smart. Charley hat Köpfchen. Er wurde geschnappt, als er Lösungen von Examensaufgaben verkaufte, das ist alles. Charley war immer smart. Der hätte eine Mordsfigur als Rechtsanwalt abgegeben. Er kann in einem Atemzuge Sätze sagen wie *»Jene Angelegenheit, auf die Sie Bezug nehmen und um derentwillen«* und dergleichen mehr. So habe ich also meinen Ruhestifter zu meinem Unruhestifter hingeschickt. Charley redet ganz vernünftig. Er sagt, er habe Joey gern und wolle ihm helfen, was auch stimmt. Es lasse sich vielleicht sogar ein Platz in dem Verein für einen hellen Jungen wie Joey finden. Wir tragen niemandem etwas nach. Ich habe eine Menge Leute hereingenommen, die mich anfangs geärgert hatten. Das zeigt nur, daß sie ganze Kerle sind. So was kann ich brauchen. Als aber Charley wie gegen eine Wand redet und unverrichteter Dinge zurückkommt und das Luder von einem Doyle anfängt, den Kriminalern Märchen zu erzählen, wo sich doch kein anständiger Hafenarbeiter tot in ihrer Gesellschaft erwischen lassen würde, was soll ich da tun – ihm einen Orden um den Hals hängen? Ich habe allezeit zu hart arbeiten müssen, um mir von so einem Lausejungen auf der Nase herumtanzen zu lassen.
Johnny und Charley, am Hafen der Inbegriff von Verbindlichkeit und Kultur, arbeiten also einen kleinen Plan aus. Der Vorzug lag in seiner Einfachheit. Keine verräterischen Schießeisen, nicht einmal das übliche Aufplatschen im Wasser. Im Büro auf dem knarrenden Schwimmdock am Flußufer sah Johnny noch einmal mit Charley und Sonny und Specs, die den verlängerten Arm beisteuerten, die Pläne durch. Johnny gehörte nicht zu den vielen Iren, die auf dem Standpunkt stehen: Zuerst mach ihn fertig – zum Denken ist dann hinterher noch Zeit genug. Er war mit vielen Italienern zusammen aufgewachsen und zog es vor, was er zu tun hatte, mehr auf sizilianische Art zu tun.

»Gut, Matooze«, sagte er zu Charley, »hol deinen kleinen Bruder und setz ihn an die Arbeit.«
Matooze hieß bei Johnny jeder, den er gut leiden konnte. Niemand wußte, wo das Wort herstammte oder was es bedeutete. Es genügte, wenn man wußte, daß man bei Johnny in gewissem Ansehen stand, wenn er einen Matooze nannte. Redete er aber einen mit Shlagoom an, dann war Vorsicht geboten. Dann war es ratsam abzureisen, nach Baltimore zu gehen oder sich sonstwie aus dem Staube zu machen. Charley hatte mehr als einen Ganoven bei der bloßen Nennung dieses erfundenen, dunklen Wortes *Shlagoom* käsebleich werden sehen. Johnny ging mit Charley, den Arm auf dessen Schulter, über den Laufsteg ans Ufer zurück.
»Du bist gepolstert wie ein Fußballkicker«, sagte er in anerkennendem Tone zu Charley. Charley war stets nett angezogen. Er ließ sich seine Mäntel vom Schneider machen. Jetzt trug er einen Kamelhaar, der wirklich großartig aussah. Als ob er von einem Kamel der oberen Zehntausend stammte. Und er paßte Charley noch viel besser, als er jemals dem Kamel gepaßt haben mochte. Johnny der Freundliche, wenn der sich für hundertfünfzig Dollar einen Anzug machen ließ, dann hing ihm der nach zwanzig Minuten verbeult am Körper, als ob er von der Stange wäre. Charleys Anzüge hingen ihm sauber und gebügelt am Leibe, ein weiterer Grund, der ihm den Namen Charley der Gent eingetragen hatte.
»Schön, Matooze«, sagte Johnny wieder, »ich bin dann drüben in der Kneipe.«
Damit war die »Friendly bar« gemeint, ein Stück weiter oben in der River Street. Johnnys Schwager Leo führte sie für ihn. Dort wurden ebenso viele Geschäfte abgewickelt wie im Gewerkschaftsbüro selbst. Pferdetoto, Roulette, Poker und natürlich Beutelschneidereien aller Art, besonders mit Pumpgeschäften; das alles wurde in der Bar erledigt. Das Hinterzimmer war Johnnys zweites Zuhause. Er besaß zwar eine Mietwohnung, doch suchte er sie höchstens auf, um zu schlafen oder sich mit einem Frauenzimmer zu vergnügen. Er hielt nicht viel von einem Heim. Er

achtete darauf, daß seine Mutter eine nette Unterkunft hatte und er half seinen beiden Schwestern dabei, gut unterzukommen, brachte ihre Ehemänner als Steuereinnehmer und Geldverleiher unter, so daß sie sich ihren Lebensunterhalt leicht verdienen konnten. Johnny aber wuchs auf der Straße und in den Bars auf, wenn er auch eigentlich kein Mann war, der gern und viel trank. Labatts helles Bier liebte er sehr. Er wollte im Geschäft bleiben, hatte er doch eine große Anzahl strammer Kerle sich zu Tode saufen sehen.

Charley der Gent sagte in dem trockenen, ruhigen Tonfall, den er an sich hatte, »bis gleich, Johnny«, und wandte sich dem Mietblock zu, der eine Häuserreihe hinter dem Fluß lag. Es war ein kühler Herbstabend, und Charley liebte die Art, wie die Wäsche und all der Firlefanz auf den Leinen flatterte. Da hingen Hemden in bunten Farben, lange Unterhosen, Schlüpfer, Windeln und Kinderzeug. Die Armut des Hafenviertels hing da, so daß jeder sie sehen konnte, Baumwollsachen, hundertfach gewaschen, Pyjamas voller Flicken und Jungmädchenkleider, die schon keine Farbe mehr hatten, so verwaschen waren sie. Die Armut des Hafenviertels hing da, so daß jeder sie sehen mußte. Charley blickte zu den Wäscheleinen empor und dachte an all die Hausfrauen, die all die Wäsche wuschen, Tag für Tag, all das Zeug voller Schweiß und Kaffeestaub und Schmutz, den die Kinder an ihren Spielplätzen aufsammeln, und durchnäßte Babywindeln – schmutzige Wäsche, die eingeweicht, geseift, gespült, hinausgehängt und hereingeholt und gebügelt und zusammengelegt werden mußte, und das alles, nur um erneut schmutzig zu werden.

Arme Schlucker, dachte Charley – das waren so etwa seine sozialen Vorstellungen –, arme Schlucker, die das tagaus, tagein mitmachen mußten; doch so ist das nun einmal, oder wenigstens, so war es einmal. Ganz oben an der Spitze die ganz Großen wie Tom McGovern, in der Mitte Leute wie die Bürgermeister und Staatsanwälte und Richter und Leute wie Willie Given, der erste Vorsitzende der *International,* der jedesmal niesen mußte, wenn er mit Tom McGovern im Zug stand. Eine Stufe tiefer die örtlichen Herren wie Johnny der Freundliche, dann die Unterführer wie er selbst, dann die kleinen Typen, die auch noch an der Kurbel drehten, die Wucherer und Gauner, darunter die Masse des Fußvolkes, die Dockarbeiter und Stauer und Kraftfahrer, die Baseball spielten und mithalfen, wenn es galt, etwas auf die Seite zu bringen und zu guter Letzt ganz unten am Boden die Männer, die hauptsächlich von geliehenem Gelde lebten, das sie mit zehn Prozent Zinsen pro Woche zurückzahlen mußten, die ein Ding drehten, wenn sie es vor Hunger nicht mehr aushielten und die ihre 2,34 Dollar die Stunde nur bekamen, wenn ein Schiff mal fünfzehn Löschgruppen benötigte und auch der letzte Mann Arbeit hatte, außer den Neugeborenen, den Schmarotzern und den Rebellen.

Charley erreichte den Eingang zu dem Wohnblock, den er suchte, ein schmales, vier Stock hohes Gebäude, das vor sechzig Jahren aufgeführt worden war, als es darauf ankam, rasch Unterkunft zu schaffen für die vielen neuen Arbeiter, als die neuen (jetzt veralteten) Piers gebaut wurden und der Überseeverkehr großen Stils auch für Bohegan begann. Es wurde schon dunkel, aber eine Reihe Kinder spielte noch Ball auf der Straße. Vor den Hauseingängen standen einige ältere Leute und sahen zu. Der alte Doyle war da, ein Glas Bier in der Hand, mehr erschöpft von der Arbeit des Tages als er zugeben mochte, und neben ihm, fast wie sein menschliches Zubehör, stand Runty Nolan, mit der Figur eines Jockeys, ein Gnom von einem Mann, kaum ein Meter sechzig groß, mit einem Gesicht, das in den dreißig Jahren beständigen Widerredens aus den Fugen geraten war. Kein junger, mit der Zeit gehender, in Marinebegriffen denkender und modernen Gewerkschaftsideen anhängender Oppositioneller wie Joey Doyle, sondern eine unbelehrbare Schmeißfliege, ein geborener Quengler, stets auf der Seite dessen, der gegen Johnny den Freundlichen war, und zwar in seiner eigenen, grobschlächtigen, irischen Art, indem er Johnny ins Gesicht lachte, ihn mit allerlei Späßen stichelte, die zwar scharf geschliffen waren, aber doch keine unmittelbare Vergeltung herausforderten. Runty Nolan war wie ein alter Marinemann, ein ewiger Matrose,

der nach dem Buchstaben ganz genau wußte, wie weit er seine Vorgesetzten reizen konnte ohne mit dem Kriegsgericht in Konflikt zu kommen. Mitglied von 447 seit den Tagen, da Tom McGovern und Willie Givens noch junge Dockarbeiter am Hafen waren, stand Runty 1955 noch genau da, wo er 1915 angefangen hatte, eine Art selbstgewählter Hofnarr des Hafens, aber zu stolz, um einem König zu dienen, ein Mann, der seine Nakkenschläge als Teil eines großen Streiches betrachtete, den er McGovern und Givens spielte. »Diese Brüder habe ich schon gekannt, als sie noch froh waren, mal eine Hammelkeule von einem Fleischwagen herunterklauen zu können«, lachte er oft, wenn er in der Zeitung las, daß McGovern zum Vorsitzenden irgendeines neuen Hafenkomitees ernannt worden war, oder daß man Givens fünfundzwanzigtausend plus Spesen jährlich auf Lebenszeit zuerkannt hatte. »Ich würd' dem Lackel keine fünfundzwanzig Cent zahlen«, pflegte er dann ausgerechnet einem Mitläufer von Johnny dem Freundlichen zu erzählen, wohl wissend, wie der darauf reagieren würde, wenn jemand seinen Herrn und Meister, den erhabenen Vorsitzenden der International Longshoremans Union, beleidigte.
Runty hatte wie gewöhnlich einen geladen, und Papa Doyle genoß sein Bier still vor sich hin, auch wie gewöhnlich, ein Mann, dessen Gesichtszüge durch all die schweren Jahre gekennzeichnet waren, Schultern und Rücken leicht gekrümmt von dreißig Jahren Gebeugtgehen unter Kaffeesäcken und schweren Kisten; lange Zeit hindurch hatte er von einem besseren Los für die Hafenarbeiter geträumt und gelegentlich nach dem dritten oder vierten Bier von der enttäuschten Hoffnung auf Gründung einer Gott wohlgefälligen neuen Hafenarbeitergewerkschaft geredet; doch jetzt war er müde geworden, seine geliebte Frau war unter der Erde und etwas von seinem Mannestum und seiner Widerstandskraft war mit ihr gegangen und begraben; so war er es jetzt zufrieden, auf dem Treppenabsatz vor dem Hause zu sitzen, das Bier wie einen kühlen Strom in der Kehle zu spüren und über Runty Nolans schlaue Sticheleien und Späße zu grinsen.

»Na, wenn das nicht Bruder Malloy ist«, ließ sich Runty mit dem unvermeidlichen Lachen in der Stimme vernehmen, einem Lachen, das auch all die Jahre mit ihren Nackenschlägen nicht hatten zum Schweigen bringen können. Runty nannte jeden aus dem Kreise von Johnny dem Freundlichen mit besonderer Betonung »Bruder«, und die Männer konnten nie ein Lachen oder Lächeln unterdrücken, wenn Runty Nolan auf diese seine eigene Art durch die Blume jedem, der es hören wollte, zu verstehen gab, was er von Johnnys gewerkschaftlicher Bruderschaft hielt.

»Hallo, Jungens«, sagte Charley leutselig. Er konnte Runty, den unverbesserlichen Dreimalklugen, nicht ausstehen; Runty mischte sich in alles drein und kam nur deshalb um Mord und Totschlag herum, weil er klein war und irgendwie komisch wirkte. Charley fühlte sich auch keineswegs wohler, als er Pop Doyle sah; der Alte bewies in seinem stillen Gehaben eine passive Resistenz, die einem auf die Nerven gehen konnte, wenn man ein empfindlicher Mensch war. Das Dumme an mir ist, dachte Charley bei sich, daß ich mir dieses Zeug so zu Herzen gehen lasse. Acht Jahre bin ich jetzt bei Johnny, und ich nehm's mir immer noch zu Herzen. Eigentlich müßte ich längst drüben im Rathaus sitzen; dort könnte ich mein Schäfchen viel besser ins Trockene bringen, ohne mich um diese schmutzige Arbeit kümmern zu müssen. Da brauchst du bloß kleine Kinder aller Altersstufen zu küssen und im übrigen das Geld einzustreichen. Ja, eines Tages. Eines Tages würde er vielleicht *Commissioner* werden. Vielleicht sogar Polizeikommissar. Wie Johnnys alter Freund aus den Alkoholschmuggelzeiten, der Donnelly. Donnelly war jetzt Beauftragter für öffentliche Sicherheit und fuhr ganz nett dabei. In Bohegan war das gar nichts Besonderes. Drüben überm Fluß in der City, da war es allerdings viel komplizierter. Ein Staatsanwalt konnte sich zwar durchaus von Tom McGovern einladen und sich's im Hafenviertel wohl sein lassen, aber der war eben keineswegs so ein Typ wie Donnelly. Hier in Bohegan hatte jeder eine Chance. Charley blickte den alten Mann an, den Doyle, dessen Sohn das Ziel von Charleys Auftrag war. Pop Doyle, dachte Charley, wieviel Arbeit und Kummer hatten sich unauslöschlich diesem alten irischen Gesicht eingeprägt. Und jetzt wieder neuer Kummer. Und Charley der Gent, der bei aller ihm innewohnenden Geldgier empfindsame Anwandlungen hatte, mußte der Überbringer sein.

Bedacht, seinen mattglänzenden Kamelhaarmantel mit der schmierigen Tür und den Wänden des Hausflurs nicht in Berührung kommen zu lassen, trat Charley in den dunklen Eingang der Mietskaserne. Es war eines der Gebäude, das den bekannten Hang der Stadtväter zur Modernisierung ins Lächerliche verkehrt. Vor fünfzehn Jahren war über dem Haus wahrscheinlich nur deshalb nicht der Stab gebrochen worden, weil unter der Hand ein Geschäft zwischen dem Eigentümer und dem Beauftragten des Wohnungsbaukommissars abgewickelt wurde. Die Wände im Treppenhaus waren rissig und schmierig und mit allerlei Notizen bekritzelt, Beschwerden und Grußworte einer langen Kette von Bewohnern, was zu einer Art archäologischer Schichtung primitiver Nachrichtenübermittlung geworden war. Die Zubereitung von mindestens einem halben Dutzend verschiedener Mahlzeiten hatte in dem vierstöckigen Bienenkorb einen warmen, süßsauren Dunst erzeugt, den Charley immer instinktiv mit einem Leben in Verbindung brachte, dem er Gott sei Dank entflohen war. Das Durcheinander von Tönen und Geräuschen, das ganze Irrenhaus – immer schreit ein Baby und ein größerer Bengel verhaut einen kleineren, der wiederum haut zurück und brüllt dabei, so laut er kann, und die geplagte Mutter ist drauf und dran, beide zu verprügeln, und ein Ehepaar, das sich mit endlosen Tiraden unter großem Stimmaufwand über irgendein unverständliches Thema streitet, und das Stakkato einer Musiksendung im Radio und die Murphys, die sich trotz ihres Alters noch immer wie ein Liebespaar benehmen und miteinander lachen, und einer, der Frankie Laine mit höchster Lautstärke zum besten gibt, »*This cheating heart ... depends on you-hoo ...*«

Alles war heiser und aufdringlich und unhygienisch, und noch vielerlei mehr, aber etwas mußte man sagen: es hatte Leben. Es bildete keinen unwesentlichen Teil der geheimnisvollen Frage,

worauf sich die menschliche Gemeinschaft eigentlich gründet und wozu sie da ist.
Charley Malloy versuchte, seine Gedanken davon abzuhalten, in die dunklen Kammern dieses Geheimnisses abzuwandern. Mit der ein wenig unbeteiligt wirkenden Manier eines Versicherungsagenten, der einen Unfallkranken überprüft, stieg er mühsam die Treppen empor, blieb auf dem dritten Absatz stehen und ärgerte sich ein wenig über sich selbst, weil er so außer Atem geraten war. Er sollte eigentlich wieder mit Handball anfangen. Ein Mann von fünfunddreißig sollte besser in Form sein. Vielleicht war es Zeit, eine bestimmte Diät einzuhalten. Der Arzt hatte gesagt, er habe fünfundzwanzig Pfund zu viel. Alle sind hierzulande zu dick. Es geht ihnen allmählich zu gut. Außer solchen Halunken wie Pop Doyle. Der hatte kein halbes Pfund zu viel auf den Knochen. Das Beste an Pop Doyle war in Form von Schweiß den Körper heruntergelaufen und irgendwo unten zwischen den Schiffsplanken verronnen. Wie ein Versicherungsagent kletterte Charley Malloy die letzte Stiege bis zum Dach hinauf. Bloß, daß sich im vorliegenden Fall der Unfall erst noch ereignen sollte.

ZWEITES KAPITEL

Man konnte auf den Dächern der Mietshäuser die ganze Strecke von der Dock Street bis zur Ferry Street hinübergehen, wenn der Weg auch nicht gerade eben war, sondern erhebliche Niveauunterschiede aufwies. Dann zum Beispiel, wenn ein dreistöckiges Gebäude zwischen zwei vierstöckigen eingezwängt lag und auch Häuser mit der gleichen Anzahl Stockwerke ungleich hoch waren, so daß die Dachfront der ganzen Straßenzeile wie eine große, mehrstufige Theaterbühne wirkte. In den letzten Jahren waren auf diesen Dächern so viele Fernsehantennen emporgeschossen, daß man meinte, in einem Wald von Stahlgezweig herumzuwandern. Und zwischen den Antennen waren wieder Wäscheleinen gespannt, und fast auf jedem Dach gab es einen Taubenschlag, denn Brieftauben zu halten war immer noch ein beliebter Sport in Bohegan, bot er doch die Chance, sich über die Grenzen, die durch Backstein und Mörtel gezogen waren, emporzuschwingen. Hinauf in den schwerelosen Himmel stiegen die hübschen, geflügelten Belgier, und wenn es auch in dem täglichen Leben dieses Elendsviertels kaum mehr als Schmutz und Schweiß und grenzenlose Eintönigkeit gab, so konnte man wenigstens hier oben auf dem Dach mit Hilfe der Vögel in eine freiere, reinere Welt hinüberreichen.

Charley stand auf der obersten Stufe, die vom vierten Stock auf das Dach hinaufführte, einen Augenblick still und beobachtete seinen jüngeren Bruder, der am Dachrand mit einer langen Stange in der Hand zu Gange war. Am Ende der Stange war, wie eine kleine weiße Fahne, ein etwa zwanzig Zentimeter langer Stoffetzen befestigt, der dazu diente, die Vögel von der Landung abzuschrecken und sie zum Training länger in der Luft zu halten. So flogen sie immer wieder in großen Kreisen herum, wohl an die dreißig, nicht etwa in einer klaren Marschordnung hinter der Führertaube formiert, wie es Enten- oder Menschenformationen zu tun pflegen, sondern in ungeordnete, natürliche Haufen auseinandergezogen.

Tauben, dachte Charley bei sich, blöde Kinderei. Warum wird der Kerl eigentlich nie erwachsen? Er ist schon achtundzwanzig Jahre alt. Vielleicht hat er einen gegen den Schädel gekriegt, als er Preisboxer in Bohegan war. Als ob das schon etwas wäre! Man braucht ihn bloß anzusehen; mal war er der aussichtsreichste Boxer von Bohegan. Nachdem Truck Amon sich Joe Louis anschloß, als Joe auf große Tour durch die Staaten ging. Ja, Truck verdient sich jetzt wenigstens sein Brot als Handlanger für Johnny den Freundlichen, aber dieses Kind hier, was aus dem noch einmal werden soll? Ein erwachsener Mann, der immer noch ein halbes Kind ist. Trotz seiner etwas zu dicken Nase und den leicht verquollenen Augen, eigentlich ein ganz gutaussehender junger Bursche, wenn man von der Nase absieht, und den Narben im Gesicht, ein Kind, das zu Charley immer wie zu einem Vater aufschaut, weil ihr leiblicher Vater vergaß, daß er ein

Vater war und in irgendeinen eingebildeten, imaginären Himmel abschwamm und schließlich weder tot noch lebendig war, jedenfalls für Charley und Terry. Das einzige, was sie überhaupt von ihm bekommen hatten, war der Name Malloy. Charley war auf sich allein gestellt gewesen; er mußte zusehen, wo er blieb, und sich auf seinen Verstand verlassen. Er sorgte für den Kleinen, den Terry, so viel er konnte, aber was kann man schon für einen Burschen tun, der nichts weiter im Sinn hat, als mit einer blöden Stange nach einem Haufen blöder Vögel zu schlagen? Und ein paar Jungens anzuführen, Jungens aus der Nachbarschaft in blauen Leinenhosen und Basketballjacketts mit dem Abzeichen »Golden Warriors« in Großbuchstaben auf dem Rükken, eine Bande von angehenden Fürsorgezöglingen mit Namen Billy Conley und Jo-Jo Delaney, die Terry mit seinen Tauben halfen und zu ihm aufschauten, als ob er ein großes Tier wäre und nicht bloß Terry Malloy, der Exboxer, der eine kurze Zeit hindurch etwas gegolten hatte und jetzt von den anderen Großen dieser Gegend nur noch deshalb akzeptiert wurde, weil er das Glück hatte, der Bruder von Charley dem Gent zu sein.

Charley war hinter Terrys Rücken heraufgekommen, bedachte die beiden »Warriors vom Dienst« mit einem geringschätzigen Blick und redete seinen Bruder jetzt mit leiser Stimme an, doch der Junge – wie die meisten Leute ihn noch immer nannten – erschrak bei dem unerwarteten Erscheinen seines Bruders und drehte sich rasch um.

»Oh, Charley, ich hab' gar nicht gehört, daß du heraufgekommen bist.«

Er ließ die Stange herunter, und der Leitvogel, eine kräftige, blau gemusterte Taube, sich ihrer Bedeutung bewußt, landete in einem kreisförmigen Anflug auf dem Dach des Taubenschlages, worauf die anderen das gleiche taten.

»Ich bereite sie auf das Rennen von Washington vor«, sagte Terry. »Das letztemal war ich Zwölfter. Nummer Eins in der ganzen Umgebung. Das hat mir ein paar hundert Dollar eingebracht.«

Charley betrachtete die Tauben und war gelangweilt. »Jungens,

trollt euch«, sagte er zu den beiden »Warriors«. »Ich will mit Terry allein sprechen.«
Die beiden Burschen zogen sich mit dem mürrischen Gehorsam von Soldaten zurück. Das Prestige, das Charley der Gent in dieser Gegend genoß, war etwa mit dem eines Armeeadjutanten zu vergleichen. Der Tag würde noch kommen, an dem es diesen Burschen darum zu tun sein würde, irgendeinen Posten in der einzigen Organisation zu erhalten, die am Hafen eine Zukunft hatte.
»Man« – womit jeder von Johnny dem Freundlichen bis hinunter zum letzten Arbeiter gemeint sein konnte – wolle mit Joey Doyle sprechen. Joey habe sie an der Nase herumgeführt. Die ganze Zeit, seit er zur Kriminalpolizei ging, und als er merkte, daß Sonny hinter ihm her war, sei er nie mehr nachts allein ausgegangen, immer habe er zwei oder drei junge, kräftige Hafenarbeiter zum Schutz bei sich gehabt. Johnny wollte Joey allein haben. Es sei außerordentlich wichtig, daß sie mit ihm redeten. Ehe Joey hinging und etwas Törichtes täte. – Da hatte Charley plötzlich einen Einfall. Das war genau, was man von ihm verlangte: Einfälle. Er sah sich die Tauben jetzt aufmerksam an.
Auch Joey Doyle züchtete Tauben. Die ganzen letzten Jahre hatte eine freundschaftliche Rivalität zwischen ihm und Terry bestanden. Eine freundschaftliche Piraterie. Es gab einen alten Trick: man befestigt ein Stück Stoff am Bein einer Taube. Jede Taube ist unverbesserlich neugierig. So kommt es vor, daß manchmal ein fremder Vogel der eigenen Taube in den Schlag folgt. Terry war auf diese Weise zu ein paar ganz netten Neuzugängen gekommen. Heeresbrieftauben und alle möglichen anderen Preisträger, die von ihrem Kurs abgekommen waren. Bei jedem Fernflugwettbewerb gingen Hunderte von Tauben verloren. Manchmal flogen welche mit anderen mit. Terry hatte das Charley gegenüber einmal erwähnt, und Charley hatte kaum hingehört, weil er immer glaubte, daß diese Taubenhalterei eigentlich eine Spielerei für Kinder sei. Das war einer der Gründe, warum Terry immer noch nicht erwachsen war. Achtundzwanzig Jahre

alt und keine ständige Arbeit und nichts im Hafen zu tun, wo es leicht war, zu Geld zu kommen, wenn man bloß den einen oder anderen Trick wußte. Es gab wirklich keine Entschuldigung, nicht eine einzige Entschuldigung für einen, der nicht jede Woche ein kleines Sümmchen beiseite bringen konnte. Bloß ein bißchen Initiative, das war alles. Charley war kein Motor, kein Hansdampf in allen Gassen wie Johnny der Freundliche. Aber er war Gott sei Dank auch kein Herumtreiber, kein Tunichtgut wie dieser armselige Hanswurst von einem jüngeren Bruder, der so langsam von Begriff war, daß er erst merkte, daß es regnet, wenn es schon zu regnen aufgehört hatte. Hatte das Boxen ihm geschadet? Schwer zu sagen. Terry war gar nicht ohne gewesen, bevor diese kleinen Blutgerinnsel seinen Verstand und seine Reflexe mit weggeschwemmt hatten. Vielleicht hatte es auch etwas mit dem Tode der alten Dame zu tun. Charley war damals sechzehn, Terry gerade neun. Er hatte es sich sehr zu Herzen gehen lassen. Ein, zwei Jahre hinterher hat er kaum ein Wort geredet. Die Ärzte hatten irgendein ausgefallenes Wort dafür. Irgend etwas in einem ruft ein so merkwürdiges, so gemeines und so enttäuschendes Gefühl hervor, daß man auf nichts mehr reagiert. Gerade das Boxen war es, das Terry ein bißchen aus den anderen herausgehoben hatte. Gleich von Anfang an war er den anderen Burschen überlegen, und es gab ihm eine gewisse Stellung. Droben in dem Haus, in das sie ihn hineinsteckten, es hieß St.-Jakobs-Heim, da konnte er schon die Fünfzehnjährigen verprügeln, als er erst elf war. Das gab ihm eine gewisse Sicherheit. Etwas davon war ihm noch geblieben, ein kleines bißchen, zum Beispiel die Art, wie er die Schultern drehte, wenn er ging, und die Art, wie er die Hände hielt und wie er sich innerlich fühlte, und die Bewunderung, mit der man ihm gelegentlich nachsah, wenn er die River Street entlangschlenderte – »da geht Terry Malloy. War mal ein ganz guter Boxer.«

»– ich dachte, du könntest ihn mal herrufen und ihm sagen, du hättest eine seiner Tauben; dann kommt er mal aufs Dach, damit ein paar von den Leuten sich mit ihm unterhalten können«, sagte Charley.

Terry runzelte die Stirn. Er mußte noch ein paar Jungtauben beringen und den Schlag saubermachen, und dann hatte er sich auch vorgenommen, mit Chick und Jackie ein bißchen zu würfeln, dann zur Bar an der Ecke hinüberzugehen, ein paar Glas Bier zu trinken und den Boxkampf des Tages im Fernsehen anzuschauen. Das einzig Unangenehme an Charley und Johnny war, daß sie immer arbeiten mußten. Bei Tag und bei Nacht war immer irgend etwas los, um das man sich kümmern mußte. Das ist der Nachteil, wenn man zu hoch hinaus will.

»Hast du verstanden, was ich gesagt habe?« hörte er Charley sagen.

»Ja, ja, ist schon recht, ist schon recht«, sagte Terry. »Es klingt 'n bißchen komisch, aber . . .«

»An dir ist's nicht zu fragen, warum«, zitierte Charley.

»He? Was sagst du?«

»Poesie. Kipling, glaube ich.«

»Du mit deinen geschwollenen Redensarten«, sagte Terry und war stolz auf Charleys Bildung und Verstand. »Spaß beiseite, Charley, als man dich zusammensetzte, hat man dir eine Extrazunge eingebaut.«

»Das war auch gut so«, sagte Charley. »Denn seither habe ich immer für uns beide zugleich reden müssen.« Er gab Terry einen freundschaftlichen Klaps auf die Schulter und benahm sich dabei unbewußt wie Johnny der Freundliche.

»Nun los. Fang nicht an zu trödeln. Johnny legt großen Wert darauf, großen Wert. Sag' ihm, du willst hier auf dem Dach mit ihm reden, und komm dann 'rüber in die Kneipe, ich warte da auf dich.«

»Nun gut, nun gut«, sagte Terry langsam. Er war wie ein Bub, dem der Vater befiehlt, der Mutter beim Abtrocknen in der Küche zu helfen.

Charley sah sich noch ein letztes Mal um, als er auf die steile Treppe zuging, die vom Dach herunterführte. »Mein Gott, ist das dreckig hier oben«, sagte er.

»Glaubst du etwa, dies wär' der Dachgarten vom Waldorf Astoria?« sagte Terry.

»Na, ein Schweinestall ist immer sauber – jedenfalls vom Schwein her gesehen«, sagte Charley sanft. »Bis gleich, alter Junge, spute dich. Und übrigens, kannst was dabei verdienen.«
Der untadelige Kamelhaarmantel, ein seltsames Bild hier oben auf dem Dach, das mit Ruß von den umliegenden Fabriken verdreckt und von Taubenmist verunreinigt war, verschwand in der Wendeltreppe. Ein lauter, heiserer Sirenenton von der *United States*, die in der Mitte des Stromes der Hafenausfahrt zustrebte, ließ Terry für einen Augenblick vergessen, was er zu tun hatte. Diese Lotsen, er wünschte, er hätte auch mal irgend so etwas lernen können. Es gab bloß hundert im ganzen Hafen, und sie verdienten durchschnittlich fünfzig Dollar die Stunde. Fünfundzwanzigtausend im Jahr, bloß für das Steuern eines Schiffes. Das einzig Dumme daran war bloß, daß die meisten von ihnen nach einiger Zeit durch die dauernde Belastung zu Boden gingen. Aber sie hatten ja dann ihre Pension, und im übrigen war ja auch was dran, an Bord der *United States* oder der *Liberté* zu gehen und das Kommando vom Kapitän zu übernehmen. Dann gehört dir die ganze *Liberté*, und du fährst mit ihr wie mit einem Ruderboot mit Außenbordmotor und steuerst sie in der Hauptfahrrinne hinunter und hinaus aus dem Hafen bis an das letzte Leuchtfeuer. »Okay«, sagst du dann, »von hier an ist es leicht, kein Problem mehr, bloß noch offene See. Hier, mein Lieber«, sagst du dann zu dem Vierstreifenmann mit seinen Reihen von Ordensbändern auf der Brust, »ich glaube, von hier an können Sie sie selber übernehmen.«
Terry fuhr mit der Hand in den Taubenschlag und griff mit geübter Hand das nächste Tier; sorgsam senkte er seine Hand von oben herab und öffnete sie über dem Rücken des Vogels weit von Flügel zu Flügel, so daß ihm die Taube ruhig in der Hand lag und die übrigen Tiere nicht in Unruhe versetzte. Er schob die Taube in seine schwarz-rot karierte Windjacke. Diese gottverfluchten 447er, dachte er. Früher oder später steckten sie die Nase überall hinein, sogar hier in diesen seinen Taubenschlag, der doch ihm ganz allein gehörte.
Als er den Treppenabsatz im dritten Stock erreichte, hockten

Billy und Jo-Jo ein paar Stufen tiefer und beschäftigten sich mit einem improvisierten Kreuzerl-Spiel.
»He, Terry, wohin willst du?«
»Ins Yankee-Stadion, ich und Marciano«, sagte Terry.
»Spaß beiseite, Terry, können wir mitkommen?« Und Jo-Jo: »Klar, Terry, wir kommen mit.«
Terry hatte diese Burschen gern. Ordentliche, handfeste Kerle. Sie würden alles für ihn tun. Machten immer kleine Botengänge für ihn. Er war für sie ungefähr das, was Johnny der Freundliche für ihn selbst war. So ging es in diesem Viertel zu. Man brauchte jemanden, der sich um einen kümmerte.
»Haut ab«, sagte Terry gutgelaunt und stieg die Treppe hinunter, während er der Taube in der Windjacke den Kopf streichelte, um sie zu beruhigen.
Die beiden Jungen sahen sich grinsend an; sie fühlten sich wohl angesichts der Wärme und Vertraulichkeit, die aus Terrys Bemerkung sprach, und setzten ihr Spiel fort.
Terry bog um die Ecke, ging die enge Gasse hinunter und in einen offenen Hofraum hinein, der von den Hausbewohnern als Ablageplatz für leere Konservendosen und alte Zeitungen benutzt wurde. Vorausschauende Planung und Sorge für die Kleinen – oder auch einfacher, gesunder Menschenverstand – hätten aus diesem Hofraum einen vernünftigen Kinderspielplatz machen können. Statt dessen war dieser mit Gerümpel aller Art bedeckte Ort ein schmutziges, rechteckiges Denkmal mangelnden Bürgersinns – oder Verzweiflung – oder wie man es auch sonst nennen mochte. Ein paar halbverhungerte, verwilderte Katzen streunten zwischen den Abfallresten herum. Der Hudson war jetzt so schwarz wie ein Strom vergossenen Öls und schien auch ebenso träge und dick dahinzufließen. Aber die Schiffe und Boote waren mit ihrem ruhelosen Kommen und Gehen in ständiger Bewegung. Einlaufen, Löschen, Auslaufen. Ladung plus Bewegung ist gleich Geld. Und der Hafen war ein gieriges Tier. Der Hafen war ein lockendes Weib mit Polypenarmen.
Als Terry unter Joeys Fenster vorbeikam, konnte er jeman-

den von fern mit tonloser, schaurig klingender Stimme singen hören. Irgendein Betrunkener, ein besoffener Hund, der seine von Whisky verrottete Stimme zu einem Lied zwang, das keiner hören wollte:

»Tippi tippi tin tippi tin
tippi tippi tan tippi tan . . .«

Terry blickte zu Doyles Fenster hinauf. Die Sicht war ihm durch all die Wäsche, die auf den Leinen hing, und durch das Netzwerk der Feuerleitern etwas behindert. Er tastete nach der Taube in seiner Jacke. Sie fühlte sich nett und warm und friedlich an. Er wünschte, er brauchte Joey nicht herauszurufen. Er kam mit Joey ganz gut aus. Er neckte ihn immer, seine Vögel wären nichts weiter als ein Haufen armseliger Parkenten und dergleichen mehr. Dann lachte Joey immer. Joey hatte einen ausgesprochenen Sinn für Humor. Man konnte sich nur schwer vorstellen, wie ein so netter Bursche in so etwas hineingeraten konnte. Bei Charley und Johnny in ihrem dicken Buch den Vermerk »gefährlicher Hund« zu bekommen. Ein Agitator. Redete in den Kneipen ganz laut über alles, was er in der Gewerkschaft für nicht richtig hielt. Fünfzig Jahre hinter jeder anderen Gewerkschaft in Amerika zurückgeblieben, pflegte er zu sagen, genau wie er es von seinem Onkel Eddie gelernt hatte. Wo sind unsere älteren Gewerkschaftler? Wo ist der Plan für eine anständige Altersversorgung? Wo gibt's eine Arbeitsvermittlung, bei der man nicht das Gefühl hat, irgendein dahergelaufener ehemaliger Zuchthäusler erweise einem einen besonderen Gefallen, wenn er einem eine Beschäftigung vermittelt? Wo sind gerechte Wahlen nach einem von unten nach oben aufsteigenden System? Wo ist die öffentliche Abrechnung all der Tausender, die wir Monat für Monat an Beiträgen abführen? Und so weiter, und so weiter. Einige Männer brachten Gegenargumente vor. Und zwar diejenigen, die regelmäßige Arbeit hatten und Johnny und Charley dafür zu Dank verpflichtet waren. Und die anderen ließen bloß die Köpfe hängen, tranken ihr Bier und versuchten, von etwas anderem zu reden.

Einmal, als Joey wieder den Mund vollnahm über die alten

Leute und wie die Eisenbahnen und die Bergwerke für die Sechzigjährigen sorgten, weil man dort nämlich als Altersversorgung wieder auszahlte, was man vorher an Beiträgen eingenommen hatte, da hörte Terry aufmerksam zu und fragte schließlich:

»Was springt denn für dich dabei heraus, Joey? Mir ist das nicht klar. Du bist erst dreiundzwanzig Jahre alt. Du bist ein guter Arbeiter. Dein Vater steht auch noch seinen Mann. Du könntest alle Arbeit haben, die du willst, wenn du bloß das Maul halten würdest. Warum regst du dich über ein paar ausgemachte Halunken auf? Warum schaust du nicht zuallererst, wo du selbst bleibst?«

Und Joey hatte zur Antwort gegeben: »Es gibt ein Recht und ein Unrecht, Terry. Die Führung in der Gewerkschaft an sich zu reißen und mit der Pistole in der Hand zu regieren, wie's Johnny tut, das ist Unrecht. Und wenn mehr Leute hier Mut in den Knochen hätten, dann würden sie aufstehen und das Unrecht in alle Welt hinausschreien.«

Dieser Joey Doyle mußte einfach verrückt sein. Terry fand, es wäre besser, man ging seines Wegs. Solches Reden war ungesund, und dazu noch ausgerechnet in Johnnys Bar. Ein netter, sauber aussehender Junge, aber voller Ideen, mit denen man sich den Kopf einrennt.

Unter Joeys Fenster legte Terry die Hände wie einen Schalltrichter vor den Mund und rief laut: »He, Joey, Joey Doyle!«

Im vierten Stock öffnete sich ein Fenster und Joey lugte vorsichtig über das Fensterbrett herunter.

»Terry?« Er bemühte sich, die Gestalt zu sehen, die in dem leeren Hofraum stand. Er wußte, was es hieß, mit Leuten wie Johnny dem Freundlichen aneinanderzugeraten. Die Polizei drückte ein Auge zu, die Stadtverwaltung, die ganze Bevölkerung tat so, als merke sie nichts. Wenn man irgendwo Schutz brauchte, dann kam man sich im Hafenviertel wie ein Waisenkind vor. Man war auf sich allein gestellt. Sein Vater hatte ihn inständig gebeten, sich mehr zurückzuhalten. Seine Freunde hatten ihn davor gewarnt, auszugehen.

»Was ist los, Terry?«
Terry griff in die Windjacke und hielt die Taube empor. Der Vogel war verängstigt und wollte sich, als er die frische Luft spürte, aus Terrys Händen befreien. Es gelang ihm, einen Flügel frei zu bekommen. Er schlug heftig damit herum, um sich Terrys Griff zu entwinden. Terry hielt die Taube an den Beinen fest und drückte sie mit der anderen Hand auf den Flügeln kräftig nieder.
»Das hier«, rief er durch die schlaff und bunt herabhängenden Wäschestücke hindurch zu Joey hinauf, »die ist eine von deinen. Ich hab' sie an dem Ring erkannt.«
Joey lehnte sich ein bißchen weiter vor. Er hatte das junge, rotwangige, ein wenig fleischig aussehende irische Gesicht, das man oft bei Chorknaben findet.
»Laß mich sehen. Vielleicht ist es Danny Boy. Ich hab' ihn beim letzten Rennen verloren.«
Terry wußte gar nicht mehr, was er tat. Er tat nur noch das, was ihm befohlen war. »Er ist meinen Tauben in den Schlag gefolgt. Hier ist er – willst du ihn wiederhaben?«
Es war nett von Terry, seinen Vogel wiederzubringen. Es hatte Joey sehr leid getan, Danny Boy zu verlieren. Er hatte sich vorgenommen, ihn mit einer schnellen Taube, Peggy G., zu kreuzen. Er wollte schon sagen, er wäre gleich unten. Doch die Wachsamkeit des Tieres, die das Leben in den Boheganer Docks mit sich bringt, war in ihm, und die Worte blieben ihm im Halse stecken. Aber die rattenhaft schnelle Reaktionsfähigkeit, die das Leben an den Docks verlangt, war in Terry lebendig. Ohne weiter nachzudenken, fügte er deshalb hinzu: »Ich bring ihn hinauf aufs Dach. Wir treffen uns an deinem Schlag.«
Die Tauben bildeten den friedlichen und befriedigenden Teil von Joeys Leben, genau wie für Terry, und der Anblick des schlanken Vogelkörpers in Terrys Hand und die Erwähnung des Taubenschlages, Joeys einziger Zuflucht vor der gefährlichen Unmittelbarkeit des Hafens, wirkten beruhigend.
»Okay, okay«, sagte Joey, »ich bin gleich bei dir auf dem Dach.«

Als sich Joey Doyle vom Fenster abgewandt hatte, trat Terry ein paar Schritte zurück und ließ die Taube los. Sie stieg richtungslos auf und streifte in ihrem ungelenken, nachtblinden Flug die über ihr hängende Wäsche. Auf dem Dach konnte Terry die Silhouette zweier drohender Gestalten sehen, die im Dunkel auf ihre Beute warteten. Sie waren gleichbedeutend mit zwei Pistolen, Sonny und Specs, und er hoffte, sie würden Joey nicht allzu hart anfassen. Wenn Joey bloß schlau genug wäre und mit sich reden ließe. So ist das nun einmal und so wird es auch immer bleiben, und man mußte schon ein ganz dämlicher Hund sein, wenn man glaubte, gegen die Führung angehen oder es sich leisten zu können, neue Ideen zu haben. Es war nicht Terrys Schuld, wenn Joey es vorzog, gegen den Strom zu schwimmen. Terry schlich sich rückwärts in die Gasse hinaus, wie ein Krebs und mit dem Instinkt des Krebses, der den Kopf einzieht.
Die angebrochene Schallplatte hinter ihm ließ immer noch krächzend ihren elenden Hintertreppen-Trauergesang ertönen:

»Tippi tippi tin tippi tin
Tippi tippi tan tippi tan . . .«

Mein Gott, diese verkommenen Brüder hier unten, die konnten einem tatsächlich auf die Nerven gehen. Eine schwankende Gestalt mit wirren Haaren schlurfte heran und eine Welle von Abscheu überkam Terry, als er Mutt Murphy erkannte, den einarmigen Dockarbeiter, der sich mit billigem Whisky zugrunde gerichtet hatte, der den Tag am Nachmittag wie ein Gentleman begann, eine Lokalrunde machte (meist nach einem kurzen Gastspiel am Hafen) bis in die Morgenstunden und dann in einer Toreinfahrt oder einem Keller zusammensackte.
Mutt hatte vor zehn Jahren den Arm zwischen zwei Verladekisten verloren. Seitdem war er auf der Jagd nach Unterstützung und Alkohol umhergeirrt. Terry kannte die traurige Geschichte und hatte sich den sauren Whiskybrodem schon oft ins Gesicht blasen lassen. Sobald Mutt auf irgend jemanden stieß, der zufällig seinen Weg kreuzte, schoß sein linker Arm automatisch nach vorn, aggressiv und schamhaft zugleich.

»Einen Groschen. Hast du 'nen Groschen, den du nicht brauchst? Für ein verkrüppeltes Mitglied von 447?«
»Laß mich, scher dich weg«, sagte Terry, indem er das Wrack von sich weg in die Gasse stieß.
Herumgestoßen zu werden gehörte für Mutt zu den Erfahrungen seines täglichen Lebens, und er ließ sich nicht im entferntesten dadurch entmutigen. Er hatte gelernt, dieses Hin- und Hergestoßen- und Hinausgeworfenwerden als die hauptsächliche Art seines Umgangs mit diesen Hafenarbeitern hinzunehmen, unter denen und von denen er lebte. Das Leben wäre für ihn untragbar gewesen, hätte er nicht mit diesen Zeichen der Aufmerksamkeit, wenn nicht gar Zuneigung, von seiten seiner Mitmenschen rechnen können.
»Einen Groschen – einen Groschen für 'ne Tasse Kaffee?«
»Mach mir doch mit dem Kaffee nichts vor, du blöder Hund.«
Verärgert über Mutts Weigerung weiterzugehen und in nervöser Spannung wegen Joey und darüber, was man oben auf dem Dach mit ihm vorhatte, beugte sich Terry vor und spuckte Mutt wütend in die vorgehaltene Handfläche. Mutt zog die Hand mürrisch zurück und wischte sich den Speichel an dem Ärmel seines Armstumpfes ab. Durch die Wildheit dieser Geste nahm die kräftige, hochfahrende Gestalt des jungen Mannes für Mutt anscheinend festere Konturen an.
»Terry. Hätte ich wissen können.« Er richtete sich ein wenig auf und rieb sich die Hand an seinen schmutzigen, vom Schlafen zerknitterten Baumwollhosen. »Nichts für ungut, du Halunke.«
»Hau ab«, murmelte Terry, als er dem einarmigen Saufkumpan nachsah, der sich in dem abendlichen Nebel verlor.
»Tippi tippi tin ...« Der Wanderer kehrte zu seinem heiseren und freudlosen Singsang, einer Art persönlichem Ritual, zurück, als ob er in einem Anfall von Klarsichtigkeit eine Hymne auf seine eigene Leere gefunden hätte.

Als Terry Malloy etwa das Ende der Gasse, die in die River Street mündete, erreicht hatte, war es ihm so gut wie gelungen, Joey Doyle und die Taube aus seinem Kopf zu verbannen; vielleicht war er sich dessen gar nicht bewußt, vielleicht war die Erinnerung an Joey Doyle und die Taube nur zurückgedrängt und vergraben in dem Dickicht vergessener oder halbverstandener Eindrücke, die in Terrys Unterbewußtsein ein verschlungenes Knäuel bildeten. Vorausschauende Gedanken waren Terry ebenso fremd wie die Pein des Zerknirschtseins und die Selbstvorwürfe des »Zu spät«. Manchmal tippten sich die Ekkensteher an die Stirn und lachten, was soviel heißen sollte wie »Terry hat ein Rädchen zu wenig«. Aber Terrys Unvermögen, in sich selbst hineinzuschauen oder irgend etwas anderes als den unmittelbaren Genuß oder Schmerz des Augenblicks zu empfinden, war nichts weiter als Trägheit.

Man aß, man schlief, man trank, man ging mit einer Frau ins Bett, man sah sich einen Film an oder würfelte ein bißchen für Geld und man tat, wenn man unbedingt mußte, die angenehmste und leichteste Arbeit, die man gerade finden konnte, um ein paar Dollar in der Tasche zu haben. So spielte sich das tägliche Leben für Terry Malloy ab. Johnny der Freundliche redete einen mit Vornamen an. Man besaß im allgemeinen genug Kleingeld oder Kredit, um sich am Sonntagabend vollaufen zu lassen. Und immer ließ sich irgendwo ein dahergelaufenes Frauenzimmer finden, das mit einem nach Hause ging und einem dabei behilflich war, den überschüssigen Dampf abzulassen. Was willst du mehr? Was willst du mehr? Was könntest du überhaupt jemals noch mehr wollen?

In diesem Gefühl, auf eine abgestorbene Art voller Leben, auf sich allein gestellt, ohne Plan und Ziel, jederzeit darauf gefaßt auszureißen oder sich zu wehren oder etwas Lohnendes zu stehlen, bereit für die Erfordernisse des Augenblickes, aber völlig ohne Sinn für Zeit und Pflicht, schritt Terry an den Kneipen der River Street entlang. Mindestens ein halbes Dutzend gab es in jedem Häuserblock, und in jeder gab es Bier für fünfzehn Cents und Schnaps für fünfunddreißig: da und dort plärrte ein Plattenspieler, die Honeydreamers und die Vier Asse »Ich bin so einsam, wenn du nicht bei mir bist . . .«, und Lokale, wo die alten ziel- und sinnlosen Gespräche durch Fernsehgeräte abgelöst wurden, die die Gesichterreihen der Gäste in ein und dieselbe Richtung zogen und sie in dieser einen Richtung, bei allem Bierkonsum, so unverrückbar festnagelten, daß man glauben konnte, man habe ein Wachsfigurenkabinett vor sich.

Abgesehen von dieser einzigartigen Erfindung hatten sich die Lokale ganze Generationen hindurch kaum verändert; viele waren hundert Jahre alt, hatten von der Zeit polierte Mahagonitheken, elegante Messingspucknäpfe und Messingtrittstangen, auf denen schon die schweren Füße der Urgroßväter der heutigen Gäste geruht hatten. Die Leute, unter denen Terry die River Street entlangging, hatten ihren Stil auch nicht geändert. Es war etwas an dieser Hafengegend, das sich hartnäckig gegen jeden Fortschritt, ja gegen jede bloße Veränderung zur Wehr setzte. Genauso wie in den Tagen der Segelschiffe war die Straße am Ufer entlang mit Männern bevölkert, faßförmig von Gestalt, vierschrötig in ihren Windjacken, mit Gesichtern, die von der Seeluft und dem Alkohol gegerbt waren, mit schwerem Schuhwerk und aus der Stirn geschobenen Mützen. Es waren Schwerarbeiter, die der Schnaps nicht umzuwerfen vermochte und die den Lohn regelmäßig ihren Frauen nach Hause brachten – und schwankenden Schrittes zwischen ihnen die Gelegenheitsarbeiter, die gerade soviel Arbeit annahmen, als sie brauchten, um sich auf der Suche nach Befriedigung oder Vergessen in einem Zustande ewiger Trunkenheit halten zu können.

Terry sagte zu dem einen »Guten Abend« und gab dem anderen einen freundschaftlichen Stoß, und bald hatte er an der Ecke gegenüber Pier B Johnnys Bar erreicht. Es war nichts Besonderes an Johnnys Bar; sie sah aus wie die meisten anderen Kneipen an der Straße: eine Fensterscheibe aus Spiegelglas mit einem grünen bis zur halben Höhe hinaufreichenden Vorhang, damit die Ehefrauen ihre auf Abwege geratenen Männer nicht sehen konnten, ein schöner, alter, in Rokokoart geschnitzter Bartisch, darum herum und gar nicht dazu passend rohe Wände aus bräunlichem Wellblech, die mit Fotos von Boxern, Baseballspielern und Aktbildern geschmückt waren. Ein paar witzige Schilder wie »Meine Damen, bitte keine unpassenden Redensarten, es könnten Herren anwesend sein« und dergleichen sowie ein Hinterzimmer für allerlei Glücksspiele, das war Johnnys Bar, ein täuschend harmlos aussehender Befehlsstand für den Boheganer Sektor des Hafens.

Johnny der Freundliche (vertreten durch seinen Schwager Leo) zahlte für die Straßenecke außeralb seines Etablissements keine Pacht, doch galt sie als integrierender Teil des Unternehmens. Dort standen immer ein halbes Dutzend, ein Dutzend oder mehr seiner Gefolgsleute herum, lehnten sich an das große Fenster oder den Laternenpfahl, sprachen über den Beruf, den Sport oder wickelten kleinere Geschäfte ab. »J. P.« Morgan, mit Fledermausohren und dem Gesicht eines Wiesels, war an der Ecke eine bekannte Figur, wenn die Hafenarbeiter mürrisch ihre fünfzig oder hundert Dollar von ihm pumpten, Darlehen, die zum entgegenkommenden Zinssatz von zehn Prozent die Woche zurückzuzahlen waren, was zunächst gar nicht einmal so übel schien, bis man merkte, daß sich die zehn Prozent akkumulierten und man, wenn das Geld in der ersten Woche nicht zurückgezahlt war, zehn Prozent von 110 $ zu entrichten hatte, und so weiter, und so weiter, bis man schließlich dreißig oder vierzig Prozent Zinsen zu zahlen hatte. Wenn man zu weit in Rückstand geriet, gab »J. P.« einem Arbeitsvermittlungsagenten, Big Mac McGown oder Socks Thomas, einen Wink, und der sorgte dann dafür, daß man entsprechend arbeitete. Der Schuldner übergab dann seine Arbeitskarte an »J. P.«, und »J. P.« holte sich sein Geld unmittelbar von der Lohnkasse ab, so daß der Schuldner gar keine Gelegenheit hatte, das Geld zu vertrinken oder es seiner Frau auszuhändigen, bevor »J. P.« (in Wirklichkeit Johnny der Freundliche) seinen Teil erhalten hatte. So war also ein unfehlbarer Weg, um (zu guter Letzt) zu Arbeit zu kommen, derjenige, Klient von »J. P.« Morgans Straßenecken-Bankinstitut zu werden.

Das finanzielle Auf und Ab in der Arbeiterschaft am Hafen wurde von der unscheinbaren aber entscheidend wichtigen, kleinen Figur wie »J. P.« maßgeblich beeinflußt und im Gleichgewicht gehalten. Die meisten Dockarbeiter kamen ihr ganzes Leben nicht aus den Schulden heraus; sie gaben den letzten Dollar Sonntagabend aus und fingen am Montagmorgen von Null oder besser von unter Null wieder an. Wucherzinsen plus zwei, drei Leute für besondere Aufgaben – dies waren die beiden Stützen, auf denen Johnnys Macht in Bohegan ruhte. Und auf den gleichen Stützen ruhte die Macht der Hafenkapitäne in Port Newark und Staten Island und Red Hook und jedem anderen Teil des Hafens, der in ein Dutzend sich selbst genügende, viele Millionen umsetzende Operationsgebiete nach dem stillschweigenden Übereinkommen der Unterwelt aufgeteilt war, die sich selbst Gewerkschaftsführung betitelte. Auf diesen Unterführern ruhte das Lächeln des Ersten Vorsitzenden Willie Givens, der bei Gewerkschaftsversammlungen an seine Brust schlagen und in Tränen ausbrechen konnte, wenn er von seiner Liebe zu den Brüdern im Hafen sprach, die ihre Dankbarkeit dadurch zum Ausdruck brachten, daß sie ihm fünfundzwanzigtausend Dollar auf Lebenszeit und unbegrenzten Spesenersatz bewilligten. Die Abstimmung war hundertprozentig gesetzmäßig und ebenso satzungswidrig, denn die Kongreßabgeordneten waren vorher einzeln ausgesucht worden, und eine Opposition trat nur hier und da in Gestalt eines geräuschvollen nicht zu unterdrückenden Runty Nolan oder eines seine Sache ernstnehmenden jungen Parlamentariers wie Joey Doyle in Erscheinung. Die breite Masse machte ihrer Ablehnung insgeheim in Witzen Luft und gab ihrem Ersten Vorsitzenden den Beinamen »Heulender Willie« und »Kreuzerl-Willie«, weil seine Abmachungen mit dem Transportverband immer zu notorisch jämmerlichen Lohnerhöhungen führten, und »Willfähriger Willie«, weil es ihm so rührend am Herzen lag, für die Transport- und Verladearbeiter (und seinen großmächtigen Wohltäter Tom McGovern) zu sorgen, die sich ihm ihrerseits zu Weihnachten mit Glückwunschbriefen, die knisternde Tausend-Dollar-Noten enthielten, erkenntlich zeigten.

Hier an der Ecke River und Pulaski Street wölbten sich »J. Ps« Taschen mit Johnnys Bargeld und hier führte »Jockey« Dyrness, ein uralter Zwerg, der von den Rennplätzen wegen Verwicklung in irgendeine längst vergessene Skandalaffäre ausgeschlossen war, ein Kontobuch, das den Hafenarbeitern zur Verfügung stand. Es war jedenfalls ein offenes Geheimnis, daß »Jockey« für den Verein tätig war, genauso wie »J. P.«, Big Mac und Socks Thomas, ein mehrmals vorbestrafter Schlägertyp.
Einige von diesen Leuten standen draußen vor Johnnys Bar und Grillroom, als Terry erschien. Charley war da und schien, gegen das Barfenster gelehnt, in Seelenruhe auf etwas zu warten. Er war flankiert von Truck Amon, einem riesigen Fettwanst, der in dem Rufe stand, zwölf Liter Bier am Tag zu konsumieren, und von Gilly Connlos, einem weiteren Dicken, dem mal eines Tages von Charley der Auftrag erteilt worden war, zur Erledigung einer bestimmten Angelegenheit seinen Kopf anzustrengen, worauf er seinen Gegner derartig zusammenschlug, daß das Opfer mit Nasen- und Kieferbrüchen ins Krankenhaus eingeliefert werden mußte.
Als Terry nahe genug herangekommen war, sagte Charley mit gewohnt leiser Stimme: »Na, wie geht's?«
Terry nickte ungeduldig: »Er ist auf'm Dach.«
»Die Taube?« Charleys Stimme war kaum hörbar.
»Du sagst es«, murmelte Terry, dem die Unterhaltung auf die Nerven ging, weil er irgendwie glaubte, wenn er nicht davon reden müsse, könne er sich von dem distanzieren, was man mit Joey Doyle vorhatte. »Es hat geklappt.«
»Bist du sicher? Hast du ihn hinaufgehen sehen?« drang Charley in ihn.
»Ja, ja, 's hat geklappt – 's hat geklappt.«
Truck Amon klopfte sich an die Schläfe, preßte die dicken Lippen zusammen und nickte Terry mit weiser Miene zu: »Dein Bruder hier macht sich die ganze Zeit Gedanken. Die ganze Zeit.«
Terry sah seinen Bruder fragend an; er wußte nichts mehr zu sagen. Gewöhnlich wartete er, bis Charley die Unterhaltung in Gang brachte. Diesmal aber war Charley still und nachdenklich.

Sein Gesicht zeigte einen traurigen, milden, zerstreuten Ausdruck; er schien angestrengt über etwas nachzudenken. Als Terry ihn ansah und sich den Kopf zerbrach, was im Gehirn seines älteren Bruders wohl vorgehen mochte, drang ein Laut an seine Ohren, an die Ohren jedes einzelnen in der ganzen Umgebung, denn dieser Laut war im ganzen Viertel zu hören, der entsetzlichste Laut, den man je vernommen hatte. Es war ein Schrei, wie er aus der Kehle eines wilden Tieres stammen mochte, das von noch wilderen Tieren in Stücke gerissen wird. Es war ein langgezogener Schrei, ein Brüllen, ein Beten, ein Protest, ein Abschiednehmen. Es war unverkennbar der Tod, plötzlich und gewaltsam, eine Zunge, die aus dem lebendigen Mund in dem Augenblick herausgerissen wird, in dem sich ihr der Aufschrei gegen das Entsetzliche entringt, ein schriller, mißtönender, aus der Höhe herabstürzender Klageton, der schließlich im Nichts erstickt.
»Ich fürchte, da ist jemand vom Dach heruntergefallen«, sagte Truck Amon und blickte von Gilly zu Charley.
Das Volk in der Kneipe drängte sich auf die Straße und lief in die Richtung, aus der der Aufschrei und der gräßliche dumpfe Aufprall, der das Ende war, herübergedrungen war. Nur Charley rührte sich nicht von der Stelle. Truck und Gilly und »J. P.« und ein paar andere saßen da mit ausdruckslosen und nichtssagenden Gesichtern, aus denen nicht der geringste Anflug von Helfen-Wollen oder Mitgefühl zu sprechen schien. Terry sah ihnen ins Gesicht, seinem Bruder ins absichtlich ausdruckslose Gesicht. Plötzlich erkannte er, was sie ihm angetan hatten. Er war der Lockvogel gewesen, wie die Taube, ebenso unwissend und fast ebenso schuldlos.
In der Seitenstraße herrschte ein stetig anwachsendes Gewirr von Stimmen. Ein Polizeiauto traf mit heulender Sirene ein. Charley und Truck und Gilly sahen zu – mit müden Augen, die zu sagen schienen: Uns geht's nichts an. Terry beobachtete Charley und Truck und Gilly. Truck sagte in seiner trockenen, schwerfälligen Art:
»Der hat wohl geglaubt, er könnte der Kriminalpolizei eins vorsingen. Denkste.«

Terry sprach still zu Charley, eher benommen als anklagend: »Du hast doch gesagt, die wollten bloß mit ihm reden?«

Charley wollte Terry nicht anblicken. Er sah starr geradeaus, auf die Vorübereilenden, als ob es ein ganz gewöhnlicher Abend wäre. Er versuchte, genauso kalt und geschäftsmäßig wie Johnny der Freundliche zu wirken. »So war's gedacht.«

»Ich dachte, sie würden mit ihm reden. Würden versuchen, ihm den Kopf zurechtzusetzen. Ihn zur Vernunft zu bringen. Ich dachte, sie wollten bloß mit ihm reden?«

Was Terry da sprach, war weniger eine Frage als der hilflose Versuch, sich selbst wiederzufinden.

»Vielleicht hat er Streit mit ihnen bekommen«, gab Charley zu bedenken.

»Ich hab' mir gedacht, sie würden ihn höchstens anständig verprügeln«, sagte Terry.

»Er hat wahrscheinlich Streit mit ihnen angefangen«, beharrte Charley. Er sagte dies in einem Ton, der jede weitere Diskussion abschneiden sollte. Terry war ein komischer Bursche, ein Draufgänger und von Natur aus ein Polizistenhasser, aber trotzdem kein so zuverlässiger Ganove wie Specs und Sonny oder Truck oder Gilly. Dazu war er zu sehr Einzelgänger. Die Leute hatten eben kein Gefühl dafür, daß man einen gewissen Gruppeninstinkt braucht, um wirklich dazuzugehören. Terry war wie ein herrenloser, ab und zu bissiger Köter, der sich nie einem Rudel anschloß. Er war immer zufrieden, einen gefundenen Knochen abzunagen, statt einen richtigen Brocken Fleisch von einem Metzgerkarren herunterzustehlen. Man wurde nicht recht aus ihm klug, man konnte ihm nie so recht trauen, ein merkwürdiger Kauz. Deshalb hatte sich Charley auch nie Mühe gegeben, Terry in die Organisation hereinzulotsen. Man wunderte sich allgemein, warum Charley bei allen seinen Beziehungen nicht mehr für seinen jüngeren Bruder tat. Der Grund dafür lag in Terry selbst. Er konnte einfach keinen, auch nicht den kleinsten Auftrag ausführen, ohne hinterher törichte Fragen zu stellen.

»Ihn nur verprügeln, hab' ich mir gedacht«, murmelte Terry.

»Dieser Doyle hat unserem Chef die letzte Zeit viel zu schaffen gemacht«, sagte Truck in einem rechthaberischen, fast pikierten Tonfall. Für Truck Amon, der von Geburt an gewohnt war, den Stärkeren zu respektieren, bedeutete jede Auflehnung gegen Johnnys Autorität ein Vergehen, das seinen Ordnungssinn beleidigte. Johnny hatte ihn zu dem gemacht, was er war, Johnny konnte ihn auch wieder auslöschen. Er lebte von seinem Wochenlohn und dem, was er zufällig irgendwo zusammenstehlen konnte. Das wußte er, und mehr brauchte und wollte er nicht wissen.

Terry sprach immer noch mit sich selbst. Charley hielt ein Auge auf ihn. Was war bloß mit dem Jungen los? Vielleicht hätte er ihn doch ganz einweihen sollen. Aber das ging aus Sicherheitsgründen nicht. Sag' niemandem mehr, als er unbedingt wissen muß, um deine Aufträge ausführen zu können, sagte Johnny der Freundliche immer. Wie manch anderer erfolgreiche Unterweltskapitän hätte Johnny einen ganz guten Divisionskommandeur abgegeben. Wie hätte Charley also Terry in alles einweihen sollen? Er hatte nicht erwartet, daß Terry ihm so viele Schwierigkeiten machen würde. Terry wußte doch, daß man in diesem Geschäft gewisse Dinge in die Hand nehmen mußte.

»War kein schlechter Kerl, der Joey«, sagte Terry leise.

»Nein, das stimmt«, sagte Charley.

»Wenn man von seinem Mund absieht«, sagte Truck.

»Geschwätzig«, sagte Charley.

»Ja, geschwätzig«, sekundierte Gilly, dem der Klang des Wortes irgendwie gefiel.

»War kein schlechter Kerl«, konnte Terry sich nicht enthalten, noch einmal zu sagen. Vielleicht, wenn es ihm bewußt gewesen wäre, daß es seine Aufgabe war, Joey ans Messer zu liefern, wenn er Zeit gehabt hätte, sich an diesen Gedanken zu gewöhnen, dann wäre es mit ihm vielleicht in Ordnung gegangen. Joey hat es ja nicht anders gewollt, darüber gibt's keinen Zweifel. Das hat er sich nur selbst zuzuschreiben. Terry sah das ein. Was ihn aber so wurmte, das war, daß man ihm nichts davon gesagt hatte. Als ob er zu blöde wäre, als ob man ihm so etwas nicht zutrauen könne, wenn er wisse, worum es geht. Das fraß innerlich in ihm. Das ist es, dachte er. Er wußte nur, daß er ein irgendwie schlechtes Gefühl hatte. Bis zu dem Zeitpunkt, als Charley zu ihm auf das Dach gekommen war, hatte er sich vollkommen in Ordnung gefühlt, so wie sonst, und jetzt spürte er etwas, das ihm wie ein Brett vor dem Kopf vorkam, so wie ihm der Schädel gebrummt und plötzlich entsetzlich schwer geworden war, wenn sein Gegner im Ring eine Kombination von Haken am Kinn und am Ohr gelandet hatte und er wußte, daß er schwer getroffen war und in Deckung gehen mußte, bis er wieder klarkam.

Alle Leute an der Straßenecke blickten in Richtung auf das Hausdach, von dem Joey in den mit Gerümpel angefüllten Hof herabgestürzt war.

»Singen konnte er vielleicht«, sagte Truck in seinem gutturalen Tonfall, »aber fliegen konnte er nicht.«

»Das ist mal sicher«, grunzte Gilly, nickte ein paarmal ruckartig, und ein froschartiges Glucksen drang ihm aus der Kehle.

Terry sah sie an, und ihm war, als müsse er schwere Treffer am Kopf nehmen. Es war, als ginge ein Schlaghagel auf ihn nieder und er sei hoffnungslos im Kampfrhythmus des Gegners gefangen. Charley sah den Ausdruck auf Terrys Gesicht und dachte, es wäre besser, den Jungen aus der Nähe von Truck und Gilly zu entfernen, bevor ihm die beiden womöglich noch mehr zusetzten. Besonders dieser Truck, dem es nicht genügte, bloß ein Bulle zu sein und der, koste es was es wolle, auch schauspielern mußte.

»Komm mit, Junge, wollen einen zusammen trinken«, bot Charley an, während er den Arm um Terrys Schultern legte.

»Geh du schon 'rein. Ich komme in einer Minute nach«, sagte Terry.

»So was kommt vor, Kleiner«, meinte Charley philosophisch.

»Ich weiß. Ich weiß. Ich will bloß noch etwas frische Luft schnappen«, sagte Terry und schämte sich vor Charley seiner weichen Anwandlung.

VIERTES KAPITEL

Auf dem kleinen freien Platz hinter der Häuserreihe hatten sich mindestens fünfzig Menschen um den aus leblosen Knochen und Fleisch und zerknüllten Kleidungsstücken bestehenden Haufen versammelt, der einmal Joey Doyle gewesen war. Sie trugen die Köpfe in der uralten Haltung der Trauer, in diesem Fall echter Trauer, denn Joey war ein beliebter Junge gewesen, bevor er zu einer allseits geachteten Gestalt in diesem Viertel geworden war. Aber es schwang in dieser Atmosphäre auch ein tiefes Gefühl von Scham mit, als ob die ganze Gegend irgendwie in diese plötzliche und dennoch keineswegs unerwartete Gewalttat verwickelt sei.

Der unter der Oberfläche schwelende Haß war lautlos und unsichtbar; aber er stellte trotzdem eine Macht dar, wie ein elektrischer Stromkreis, der um den leblosen Körper herumkreiste, den irgend jemand in einem letzten Akt der Gnade mit den Seiten einer Tageszeitung zugedeckt hatte. Und wenn man genau hinsah, konnte man die schwarzen Schlagzeilen erkennen, die tagtäglich Mord und Totschlag in die Welt hinausschrien, so daß letzten Endes die Überreste der Gewalttat von den zerfetzten Berichten anderer Gewalttaten in einem Hinterhof dieser Hafenstadt bedeckt waren.

Pop Doyle stand da mit seinen Freunden Runty Nolan und dem dicken, stiernackigen Moose McGonigle, einer Kombination von Mutt und Jeff, ein Trinker und Späßemacher zugleich, der sich über sich selbst und andere Leute lustig machte. Sie kannten die Hintergründe dieses Todessturzes, und sie kannten ebenfalls – wenn sie sich auch zuweilen nicht genau daran hielten – den engen gewundenen Pfad, dem man folgen muß, wenn man am Hafen mit dem Leben davonkommen will. Deshalb sprachen sie nichts. Alle drei standen stumm und gefaßt um den Leichnam, und wenn auch Pop Doyles bewegungslose Trauer tief war – war doch Joey sein lieber, einziger Sohn gewesen (ein Bruder von ihm war im Kindesalter an Lungenentzündung gestorben) –, so spiegelte doch Pops Gesicht, wie auch alle anderen Gesichter

um ihn herum, das Bemühen, Gefühle und Wissen zu verbergen. Nichts zu wissen oder zu handeln, als ob man nichts wisse, war der einzige Weg, um das Leben am Hafen zu bestehen.
Wie immer, so hatte die Stadt auch diesmal ihre Maschinerie in Bewegung gesetzt, um diesen Fall menschlicher Tragödie zu bearbeiten. Joe Regan, der Polizist vom Revierdienst, hatte den Unfallwagen angefordert, während Mrs. Geraghty, eine Nachbarin, ihren Sohn zu Pater Barry geschickt hatte, der einige Häuser weiter neben der Kirche St. Timotheus wohnte. Der Arzt und der Pater waren im Abstand von nur ein paar Minuten eingetroffen; der schlaksige, wortgewandte und kettenrauchende junge Pater stieß die Leute mit einem rauhen »Platz da, Platz da« beiseite und hatte gerade genug Zeit, die Sterbesakramente zu lesen, solange noch Wärme in dem Körper war und der Arzt vergeblich nach einem stockenden Herzschlag lauschte. Während Pater Barry um Gottes Gnade und um das ewige Leben für Joey Doyle betete, wies der Arzt den Polizisten Regan an, in seinem Bericht den Tod festzustellen. Wieder ein Toter in der River Street.
Regan hatte den Zuschauern ein paar Routinefragen gestellt – hat irgend jemand den Sturz gesehen und wußte irgend jemand, ob der junge Doyle allein auf dem Dach gewesen war –, Fragen, die Regan stellen mußte, um selbst im Falle einer Nachprüfung gedeckt zu sein. Aus dem gleichen Grunde – es sah zwar nach einem Unfall aus, war aber vermutlich keiner – ließ er die Mordkommission holen. Sie traf ein wenig später ein, zwei alte Kriminalbeamte, die die Sache in die Hand nahmen, besonders der ältere von ihnen, Foley, ein dicker Bursche, der anfangs bei derartigen Vorfällen am Hafen nicht viel Federlesens gemacht hatte, bis seine Vorgesetzten ihn an die Kandare genommen hatten. Am meisten war in dieser Hinsicht auf den Piers los: Pferdewetten und Glücksspiel und Fälle von Plünderung, gar nicht zu reden von den Großschiebungen an Bord der Schiffe und den Schweigegeldern der italienischen Hafenarbeiter, die einen unsicheren Waffenstillstand zwischen den irischen Elementen und Johnny dem Freundlichen in Bohegan aufrecht erhiel-

ten. Foley war zuerst bereit gewesen, gleich aufs Ganze zu gehen, aber bei einem Kriminalkommissar wie Donnelly geriet man damit bloß in Schwierigkeiten und riskierte, wieder in Uniform gesteckt zu werden, wenn man nicht alle Fünfe gerade sein ließ. Foley wußte also, was für eine Art von Bericht man von ihm erwartete, er wußte aber auch hinreichend, wie er es anzustellen hatte, daß seine Fragen trotzdem hart und amtlich klangen. Das würde noch Tage so weitergehen, alle die Einzelheiten einer sorgfältigen Untersuchung, denn in nichts war die Polizei in Bohegan besser ausgebildet als darin, ihre eigenen Spuren zu verschleiern. Die Leute sahen wachsam zu, als Foley sich an Pop Doyle wandte.

»Sie sind Doyle, nicht wahr? Der Vater dieses Burschen?«

Pop starrte ihn an. Wut hinter der Maske des Gesichts.

»Das stimmt.«

»War ihr Sohn zu dieser Nachtzeit gewöhnlich da oben auf dem Dach?«

Pop zuckte mit den Schultern. »Ab und zu. Er war da oben immer bei seinen Vögeln.«

»Haben Sie irgendeine Ahnung, ob er allein war?«

»Wie soll ich das wissen? Ich war ja nicht oben.«

Mrs. Collins drängte sich vor, um zu sagen, was sie auf dem Herzen hatte. Sie war eine dicke, nervöse und überarbeitete Frau Anfang dreißig, die einstmals hübsch gewesen sein mochte; ihren Mann, den Lademeister, hatte man Ende der vierziger Jahre aus dem Strom gefischt. »Billy Conley und Jo-Jo Delaney sind immer oben auf dem Dach. Vielleicht können die etwas über die Sache sagen.«

Pop starrte sie wütend an. Der Polizei zu helfen, war am Hafen tabu. Ganz gleichgültig, was man im einzelnen von den Halunken dachte, die die Gewerkschaft in Mißkredit brachten.

»Buttinsky, du hältst das Maul«, befahl er ihr brüsk.

Die Jungen Conley und Delaney standen vorn in der Menge. Foley kannte sie. Sie gehörten zu dem Typ von Halbstarken, die man im Auge behalten mußte. Der bekannte leere Ausdruck des »Vorsicht-mit-der-Polizei« glitt über ihr Gesicht.

»Wir sind seit einer Stunde nicht mehr auf dem Dach. Wir haben nichts gesehen.«
Foley wandte sich von ihnen ab. Halunken. Er würde noch mal Schwierigkeiten mit ihnen haben, eines Tages. Alle Anwesenden starrten Foley und seinen Begleiter mit demselben kalten Abscheu an. Der alte Doyle hatte die Lippen zu einem melancholischen Grinsen zusammengepreßt. Er wartete auf die nächste Frage.
»Sie haben also bestimmt keine Ahnung, was er nach Einbruch der Dunkelheit oben auf dem Dach gemacht hat? Und ob er irgend jemand dort erwartet hat?«
Pop ließ ein leises Brummen hören, das seine Abneigung zu erkennen gab. Polizei! Wer will schon mit der Polizei zu tun haben? Ob ich irgendeine Ahnung habe, will er wissen. Was der alles anstellen würde, wenn ich ihn bis zur Halskrause mit Ahnungen anfüllen würde! Ich würde bloß Ärger davon haben, wie der arme Joey hier.
»Irgendeine Ahnung, Pop?« sagte Foley wieder. »Irgendeinen Verdacht? Oder irgend so etwas?«
»Nichts«, sagte Pop.
Mrs. Collins drängte sich wieder nach vorn.
»Das ist genau dasselbe, was sie mit meinem Andy vor fünf Jahren gemacht haben.«
Pop drehte sich wütend zu ihr um. Großmäuler. Einer wie der andere. Warum konnten sie ihn nicht in Frieden lassen, mit seinem Herzweh und seinem Kinde? All diese Fragen und die Leute, die ihre Nase in alles hineinstecken müssen. Wozu denn? Nur wieder eine Augenauswischerei. »Du hältst das Maul«, sagte er zu Andy Collins Witwe. »Du hältst dein dickes, breites Maul aus dieser Sache heraus.«
Mrs. Collins warf einen flammenden Blick in die Runde. Sie redete immer von ihrem Andy und dem, was sie ihm vor fünf Jahren angetan hatten. Er war Lademeister auf Pier C gewesen und hatte die Jahre nicht vergessen, in denen er selbst mit dem Ladehaken in der Hand für eins-siebenunddreißig gearbeitet hatte. Er gab den Leuten gern mal eine Ruhepause. Johnny der Freundliche hatte ihn gewarnt, aber er wollte nicht mitmachen.

Verprügelt hatten sie ihn, aber er gab nicht nach. Man sprach davon, daß er entschlossen sei, den ganzen Verein umzukrempeln, die Hafenarbeitervereinigung zu übernehmen und sie wie eine Gewerkschaft selbst zu führen. Mrs. Collins verlor immer ein bißchen den klaren Kopf, wenn sie von diesen Dingen sprach. »Jedesmal, wenn ich den Schlüssel in der Tür höre, glaube ich, er kommt nach Hause«, pflegte sie zu sagen. Pop Doyle konnte sie anbrüllen, soviel er wollte, sie war entschlossen, das auszusprechen, was sie zu sagen hatte.

»Joey Doyle war der einzige in dieser Gegend, der den Mut aufbrachte, für sein Recht einzutreten. Er war dafür, daß regelmäßig Versammlungen abgehalten würden. Und er war der einzige, der sich's zutraute, mit den Leuten von der Kriminalpolizei ein offenes Wort zu reden. Damit diese ganze Schweinerei . . .«

»Halt's Maul!« Pop zitterte vor Erregung, und der Schmerz über seinen Verlust vermischte sich mit Wut und Enttäuschung.

»Alle wissen das.«

»Wer hat dich gefragt? Halt deine Klappe. Wenn Joey auf meinen Rat gehört hätte, dann wäre er nicht . . .«

Pops Blick wanderte zu dem, was von Joey Doyle übriggeblieben war; dann wandte er sich ab, und sein Gesicht wurde feucht, während sich Tränen und Schweiß zu einem langsamen salzigen Strom vereinigten. Die Sirene eines Ozeandampfers auf dem Strom machte Wuuum – wuum – wuuuuum. Für ihn waren der Fluß und Johnny der Freundliche ein und dasselbe, nicht endenwollend gefährlich und immer wach.

»Alle wissen das«, wimmerte Mrs. Collins vor sich hin.

Mutt Murphy war auch erschienen; er bahnte sich mit den Schultern den Weg durch die Menge und versuchte dabei, mit den Leuten zu reden, die sich von ihm abwandten, um seinem eklen Atem und dem Anblick seiner bläulichen, vom Trinken geschwollenen Lippen zu entgehen.

»'n guter Kerl«, murmelte er, denn er war gewohnt, mit sich selbst zu reden. »War der einzige, der sich immer für meine Entschädigung eingesetzt hat, Gott segne ihn . . .«

Foley hatte genug von Pop; er wandte sich zu Moose McGonigle und Runty Nolan.

»Wie steht's mit euch beiden; habt ihr jemals irgendwelche Drohungen gehört ...«

Moose hatte eine tiefheisere Stimme, die durch das harte Leben etwas gefühlvoller geworden war, und normalerweise sprach er noch lauter als andere Leute, wenn sie schreien.

»Eines habe ich gelernt – in meinem Leben am Hafen –, stell nie dumme Fragen – antworte nie auf irgendwelche Fragen, es sei denn auf ...«

Er brach ab und blickte auf den Fleischklumpen, der unter den alten Zeitungen lag und darauf wartete, seine Fahrt zum Städtischen Leichenhaus anzutreten.

»Er hatte ein gutes Herz, der Junge«, sagte Runty andächtig; und er senkte sein aus lauter gebrochenen Knochen zusammengesetztes Gesicht und konnte den Körper zu seinen Füßen gar nicht sehen, denn man hatte ihn wegen Aufsässigkeit so zusammengeschlagen, daß sein Augenlicht nur noch verschwimmende Schatten wahrnehmen konnte.

»Mut«, sagte Pop, als ob es ein Fluch wäre. »Ich habe genug von Mut. Er wird in das Goldene Buch der Gewerkschaft eingetragen, und plötzlich ist er ein Held. Man müßte den ganzen elenden Haufen einarmig von den Docks herunterjagen.«

»Mit anderen Worten, Sie sind sich ziemlich sicher, daß es kein Unfall war«, sagte Detektiv Foley, und zwar nicht so sehr inquisitorisch, als um sich selbst zu decken.

»Hören Sie zu, Foley«, sagte Pop. »Ich bin mir über überhaupt nichts sicher. Und wenn ich's wäre, würde ich's nicht sagen. Sie würden's nämlich in den Akten begraben und mich würden sie im Fluß begraben.«

Foley machte sich routinemäßig ein paar Notizen. Die ganze Sache war reine Routine. Alle wissen sie etwas, und niemand sagt etwas, und man schreibt dicke Akten über die Lage am Hafen, genau wie der alte Mann da eben sagt, heftet wieder einen Bericht ab und wartet auf den nächsten.

»Okay, Sie können ihn mitnehmen«, sagte er zu dem Arzt. »Wieder ein Toter.«

Pater Barry betete für Joey, während er die Letzte Ölung erteilte. Er war in Bohegan geboren und aufgewachsen, der Pater Barry, und er war kein frömmelnder, salbadernder Priester. Sein Vater war Polizist gewesen, einer von den anständigen, deshalb war er auch in Schwierigkeiten geraten. Man hatte ihn in ein Revier in den Vororten strafversetzt; die Religion war für ihn ebenso moralische Richtschnur wie ein Sakrament und Erlebnis, und er scheute sich nicht, gegen die Bischofsmützen und den äußeren Prunk zu wettern, wenn er die Geistlichkeit für zu weltlich hielt und der Ansicht war, sie lasse sich zu sehr von Reichtum und Stellung beeindrucken. Von Natur ein Rebell, war Polizeiwachtmeister John Francis Barry ein unabhängiger Mann gewesen. Sein Sohn, der Priester, dachte daran, was für ein elendes Ende doch der junge Doyle gehabt habe, und ihm fiel das Begräbnis seines Vaters vor neunzehn Jahren wieder ein, als er selbst gerade elf war. »Sieh' dir die Priester an, was verstehen die schon von der Welt, der Kragen schneidet sie ab von dem Wissen um die Welt, ihr Leben lang hocken sie sicher im Schoße der Kirche!« Aber der Priester ist ein Mensch, schwach im Glauben oder wahrhaft katholisch, furchtsam oder tapfer wie ein Löwe, eitel besorgt um die Reichen seines Sprengels oder ebenso unablässig bemüht um die Armseligen und Beladenen wie Christus selbst.

Mrs. McLaferty, eine plumpe Frau, deren Unterrock immer hervorsah, sagte zu ihrer Nachbarin: »Arme Katie, sie waren unzertrennlich wie Zwillinge.«

Die andere Frau stöhnte: »Das arme, süße Ding. Das bringt sie um, das bestimmt. Ihr einziger Bruder, und dabei ist sie selbst viel zu gut für diese Welt.«

Mrs. Collins ließ sich nicht beruhigen:

»Wir werden noch sehen, Gott wird mein Zeuge sein. Die Ratten, sie werden in der Hölle braten bis zum Jüngsten Gericht.«

Mutt Murphy schwankte etwas näher auf die Witwe Collins' zu und bekreuzigte sich umständlich. »Amen«, sagte er. »Gott sei ihm gnädig. Er war ein Heiliger, der Joey. Der einzige, der sich darum gekümmert hat, daß ich meine Entschädigung bekomme. Er hat mir den Antrag ausgefüllt und ...«

»Los, weg da, Vorsicht ...« Die Leute von der Leichenhalle drängten sich durch die Menge der Neugierigen und Trauernden. Ein Polizist schob den weinerlichen Mutt Murphy barsch beiseite, damit die Bahre herangetragen werden konnte.

Mutt versuchte, Pop sein Beileid vorzuplappern, aber auch Runty stieß ihn beiseite. Es war irgend etwas an Mutt, das man immer wieder nur beiseite stoßen konnte. Aber ob gestoßen oder geschlagen, er schwang immer wieder zurück, wie ein schwerer Punchingball. »Hau ab, Blöder«, wies ihn Runty zurecht und warf sich dabei wie ein kleiner Kampfhahn in Positur. »Laß den alten Mann in Ruhe.«

Mutt zuckte mit den Schultern und entfernte sich kopfschüttelnd. Runty und Moose halfen Pop durch ihre bloße Gegenwart, während sie alle dem Leichnam zu dem Wagen folgten. Fast die ganze Nachbarschaft war in ehrfürchtigem Schweigen auf dem Bürgersteig versammelt und sah dem sich entfernenden Fahrzeug nach.

»Komm mit«, sage Runty zu Pop. »Komm, laß uns einen trinken.«

FÜNFTES KAPITEL

Die Hafenarbeiter, die zu dem Hofplatz hinter dem Mietshaus geeilt waren, strömten jetzt wieder zurück in Johnnys Bar, um weiterzutrinken. Es wurde nicht viel über Joey Doyle gesprochen. Es gab Klügeres zu tun, als ihn zu bedauern; es war sicherer, sich unwissend zu stellen und sich um seine eigenen Angelegenheiten zu kümmern, Schnaps zu trinken, den Boxkämpfen auf dem Bildschirm zuzusehen, sich nicht in fremde Dinge zu mischen. Wenn es überhaupt ein Gesetz in dieser Gegend gab, dann war es das. Im Fernsehen wurde ein Boxkampf gezeigt, und diejenigen, die aus besonderen Gründen in der Bar sitzengeblieben waren, und die anderen, die aus reiner Neugier sich draußen um den Priester und den Arzt und die Polizisten gedrängt hatten – sie alle fühlten sich jetzt wieder zu der ihnen allen gemeinsamen Zuflucht, dem 50-cm-Bildschirm, hingezogen, wo die Gewalttätigkeit gewissermaßen stellvertretend gezeigt wurde und verhältnismäßig harmlos war.

Terry Malloy beobachtete die Kämpfe gewöhnlich Montag-, Mittwoch- und Freitagabend. Er schaute mit gleichgültigem Gesicht, die Hände in den Hosentaschen, den Kopf über das Bierglas gebeugt, zu und schüttelte die Kerle ab, die ihm immer wieder erzählen wollten, was er mit den Schlappschwänzen da im Ring gemacht haben könnte; innerlich aber dachte er darüber nach, wie viele von den Burschen einen Mord auf dem Gewissen hatten und jetzt dort im Fernsehring ihre viertausend Dollar kassierten und kaum etwas anderes dazu mitbrachten als etwas Willenskraft und manchmal nicht einmal das. Nicht etwa, daß Terry ein Meisterboxer gewesen wäre. Er war leicht zu treffen gewesen; davon zeugte noch die Narbenschwellung über beiden Augen, aber er hatte Kräfte gehabt und das Herz auf dem rechten Fleck, und er hatte es verstanden, sich auf den Gegner einzustellen und ihn an den Seilen festzunageln, wenn der richtige Augenblick gekommen war. Er hatte nur sieben von insgesamt 43 Kämpfen verloren, ein ganz guter Durchschnitt für einen Jungen, der viel zu schnell herausgestellt worden war und manchmal sogar erst in letzter Minute für einen anderen hatte einspringen müssen. Terry also sah sich die Kämpfe an und träumte ab und zu den Traum eines erfolgreichen Come-back: Vielleicht würde er Schuhe und Handschuhe hervorholen und ein bißchen trainieren, nur um wieder das Gefühl dafür zu bekommen. Zum Teufel, er war immer noch ganz gut in Form, bloß drei oder vier Pfund über seinem besten Gewicht, und mit achtundzwanzig Jahren – man brauchte doch nur Rocky Marciano anzusehen und Jimmy Carter. Sie waren jetzt alle um die dreißig herum und bekamen mehr Geld zu sehen, als sie sich je mit zwanzig hatten träumen lassen.

»He, Terry, was machst du denn da?«

Es war Specs, der oben auf dem Dach mit Joey zusammengewesen war, Specs und Sonny. Jetzt waren sie beide in der Kneipe, tranken Whisky aus Biergläsern und sahen dem Boxkampf zu, als ob nichts geschehen wäre. Specs sah gar nicht wie ein Gewaltverbrecher aus, schmal und blaß wie er war, aber er brachte es über sich oder, wenn man so will, war verrückt genug, einen anderen umzubringen, ohne mit der Wimper zu zucken, das heißt, ohne sich allzu viele Gedanken darüber zu machen. Er war nervös und etwas kurzsichtig; Terry war nie ganz wohl, wenn er ihn sah, aber Specs tat alles, was Johnny der Freundliche ihm auftrug, darüber gab es keinen Zweifel. Sonny war lediglich ein Bulle, der nur so mitlief, hauptsächlich, weil er soviel Respekt vor Specs hatte. Die Leute hatten keine Ahnung davon, daß es gar nicht so ohne war, sein ganzes Leben lang den Tod eines anderen auf dem Gewissen zu haben. Gewöhnliche Schläger wie Truck und Gilly konnten das nicht. Sie konnten einen zwar so zusammenschlagen, daß man daran starb, gewiß, und sie konnten einen irgendwo in einer Seitenstraße liegen lassen, bis man verreckte. Aber dieses andere, diese von langer Hand vorbereitete Aktion, die konnte man von dem Durchschnittskerl nicht verlangen. Man mußte schon etwas Besonderes an sich haben, man mußte in seinem Charakter schon irgend etwas Großes oder Krankhaftes haben. Terry wußte das. Er wußte, Specs und sogar Sonny waren brutaler oder vielleicht hemmungsloser als er. Er selbst war bloß ein Mitläufer, einer, der die Brosamen aufsammelte, einer, dem man nur die allerkleinsten Aufträge anvertraute, was ihm auch durchaus recht war. Kleine Fische waren genau das, was er brauchte. Alles andere machte viel zuviel Ungelegenheiten, zum Beispiel Präsident zu sein. Wer, zum Teufel, hatte Lust, Präsident zu sein? Man braucht sich nur diesen Ike anzusehen und all die Kopfschmerzen, die der Mann sich zuzog. Fünf Sterne auf der Schulter, und man ist ein Held, ein George Washington, und man wird von der ganzen Welt Champion genannt. Aber dann ein Jahr im White House, und er ist ein Halunke, und Pegler belegte ihn mit all den Schimpfworten, die er sich sonst für die Demokraten aufgespart hat. Präsident oder sogar Abgeordneter der Ortsgruppe 447 wie Specs Flavin, wer hat dazu schon Lust? Ein paar Muscheln in der Tasche und eine gutaussehende Auster für die Nacht, das war etwas für Terry. Diesmal allerdings war er in etwas mehr hineingeraten, als er gedacht hatte. Zum Teufel mit dem Kampf und Specs und Sonny.

»Komm her, Terry, trink 'n Schnaps mit«, winkte Sonny.

Terry schob sie alle beiseite und ging hinüber ins Hinterzimmer. Es war ein alter, ungepflegter, viereckiger Raum mit denselben Boxern und Baseballspielern und Pferden und denselben Mädchen an den Wänden – und mit ein paar Bildern von den Großen (von Johnny dem Freundlichen an aufwärts), Arm in Arm miteinander aufgenommen. Da hing auch ein rührendes Bild von Johnny mit dem Ersten Vorsitzenden der International, Willie Givens, Tom McGovern und dem Bürgermeister von Bohegan, aufgenommen anläßlich des letztjährigen fröhlichen Diners, jenes alljährlichen Ereignisses, das von der Willie-Givens-Association veranstaltet wurde, zusammen mit einer Reihe von Gönnern, die alle einflußreiche Persönlichkeiten umfaßten, angefangen vom Bürgermeister und den politischen Führern bis zu Jerry Benasio von der Mord-AG, der den Mord geschäftlich rationalisierte. Politiker, Schiffsreeder und Gangster, das war die Achse, um die sich am Hafen alles drehte. Sie veranstalteten wunderschöne offizielle Banketts. Und jedes Jahr dankte ihnen der »Weinende Willie« mit tränen- und whiskyerstickter Stimme und mit von Herzen kommenden Gemeinplätzen.

Der Fernsehapparat im Hinterzimmer war eingeschaltet, und alle beobachteten mit einem Auge den Bildschirm, während das andere Auge auf Johnny ruhte. Es war Freitag, Zahltag am Pier und Zahlnacht in Johnnys Bar, wo der Profit auf seine Gefolgsleute, die sich Gewerkschaftsfunktionäre nannten, aufgeteilt wurde. Überall im Hafen wurden heute abend die Löhne gezahlt. Auf Staten Island, am East River und draußen in Brooklyn, wo Benasio regierte, ein Bündel Banknoten für die treuen Gefolgsleute, ein Anteil an den Schiebungen, dann die

Wettgewinne und der andere Trick: man stelle sechzehn Mann für eine Arbeit ein, die für zweiundzwanzig ausgeschrieben ist, und stecke die Differenz in die Tasche. Im ganzen Hafen war Zahlnacht, und den Jungens saßen Hände und Zungen lose. Johnny der Freundliche war die ganze Woche über ein großer Mann, aber noch viel größer war er heute abend, weil er nämlich jetzt die Beute in der Hand hielt und mit Realitäten rechnete; deshalb stolzierte er in dem Hinterzimmer mit der Autorität und Würde und den schlechten Manieren eines mittelalterlichen Herrschers herum.

Terry blieb in Gedanken versunken, hinter der Bar stehen und sah die anderen an. Jocko, der Barmixer mit dem Pferdegesicht, steckte den Kopf durch die Tür.

»He, Chef, Packy will noch einen haben – wegen der Sache, Sie wissen schon.«

Packy war ein alter Hafenarbeiter und entlassener Sträfling, der gelegentlich bei kleineren Sachen aushalf.

»Gib ihm ruhig noch einen«, sagte Johnny und schickte Jocko mit einer Handbewegung wieder hinaus. In der Öffentlichkeit war er immer großzügig, meist auch im Privatleben. Wenn man seinen Lebensstil ohne viel zu fragen akzeptierte, dann war er eigentlich ein vorbildlicher Charakter.

Big Mac trat mit einem Stapel Geldscheine an den Spieltisch. Er sagte kein Wort, weil es sich bloß um die normalen Einkünfte handelte, den Gewinn der letzten Woche, wobei 850 Mann Big Mac zwei bis fünf Dollar pro Tag dafür zahlten, daß sie vor einigen anderen Leuten zur Arbeit eingeteilt wurden. Mehr als zehntausend Dollar. Zwei Piers. Und ein dritter sollte von Johnny in Kürze neu eröffnet werden. Big Mac drückte sich herum, und Johnny wußte, daß er ihm etwas sagen wollte. Johnny nahm ihn mit in den kleinen Waschraum, in das Allerheiligste für solche Geschäfte, die nicht einmal Johnnys Gefolgsleute zu hören brauchten.

Big Mac, der in ein paar Mordaffären als Zeuge aufgetreten war, auch im Falle Andy Collins, ein Mann, dessen harte Kinnbacken von einer dicken Fettschicht überzogen waren und von

einer gewissen Leichtlebigkeit Zeugnis ablegten, Big Mac brachte den Mund dicht an Johnnys Ohr.
»Ein Bananenschiff legt morgen am Pier B an, die *Maria Christal* von Panama. Ich hab' bloß gedacht. Diese Bananen werden schnell schlecht.«
Big Mac sah Johnny an und wartete auf das grüne Licht. Was er im Sinne hatte, war eine Arbeitseinstellung. Man denkt sich irgendeinen Arbeitsdisput aus – die Gesellschaft verwendet zum Beispiel eigene Leute, um das Löschen zu beschleunigen –, irgendeinen gerade griffbereiten Trick, und dann zieht man die Leute ab und läßt die Bananen verfaulen. Binnen vierundzwanzig Stunden fangen die Leute – und zwar diejenigen, die sich vertraglich verpflichtet haben, die Bananen zu kaufen – zu jammern an, wir haben keine Bananen. Dann flüstert Big Mac ihnen ins Ohr, er könne die Leute dazu bewegen, den Streik abzublasen, falls – und sofort rutschen ein paar Geldscheine in einen Umschlag, als ob es Weihnachten wäre. Sie hatten nach diesem System letztes Frühjahr mit Tulpenzwiebeln aus Holland gearbeitet und die holländischen Onkel um fünfundzwanzig Mille in barem Geld erleichtert. Aus Tulpenzwiebeln läßt sich ein Vermögen machen, und fünfundzwanzig Mille sind kaum der Rede wert, wenn es sich darum dreht, die Zwiebeln nach Amerika einzuführen, bevor sie in den Laderäumen verschimmeln.
»Okay, verlange zehn Mille«, sagte Johnny. »Aber paß auf, daß du die Leute nicht ohne triftigen Grund abziehst. Achte darauf, daß es ganz legal aussieht. Dann kann ich nämlich der Presse klarmachen, wie wir um das Recht unserer Arbeiter kämpfen.«
»Hab' verstanden, Chef«, sagte Big Mac. »Ich glaube, es wird keine Schwierigkeiten geben. Die Bananenleute haben sowieso keine Ahnung, worauf's ankommt.«
Als sie in den großen Raum zurückkamen, war der Boxkampf im Fernsehen noch immer im Gange. »Solari klammert«, ließ sich Jimmy Powers gerade vernehmen. »Riley hat ihn getroffen, aber er kann ihm nicht den Rest geben. Noch dreißig Se-

kunden. Solari klammert noch immer, der Schiedsrichter kann sie kaum auseinanderkriegen. Beide sind ziemlich müde.«

»Ach was, dreht den Kasten ab«, sagte Johnny. »Diese Brüder können nicht kämpfen. Heutzutage ist überhaupt niemand mehr zäh genug.«

Dann sah sich Johnny nach seinen Wucherern um und merkte, daß eine der Geldhyänen noch nicht den Wochenertrag abgeliefert hatte.

»Wo ist der Morgan? Wo ist mein großer Bankier?«

Morgan, der so aussah, als hätte man ihn gerade aus dem Brackwasser eines Kanals gezogen, trat vor. Er stand zwar auf den Füßen, aber er schien zu kriechen.

»Hier bin ich schon, Mr. Freundlich.«

»Schön. ›J. P.‹, wie geht's Geschäft?« sagte Johnny.

»Ich hab' wieder Ärger mit Kelly, Chef«, brachte ›J. P.‹ seine Beschwerde mit einem vorwurfsvollen Seitenblick auf Big Mac vor. »Er will kein Geld nehmen und Big Mac teilt ihn sowieso zur Arbeit ein.«

»Ich muß ihn arbeiten lassen. Er ist der Neffe meiner Frau«, beharrte Big Mac.

»Aber er will kein Geld pumpen.« »J. P.« war immer kühn, wenn Johnny da war und ihm Big Mac vom Leibe hielt.

»Ich muß ihm Arbeit geben. Du kennst meine Frau. Sie würde mich umbringen.«

Johnny der Freundliche lachte. »Deshalb bleib' ich Junggeselle!«

Big Mac funkelte »J. P.« an. Er wollte auf dem Dock genau so verfahren, wie es ihm, Big Mac, gerade einfiel, und er war es endgültig leid, daß dieser Zwerg, »J. P.«, immer heim zu Johnny lief und ihm seine Ammenmärchen auftischte. »J. P.« suchte in seinem verknüllten grauen Anzug nach einer abgenutzten Brieftasche und nahm ein Bündel Geldscheine heraus. »Hier sind die Zinsen der letzten Woche, Chef, sechs-zweiunddreißig.« »J. P.« verdiente daran zwanzig Prozent, ungefähr 125 Dollar, ein ganz netter Profit, wenn man bedenkt, daß er dafür lediglich seine Nase in die Angelegenheit anderer Leute zu stecken brauchte.

Johnny übergab das Bündel Charley Malloy. »Hier, zähl mal, ich schlafe beim Zählen immer ein.«
Es war Johnnys Art, die Leute sich gegenseitig kontrollieren zu lassen.
Skins DeLacey, Ladearbeiter auf Pier B, ein scharfblickender, gut angezogener Bursche, der eine Schwäche dafür hatte, sich um die Arbeit herumzudrücken, und im Rufe stand, sich selbst zu bestehlen, bloß um in Übung zu bleiben, trat ein und ging auf Johnny zu.
»Wie ist's mit dem Walzblech gegangen?« fragte Johnny leise.
»Großartig«, sagte Skins. »Ich hab' eine prima Quittung ausgestellt, wenn ich so sagen darf.«
»Die Quittung ist in Ordnung. Gib mir das Geld«, sagte Johnny.
Skins hatte das Bündel Scheine in der Hand. »Fünfundvierzig.«
Johnny sah sich nach Terry um. Terry stand mit mürrischem Gesicht da, er versuchte nachzudenken. Er wollte etwas sagen, aber er wußte nicht was, und noch viel weniger, wie er es sagen sollte. Er hatte ein so komisches Gefühl. Ihm war, als läge er auf der Matte und könne nicht mehr aufstehen, ohne aber irgendeinen Schmerz zu empfinden. Das war ihm einmal passiert, als McBride ihn in Newark k. o. geschlagen hatte. Der Kopf war klar, und er konnte das Zählen hören, und er hatte das Gefühl, er könne aufstehen und weiterkämpfen, aber irgend etwas zwischen Kopf und Beinen schien durchgeschnitten zu sein, und so war er immer noch auf Händen und Knien, als der Schiedsrichter zehn gezählt hatte.
»Hier, Terry, zähl das mal«, Johnny übergab ihm das Geld, das Skins in der Hand hielt.
»Ach, Johnny ...« begann Terry zu sagen.
»Los«, befahl Johnny. »Es tut dir gut. Es bildet deinen Verstand.«
»Was für einen Verstand?« mokierte sich Big Mac.
Terry fuhr zu ihm herum und fühlte sich erleichtert, endlich ein Ziel gefunden zu haben. »Du bist heute abend gar nicht komisch, du Dickwanst.«

Big Mac drängte sich gegen Terry und hielt die Hand griffbereit. Der Junge war für ihn Luft. Charley war smart und nützlich, aber an Terry konnte er nichts finden.
Johnny trat zwischen beide und legte den Arm um Terry. »Zurück da, Mac, ich hab den Kleinen gern; denk nur an den Abend, wo er Faralla bei St. Nick fertig machte. Damals haben wir einen Batzen verdient.« In alter Dankbarkeit drückte er die Faust in Terrys Seite. »Bist wirklich noch gut in Form. Hast noch Chancen.«
Der Schlag und das Gespräch und die Kopfschmerzen, mit denen Terry hereingekommen war, all das verwirrte ihn vollends.
Johnny lachte und gab ihm einen Schlag auf den Rücken. »Laß sein, Einstein. Wie kommt's, daß du überhaupt nichts gelernt hast; wie dein Bruder Charley?«
Charley sah mit seiner Brille besonders gelehrt aus. Er las eine Menge. Er war stolz darauf, *Verdammt in alle Ewigkeit* bis zu Ende gelesen zu haben. Er liebte vor allem Bücher, die das wirkliche Leben widerspiegelten.
Big Mac sagte mit einer Kopfbewegung in Richtung auf Terry: »Die einzige Mathematik, die der je gelernt hat, ist, daß er den Schiedsrichter bis zehn zählen gehört hat.«
Ein Gelächter war die Folge und Terry war bereit, die rechte Faust in Big Macs dicken Bauch zu jagen. Johnny liebte keine Raufereien in dem Hinterzimmer. Dies war ein Geschäftslokal, und Johnny vermied unnötiges Aufsehen. Damit war er bisher immer gut gefahren, und Charley hatte ihm geholfen, seine Machenschaften entsprechend abzudecken. Legitimieren nannte Charley so etwas. Er repräsentierte die Ortsgruppe in der Distriktversammlung und konnte sich noch mehr wie ein aufrechter Gewerkschaftler gebärden als Reuther selber. Jetzt zog Johnny Terry fort, verstellte ihm mit seinem vierschrötigen, achtungeinflößenden Körper den Weg und fragte seinen Gehirnmann.
»Was ist bloß mit unserem Jungen los, Charley? Er ist gar nicht mehr er selber.«
»Das ist die Sache mit Joey Doyle«, sprach Charley leise. »Du weißt ja, wie er ist. Und dann solche Sachen. Er übertreibt sie, ist zu sehr Marquis of Queensbury.«

Johnny zog den Jungen mit rauher Herzlichkeit an sich heran. »Hör mal zu, kleiner Terry. Ich habe auch manchmal weiche Anwandlungen. Kannst jeden Arbeiter am Hafen fragen, ob ich nicht immer, wenn mich einer um etwas bittet, mit mir reden lasse. Aber unsere Mutter hat uns Kinder eben bloß mit ihrem kümmerlichen Witwengeld aufziehen müssen. Als ich sechzehn war, mußte ich um Arbeit betteln. Ich hab' mich nicht umsonst vom einfachen Dockarbeiter heraufgearbeitet.«

»Ich weiß, Johnny, ich weiß«, sagte Terry und wünschte, das Gespräch wäre gar nicht hierauf gekommen.

»An die Spitze dieser Ortsgruppe zu gelangen, weißt du, das war gar nicht leicht«, fuhr Johnny mit dem Ausdruck der Selbstgerechtigkeit fort, mit der er immer diese alte Geschichte zu färben wußte. »Eine ganze Menge harte Kerle haben mir dabei im Wege gestanden.« Mit einem Ruck hob er den Kopf und spannte seinen Stiernacken, so daß die lange, gezackte und berühmte Narbe sichtbar wurde. »Die haben sie mir als Andenken hinterlassen.«

Charley nickte. »Er hielt sich die Kehle zu, um das Blut zurückzudrängen, und rannte trotzdem noch hinter ihnen her, bis auf die Straße. Fischauge dachte, ein Toter liefe hinter ihm her.«

Terry war noch ein Kind gewesen, als dies passierte. Fischauge Hennessy und Puter Smith waren damals die Herren in Bohegan gewesen, während Johnny sich bis zum Ladeleiter emporgearbeitet hatte. Er mußte damals viel einstecken und sammelte insgeheim eine Gefolgschaft; dann marschierte er eines Tages einfach in das Büro der Ortsgruppe, in die kleine Bude am Kai hinein, und als Fischauge eintrat, warf er ihn hinaus, in das dreckige Wasser des Hafenbeckens, so daß alle es sehen konnten. »Ich bin der neue Erste Vorsitzende der Ortsgruppe 447«, erklärte er. Das ist die Art und Weise, wie Gewerkschaftsführer zur damaligen Zeit ihre Wahlen im Hafenviertel zu gewinnen pflegten. Ein paar Tage darauf kam Hennessy in Johnnys Bar (das Kleeblatt hieß sie damals) und wollte Johnny die Hand geben, aber in der Handfläche hatte er ein Messer und im Umsehen klaffte Johnnys Hals so weit wie ein Karpfenmaul. Zehn Tage später wurden die wässerig-blauen, von Fischen angefressenen Überreste Hennessys mit Hilfe von langen Haken an die Wasseroberfläche gebracht. Johnny wurde als Zeuge vernommen, ebenso wie Specs Flavin. Aber niemand war da, der als Augenzeuge in Frage kam, so mußten sie nach ein paar Tagen wieder entlassen werden. Puter Smith fand man etwa ein Jahr später im Jersey-Sumpf. Er war schon halb verrottet und sah mehr wie ein anthropologisches Ausgrabungsobjekt als wie ein vor kurzem dahingeschiedenes Mitglied der menschlichen Rasse aus.

Terry kannte die alte Geschichte Wort für Wort. Die schnelle und gründliche Art und Weise, wie Johnny der Freundliche an den Docks von Bohegan zur Macht gelangt war, übte einen mythischen Zauber auf die Vorstellungswelt der eingesessenen Arbeiterschaft aus. Das gleiche galt für die Geschwindigkeit, mit der Präsident Willie Givens und der Haufen von Schmarotzern, die er seinen Distriktrat nannte, die neue Stellenbesetzung bei 447 anerkannten und bestätigten. Natürlich berief sich Willie Givens, der Frühstückskönig, der alte »Weinende Willie«, auf seine gesegnete Gesundheit, wenn jemand auch nur vage durchblicken ließ, daß seine Boheganer Ortsgruppe von den allerverkehrtesten Gewerkschaftlern besetzt sei, die es diesseits des großen Teiches gäbe. Es war nicht seine Aufgabe, sich zu eingenend mit der Geschäftsführung der Ortsgruppen zu befassen. Er trat für die Selbstbestimmung der Gewerkschaften ein. Solange die Ortsgruppen ihre Mitgliedsbeiträge an Willie und die International abführten, war Willie ein Verfechter ihrer Unabhängigkeit. Bei seinen fünfundzwanzigtausend pro Jahr und unbegrenzten Spesen und seinem Spezialfonds zur Bekämpfung von revolutionären Bestrebungen und seinem Wohlfahrtsfonds und den Zuwendungen von den Transportgesellschaften (Fröhliche Weihnachten, Willie!) konnte er nach Herzenslust mit seinem guten Freund Tom McGovern feiern, während Johnny der Freundliche und seine Leute die schmutzige Arbeit verrichteten. *An die Spitze dieser Ortsgruppe zu gelangen, weißt du, das war gar nicht leicht.* Terry kannte die ganze Geschichte Wort für Wort.

»Ich weiß, was dich auffrißt, Junge.« Johnny ließ den Arm

auf Terrys Schulter liegen, und Terry wünschte, Charley hätte dieses Thema gar nicht aufgebracht. Er hatte von all dem genug. Was er brauchte, war ein tüchtiger Rausch. Am nächsten Morgen würde er dann schon wieder auf Draht sein. Aber Johnny ließ ihn nicht los. Vielleicht hätte man dem Kleinen die ganze Geschichte vorher auseinandersetzen sollen, meinte Johnny. Dann wäre es vielleicht nicht so ein Schock für ihn gewesen.

»Schau mal her, Junge, du weißt, ich hab' jetzt fünfzehnhundert zahlende Mitglieder, das sind vierundfünfzigtausend im Jahr, und zwar *legal.* Und wenn jeder einzelne bereit ist, noch zwei Dollar dazuzulegen, um sicher zu sein, einen Tag Arbeit zu haben, und wenn sie außerdem alle ihren Dollar zahlen, jedesmal, wenn die Sammelbüchse für den Wohlfahrtsfonds herumgeht, tja, und dann haben wir ja noch die Lotterie und die Pferde, und noch ein bißchen dazu – na ja, du kannst dir's ja ausrechnen. Wir haben die beiden fettesten Piers im fettesten Hafen der Welt. Was immer herein- und hinausgeht – wir beziehen unseren Anteil.«

»Wir haben schwer dafür arbeiten müssen«, sagte Charley. »Und es macht uns noch immer viel Kopfzerbrechen, und dann die ganze Verantwortung – glaube mir, alles was wir einnehmen, ist unser gutes Recht.«

Terry war mitten hineingeraten und wünschte, er wäre auf seinem Dach und schwänge die lange Übungsstange nach den Tauben. Aber Johnny kniete ihm auf der Seele und redete auf ihn ein, das Gesicht dicht an dem seinen.

»So, jetzt schau also einmal her, Kleiner, du glaubst doch selbst nicht, daß wir es uns leisten könnten, uns aus so einer Stellung heraushauen zu lassen, aus einer Stellung, die mich Blut und Schweiß gekostet hat – und das Ganze bloß wegen dieses einen lausigen, kleinen Idioten, wegen dieses Doyle-Knaben, der herumgeht, die Leute aufwiegelt und der Kriminalpolizei eins ins Ohr pfeift. Oder?«

Terry war zu Boden gegangen, er kroch auf Händen und Knien, und der Schiedsrichter zählte, und irgend etwas stimmte mit ihm nicht, denn er kam nicht wieder hoch. Als ob ihm die Luft ausgegangen wäre . . .

Terry runzelte die Stirn und sagte: »Klar, Johnny, klar, ich weiß, es war blöd von mir, dir alle diese Schwierigkeiten zu machen. Ich habe bloß gedacht, wenn ich schon drinhänge, dann hätte ich auch wissen müssen, was eigentlich ...« Er geriet ins Stocken, fühlte Johnnys Blick auf sich ruhen und merkte, daß Charley versuchte, ihm ein Zeichen zu geben, er solle schweigen. »Ich ... habe mir bloß ...« seine Stimme erstarb. Was sollte er noch sagen? Sie wußten sowieso, was er meinte.
Charley beobachtete Johnny mit ängstlicher Aufmerksamkeit, aber der Chef schien immer noch milde gestimmt, jedenfalls was Terry anging. Der Junge hatte seinen Teil an der Sache gut erledigt, und Specs und Sonny hatten das Ihre dazu getan, und die ganze Sache war okay. Jetzt standen die Aussichten hundert zu eins, daß der Leichenbeschauer die Angelegenheit als reinen Unglücksfall behandeln würde. Auch die Polizei würde in ein paar Tagen die Akten über diesen Fall schließen. Man brauchte nicht einmal mit ein paar geringfügigen Verhaftungen zu rechnen. Sam Millinder, der als eine Art Vertragsanwalt seine fünfundsiebzigtausend im Jahr bezog, würde kaum Gelegenheit haben, seine Spitzenkür als Rechtsverdreher zu laufen. Es handelte sich eben um eine glatte Operation, und die ist nur möglich, wenn man die entsprechenden Leute bei der Hand hat. Johnny zog eine Fünfzigdollarnote aus der Tasche und stopfte sie hinten in den Pullover, den Terry als Hemd trug.
»Hier, Kleiner, hier hast du einen halben Hunderter, sauf dir einen an.«
Verschwommen, dunkel, wie in einem von Wolken überzogenen Traum, wie ein verblaßtes Albumbild aus biergetränktem Schlaf, erinnerte sich Terry plötzlich an das frische junge Gesicht des jungen Doyle, wie er sich aus dem Fenster beugte. Das Geld würde ihn nur immer wieder daran erinnern. »Nein, danke, Johnny.« Er versuchte den Geldschein zurückzuweisen. »Ich brauch's wirklich nicht, ich ...«
Johnny hatte es nicht gern, wenn man ihm einen Korb gab, auch dann nicht, wenn er Geldgeschenke machte. Er steckte den Schein noch tiefer von oben in Terrys Pullover hinein und ließ dabei

ein hartes, herablassendes Lachen ertönen. »Geh weiter. Ist ja nur ein kleines Geschenk von deinem Onkel Johnny.«
Dann wandte er sich Big Mac zu, der folgsam auf seinen Anteil wartete, damit er sich an der Bar damit brüsten und den großen Mann spielen konnte.
»He, Mac«, kommandierte Johnny, »morgen früh, wenn du die Leute einteilst, dann schick Terry ganz nach oben. Nummer eins. Jeden Tag.«
Big Mac nickte, zog seine aufgedunsenen Backen ein, was bei ihm soviel bedeutete, wie »na schön, wenn du meinst«.
»In Ordnung, Matooze?« sagte Johnny zu Terry. »Eine leichte Sache. Brauchst da bloß die Kaffeesäcke zu zählen.«
Das hieß neunzig Dollar die Woche für das Lesen von *See, She, Pics Quick, Tempo, Stare, Dare* und der *Police Gazette*.
»Danke, Johnny«, sagte Terry. Er konnte das Gefühl nicht loswerden, man habe ihm nicht alles gesagt. Er steckte die Hände in die Taschen seiner blauen Leinenhose und stapfte hinaus mit den fünfzig Dollar, die ihm auf der Haut brannten wie ein Senfpflaster.
Charley hatte seinen Bruder mit wachsamer und etwas skeptischer Anteilnahme beobachtet. »Du hast hier einen wirklichen Freund gewonnen, denk immer daran«, glaubte er dem Jungen nachrufen zu müssen.
Terry drehte sich nicht um. Er schritt langsam zur Tür, wie ein geschlagener Boxer, den Kopf gesenkt, als ob er durch die schmale Gasse zwischen der Menge hindurch in seine Garderobe ginge.
»Warum sollte er das auch vergessen?« sagte Johnny großspurig. Er fuhr fort, seine Leute auszuzahlen, die Einnahmen der Woche wie Karten auf einem Spieltisch auszuteilen, und legte dabei die Bündel für den Bürgermeister und den Polizeidirektor beiseite, die er etwas später im Cleveland Democratic Club treffen wollte.
Specs und Sonny und Gilly waren an der Bar mit Würfeln beschäftigt, als Terry sich den Weg zur Tür bahnte. Sie riefen ihm zu, aber er ging weiter. Er schritt die River Street entlang, bis er zu der kleinen, aus einem einzigen, winzigen Raum beste-

henden Bar namens Hildegarde kam. Er mußte eigentlich immer lachen, denn Hildegarde war gut zweihundert Pfund schwer, ein Riesenstück warmherziger, unförmiger Weiblichkeit, die einen tränenreichen, unentschiedenen Kampf mit ihrem knausrigen, arbeitsscheuen Ehemann Max führte. Es war gewöhnlich ruhig bei Hildegarde, besonders, wenn sie ihren Max hinausgeworfen hatte. Terry setzte sich an die Bar und hörte geistesabwesend Helen Forrest zu, die »My Secret Love« sang, einmal und noch einmal und noch einmal, denn Hildegarde stopfte mit ihren fetten, feuchten Händen immer wieder Groschenstücke in den Apparat.
»Was ist denn los mit dir, du bist ja so still heute abend?« sagte Hildegarde.
Terry zuckte mit den Schultern und stürzte den Whisky die Kehle hinunter, als ob er zu heiß wäre, um ihn im Mund zu behalten. Hildegarde zog sich von ihm zurück, denn sie war eine erfahrene Barfrau, die die Stimmungen ihrer Gäste zu respektieren wußte. Es war sonst niemand da, deshalb lehnte sie ihren schwammigen Körper über den Spielautomaten und sang mit belegter, gutturaler Stimme:

»Ich hatt' einst ein heimliches Liebchen
das wohnte im Herzen bei mir . . .«

Gewöhnlich neckte Terry sie und machte Witze über ihre Liebschaften – »Wie heißt denn dein neuer Liebhaber?« und mit einem Stoß des Ellbogens: »Na, was meinst du, sollen wir beide uns nicht über das Wochenende mal kurz auf und davon machen. Du kennst doch das verschwiegene Hotel, ha-ha, du hast zwar nicht den allerbesten Hintern in der Stadt, aber niemand wird behaupten, daß du nicht den größten hättest.«
Hildegarde pflegte ihn dann in gespieltem Zorn einen frechen Lümmel zu heißen, aber sie hatte Terry gern, und das Ende war immer, daß sie ihn zum Trinken einlud und für ihn zahlte, bis er genug hatte. Heute abend aber war es anders. Hildegarde umarmte in ihrer Einsamkeit den Musikautomaten und überließ Terry seinen Gedanken.

SECHSTES KAPITEL

Es war nach zehn Uhr abends, aber die Kinder auf der Market Street waren im trüben Schein der Straßenlaternen noch immer mit ihrem lärmenden Spiel beschäftigt. Der Ball prallte irgendwo ab, sprang auf den Fahrdamm, und ein zwölfjähriger Junge, das Gesicht glänzend von Schweiß, sprang ihm nach und geriet fast unter die Räder eines Taxis, das plötzlich um die Ecke bog. Die Leute aus dieser Gegend pflegten die Untergrundbahn zu benutzen und murrten über das Fahrgeld von fünfzehn Cents. Ein Taxi, das vor einer der Mietskasernen vorfuhr, war deshalb eine kleine Sensation. Als es vor dem Doyleschen Haus parkte, kamen die Kinder angelaufen, umringten den Wagen, und einige kletterten zum Mißvergnügen des Fahrers, der seinem Unwillen freien Lauf ließ, auf die Kotflügel. Bevor Katie Doyle noch aussteigen konnte, wanderte ihr Name im Flüsterton durch die Menge. Die Kinder bildeten einen Knäuel vor der Tür und drückten sich gegen die Scheiben, wie Halbwüchsige, die einmal einen Filmstar sehen wollten. Abgesehen von der Verbindung mit ihrem Bruder Joey war sie in diesem Viertel so etwas wie eine Berühmtheit, denn als junge Studentin am Marygrove College in Tarrytown hatte sie sich ganz bewußt von ihren Altersgenossinnen distanziert, die in blauen Leinenhosen mit heraushängenden Hemden herumliefen und freche Reden führten, wie man sie in Bohegan gewohnt war. Katie Doyle war ein stilles, vielleicht allzu ernstes junges Mädchen; Pop Doyle hatte sie bereits im zarten Alter von zwölf Jahren auf die auswärtige Schule geschickt, weil er unter allen Umständen, koste es was es wolle, entschlossen war, sie vor dem Leben auf der Straße zu bewahren und ihr das Unglück zu ersparen, dem kaum ein hübsches Mädchen, und wenn es noch so gut erzogen ist, im Hafenviertel von Bohegan entgeht.

Während des ersten Jahres in Marygrove war sie unter ihren Klassenkameradinnen dadurch aufgefallen, daß sie den Katechismus so aufsagte, als ob die Worte ihr etwas bedeuteten, während die anderen sich damit begnügten, die Sätze herzubeten, und sich

keinerlei Gedanken über Sinn und Inhalt des Textes machten. Katherine-Anne war dadurch zu einer schwierigen Schülerin geworden. Innerhalb der Grenzen, die der Gehorsam zog, versuchte sie, selbständig zu denken. Wenn die Schwestern, die in Marygrove lehrten, Katherine-Anne den Schlüssel zur Himmelspforte gegeben hätten, so würde sie sofort versucht haben, ob der Schlüssel auch tatsächlich paßte und hätte dann den Raum hinter der Tür mit der gleichen inquisitorischen Hartnäckigkeit untersucht, der die braven Schwestern oft fassungslos gegenüberstanden. Schwester Margaret, die englische Literatur unterrichtete, klagte zuweilen – trotz aller Zuneigung für Katherine-Anne – »Ich wollte, sie stellte nicht so viele Fragen.«
Die Kinder mit ihren aufmerksamen Blicken und von Schmutz überzogenen Gesichtern umdrängten Katherine-Anne, als sie den Taxifahrer entlohnte. Sie hatte Joey geliebt, ja verehrt, fast bis zur Grenze der Selbstvergessenheit oder sogar Sünde, und jetzt schien sie vollkommen eingehüllt in ihren Verlust und noch benommen von dem Schock, den der Telefonanruf auf sie ausgeübt hatte. Sie hatte noch die blaue Schülerinnenbluse und den Rock an, den sie in Marygrove trug, und auch in manch anderer, weniger sichtbaren Weise hatte sie den Übergang vom College am Stadtrand von Tarrytown in diese Häuserreihe übervölkerter, aufdringlicher Mietskasernen dicht am Hafen noch nicht vollzogen. Vom Taxi eilte sie geradewegs über die Außentreppe in den schäbigen, vertrauten Hausflur hinein.
Billy Conley, der von seinem beherrschenden Beobachtungsposten am Fuße der Treppe aus zu ihr aufschaute, konnte nicht umhin, zu bemerken: »Junge, Junge, die kleine Doyle ist aber wirklich groß geworden, seit sie letzte Ostern zu Hause war.«
Jo-Jo Delaney meinte lachend dazu: »Und auch an der richtigen Stelle.« Und er unterstrich mit einer Handbewegung nach Erwachsenenart, was er damit ausdrücken wollte.
Ein dickes, zwölf Jahre altes Mädchen schalt laut: »Hast du denn gar keinen Respekt vor den Toten?«
In diesen Worten schwang ein so abschließender, endgültiger Unterton mit, daß die frühreifen Burschen verstummten. Billy konn-

te wie ein hübscher, irischer Junge aussehen, wenn sein Antlitz in ruhiger Gelassenheit offen dalag; und jetzt wirkte er wie ein engelgesichtiger Chorknabe bei der Heiligen Messe, als er die Augen hob – nicht zum Himmel, sondern bloß zu dem Fenster im zweiten Stock, wo die Lichter in der Doyleschen Wohnung brannten.

Es war eine Eisenbahnerwohnung, eine von sechzehn in dem sechzig Jahre alten Backsteinbau. Man gelangte von der Eingangstür unmittelbar in die enge Küche; dort stand der kleine Herd und die Badewanne, über die ein Deckel gelegt war, auf den sich Pop zu setzen pflegte, wenn er Besuchern Platz am Küchentisch machen wollte. Hinter der Küche lag ein dunkler knapp vier Meter langer Raum, aus dem man die Türen entfernt hatte, um Platz für ein Bett zu lassen. Ein weiteres kleines Schlafzimmer und das Vorderzimmer, das früher einmal ein Salon gewesen, inzwischen aber in einen Schlafraum umgewandelt worden war (es besaß ein Fernsehgerät, das noch nicht ganz abbezahlt war), vervollständigten den bewohnten Raum. Eine Eisenbahnerwohnung. Der Name ist gar nicht so schlecht gewählt, denn sie war nur wenig breiter als ein Schlafwagen, die einzelnen Zimmer gingen ineinander über, und es gab keinen Korridor oder Flur, der der ganzen Wohnung etwas mehr Ruhe und Abgeschlossenheit gegeben hätte. Auf dem Vorplatz befand sich eine kleine Toilette für die Mieter derselben Etage; und wenn so auch nicht die Mehrzahl der Leute in Amerika zu wohnen pflegte, so war all das doch typisch für die Lastträger des Hafens von Bohegan. Einige der Mietshäuser in diesem elenden Viertel stellten nichts weiter als bessere Bruchbuden dar, armselige Denkmäler sozialer Rückständigkeit, die auf den von Altpapier und Abfällen übersäten freien Plätzen zwischen den Wohnblocks auf der Market Street und den Bars an der River Street errichtet worden waren.

Schon ein halbes Dutzend Menschen hatten in der Doyleschen Wohnung kaum Platz – jetzt waren mehr als doppelt so viele anwesend: Pop in seinem Unterhemd, und Runty und Moose, die die Flasche herumgehen ließen, und ein Mieter aus der Nachbarwohnung, Mr. Mathewson, ein nordirischer Protestant, aber trotzdem gerngesehener Gast, und Jimmy Sharkey, ein junger Freund von Joey. Da war außerdem Mrs. Gallagher, eine mütterliche Nachbarin, die elf Kinder hatte und ihr Leben lang mit ihrem Mann in Streit lag, wer am Freitagabend in den Besitz der Lohntüte gelangen würde, und die trotzdem noch Zeit fand, das ganze Haus irgendwie zu bemuttern. Sie stand jetzt in der überfüllten Küche und richtete an Stelle der schon vor langer Zeit heimgegangenen Mrs. Doyle belegte Brote mit Hilfe von Schinken, Corned beef und Käse, was andere Nachbarn beigesteuert hatten. Auch Onkel Frank war da, der Polizeiwachtmeister, ein unbeholfener, freundlicher Mann mit rotem Gesicht, der aus irgendeinem geheimnisvollen Grund nie geheiratet hatte und den Kindern auf der Straße den einen oder anderen Groschen zuzustecken pflegte. Ein Querschnitt der Bevölkerung drängte sich in diesen engen Zimmern, trank und redete laut, erzählte Geschichten und weinte hier und da mit den Nachbarn, die vorbeischauten und wieder gingen, nachdem sie Pop umarmt, einen Schluck aus der Flasche genommen und die althergebrachten Beileidsworte zum Tode des armen Jungen gestammelt hatten.

Als Katherine-Anne den knarrenden Treppenabsatz in Richtung auf die offenstehende Küchentür entlangging, war Runty Nolan gerade dabei, eine alte Saufgeschichte zu erzählen. Er hoffte, Pop damit ein wenig zu erheitern.

»Ich komme also aus der Drehtür von McCartys Bar heraus« – Runty spielte die ganze Begebenheit den Anwesenden noch einmal naturgetreu vor – »und falle kopfüber in einen Schneehaufen . . .«

Moose schenkte Pop wieder ein, und Pop versuchte zu lachen.

»Trink, Pop, trink«, rief Moose laut, »trink ruhig noch einen.«

»Gut, aber bloß 'n kleinen«, sagte Pop, den die vielen Leute und die Plötzlichkeit der Ereignisse etwas aus dem Gleichgewicht gebracht hatten.

». . . und als Patrick hier (mit einer Handbewegung auf Pop) versucht, mich aufzuheben, sag' ich, was fällt dir ein, einen

Mann in seiner Nachtruhe zu stören und ihm das Bettlaken wegzuziehen. »Was heißt hier Bettlaken, das ist Schnee, du Trottel, sagt darauf der alte Gauner.«

Runty lachte aus vollem Halse, ha-ha-ha und alle fielen mit ein, und zwar riefen die, denen am wenigsten zum Lachen zumute war, am lautesten ha-ha-ha, bis die überfüllten Räume mit ihrer verbrauchten, abgestandenen Luft und den schäbigen Tapeten wahrhaft zu erwachen schienen bei dem unnatürlichen, der Trauer so dicht benachbarten Gelächter.

In diesem Augenblick trat Katie ein, hochgewachsen, aufgerichtet, frische Farben im Gesicht, eine Gestalt, die in der übervölkerten, von Whiskydunst erfüllten Küche wie ein Eindringling aus einer anderen Welt wirkte.

Der Anblick seiner Tochter, die so still eintrat, daß sie schon mitten unter ihnen war, bevor man ihre Ankunft überhaupt gemerkt hatte, gab Pop den Rest: er brach vollends zusammen. Jetzt konnte er endlich seinen Gefühlen freien Lauf lassen, als er Katie in die Arme schloß und sie sein runzeliges, unrasiertes Gesicht an ihrer Wange spürte. Dann schluchzte er fassungslos, den Kopf in die Beuge zwischen Hals und Schulter seiner Tochter gelegt. Sie hielt ihn still, während er schluchzte: »Katie, mein Mädchen ...«

Leise und noch immer tränenlos von dem Schock sagte sie: »Pop ... Pop ...« und die Freunde in dem Raum wandten sich zueinander, teils aus Verlegenheit, teils um eine unsichtbare Mauer zu bilden, hinter welcher Vater und Tochter sich ihrem Kummer hingeben konnten.

Auf der anderen Seite dieser Mauer reichte Runty Nolan die Flasche Mathewson hinüber. »Los, Matty, du verlierst den Anschluß.«

»Anschluß! Noch einen und ich verliere das Gleichgewicht«, sagte der Protestant aus Nordirland.

Katherine-Anne betrachtete aufmerksam und wie aus weiter Ferne die Szene und betete innerlich zu ihrer lieben Mutter Maria, sie möge ihr dabei helfen, den Sinn der letzten Ereignisse zu erfassen. In der Abgeschiedenheit des Konvents von Tarrytown hatte sie unter der Leitung der St.-Annen-Schwestern eine fast fieberhafte Vorstellung davon bekommen, was Sünde und Verworfenheit und menschliches Elend heißen. Die Heilige Familie führte in ihren Augen einen unablässigen Kampf gegen Unwissenheit und menschliches Irren. Die Drei-Einigkeit stand für Katie ebenso wirklich wie die Registrierkasse in Johnnys Bar für Johnnys Schwager Leo. Allmählich und langsam begann Katie aber zu fühlen, während sie sich blind wie ein junger Maulwurf im Dunklen vorwärtstastete, daß die Welt, durch die sie sich hatte treiben lassen, eine Welt frommer Träume gewesen war. Jetzt erfuhr Katie zum erstenmal in ihrem Leben das wirkliche menschliche Elend, die lebendige Sünde, die nackte und hinterhältige Verworfenheit, und ihr Glaube war getroffen. Im Geiste, abgesetzt von der gezwungenen Festlichkeit der Leichenfeier, rief sie die Jungfrau Maria an, als wende sie sich an ihre eigene, leibliche Mutter. Und während sie im Herzen rief: *Heilige Mutter Gottes, hilf mir, hilf mir, daß ich begreife*, suchte sie, ohne es noch selbst zu wissen, nach einer wirklichen Antwort auf die Frage nach Leben und Tod, nicht in weiter Ferne auf dem Kalvarienberg, wo die Engel in stillem Triumph auf rohe Krieger herniederfuhren, sondern hier, an der River Street und der schäbigen Market Street, wo die Schiffe – wuuuuuuuuum – in der Nacht vorbeifuhren und das Ungeheuer Fluß mit öligen Zungen gierig nach neuen Opfern lechzte und leckte.

»Ja, ja«, sagte Jimmy Sharkey, nun wohl zum fünften Male, um das Gespräch in Fluß zu bringen und um die Versammlung ein wenig zu beleben, »es wird lange dauern, bis wieder mal jemand diesen Hyänen die Meinung sagt, wie es Joey Doyle getan hat.«

»Mut hatte er wie ein ganzes Regiment«, rief Moose.

»Wirklich ein Draufgänger«, warf Runty Nolan ein.

Und Runty wußte, was es hieß, auf den Docks ein Draufgänger zu sein. Er brauchte nur ins Jahr 1914 zurückzugehen, als die Ortsgruppe 447 ihre Satzungen erhielt. Willie Givens und Tom McGovern waren einfache Mitglieder, die neben ihm zur Arbeit gingen. Willie war ein junger Prahlhans, der dauernd andere um Drinks anbettelte. Einmal hatte er einen in der Krone und sah das Stück Stahlblech nicht, das vom Kai zum Laderaum herüberschwang. Willie lag drei Monate im Bett, und Runty schlug dem Verein, der sich damals noch an die demokratischen Spielregeln hielt, aus reiner Herzensgüte vor, man solle doch Willie auf den Posten des zweiten Finanzsekretärs der Ortsgruppe setzen, damit er seine Rekonvaleszenzzeit durchstehen könne. Willie verschrieb sich dem Büroleben, wie der Hafenarbeiter dem Bier. Nicht einen Tag hatte er seither mehr am Hafen gearbeitet. Er stieg immer höher und höher. Erster Vorsitzender der Ortsgruppe. Stellvertretender Vorsitzender im Distriktsrat. Schließlich Präsident der International. Fünfundzwanzigtausend und unbegrenzte Spesen. Und Zuwendungen von den Transportleuten, weil er soviel Verständnis für die Probleme der Geschäftsführung hatte. Und ein Geheimfonds für den »Kampf gegen den Kommunismus«, den zu unterstützen jede Firma im Hafen für ihre patriotische Pflicht hielt, ein Fonds, den Willie ganz allein verwaltete. Der letzte Kongreß, eine hübsche Sammlung von Ja-Sagern, hatte Willie zum Präsidenten auf Lebenszeit gewählt (»wer dafür ist, der sage ja, und gnade Gott demjenigen, der es wagen sollte, dagegen zu sein«). Auf diese Weise hatte sich Willie Givens in eine einheitliche parlamentarische Front mit Johnny dem Freundlichen darunter und Big Tom McGovern darüber hineinmanövriert.

Big Tom saß im Aufsichtsrat des Knickerbocker Athletic Club und des Gotham Club, und der Bürgermeister tanzte nach seiner Pfeife, und er besaß Verladegesellschaften und Schleppergesellschaften und Ölgesellschaften und Sand- und Kiesgesellschaften und Transportunternehmen und Gesellschaften, die wiederum andere Gesellschaften besaßen. Mit anderen Worten, er hatte die ganze Stadt fest in der Hand, und während er den Richtern und Politikern einen fünfundzwanzig Jahre alten Tropfen kredenzte, wurden diejenigen, die nicht parieren wollten, von seinen Handlangern am Hafen blutig geschlagen. Von der Fifth Avenue bis zur Gosse in der River Street, wo das Blut floß, das alles war Big Toms Herrschaftsbereich.

Aber Runty wußte noch, wie innerhalb von drei Jahren Tom McGovern vom Verladearbeiter mit vierzig Cents die Stunde zum Besitzer von zehn eigenen Fleischwagen aufstieg. Das war die Geburtsstunde der Enterprise Trucking Co., und diese Gesellschaft kam auf eine ungewöhnlich direkte Art zustande, denn Big Tom erwarb sich die ersten beiden Fahrzeuge einfach dadurch, daß er den Besitzer durch schwere Drohungen dazu veranlaßte, ihm die Wagen zu überschreiben.
Runty hatte mit angesehen, wie Tom sich mit seinen eigenen Fäusten den Weg nach oben auf den Docks erkämpfte. Und er wußte auch, daß der Leiter der Fuhrmannsgewerkschaft in einem der ersten Mordfälle am Hafen aus dem Wege geräumt wurde, so daß Big Tom einen seiner eigenen Leute in diese Position hineinlancieren konnte, so wie er dann etwas später Willie Givens an die Spitze der Hafenarbeiter brachte. Und die ganze Zeit hindurch, während Big Tom sich den Weg in den inneren Kreis der oberen Zehntausend der Stadt bahnte und der »Weinende Willie« seine whiskybenetzten Schwingen als erfolgreicher Gewerkschaftsführer spannte, während all dieser Zeit blieb Runty Nolan der einfache Hafenarbeiter, der mit dem Haken in der Hand im Laderaum der Schiffe arbeitete, und das zu einer Zeit, da man noch keine besonderen Geräte kannte und das Hauptwerkzeug der eigene Rücken war. Ein starker Rücken und ein schwacher Verstand – so lautete damals die gültige Arbeitsformel für den Ladearbeiter.
Runty jedoch besaß, trotz des Whiskys und der langen, in den Bars verbrachten Nächte, einen starken oder zum mindesten unbeirrbaren Willen, sobald es sich um Willie und Big Tom drehte. Als er erkannte, worauf sie hinaus waren, damals während des Ersten Weltkrieges, als Tom dabei war, die erste Million zusammenzubringen und Willie damit beschäftigt war, die Gewerkschaftsmaschinerie zu ölen, schwor ihnen Runty ewigen Haß; er schwor bei der Seele seiner Mutter und seines irischen Vaters, der auch im Hafen gearbeitet hatte und während der irischen Unruhen in der Zeit des Ersten Weltkrieges ums Leben gekommen war. Und wenn ein Nolan bei der Seele

seiner Eltern schwört, dann schwört er für Zeit und Ewigkeit.

Runty Nolan sah bei allem auch immer die komische Seite, sogar dann, wenn er geradewegs in die Mündung einer auf ihn gerichteten Pistole hineinblickte. Wenn andere Hafenarbeiter aus Angst ihres Weges gingen, schien es Runty geradezu eine perverse Freude zu machen, die Pistoleros, wie er sie nannte, zu reizen. Manchmal lachten sie bloß, und die Sache war erledigt; manchmal aber, wenn er nicht abließ, sie zu reizen und zu provozieren – und man am Hafen aufmerksam beobachtete, ob Runty ungestraft damit durchkam –, dann taten sie ihm den Gefallen, mit einem Schraubenschlüssel oder einem Stück Gummikabel. Die Geschichte dieser Schlägereien war am Hafen mittlerweile zu einer Art Mythos geworden.

Runty Nolan war ein Draufgänger – wie er sich selbst nannte – die letzten vierzig Jahre hindurch gewesen, und er war zäher als ein Käfig voller Katzen und hatte mehr Schläge bezogen, als für einen Einzelgänger gesund war.

Als er also hier bei der seltsamen Totenfeier Joey Doyle einen Draufgänger nannte, in diesem Fall einen moderneren und besser organisierten, da wußte er, was das zu besagen hatte. Er gebrauchte das Wort nicht leichthin.

Pop, der Runty liebte, dem aber schon seit langem das Rückgrat gebrochen worden war, trat jetzt in die Mitte des Raumes und schwenkte die mageren, stahlharten Arme, zitternd vor Wut und Trauer.

»Red' mir nicht von Draufgängern«, schrie Pop. »Für Draufgänger gibt's hier am Hafen letzten Endes nur eines, wo sie schließlich landen – die Bahre. Genau wie bei unserem Joey.«

»Gott sei ihm gnädig«, murmelten alle und griffen nach den Gläsern. Moose füllte überall nach, und Runty, dem es leid tat, mit seiner Erwähnung des Draufgängertums in Pop ein derartiges Gefühl der Bitterkeit geweckt zu haben, hob sein Glas in dem durchsichtigen aber nichtsdestoweniger wirkungsvollen Bestreben, die allgemeine Stimmung wieder zu heben.

»Los, laßt uns trinken auf Gott, Irland und alle Anwesenden«, sagte er mit dem ihm eigenen unverwüstlichen Anflug von Humor in der Stimme. Und dann fügte er noch hinzu, wie der ältere Cato, der auf der Zerstörung von Karthago bestand: »Und zum Teufel mit Willie Givens.«

Von allen Seiten kam »Richtig« und »Zum Wohlsein« und »Gott vergelt's« und Runty dachte bei sich, jetzt haben wir diese Totenfeier endlich wieder auf dem richtigen Gleis, als Katie, die bis dahin noch am Rande der Menge gestanden und sich ganz still verhalten hatte, nur leise fragte: »Wer hat es getan?«

Die Frage fiel wie eine Bombe in die Mitte des Raumes. Moose, Runty, Pop, der junge Jimmy Sharkey und drei oder vier Hafenarbeiter, die gerade vorbeigekommen waren, sahen sich an und ließen die Köpfe in einer Weise hängen, wie es am Hafen Sitte geworden war, sooft eine derartige Frage gestellt wurde.

»Wer hat es getan?« fragte Katie wieder, und ihre Frage klang ebenso einfach und verblüffend wie die anderen alle, die sie ihrer verzweifelt geduldigen Lehrerin in christlicher Apologetik zu stellen pflegte.

Im Raum herrschte Schweigen. Jedes Gespräch war verstummt. Und das gerade, als Runty gehofft hatte, wieder etwas Leben in die Versammlung zu bringen. Es war zwar schwer, aber das Leben mußte weitergehen. Das war ja auch schließlich der Sinn einer solchen Leichenfeier. Man trinkt irischen Whisky die ganze Nacht und landet schließlich in der Küche, wenn der frühe Morgen durch die Fenster schaut, man stimmt ein Liedchen an – das ist die einzige Art und Weise, wie man mit dem Kummer fertig wird und zum Leben zurückfindet.

Hier stand aber jetzt das Mädchen mit seiner Frage, die sogar Runty bei all seinem Draufgängertum aus einer gewissen Verpflichtung – oder Traditionsgebundenheit – heraus nicht beantworten zu können glaubte.

Katie wandte sich einem nach dem anderen zu, fassungslos, und noch immer in Unkenntnis dessen, was sie damit tat. »Hört ihr mich nicht? Wer konnte denn Joey Böses wünschen? Der beste Junge in der ganzen Gegend. Nicht, weil ich seine Schwester bin. Alle haben ihn geliebt.«

Stille kann so intensiv sein, daß sie zu einer Macht im Raum wird und hörbar zu werden scheint. Katie glaubte, sie müsse ihre Stimme erheben, um die Stille zu übertönen.

»Seid ihr alle taub? Hat euch das schreckliche Zeug, das ihr da trinkt, die Trommelfelle zerfressen? *Wer konnte Joey Böses wünschen?*« Pop kam herüber und legte die Hand sanft auf Katies Arm. Er hatte sie nicht nur deshalb nach Tarrytown gehen lassen, um sie vor den Burschen zu bewahren, die vor den Tabak- und Zeitungsläden, die in Wirklichkeit Spielhöllen waren, herumlungerten, sondern auch weil er fest entschlossen war, sie vor dem Laster, das das Hafenviertel unsicher machte, zu schützen.

Pop führte Katie in den engen Raum hinter der Küche. Er war leicht angetrunken – benebelt, um es mit seinen eigenen Worten zu nennen – und die Falten in seinem Gesicht waren feucht, die Augen trübe und die Stimme leise und belegt. Der lange Pullover, der ihm als Hemd diente, wies da und dort Flecken auf, wo er mit unsicherer Hand Whisky vergossen hatte.

»Bete für ihn, Katie, Mädchen. Bitte unseren Schöpfer, ihm den ewigen Frieden zu schenken. Aber stell keine Fragen. Weil du nämlich keine Antworten drauf bekommst. Du bekommst nichts drauf als einen großen Haufen Ärger.«

Katie funkelte ihn an.

»Ärger? Was kann es denn jetzt noch Ärgeres geben? Joey ist tot. Joey ist tot . . .« Es brach wie ein Stöhnen aus ihr.

Pop legte beide Hände auf Katies Arme und versuchte, sie mit Vernunft zur Ruhe zu bringen. »Sag so etwas nicht, Liebling, du machst es nur noch schlimmer. Wenn's Gottes Wille ist . . .«

»Gottes Wille!« Sie entzog sich ihm voller Zorn. »Schieb nur nicht die Schuld auf Gott. Seit wann ist es Gottes Schuld, wenn sich die Menschen wie Schweine benehmen?«

Pop ließ sie gehen, er war hilflos. Wenn sich nur Joey an das gehalten hätte, was Pop ihm gesagt hatte: kümmere dich um deinen eigenen Kram. »Aber, Pop . . .« Der Junge sah ihn dann immer mit seinen klaren, blauen, gläubigen Augen an (er hätte Katies Zwillingsbruder sein können, so ähnlich waren sie sich in dem glühenden Eintreten für ihre Überzeugung). »Aber, Pop, diese Gauner, die mit unserer Ortsgruppe machen, als ob wir alle ihr persönliches Eigentum wären, die vertragsbrüchig werden, wenn's ihr persönlicher Vorteil ist – ist das etwa nicht unser eigener Kram?« Joey war daran zugrunde gegangen, und jetzt kam Katie, die nichts davon verstand, und war auf dem besten Wege, es ihrem Bruder gleichzutun. Jesus, Maria und Joseph, dachte er bei sich, hoffentlich finde ich wenigstens ein klein bißchen Frieden in der nächsten Welt.

Onkel Frank trank sein Bier aus und war dabei, den Uniformrock zuzuknöpfen und sein Koppel mit der Pistole um, oder besser gesagt, unter seinen ansehnlichen Bauch zu schnallen. Der Anblick seiner Uniform gab Katie einen Gedanken ein und sie eilte zwischen den Leuten hindurch auf ihn zu.

»Onkel Frank, gut, daß ich dich treffe. Warum tust du nichts? Du kennst doch Joey. Du weißt, daß er nie – nie Selbstmord begangen haben würde. Er glaubte an Gott.«

Onkel Frank war ein breitschultriger, ruhiger Mann, der in ein paar Jahren aus dem aktiven Dienst ausscheiden und von seiner Pension leben würde und sich schon heute darauf freute, nachdem er achtundzwanzig Jahre lang die Schattenseiten des menschlichen Lebens hatte beobachten müssen. Er zog Katie mit sich aus der Küche in den Hausflur. Die Leute kamen und gingen, und um ihnen aus dem Wege zu gehen, zogen sie sich in die äußerste Ecke des Flurs zurück, wo sie wenigstens einigermaßen unter sich waren.

»Katie«, begann Onkel Frank, »du bist ja kein Kind mehr. Ich finde, Pop begeht einen Fehler, indem er dich in Unkenntnis der wahren Verhältnisse hier am Hafen halten will. Damit gerätst du nur in Schwierigkeiten. Zwar nicht in der Art, als wenn du hier mit den Halbstarken herumrennen würdest, aber trotzdem, du rennst in dein Unglück. Es ist an der Zeit, daß du erfährst, was in Wirklichkeit gespielt wird.«

»Pop redet nie davon«, sagte Katie. »Sogar Joey – er sagte

immer, später mal, wenn ich größer wäre. Als ob ich immer noch ein kleines Kind wäre, das man bemuttern müsse. Und die ganze Art, wie sie sich benahmen – fast als ob sie – als ob sie selbst Verbrecher wären, sahen sie sich gegenseitig an und redeten plötzlich von etwas anderem –, dann wußte ich immer, irgend etwas stimmt da nicht.«

Katie suchte in dem plumpen roten Gesicht ihres Onkels Frank nach einer Antwort.

»Katie, drunten bei der Polizei haben wir Akten über Verbrechen, die hier am Hafen verübt worden sind – so dicke Akten –, lauter Mordfälle, Fälle, in denen jemand plötzlich verschwunden ist, und dergleichen – seit ich hier Dienst tue, sind es mindestens vier oder fünf jedes Jahr. Hundert Mordfälle, wenn das überhaupt reicht. Und weißt du, wie viele Leute daraufhin verhaftet worden sind? Ich rede jetzt nicht von denen, die rechtskräftig verurteilt worden sind, sondern nur von Verhaftungen.«

Katie schüttelte den Kopf.

»Fünf. Und Gerichtsurteile? Zwei. Genau zwei. In den ganzen achtundzwanzig Jahren, die ich jetzt bei der Polizei bin.«

»Aber Onkel Frank, in Staatsbürgerkunde lernen wir doch ... in Amerika ...«

»Katie, wenn du hier um die Ecke gehst, hinüber in die River Street, dann bist du nicht mehr in Amerika. Dort herrscht der reinste Dschungel, Niemandsland. In den Akten steht alles drin.«

»Hundert Morde ...«

»Vielleicht sind es mehr. Es fällt jemand in den Fluß. Sie sagen, er war betrunken und ist ausgerutscht. Oder er ist vom Kran erwischt worden, oder eine Leine hat nachgegeben. Da gibt es Dutzende von Möglichkeiten. Bei der Ladearbeit am Hafen gibt es tatsächlich mehr Unfälle als irgendwo sonst im ganzen Land. Das weißt du, glaube ich. Von fünfhundert Hafenarbeitern stirbt einer eines unnatürlichen Todes. Deshalb helfen diese Kerle den Unfällen ein bißchen nach. Es ist schwer zu beweisen.«

»Du bist doch aber dazu da, sie zu beschützen. Das ist doch deine Aufgabe, nicht wahr, Onkel Frank?«
»Natürlich, so steht es in den Büchern. Aber, Katie, es gibt da noch viele Dinge, von denen du keine Ahnung hast, eine Menge Dinge über die Stadt und darüber, wie es in so einer Stadt zugeht, lauter Sachen, die in keinem Buch stehen. Wenn ich dir davon erzählen würde und meine Vorgesetzten erführen davon, würde ich meine Pension verlieren. Donnelly, der Polizeikommissar, vom Bürgermeister dazu ernannt, hat früher einmal einen Bierwagen für Johnny den Freundlichen gefahren. Ist dir klar, was das heißt?«
»Der Polizeikommissar ...«
»Alle wissen das.« Onkel Frank nickte traurig. »Geschichten könnte ich dir erzählen. Zum Beispiel, was mir alles passiert ist, als ich beim Hafenkommissariat Dienst tat und versuchte, einen Geldwucherer zu verhaften.« Onkel Frank lachte einmal kurz und bitter auf. »Ich hätte schon vor sechs Jahren Leutnant werden können, wenn ich nicht durch Pop so viel mit Runty und Moose zusammengekommen wäre, die in Johnnys Buch einen schwarzen Strich haben. Oh, ich könnte dir viele Geschichten erzählen.«
Katie schüttelte den Kopf. »Ich wußte schon, daß in Bohegan die Politik ganz groß geschrieben wird. Das habe ich Pop oft sagen hören. Aber die Schwestern in Tarrytown sagen, wir leben in einer christlichen Welt.«
Onkel Frank schnallte sich den Pistolengurt enger. »'s ist eine Welt, in der es auch Christen gibt, soviel kann man vielleicht sagen. Und die haben es hier in Bohegan verdammt nicht leicht – und ich weiß nicht einmal, ob es bei uns hier leichter ist als auf der West Side oder auf Staten Island oder Brooklyn. Es stinkt zum Himmel.«
Er wandte sich zum Gehen, zurück zu seinem Nachtdienst und den wenigen Verbrechen, die sich mit einiger Sicherheit vor Gericht bringen ließen.
»Ich danke dir, Onkel Frank, ich danke dir, daß du so offen mit mir gesprochen hast«, sagte Katie.

Onkel Frank, das kleine Rädchen in dem großen Getriebe der Gerechtigkeit und Gerichtsbarkeit von Bohegan, wandte sich noch einmal um und sagte warnend: »Katie, ich habe dir das alles nicht gesagt, um dich zu Taten zu ermutigen. Du sollst lediglich einsehen, wie hoffnungslos alles ist, damit du die Sache mit Joey so nimmst, wie man sie nehmen muß. Mit Schmerz und Resignation, Katie, Schmerz und Resignation. Eines Tages, ja vielleicht, eines Tages wird es anders sein. Vielleicht wirst du oder deine Kinder, vielleicht werdet ihr noch einmal die soziale Gerechtigkeit erleben, von der die heiligen Väter gesprochen haben. Vielleicht muß Christus selbst dazu wieder auf die Erde kommen, wie er es versprochen hat. Aber Gott weiß, und es ist mir Ernst damit, wenn ich sage, *Gott weiß*, daß es in Bohegan keine Brüderlichkeit und keine Liebe und keine Gerechtigkeit gibt. Das ist der Grund dafür, daß sie alle den Mund halten. Das ist der Grund dafür, warum ich keine Halunken auf der River Street verhaften kann. Donnelly« – Jahre der Erniedrigung und Enttäuschung kamen plötzlich im Sergeanten Frank Doyle hoch –, »hoffentlich wird er einmal in der Hölle brennen.«

Er zog sich den Gurt noch ein Loch enger, holte tief Atem und seufzte laut. »Denk daran, was ich dir gesagt habe, Katie. Es bleibt alles unter uns, und du weißt jetzt ganz genau, was du zu tun hast, nämlich genau das, was dein Vater sagt, und du wirst die ganze Sache nicht noch schlimmer machen. Wenn du nur mit einem Wort erwähnst, was ich dir erzählt habe, wfffff (er stieß einen Pfiff aus), weg ist meine Pension.«

Dann stieg er mühsam und langsam die Treppe hinab.

Auf dem zweiten Treppenabsatz konnte Katie hören, wie Onkel Frank sagte »– n' Abend, Pater«, in jenem Tonfall kindlichen Respekts, den die irischen Männer immer anklingen lassen, wenn sie einen Priester anreden. Kurz darauf kam Pater Barry in Sicht, wie er mit dem ihm eigenen Geschwindschritt die Stufen heraufeilte. Aus dem Mund baumelte ihm eine Zigarette. Katie sah, wie er sie herausnahm, die Glut ausdrückte und den Stummel für späteren Gebrauch in die Tasche gleiten ließ. Er rauchte ständig (Minimum vierzig pro Tag) und hatte irgendwie ein schlechtes Gewissen, daß er fünfzig Cents täglich für dieses kostspielige Laster ausgab. Er hatte sich davon überzeugt, daß es ihm bei seiner Arbeit vorwärtshalf. Ständig auf hohen Touren und von geradezu wütender Energie beseelt, brauchte er etwas in den Händen oder im Mund, mit dem er sich beschäftigen konnte, wenn er mit Elan seinen Gemeindepflichten nachging. In der Klemme zwischen zwei Lastern, hatte er zu wählen zwischen Geld ausgeben und Betteln, so hatte er sich schließlich zu einem vollendeten Zigarettenschnorrer entwickelt.

Pater Barry, der im College ein recht guter Baseball-Spieler und so etwas wie ein Amateurboxer gewesen war, nahm immer zwei Stufen mit einemmal, bis er den Treppenabsatz im dritten Stock erreichte.

»Nanu, Katie«, sagte er, als er das Mädchen allein im Flur stehen sah. »Du bist ja seit dem Sommer kaum wiederzuerkennen. Groß bist du geworden.«

»Ja, Pater«, sagte sie und hatte keine Lust sich in eine belanglose Konversation einzulassen.

»Es ist schwer, die Sache mit Joey«, sagte Pater Barry. »Er war der Beste. Wir werden ihn alle vermissen. Aber . . .«

Er suchte nach einem trostreichen Wort, nach einem lindernden Ausblick auf das, was jenseits dieser Welt liegt, doch war auch er ein Produkt der Verhältnisse von Bohegan, war unter schweren Verhältnissen und in Armut aufgewachsen und konnte deshalb nicht umhin, Realist zu sein. Es hat keinen Zweck, den Leuten hier mit hochtönenden Redensarten zu kommen, hatte er oft dem Pfarrer Pater Donoghue, dem er in der Kirche St. Timotheus assistierte, gesagt. Die Leute in diesem Viertel nahmen kein Blatt vor den Mund. Sie hatten ein Recht darauf, daß man ihnen Rede und Antwort stand.

Priester und Mädchen sahen einander an; er ließ den Kopf hängen, da er die Ungeduld in ihren Augen sah und spürte, er dürfe weiter nichts sagen.

»Pop ist drinnen«, sagte sie, »Er wird sich über Ihren Besuch freuen.«

»Wie hat er es aufgenommen?« fragte Pater Barry.

Katie zuckte mit den Schultern. »Wie man's so nimmt. Er trägt es halt.«

»Ich werde in ein paar Minuten den Rosenkranz beten«, sagte Pater Barry beim Hineingehen.

»Ich bin gleich da«, sagte Katie. Aber sie blieb unschlüssig im Flur stehen, und Tränen brannten ihr in den Augen. Sie wartete, bis sie wußte, daß sie die Fassung wiedergewonnen hatte und ging dann durch die Küche in das vordere Schlafzimmer hinüber. Dort standen Pop und seine Freunde und die Nachbarn um Pater Barry herum. Der Priester hätte seinem Aussehen und seiner Stimme nach ebensogut ein hochgewachsener, schlaksiger, rotwangiger Hafenarbeiter sein können, wenn er nicht den blankgescheuerten schwarzen Anzug und den verkehrt getragenen weißen Kragen angehabt hätte, der durchgeschwitzt und schmutzig war, weil er den ganzen Nachmittag einfach keine Zeit gefunden hatte, um sich umzuziehen.

Die Perlen in den Händen des Priesters waren nicht bloß Perlen, sondern die aufeinanderfolgenden Stationen auf dem Leidenswege des Herrn nach Golgatha. Als Katie in leisem, singendem Tonfall zusammen mit den anderen respondierte, durchlebte sie von neuem die fünf Mysterien der Trauer, das aus den Poren hervortretende Blut und die Geißelung, den stechenden Schmerz der Dornenkrone, die Last des Kreuzes und schließlich den Todeskampf des Fleisches, das an den rohen, grausamen Nägeln hängt. In wirklichem Schmerz, das Herz voller Trauer um Joey, sang sie die Vaterunser und die Marienlieder und jene so geheimnisvoll beruhigenden Worte, so war es am Anfang und ist es jetzt und so wird es sein immerdar. Amen.

Das Beten des Rosenkranzes war zu Ende; Pater Barry sprach schnell und leicht aus dem Mundwinkel heraus, in dem nervösen Rhythmus der irischen Arbeiterklasse, genauso, wie wenn er die Spielaussichten der von ihm geliebten Baseballmannschaft der Giants diskutierte, aber trotzdem mit dem echten Gefühl, das alle spürten. Er wußte nicht, wie er diesem Hafenvolk von

Bohegan etwas vormachen sollte, wie seine Worte fromm oder wohlüberlegt oder auch nur priesterlich klingen sollten.
Als es vorbei war, brachte Mrs. Gallagher dem Pater ein Schinkenbrot und Runty sagte: »Hier, Pater, hier ist etwas zum Hinunterspülen«, und hielt ihm eine Flasche Bier vor das Gesicht. Pater Barry nahm sie dankbar entgegen und stellte fest, daß es sich um Paddys Irish handelte, ein Getränk, das er ganz besonders liebte und stets als Versuchung empfand. Er knöpfte sich hinten den Kragen auf und setzte sich nieder, um ein wenig auszuruhen, im Grunde seines Wesens ein Stiernacken, aber ein kluger, willensstarker und seinem Beruf ergebener.
Das Beten des Rosenkranzes und die körperliche Gegenwart des Priester hatten Pop wieder etwas beruhigt. Pater Barry hatte das Gefühl, er habe getan, was er tun konnte. Sie würden sich im Paradiese wiedertreffen, hatte er ihnen versichert. Was hätte er noch weiter sagen sollen?
Pater Barry genehmigte sich noch eine zweite und letzte Flasche Bier und ein Käsebrot. Er war ein starker Esser, wenn man ihm auch äußerlich nichts davon anmerkte. Das Fett verbrannte er in nervöser Energie. Dann setzte er die Zeit für Joeys Seelenmesse fest, erteilte Pop den Segen, versetzte ihm einen kräftigen Schlag auf den Rücken und eilte zur Tür. Mrs. Glennon, die um die Ecke wohnte, lag im Sterben. Krebs. Ihr Mann, Beanie Glennon, Gelegenheitsarbeiter am Hafen, sorgte nur schlecht für seine Frau und die fünf Kinder, zwei bis dreizehn Jahre alt; sie würden viel Hilfe brauchen.
Als Pater Barry sich mit kurzem Gruß »n' Abend« und »Wiedersehen« und »Mach's gut, Jimmy« verabschiedete und Pop ein letztes Grußwort zurief, folgte ihm Katie hinaus auf den Flur.
»Pater . . .«
Pater Barry, der gerade die Treppe hinuntergehen wollte, drehte sich auf dem Absatz herum. Er war auf diesen unerwarteten Aufenthalt nicht gefaßt. Er empfand ein starkes persönliches Mitgefühl mit dem gewaltsamen Ende des jungen

Doyle, aber er hatte ja auch einen Beruf und war bereits eine ganze Stunde hiergeblieben. Der Tag war besonders anstrengend gewesen, und dann mußte er ja auch noch zu den Glennons, was bestimmt nicht einfach sein würde; es war also noch gar nicht abzusehen, wann er es sich endlich leisten konnte, sich aufs Bett zu werfen und die Sportzeitung zu lesen, bis sie ihm aus der Hand fiel und er seinen täglichen Sechs-Stunden-Schlaf beginnen konnte.

»Ja, Katie?«

»Pater, man hat Joey heruntergestoßen, daß wissen Sie doch, nicht wahr?« Sie zitterte in hilflosem, tränenlosem Zorn. »Wissen Sie das denn nicht? Wissen Sie das denn nicht?«

Ihre Wut traf ihn wie ein Peitschenhieb. Er streckte die Hand aus, um sie zu beschwichtigen.

»Reg' dich nicht auf, Katie. Ich weiß, es ist schwer. Ich weiß darauf auch keine einfache Antwort. Aber Zeit und Glaube ... Zeit und Glaube vermögen vieles zu heilen.«

»Zeit und Glaube!« Katie schleuderte ihm seine eigenen Worte so hart zurück, daß sie ihn wie ein plötzlicher Schlag trafen, der ihn aus dem Gleichgewicht brachte. So hatte noch keine Schülerin von Marygrove zu einem Priester gesprochen. »Zeit und Glaube. Mein Bruder ist tot, er wurde von diesem Dach da oben von wilden Tieren heruntergestoßen, die das Angesicht Gottes hassen. Und Sie stehen hier und reden einfach bloß von Zeit und Glaube.«

»Vielleicht ist es nicht genug, Katie, aber ich tue, was ich kann.«

Ihre Augen loderten. »Sind Sie sicher, Pater? Sind Sie *sicher?*«

Er wurde unsicher.

»Sei doch vernünftig, Katie. Ich kann nichts weiter tun, als der Familie helfen. Mit euch zu beten und zu versuchen euch über den Verlust hinwegzuhelfen.«

Aber sie wollte sich damit nicht zufriedengeben. »Nur Gott hat die Macht, Leben zu spenden und zu nehmen. Ist das nicht so, Pater?«

»Natürlich, Katie, das weißt du doch auch.«

»Wenn also – wenn also diese gemeinen Tiere Joey das Leben

nehmen und die Polizei – das weiß ich von Onkel Frank – sich bloß umdreht und die Sache auf sich beruhen läßt, ist es dann nicht Ihre Pflicht, wirklich etwas zu tun? Wenigstens den Versuch zu unternehmen, etwas zu tun? Wenn jemand einen anderen umbringt, wenn hier am Hafen lauter solche entsetzliche Verbrechen vorkommen, wie können Sie dann behaupten, daß Sie eine christliche Gemeinde haben – und – und all diese schönen Dinge, die wir über die christliche Nächstenliebe lernen müssen?«

Pater Barry trat einen Schritt rückwärts die Stufen hinab als ob mit der Vergrößerung der Entfernung zwischen ihnen auch der stechende Schmerz nachlassen würde.

»Katie, die Glennons warten auf mich. Ich spreche jederzeit gern mit dir darüber. Wie ich gesagt habe, ich will tun, was ich kann. Ich bin in der Kirche zu sprechen, sobald du mich brauchst.«

Katie funkelte ihn an und lachte dann zornig auf. Joey ist tot, und die kummervolle Resignation ihres Vaters und der blitzartige und schmerzliche Einblick in die in Bohegan geübte Gerechtigkeit, den sie soeben erst von ihrem Onkel erhalten hatte, all das zusammen hatte sie in einem Maße niedergeschlagen, daß sie nicht mehr wußte, was sie sagte.

»In der Kirche, wenn du mich brauchst!«, wiederholte sie, so daß Pater Barry zusammenzuckte. »Hat es je einen Heiligen gegeben, der sich in der Kirche versteckte?«

Der Anprall dieser Frage ließ den Priester zurücktaumeln, als ob er von einem Geschoß aus Specs Flavins Revolver getroffen worden wäre. Er lief schnell die Treppe hinunter und sah sich nicht mehr um.

»O Mutter, heilige Mutter Gottes, hilf mir«, sagte Katie laut.

In der Wohnung sangen sie gerade ein altes Lied, das Runty von seinem Vater übernommen hatte, »Grün und Rot«. Runty Nolan pflegte gern zu sagen, »meine gesamte Erbschaft bestand aus der *Geschichte Irlands*, einer Flasche irischen Whiskys und der Fähigkeit, Schläge abzuschütteln wie ein nasser Hund, der aus dem Wasser kommt«.

Voller Empörung hörte Katie dem mißtönenden Gesang zu, der die Stimmung im Hause wieder etwas heben sollte:

»... so heben wir stolz unser Haupt
Und setzen unser Leben ein,
Daß ewig obsiegt immerdar
Das Grün und nicht das Rot ...«

Es war ein altes Lied auf die irische Unabhängigkeit, und es sprach von der uralten Sehnsucht des Menschen nach Freiheit; in Katies Ohren jedoch klang es wie ein Heldengesang auf eine verlorene Sache, wie ein Pfiff im Dunkeln, und es schien ihr, als ob Pop und Runty und Moose und alle anderen den langen schweren Weg durch den finsteren Tunnel zurückgingen, in dem man sie gefangen hatte.

»Heilige Mutter Gottes, hilf mir, einen Weg zu finden«, betete Katie.

Einen Häuserblock weiter rollte der schwarze Strom mit betäubender Lautstärke seine Antwort an das Ufer zwischen Jersey und Manhattan, während wieder ein Ozeandampfer (einer alle fünfzig Minuten, tagein, tagaus) stromabwärts dem offenen Meere zustrebte.

SIEBENTES KAPITEL

Mrs. Glennon starb vor Pater Barrys Augen dahin, jeden Tag wurde sie weniger, und ihre Kinder starrten vor Schmutz und waren armselig gekleidet. Beanie Glennon hatte unten an der Ecke in der Bar gestanden, als Pater Pete – wie er bei den Glennons hieß – eintraf, und der älteste Sohn war wie gewöhnlich hinuntergelaufen, um den Vater zu holen. Der Priester fürchtete sich vor dem, was mit den Kindern geschehen würde, wenn Mrs. Glennon einmal nicht mehr war. Und er dachte oft darüber nach, warum es gerade für Mrs. Glennon so schwer hatte sein müssen, bei ihrer Krankheit und Armut und, was das Schlimmste war, der unsicheren Zukunft für ihre fünf

Kinder. Er hatte versucht, sie zu trösten, ihr Mut zuzusprechen, und seine Worte hatten ihr ein wenig geholfen. Aber waren denn Worte hier genug? Er mußte an Katie Doyle denken. Konnte er nicht noch mehr tun? Gewiß, es war ein schwerer Tag gewesen, ein langer Tag, von fünf Uhr morgens, als er mit seinen eigenen Gebeten und den Vorbereitungen für die Sechs-Uhr-Messe begann, bis zu diesem letzten Besuch um elf Uhr abends. Und dazwischen eine schier endlose Kette von Mühe und Arbeit, das durchschnittliche Tagewerk im Leben eines Gemeindepfarrers in dem Arbeiterviertel. Aber jetzt überkam ihn der Zweifel, jetzt, da er müde war von des Tages Arbeit. Konnte er denn nicht mehr tun? Handelte es sich denn hier nur um eine endlose Reihe einzelner Fälle menschlicher Bedürftigkeit? War das, was er hier vor sich hatte, nicht vielmehr planvolle Unsicherheit und Gesetzlosigkeit, ein Vernichtungswerk wie zwischen Kain und Abel?

Er hätte das Pfarrhaus zu Fuß die Market Street hinunter erreichen können, aber er fühlte sich zur River Street hingezogen. Die Ereignisse dieses Tages schnitten ihm wie scharfe Messer in das Herz. Er blickte den Männern, die an ihm vorübergingen, in die müden Gesichter und dachte: Warum trinken sie sich die Seele aus dem Leibe? Warum gibt es hier in jedem Häuserblock mindestens sechs Bars? Bars, und keine Spielplätze, keine Lesehallen? Warum gab es im Hafenviertel von Bohegan nichts, wohin man gehen konnte, außer in eine Bar oder eine Kirche? Pater Barry war müde und abgespannt, aber die dauernden Fragen ließen ihn nicht zur Ruhe kommen. Alles ist falsch, zum Teufel auch, es ist mehr als bloße körperliche Armut, die den Hafen in ihren Klauen hält, Apathie, Amoralität. Das waren schöne Worte, und sie sagten ihm nichts mehr. Zum Teufel, er war selbst in Bohegan aufgewachsen. Wem wollte er denn hier etwas vormachen? Es stank ganz einfach zum Himmel. Ein guter Junge, wie Joey Doyle, wurde umgebracht, ohne daß irgend jemand auch nur einen Finger krümmte. Und die Leute selber nahmen den Mord hin, als ob er nichts Schlimmeres wäre als ein blaues Auge. Gute fünfundneunzig Prozent der Katholiken hatten sich bereits an die Vorstellung gewöhnt, daß ein Mitglied der Gemeinschaft Christi gewaltsam aus dem Kreise der übrigen Mitglieder entfernt werden konnte, ohne daß sie sich bemüßigt fühlten, laut gegen diese Verletzung seines höchsten Geschenks, des Lebens, zu protestieren. Er fühlte sich in die Defensive gedrängt, als Katie ihm ihre Frage entgegengeschleudert hatte: *»Hat es jemals einen Heiligen gegeben, der sich in der Kirche versteckt hat?«* Seine unmittelbare Reaktion war gewesen: Laß mich in Frieden, Schwester. Du nennst dies »sich verstecken«? Nach einem anstrengenden Tag bin ich hier bei der Leichenfeier und dann gleich weiter zu den Glennons. Ich habe bei Hunderten von Familien in der Küche gesessen, und nicht nur bei den Gottsuchern, sondern auch bei den Rückfälligen und Gottlosen. Das brauche ich dir nicht erst noch zu versichern. Der Pfarrer kann dir erzählen, daß ich mich redlich mühe, hier unten etwas zu leisten.

Hat es jemals einen Heiligen gegeben, der sich in der Kirche versteckt hat? Die einfache Frage ließ ihn einfach nicht mehr los. Sie war beinahe zu einfach. Und trotzdem hatte die kleine Doyle eigentlich recht. Man brauchte nur fünf Heilige zu nehmen, und mindestens drei von ihnen riefen die Erinnerung an Not und Elend wach. Sie kannten die Gefahr. Es waren unabhängige Seelen, die nur um Haaresbreite dem Abgrund der Ketzerei und der Exkommunikation entgingen. Es waren verzweifelte Männer und Frauen, Rebellen und Erneuerer, die nach den Sternen griffen, um nur um so tiefer zu fallen, die auch das Letzte wagten wie Paulus und Stephan und der erste Ignatius. Angesichts der Kneipen und der Elendsviertel in aller Welt wurde die Frage des Mädchens in Wirklichkeit zu einer Anklage, daß wir die geistige Vitalität verschleudern, die die Idee der Liebe über die ganze Welt verbreitet hat. Pater Barry hatte den Park vor seiner alten roten Backsteinkirche erreicht, aber er ging weiter.

Draußen vor dem Krähennest, einer vielbesuchten Bar neben dem Seemannsheim, schlugen sich zwei Betrunkene die Fäuste

ins Gesicht. Der Kleinere von beiden ging zu Boden und beim Aufstehen fluchte er seinem Gegner durch die blutenden Zähne hindurch »Ich bring dich um, verdammter Hund«. Kaum hatte er das gesagt, lag er wieder am Boden. Der größere Mann lachte. »Ich mach dich verdammten Hund von einem Seemann noch fertig. Streikbrecher verdammter. Steh auf, du Schuft, ich bin noch nicht fertig mit dir.«
Pater Barry konnte nicht mit ansehen, daß der Kleinere noch weiter zusammengeschlagen wurde; er schritt deshalb, wenn auch ein wenig gegen besseres Wissen, ein, als wäre er der Schiedsrichter. »Los, ihr beiden, auseinander! Was redet ihr da?«
Zu seiner Überraschung war es gerade der Kleinere, der viel übler zugerichtet war, der die Einmischung am meisten übelnahm. »Was wollen Sie denn hier, Pater? Warum gehen Sie nicht in die Kirche, wohin Sie gehören? Hier haben Sie nichts verloren.«
Der Größere, von dem der Priester eigentlich die meisten Schwierigkeiten erwartet hatte, schien sich entschuldigen zu wollen.
»Hören Sie nicht auf den da, Pater. Er hat schon den ganzen Tag gesoffen. Er weiß gar nicht, was er redet. Er wird noch rechtzeitig für die Messe nüchtern sein, Sie werden's noch sehen, Pater.«
»Also Jungens, der Kampf ist vorbei. Geht in eure Ecken.«
Pater Barry zog sich zurück und ging weiter, mit denselben langen Schritten wie sonst, als ob er noch ein halbes Dutzend Besuche zu machen hätte, Kopf und Muskeln waren ihm müde von dem langen Tag, der ihm körperlich und seelisch arg zugesetzt hatte. Er konnte aber noch nicht ins Bett gehen. Die Fragen ließen ihn nicht los.
Die beiden Kerle, die sich gegenseitig die Schädel einschlugen. Wahrscheinlich waren es gute Katholiken, wenigstens äußerlich. Gehen jeden oder doch fast jeden Sonntag zur Messe und empfangen pflichtgemäß zu Ostern das Abendmahl. *Dies ist mein Leib, der für euch hingegeben wird* ... Großer Gott, wir suchen die Heiden in Afrika und China, und in unserer eigenen Gemeinde wimmelt es von ihnen. *Was ihr an einem dieser ge-*

ringsten meiner Brüder getan habt, das habt ihr mir getan. Wie tief hatte Pater Barry das einmal gefühlt. Doch wie einfach war es geworden, dieses Wort herzusagen, es zu zitieren, ohne es zu fühlen und vorzuleben. Genau wie die unbeweglichen, schläfrigen Gesichter bei der Frühmesse Christus gehorsam empfingen, bloß weil sie einmal getauft worden waren und die Erstkommunion empfangen haben. Unsere Religion aber predigt und lehrt die Würde des Menschen, die Kostbarkeit des Menschen. Wie hatte ihn doch der heilige Bernhard genannt? Eine edle Kreatur mit einer majestätischen Bestimmung. Wo sind denn diese edlen Geschöpfe geblieben? Schaut euch nur diese Gemeinde an. Hier sieht man, was aus ihnen geworden ist, armselige Geschöpfe, die ihr Elend in Strömen von Alkohol ertränken und nichts Besseres wissen, als sich von Generation zu Generation die Schädel einzuschlagen. Wie können wir, fragte sich der Priester, unsere Leistung errechnen: durch die Zahl der Kirchgänger, die aus Tradition jeden Sonntagmorgen zur Messe gehen? Oder müssen wir nicht vielmehr das Ergebnis unserer Arbeit an dem Wert des Lebens messen, das sie in dieser dunklen Ecke des Hafens führen? *»Wenn jemand einen anderen umbringt«*, hatte das Mädchen gesagt und ihm damit den Dolch auf die Brust gesetzt, *»wenn hier im Hafen lauter solche entsetzlichen Verbrechen vorkommen, wie können Sie dann behaupten, daß Sie eine christliche Gemeinde haben?«*

Er stand jetzt nahe am Wasser und konnte hören, wie die Wellen gegen das Ufer leckten. Am nächsten Pier wurde gerade ein Frachter unter hellem Lampenlicht beladen. Warum war das Arbeiten in den Ladeluken bei Nacht so gefährlich? Was bekamen die Leute für die Überstunden bezahlt, während die übrige Stadt schlief? Stimmte es, daß sie sich alle ihre Arbeit jeden Tag von diesem Kerl, diesem Johnny dem Freundlichen, erkaufen mußten? Doch hatte Pater Barry gehört, wie Monsignore O'Hare sehr gut von Johnny dem Freundlichen gesprochen und ihn als freigebigen Gönner der katholischen Sache bezeichnet hatte. Bestand die Opposition gegen Johnny dem Freundlichen aus »einem Kommunistenhaufen«, wie der Monsignore gemeint hatte?

Wenn Joey Doyle ein Führer der Opposition war, dann mußte er allerdings eine seltsame Art von Kommunist gewesen sein, ging er doch regelmäßig zur Beichte und war er doch im Schoße der Kirche gestorben.
Pete, bleib dran, dachte er. Du bekommst hier irgend etwas zu fassen. Laß es nicht los, Pete. Schon im letzten Jahr hatte er eine vage Unzufriedenheit mit dem routinemäßigen Ablauf der Messen gespürt und hatte sogar schon mit Pater Donoghue über die Einführung des Wechselgesanges in der Messe gesprochen, um auf diese Weise ihre Bedeutung und ihren Sinn bei den Gemeindemitgliedern zu erhöhen. Jetzt aber blickten Katie Doyles zornige Augen ihm ins Herz. Sie warfen ihm völliges Versagen vor. Mit einer bloßen Verbesserung der Messen war da nichts getan. Hatte er Christus und das, wofür Er gelebt und gestorben, in das Leben dieser Menschen gebracht? Hatte er, Pater Pete Barry, den Leuten wirklich klargemacht, was Er für sie alle und sie für sich selbst bedeuteten? Zum Teufel, jede Familie, mit der er in Berührung kam, war von diesem Problem irgendwie betroffen, von der Frage, ob sie Arbeit hatten oder nicht, und wie sie arbeiteten. Unter was für erniedrigenden Verhältnissen und bis zu welchem Ausmaß brachten sie sich selbst in Gefahr, wenn sie das Wagnis auf sich nahmen, diese Verhältnisse verbessern zu wollen. Hier handelte es sich nicht um ein politisches Problem, dem Pfaffen besser aus dem Wege gingen. Zum Teufel, nein, es war ein sittlich-religiöses Problem! Und du, Pete, du hast dich drum herumgedrückt. Du hast Angst gehabt, mitten hineinzuspringen. Der Strom war dunkel und trügerisch und unergründlich, wie der Strom der Menschheit, in den sich Paulus hineinstürzte, als er aus Jerusalem auszog, um unter den feindlich gesinnten Heiden nach Brüdern in Christo zu suchen.
Mensch, wir leben wieder im ersten Jahrhundert, und überall gibt es Bekehrte, die noch einmal bekehrt werden müssen. Die erlösten Menschen müssen von neuem erlöst werden. Mein Gott, wie anders würde Bohegan aussehen, wenn die Leute hier in den innersten Tiefen ihrer Seele tatsächlich wüßten, was es heißt, Christi Fleisch und Blut als Speise und Trank zu nehmen. Laß

die Kommunisten ruhig von ihrer Revolution reden, von ihrer wirtschaftlichen Wiedergeburt durch Säuberungen und Zwangsarbeitslager. Was für eine ganz andere Revolution könnten wir selbst herbeiführen, wenn die Christen, die es nur dem Namen nach sind, sich zu Christen der Tat entwickeln würden! Wir haben das Schiff verpaßt. Alle paar Tage kommt ein Schiff herein, wendet und läuft wieder aus, und wir sind nicht an Bord, sind nicht dabei, wir warten darauf, daß die Gläubigen zu uns kommen, statt ihnen die Leine zuzuwerfen.

Ein dreckiger, leicht vornüber gebeugter, einarmiger Betrunkener stolperte rückwärts aus einer Bar heraus, als ob man ihn hinausgeworfen hätte. Als er den Priester sah, streckte er automatisch die Hand aus. »Einen Groschen. Einen kleinen Groschen für eine Tasse Kaffee.«

Pater Barry suchte in der Tasche nach einer Münze, die ein Teil seines sorgfältig behüteten Zigarettenfonds war. Jeden Tag kaufte er eine Schachtel und schnorrte er sich eine Schachtel. Hier stand sein Bruder ohne Arm und ohne Geld und wahrscheinlich ohne Bett, einer von tausend Obdachlosen im Hafen. Das hier war einer der geringsten meiner Brüder, der von Bar zu Bar und von Gosse zu Gosse herumgestoßen wird. Pater Barry erinnerte sich, ihn gelegentlich in der Messe gesehen zu haben. Eines Morgens mußte er ihn einmal aus der Kirche hinausweisen, weil er vollkommen betrunken in der Reihe der Beichtenden stand. Mutt Murphy, so hieß er, ein bißchen aus dem Gleichgewicht geraten vom vielen Trinken und den Fußtritten, die er erhalten hatte. Ja, das schon, aber – wo stand hier die Kirche? Wo stand hier Pater Pete Barry selbst? Was tat er, um diesen geringsten seiner Brüder zu beschützen?

»Hier«, sagte Pater Barry. »Geh und trink noch ein Bier auf mein Wohl.«

»Gott segne Sie, Pater. Gott segne Sie«, murmelte Mutt zwischen geschwollenen Lippen. Dann blickte er dem Priester ins Gesicht. »Oh, Pater, Sie waren es doch, der Joey Doyle die Sterbesakramente gegeben hat.«

Als Pater Barry nickte, brachte Mutt sein Gesicht so dicht an

das des Priesters heran, daß der saure Atem ihm zuwider war. Pater Barry zog den Kopf aber nicht zurück.
»Dieser Joey Doyle war ein Heiliger, Pater, wissen Sie das? Ging direkt ins Gewerkschaftsbüro und versuchte, mir meine Entschädigung zu verschaffen. Die Halunken da warfen ihn hinaus. Die arbeiten mit den Schiffern Hand in Hand. Wissen Sie das, Pater? Die haben an so was kein Interesse« – er schlug sich auf seinen Armstumpf. »Wo ich es doch auf Deck bekommen habe. Das einzige, woran diese Halunken interessiert sind, ist das ...« er streckte den heilen Arm aus, rieb die Finger aneinander und machte das uralte Zeichen des Geldzählens. »Jesus, Maria und Joseph, wenn wir eine anständige Gewerkschaft statt dieses Haufens von Geldschrankknackern hier hätten, würde ich mit Leichtigkeit meine hundert Dollar im Monat verdienen. Ich bin kein Schuft, kein Bettler hier drin im Herzen, Pater, so wahr mir Gott helfe. Aber ich kann keine Arbeit bekommen, und ich habe mich mit Johnny dem Freundlichen nie gut gestanden. Was soll ein Mensch wie ich denn machen, Pater?«
»Dieser junge Doyle«, fragte Pater Barry, »sind Sie sicher, daß er hinuntergestoßen worden ist?«
Mutt Murphy ging unsicher einen Schritt zurück. »Wollen Sie mich auf den Arm nehmen, Pater? Was haben Sie denn vor, wollen Sie mich hier in den Fluß schmeißen?«
Mutt drehte sich um und ging fast hochnäsig seines Weges. Kurz vor der Bar an der Ecke drehte er sich um und schrie mit häßlich krächzender Stimme: »Jesus wird mich retten! Jesus wird mich retten.« Dann verschwand er in dem kurzfristigen Obdach der Kneipe.
Pater Barry ging weiter. Er ging bis zum Ende eines Eisenbahnpiers und starrte auf das unterbrochene Muster kleiner, viereckiger Lichter, die aus den massigen Gebäuden über dem Fluß herausblinzelten. Da lag die mächtigste Stadt der Welt, halb schlafend, halb wach. Millionen und Abermillionen von Leuten, und nicht einer von ihnen wußte von Mutt Murphy und seinem verlorenen Arm. Oder von Joey Doyle und seinem verlorenen Leben. Und wenn sie es erfahren sollten, wenn die

Morgenzeitungen mit großen Schlagzeilen zum Frühstück das schreckliche Verbrechen an Joey Doyle tatsächlich bringen sollten, wen würde das kümmern? Eine ganzseitige Überschrift, eir paar Sensationsbilder und dann – wen geht's an? Wen kümmert es wirklich? Wenn sich sogar hier in Bohegan, wo die Leute ihn kannten, kein einziger sich wirklich der Sache annimmt? Man braucht nur die Zahl der Kirchgänger zu vergrößern und das Sittenklima verbessert sich damit automatisch, pflegten die Bequemen immer zu sagen. Hier aber folgten die Kirchgänger Jesus Christus in einer so jämmerlichen Weise nach, daß es wirklich ein grausamer Scherz war, sie noch Christen zu nennen. Auch die Priester, sogar die, die das Wort von dem geringsten ihrer Brüder zwar im Munde führten aber nicht danach lebten – sogar einige Priester.

Bei Gott, erkannte Pater Barry auf einmal. Er war von den Armen gekommen und hatte das Priesterkleid angelegt, um den Armen zu dienen. Aber die Jahre hatten ihn vorsichtig gemacht. Sich in der Kirche verstecken, hatte Katie gesagt. Pater Barry war nur ein paar Kilometer gegangen, aber er hatte einen weiten Weg zurückgelegt, seit Katie Doyle ihm ihre zornige Frage entgegengehalten hatte. Jetzt stellte er sich die Fragen selbst. Der Mensch, hatte der heilige Bernhard erklärt, sei ein edles Geschöpf mit majestätischer Bestimmung. Gehörte es zu Joey Doyles majestätischer Bestimmung, vom Dach einer Mietskaserne heruntergestoßen zu werden und zwischen Wäscheleinen hindurch in einen dreckigen Hinterhof zu fallen, wie eine leere Bierflasche?

So hatte Katies unverblümte Frage »Was wollen Sie jetzt deswegen tun?« den Priester als Glied in die Kette zwischen Gott auf der einen und dem Menschen auf der anderen Seite gestellt. Du magst es Politik nennen oder erklären, es handle sich um ein Polizeiproblem und dich vor ihm in der Kirche verstecken, aber du stehst mitten drin, Bruder, du stehst selbst drin, tief drin, das ist so sicher, wie es den Leib Christi gibt. Joeys Tod und die Suche nach dem Sinn dieses Todes, nach seinem Motiv und seiner Erlösung, mußte die Kirche seiner Gemeinde auf die

Straßen von Bohegan zurückführen, wo die Leute während einer Stunde am Sonntag Christen waren und die ganze übrige Woche Feinde des Christentums.

Pater Barry empfand plötzlich eine gehobene Stimmung. Es war nicht nur die leichte Brise, die vom Fluß heraufstieg, nicht nur ein kühler Luftzug, der ihn da angeweht hatte. Er wußte noch nicht genau, was er tun würde, aber er war jedenfalls bereit, den ersten Schritt zu tun. Bei Gott, er würde bestimmt nicht bloß einer von den weihrauchschwingenden Pfaffen sein. *Duc in altum.* Steig hinab in die Tiefe. Diese Worte hatten ihn immer fasziniert. Sei bereit, den Weg in unbekannte Tiefen zu wagen. Würde er es schaffen? Besaß er tatsächlich den Mut, den Weg in die Tiefe anzutreten?

Er wandte sich und begann rasch zu dem einen Kilometer entfernten Pfarrhaus zurückzugehen. Beim Überqueren der River Street ein paar Häuserblocks weiter, näherte sich ihm eine gedrungene Gestalt, ein junger Bursche in dunklen Cordhosen und einer schwarz und rot karierten wollenen Windjacke, die Hände tief in die Taschen vergraben, den Kopf gesenkt.

»He, Junge, hast du zufällig 'ne Zigarette bei dir?« fragte Pater Barry.

Schon wieder benutzte er seine kirchliche Stellung, um kleine Vorteile zu ergattern. Wie er es manchmal tat, wenn er morgens an Läden vorbeiging, die gerade ihre Türen geöffnet hatten und die Möglichkeit bestand, daß irgendein abergläubischer Kaufmann ihm gratis das geben würde, was er suchte. Es bringt Unglück, den ersten Kunden abzuweisen, wenn er ein geistliches Kleid trägt. Pater Barry hatte früh zu schnorren gelernt. Es war noch etwas Diebisches an ihm, ein Überbleibsel aus der Zeit, da er als Straßenjunge in Bohegan aus reinem Selbsterhaltungstrieb schauen mußte, wo er blieb.

»Was soll das – ist das ein Trick?« fragte der in Gedanken versunkene junge Mann – Terry Malloy – ärgerlich. »Ich wette eins zu zehn, daß du gar kein Priester bist. Die Tour habe ich schon oft genug erlebt.« Leise vor sich hinfluchend ging Terry weiter.

Pater Barry zuckte mit den Achseln und schritt zum Pfarrhaus. Dieser Junge da, dieser kleine Ganove, war wahrscheinlich auch getauft, war auch in die Sonntagsschule gegangen und hatte die Kommunion empfangen. Und schau ihn dir jetzt an, ein übler Vagabund, feindselig, argwöhnisch, gefährlich und einsam.

ACHTES KAPITEL

Als Katie in ihrem kleinen Eisenbett, das den kleinen stickigen Schlafraum fast ausfüllte, erwachte, wußte sie zuerst gar nicht, wo sie war. In der Schule ging ihr Schlafzimmerfenster nach Osten, der Morgensonne entgegen, und sie blieb vor dem Aufstehen immer gern noch ein paar Augenblicke in ihrem sauberen weißen Bett liegen, dehnte sich und ließ sich von der Sonne bescheinen. Das war für sie immer ein ganz besonders schöner Augenblick, ein kurzer Aufenthalt zwischen Schlafen und Wachen, zwischen der Süße des Schlafs und den vielen Pflichten des Tages. Heute morgen gab es keine Sonne und kein weißes Bettzeug. Sie war immer noch in den Kleidern und lag oben auf dem Bett, wohin sie sich schließlich in einen Schlaf der Erschöpfung hatte fallen lassen. Das einzige Fenster auf der Nordseite des schmalen Raumes ging auf das Nachbarhaus, das kaum einen Meter entfernt war, so daß auch das hellste Tageslicht nur vom Dach oben in ihr Zimmer hereinsickern konnte. Alles war stickig und düster. Mühsam und mit einem Gefühl des Widerwillens, mit dem Bewußtsein der Unordnung und des Schmutzes, das sie verabscheute, dämmerte ihr, wo sie sich befand, und warum sie hier war. Sauber und gepflegt wie sie war, stolz auf ihr reinliches, immer sauber gewaschenes Aussehen, das ihr angeboren war und das sie besonders pflegte, erhob sie sich mit dem Gefühl der Schuld, strich die schäbige Bettdecke glatt und versuchte, die Falten ihres marineblauen Rockes zu glätten.
Im Vorderzimmer war ein unmusikalisches, männliches Schnarchen zu hören, denn die Getreuen lagen seit der Leichenfeier immer noch da, wo sie gerade hingefallen waren. Runty Nolan

lag auf dem Fußboden, alle viere von sich gestreckt, als ob man ihn mitten beim Erzählen einer Geschichte an den Boden genagelt hätte. Jimmy Sharkey lag schlafend in dem großen Lehnstuhl, aus dem die Polsterung schon halb heraushing. Moose war sogar im Schlaf noch nicht zur Ruhe gekommen; sein mächtiger Körper hob und senkte sich bei jedem Atemzug. Pops drahtige, schmächtige Arme hingen über den Rand des unordentlichen Betts herab. Sein unrasiertes Gesicht und der schmutzige, lange Pullover verstärkten nur noch das Düstere der Szene. Das Zimmer war mit den Überresten der Feier besät, ein paar Whiskyflaschen lagen genauso auf dem Fußboden verstreut wie die Männer, in die sich ihr Inhalt ergossen hatte; ein Zigarettenkasten lag umgekippt auf der Seite, schwärzlicher Tabak, halbgerauchte Zigaretten und ausgedrückte Zigaretten bildeten eine kleine Abfallgrube auf dem Teppich; über der Lampe hing ein Hemd; Schuhe waren in alle Winde zerstoben, wie Hasen auf der Treibjagd; und Gläser – schmutzige Gläser, halbgefüllte Gläser, zerbrochene Gläser, umgestürzte Gläser, Gläser, die Katie an den Whisky und den Tod und das schmale Entsetzen des nächsten Morgens gemahnten.
Katie ging in die Küche, sah das entmutigende Tellergewirr in der Abwaschwanne, die übriggebliebenen Butterbrote, die vergossenen Whiskyreste, die einen säuerlichen Geruch verbreiteten. Wieder wanderten ihre Gedanken sehnsüchtig zurück nach Marygrove, wo die Schwestern in ihrer Makellosigkeit umhergingen und die Gesichter ihrer Klassenkameradinnen sauber gewaschen waren. Pflichtbewußt riß sich Katie aus ihren Gedanken an Tarrytown und wandte sich dem schmutzigen Geschirr zu und dem Kaffee, den sie zubereiten mußte, um Pop und seine Freunde für das bevorstehende Tagewerk zu stärken. Dieser kalte, trübe, sonnenlose Tag, dieser Joey-lose Tag.
Der Klang des Kaffeegeschirrs und das Klappern der Teller, die Katie in der Abwaschwanne stapelte, hatte allmählich begonnen, in Patrick Doyles bleiernen Schlaf einzudringen. Er richtete sich auf der Couch langsam in eine sitzende Stellung auf und rieb sich das Gesicht mit den Händen, während er die Augen gegen das Tageslicht noch immer geschlossen hielt. Er

reckte sich und stöhnte, und Runty räkelte sich auf dem Boden und öffnete die Augen zu einem Schlitz.

»Eine großartige Leichenfeier, Patrick«, brachte er mit einer Fröhlichkeit heraus, die fast automatisch war. »Seit ich meinen eigenen Vater begrub, habe ich keinen so hübschen Abschied mehr erlebt.«

»Oh, mein armer Kopf«, stöhnte Pop.

Katie kam mit der Kaffeekanne und ein paar sauberen Tassen herein. Sie hatte ihre Lippen voller Zorn zusammengepreßt. Warum benahmen sich die Männer so und warum nahmen sie Joeys Tod als eine Tatsache hin?

»Morgen, Pop«, sagte sie. »Hier ist Kaffee für dich. Und für deine Freunde.«

Sie setzte den Kaffee mit den Tassen und Löffeln hin und ging wieder in die Küche.

»Sie ist ein prima Mädchen«, sagte Runty. »Du hast Glück gehabt, daß sie ihrer Mutter nachgeraten ist.« Er ließ sein bekanntes ho-ho-ho-Lachen ertönen.

Sie tranken den Kaffee schweigend. Vom Fluß drang der heisere Ton einer Schiffssirene herüber. Pop konnte nach den Geräuschen des Flußverkehrs die Zeit bestimmen. »Die Sieben-Uhr-Fähre fährt gleich ab zur Christopher Street«, sagte er. »Es wird Zeit, daß wir zur Ecke hinuntergehen.«

Die Männer rieben sich den Schlaf aus den Augen und zogen die Windjacken an. Pop nahm seinen abgewetzten wollenen Arbeitsmantel und die schmutzigen Segeltuchhandschuhe vom Haken; die Handschuhe gehörten zu seiner Berufskleidung genau so wie der kurze Ladehaken, der schon fast zur physiologischen Verlängerung des rechten Armes der Hafenarbeiter geworden war.

»Leg den Haken weg«, sagte Runty. »Heute ist kein Tag für dich zu arbeiten. Die Jungens, die heute Arbeit kriegen, werden dir was abgeben.«

»Klar, Pop, bleib zu Hause. Wir werden die Büchse für dich herumgehen lassen«, sagte Jimmy Sharkey.

»Klar, das werden wir tun!« rief Moose laut.

»Danke schön, Jungens, aber ich werde doch arbeiten«, sagte Pop, während er den Haken durch seinen Gürtel über der Hintertasche steckte. »Wer, glaubt ihr wohl, wird das Begräbnis bezahlen? Tom McGovern und seine stinkige Lagergesellschaft? Oder Willie Givens, der Schuft? Niemand wird die Büchse für mich herumgehen lassen, trotzdem aber vielen Dank. Ich gehe mit zur Arbeit.«

Er ging durch das Schlafzimmer bis zur Küchentür voraus. Von einem Haken an der Tür hing Joeys Windjacke herunter, ein pelzgefüttertes Marinekleidungsstück, das Pop aus dem Laderaum eines Schiffes hatte mitgehen lassen. Einer plötzlichen Eingebung folgend nahm Pop die Jacke vom Haken und reichte sie Runty.

»Hier. Genausogut kannst du sie jetzt brauchen. Deine hat mehr Löcher als 'n Stück Schweizer Käse.«

Runty nickte, schlüpfte aus seiner alten, wollenen Windjacke heraus und probierte Joeys an. Sie hing ihm lose um die Schultern.

»Da ist noch viel Platz drin für Steaks und Whisky«, meinte er anerkennend.

Pop wandte sich um und umarmte Katie, die hinter ihnen gestanden und mit traurigen Augen zugesehen hatte.

»Mach's gut, Pop«, sagte sie kurz.

Pop empfand diese Bemerkung als Vorwurf; er wollte sie trösten und fürchtete, daß jedes weitere Wort über Joey sie wieder in Zorn versetzen würde.

»Katie, ich weiß, es ist nicht leicht. Vielleicht, wenn du zu den Schwestern nach Tarrytown zurückgehst, die können dir vielleicht helfen, darüber hinwegzukommen.«

»Warum müssen wir darüber hinwegkommen?« sagte Katie.

Pop zuckte die Achseln. »Gott muß wissen, was er tut.«

»So einfach ist das auch nicht«, sagte Katie.

Pop streckte die Hände aus und schien in dieser fast komisch wirkenden Bewegung die anderen um Hilfe bitten zu wollen. »Jesus, Maria und Joseph. Ich bin aber wirklich mit dickköpfigen Kindern gestraft.«

»Es fehlte nur noch, daß es anfängt zu regnen«, sagte Jimmy und dachte an alle möglichen Unfälle. »Wenn wir Pech haben, dann kriegen wir im Regen Kupferblech zu verladen.«

»Oder Bananen«, sagte Pop. »Wenn du erst mal anfängst, auf den verfaulten Bananen hin und her zu rutschen . . .«

Runty kicherte. »Wäre das ein wunderbarer Anblick, wenn jetzt ein Schiff direkt aus Irland hereinkäme, die *Maple* oder die *Elm* und bis unter die Reling mit Jamesons irischem Whisky beladen.« Runty steckte die kleinen vernarbten Hände in die Taschen seiner neuen Windjacke. »Das wäre dann der Tag, an dem diese Jacke ihrer eigentlichen Bestimmung zugeführt würde.«

Katie sah ihnen nach, wie sie laut lachend und redend die Treppe hinuntergingen. Hatten sie denn gar kein Gefühl? Ja, natürlich wußte sie, daß Pop vor sich hingeweint hatte und daß Runty unter seiner harten Schale so weich wie Butter war. Und Moose war rauh und laut, aber sie wußte, daß er im Innern fast zu zart und sanft war, um den harten Konkurrenzkampf auf den Docks zu überstehen. Doch es hatte schon zu viele »Unfälle« wie Joeys am Hafen gegeben. Zu viele Rippen waren schon gebrochen worden. Zu viele Gesichter hatte man schon mit Stahlhaken und Pistolengriffen entstellt. Wenn auch Pop es sorgfältig vermieden hatte, mit ihr über diese Dinge zu reden, so gehörte doch die Gewalttat zum Hafen genauso wie die Luft, die sie atmeten. Sie hatte davon in dem Kramladen munkeln hören, wenn sie über das Wochenende nach Hause kam, sie hatte es als einen weiteren harten Teil der Wirklichkeit hingenommen, so wie sie in Bohegan nun einmal war, aber sie hätte es sich nie träumen lassen, daß derartige Dinge auch in ihr eigenes Leben einbrechen würden.

Vom Dach aus konnte man sehen, wie die kalte Morgensonne drüben über dem Fluß hinter der gezackten Kette von Stahl, Beton und Glas emporstieg. Im Sommer bildeten die flachen Dächer der Mietskasernen eine Art Riviera, wo die Armen in der Sonne liegen, das Glitzern des Stromes beobachten und manchmal von der erstickenden Hitze ihrer dumpfigen Schlafzimmer eine Zuflucht in der kühleren Nachtluft finden konnten. Jetzt aber, an dem kühlen Novembermorgen, waren die Dächer verlassen; nur die Taubenbesitzer waren oben, um bei Sonnenaufgang ihre Vögel zu füttern und sie vor Arbeitsbeginn zu trainieren.

Heute morgen befand sich nur eine Gestalt auf dem Dach. Es war Terry Malloy, der vor etwa einer Stunde, nach der in den Bars verbrachten Nacht, heraufgekommen war, nachdem er seinen Lohn in einer Reihe von Kneipen zwischen Bohegan und Manhattan durchgebracht hatte.

Terry war noch benebelt von billigem Whisky und Bier. Seine Zunge fühlte sich an – diese Vorstellung kam ihm mit einem Anflug grimmigen Humors – wie der Boden seines Taubenschlages. Aber er fühlte sich erleichtert, als er sich gegen die Seite eines mit Teerpappe verkleideten Lichtschachtes lehnte und den Tauben zusah, die weit hinaus über dem Fluß ihre Kreise zogen. Tief sog er die kühle Luft ein, die vom Fluß herüberdrang und von Ruß und Rauch gereinigt schien. Er freute sich darüber, wie die Tauben die glänzenden Unterseiten ihrer braunen und blauen und silbrig-grauen Flügel aufleuchten ließen, wenn sie über ihn hinwegflogen.

Verdammt noch mal, sie waren wirklich hübsch, und sie gehörten ihm; sie waren das einzige im Leben, worüber nur er allein zu bestimmen hatte; er allein konnte sie mit der langen beflaggten Stange in der Luft halten, er war derjenige, der sie in unbekannte ferne Städte entsenden konnte, damit sie dort zum Rennen heim nach Bohegan ausgelassen wurden. Dann eilte er zu seinem Schlag, sobald der erste Vogel eingetroffen war, nahm das Rennabzeichen mit sicherer Hand vom Ständer der Taube und stieß es unmittelbar darauf in die Rennuhr, damit auch nicht der Bruchteil einer Sekunde bei der Zeitnahme verlorenging. Es war schon ein herrliches Gefühl, dieses erste Abzeichen in der Uhr zu wissen.

Wie die Tauben es anstellten, hoch über den Städten von East Jersey dahinzufliegen und sich genau sein – Terrys – kleines Dach mit dem Taubenschlag zu merken –, das konnte er einfach nicht begreifen. Sie mußten in den kleinen, runden, von seidigen Federn umgebenen Köpfchen eine ganze Menge von Gehirn haben. Hirn und Mut, genau das brauchte eine Taube, um ein Rennen zu gewinnen; das war ganz ähnlich wie beim Boxen. Laß dir bloß von niemandem weismachen, daß ihnen das angeboren sei, dachte Terry. Zum Teufel, hätte er einen Dollar für jede Taube, die er auf den Übungsflügen eingebüßt hatte. Sie besaßen irgend etwas Besonderes, diejenigen, die es schließlich schafften. Nimm hier bloß mal diesen Swifty, dachte er, seine Leittaube, den Herrn und Gebieter im Taubenschlag, der sich den Weg zu seiner Führerstellung erkämpft und zwei schwere Fünfhundert-Meilen-Rennen gewonnen hatte, wobei er einmal einige Kopffedern eingebüßt hatte und blutete, weil ein Habicht versucht hatte, ihn als Mittagsmahlzeit zu verspeisen. Ein andermal war er mit gebrochenem Bein in den Schlag zurückgekehrt. Terry hatte nie feststellen können, wie das passiert war. Aber ein Vogel mit dem richtigen Heimwärtsdrang läßt sich durch nichts, weder Fressen, noch Wasser, noch Wunden von seinem Wege abbringen. Solange er in der Lage ist, die Flügel zu bewegen, fliegt er weiter Richtung Heimat. Swifty war zwar ein halber Krüppel jetzt, aber immer noch ein kraftvoller Bursche, ein stolzer und mächtiger Hahn unter den Tauben. Er hatte etwas mit Johnny dem Freundlichen gemeinsam, wie er so im Vollgefühl seiner Macht über alle übrigen regierte. Man mußte ihn bewundern, wie er sich hochgekämpft hatte, wie er den Platz an der Spitze errungen hatte und ihn verteidigt hatte gegen jeden, der ihm die Führerrolle streitig machen wollte. Mut gehörte dazu und das Wissen, wie man so etwas anstellt und . . .

Terry suchte sich einen anderen Platz; ihm wurde bei diesen Gedanken unbehaglich. Warum war es ihm denn nicht vergönnt, sich hier einfach herzuhocken und den Anblick des großen Kreises zu genießen, den seine Tauben über dem Fluß und den Dächern beschrieben, und nicht immer denken zu müssen . . . Mein Gott, mit einem Kopf wie eine fünf Tage alte Wassermelone, da brauchte man wirklich nicht zu denken. Lehn dich einfach zurück gegen die Teerpappe und schau in den kalten Himmel hinauf, denk an die Rennen, die du gewinnen wirst, und die leichte Arbeit, die man dir am Hafen geben wird. Denk an Melva, das halbwüchsige Mädchen, das in dem Viertel jetzt die große Rolle spielte; ein netter Käfer mit noch etwas überflüssigem Fett, das man aber noch wegbringen konnte. Melva, die immer in engen blauen Hosen herumlief und die Inschrift »Vorsicht – Sprengstoff« stolz auf ihrer prallsitzenden Bluse trug, ein munteres Mädchen der weiblichen Gefolgschaft der »Golden Warriors«!

Ja, Mensch, so ist's besser, denk nicht mehr an gestern abend, denk lieber an all die feinen jungen Weiber, die hier herumlaufen, und an die hübschen Tauben und an die acht Stunden Arbeit, zwei Dollar vierunddreißig pro Stunde mit dem bloßen Herumsitzen auf den Kaffeesäcken. Denk an all die schönen Sachen, die sich stehlen lassen, spanischen Brandy und französisches Parfüm und die erstklassigen Beefsteaks aus den Vorratsräumen der Schiffe, und die zarten Filets und die zarte Melva und die zwanzig Dollar pro Tag für das Studieren der immer wieder faszinierenden weiblichen Formen in den Magazinen, wie zum Beispiel *Girlie* und *Scanties* – ja, das war das eigentliche Leben, das Leben, wie er es gern hatte. »Shaboom, shaboom tatata-tatata-tatata- tatata-tatata ...« summte Terry in Gedanken an einen alten Schlager vor sich hin.

»Ein zweiter Eddi Fisher, bloß ohne Talent«, kam eine Stimme hinter dem Taubenschlag hervor. Es war Billy Conley.

»Was ist denn los, hast du was dagegen?« verlangte Terry zu wissen.

»Keine Rede davon, ich hab's bloß lange nicht gehört.«

»Ha, ha«, sagte Terry verächtlich.

»Was ist denn los mit dir, bist du heute mit dem falschen Bein zuerst aufgestanden?«

»Ich bin heute morgen überhaupt nicht aufgestanden, das ist los«, erklärte Terry.

»Mensch, du siehst ja aus wie ein ungemachtes Bett«, sagte Billy. »Was machst du eigentlich so früh am Morgen hier oben?«

Terry reagierte auf diese Frage sauer. »Das geht dich einen Dreck an.«

Billy war beleidigt. »Na, du brauchst dich ja nicht gleich aufzublasen wie ein Truthahn!«

»Ich bin schon so früh hier oben, weil ich schon so früh hier oben sein wollte, und damit basta«, beharrte Terry.

»Mein Gott, was hast du denn vor? Soll's eine Staatsaffäre werden?« Billy war sichtlich empört. Sein Herr und Meister hatte ihn angefahren. »Für nichts und wieder nichts«, würde er später seinen »Golden Warriors« erzählen, »für nichts und wieder nichts hat er mich plötzlich angefahren.«

Billy fuhr mit der Hand unter den Taubenschlag, um den Futterkasten herauszuziehen. Es war seine Aufgabe, den Tauben jeden Morgen das Futter hinzustreuen. Terry zahlte ihm fünfundzwanzig Cents für diese Arbeit, die diesem vierzehn Jahre alten Burschen den Nachschub an Zigaretten garantierte.

»Schon alles erledigt«, rief Terry, »ich hab's schon selbst gemacht.«

»Donnerwetter, man kennt dich heute morgen ja gar nicht wieder. Der reinste Frühaufsteher.«

»Ja, ja.« Terry wollte sich mit dem Kleinen in keine Diskussion einlassen. »Ich hab' mir gedacht, da ich sowieso schon auf war – was ist da schon weiter dran.«

Billy sah ihn erstaunt an. Terry Malloy, dessen stolzes Foto im Boxerdreß einen Ehrenplatz im Geschäftszimmer der »Golden Warriors« einnahm, benahm sich irgendwie merkwürdig. Der Junge nickte in Richtung auf das Nachbardach. »Zum Teufel, ich hätte nicht der junge Doyle sein mögen, der da gestern abend den Sprung in die Tiefe gemacht hat, wo doch unten gar kein Wasser war.« Er schüttelte den Kopf und stieß ein häßliches Lachen aus. »Hättest du Lust gehabt, Terry?«

»Hör auf mit deinem blöden Geschwätz«, sagte Terry verärgert.

»Jo-Jo hat Glück gehabt«, fuhr Billy fort. »Er sah ihn landen. Riß Mrs. McLafertys Wäscheleine durch. Er schwört, daß er zurücksprang wie ein Ball, so hoch. Was sagst du dazu? Ich glaube, er ist ein ausgemachter Lügner.«

»Willst du um alles in der Welt jetzt endlich das Maul halten?« sagte Terry mit erhobener Stimme.

»Nanu, wo sind wir denn eigentlich, in Rußland? Man kann ja hier nicht einmal mehr reden, was man will«, protestierte Billy.

Die Tauben folgten Swifty in einer scharfen Wendung, die sie bis auf etwa zehn Meter an das Dach heranführte, und schwirrten dann wieder in einer eleganten Kurve ab. Auf Terrys nachdenklichem Gesicht zeigte sich angesichts dieser Flugleistung ein bewunderndes Grinsen.

»Diese Burschen verstehen wirklich zu fliegen«, sagte er leise vor sich hin. »Und sie haben zu fressen, was sie wollen, sie fliegen wie verrückt herum, schlafen jede Nacht zusammen und bringen laufend Kleine auf die Welt.«

»Dir selbst geht es ja auch nicht so übel«, sagte Billy. »Eine dicke Nummer bei Johnny dem Freundlichen und Freikarten für alle Boxkämpfe drüben in Newark. Und alle Weiber in der Nachbarschaft verdrehen sich die Hälse nach dir, weil dein Name ganz groß in Leuchtschrift im Madison Square Garden ...«

»Ein einziges Mal«, erinnerte ihn Terry.

»Was macht das schon?« fuhr Billy fort. »Die Weiber wollen bloß deine Muskeln fühlen.« Er machte eine vielsagende Bewegung mit den Händen und stieß ein böses Lachen aus. »Dir geht's gar nicht so übel.«

»Zum Teufel, halt endlich dein Maul«, sagte Terry, der sich nicht ganz wohl in seiner Haut fühlte. Er krempelte sich die dunklen Cordhosen etwas hoch und versetzte Billy einen spielerischen Boxhieb, der aber hart genug war, daß dem Jungen ein paar Tränen in die Augen traten. Auf dem Fluß tutete ein Frühboot, als es an einer langsamen Kette von Kohlenschleppern vorbeifuhr. Terry wandte seine Gedanken dem Fluß und der morgendlichen Arbeitsverteilung zu. »Ich muß mal eben 'runtergehen und mir eine Tasse Kaffee und ein paar Brote besorgen. Du kannst inzwischen die Wasserschüsseln saubermachen.«

Terry schlug zwei blinde Haken in die Luft, was soviel heißen sollte wie »Auf Wiedersehen«. Als er an den Eingang der Treppe kam, drehte er sich noch einmal halb um.
»Und verschütte kein Wasser auf den Boden. Ich will nicht, daß die Vögel sich erkälten.«
Einen Augenblick lang ruhte Terrys Blick auf dem Nachbardach, wo Joeys Tauben herumhüpften und mit ängstlichen Stimmen nach ihrem Frühstück riefen. »He, du kannst auch ein bißchen Streufutter da drüben in den anderen Schlag bringen«, sagte Terry nebenbei.
»He, das ist eine Idee«, sagte Billy, »die kannst du wahrscheinlich in deinen eigenen Schlag vereinnahmen.«
»Tu, was ich dir gesagt habe«, befahl Terry. Dann reckte er sich und begann den Abstieg in einem schnellen, tänzelnden Rhythmus.
Im zweiten Stock lief Terry schon so schnell, daß er fast mit Pater Barry zusammengestoßen wäre, der gerade die Stufen heraufkam.
»Passen Sie doch auf, wohin Sie gehen«, brummte Terry und eilte weiter.
Der Priester beachtete ihn kaum. Seine Augen waren von der schlaflosen Nacht rot gerändert. Er war die ganze Nacht auf und ab gegangen, hatte gelesen, meditiert und gebetet. Er hatte die Werke der alten Kirchenfürsten von Augustin und Thomas von Aquin bis zu dem sozialen Denken Pius XI. und Maritain durchgeblättert. Er hatte sich schwere Gedanken über die Märtyrer gemacht, über Paulus, den ersten Ignatius, Stephan, den Heiligen Johannes und Thomas More, lauter willensstarke, unbeugsame Männer. Und den Heiligen der Gnade und des Dienens Franz Xavier, den er sehr verehrte, und den anderen, sich selbst verleugnenden Franz, den Barfüßer von Assisi, die auf dem schweren Weg gewandert waren. Der heilige Judas fuhr ihm durch den Kopf und Vinzenz von Paul.
Er hatte die Turmuhr vom Rathaus die dritte Stunde schlagen hören, und als der letzte Ton im Schweigen der Nacht verklungen war, hatte er sich halb angezogen aufs Bett geworfen, weil

er um sechs Uhr die Frühmesse zu halten hatte. Doch in der Dunkelheit hörte er wieder die klare, zornige, ein wenig kindliche Stimme der kleinen Doyle: *Hat es jemals einen Heiligen gegeben, der sich in der Kirche versteckte?* Ja, wie stand es denn wirklich damit? Er dachte wieder an seinen starken, schäbig aussehenden, glaubensstarken Franz, der nach Goa zu den Heiden geschickt wurde und sich zuerst seinen Weg durch das habgierige und intrigierende und sittliche Chaos nicht der Asiaten, sondern der europäischen Christen zu bahnen hatte, die nur auf den Erwerb irdischer Güter erpicht waren und Christus mit jedem begehrlichen Atemzuge verspotteten. Dieser Franz war kein Heiliger, der sich in der Kirche versteckte. Pete Barry hatte an der Fordham Universität seine Doktorarbeit über diesen selbstlosen kleinen baskischen Aristokraten geschrieben, der für die portugiesischen profithungrigen Katholiken und ihre allzu weltlichen Priester keine Geduld aufbrachte, der aber andererseits die Lammsgeduld eines Hiob und Jesus bewies, wenn es sich um die Bettler und Sklaven, die Huren und landlosen Farmer, die Armen in den Städten und die fluchenden Seeleute handelte, mit denen er sich gelegentlich auf ein Kartenspiel am Hafen einließ.
Pater Barry setzte sich auf, suchte nach dem Feuerzeug und zündete sich eine Zigarette an, um klarer denken zu können. Dann stieg er aus dem Bett und ging zu den Bücherregalen, wo er nach seinen abgegriffenen Abschriften der Briefe des Franz Xavier suchte, die hier und da durch Unterstreichungen und Anmerkungen von der Zeit kündeten, in der er sie im Seminar durchgearbeitet hatte. Seine Gemeinde von St. Timotheus kannte diese Seite seines Wesens kaum. Sie sahen lediglich den jungen, etwas ungehobelten Iren mit dem roten Gesicht, der seine Messe manchmal ein wenig zu schnell las, und der kaum etwas von der Geistlichkeit zu haben schien, die den Pfarrer, Pater Donoghue, zu einer eindrucksvollen religiösen Gestalt in der Gemeinde machte. »Dieser Pater Barry ist ungefähr ebenso ein Heiliger wie ein Sack Mehl«, war Runty Nolans erster Eindruck gewesen, und als dieser Ausspruch Pete zu Ohren kam, hatte er schmunzelnd zu seinem Vikar, dem Pater Harry Vincent, gesagt: »Ich

bin froh, daß er Mehl gesagt hat, der Vergleich hätte auch schlimmer ausfallen können.«

Was aber Pater Barry auszeichnete, und was er sich bewahrte, seit er bei St. Timotheus war, das war eine lebendige Erinnerung dessen, was es heißt, arm zu sein, die Erinnerung an die Erniedrigung, die seine Mutter über sich ergehen lassen mußte, als die Mitarbeiter der öffentlichen Wohlfahrt zu ihr kamen, die Art und Weise, wie die entsetzliche Armut der weniger Glücklichen und derjenigen, die keine guten Beziehungen am Hafen hatten, den Menschen entpersönlichen und degradieren kann. Er hatte sich im letzten Jahre seines Theologiestudiums gelobt, diese Dinge niemals zu vergessen und so zu arbeiten, wie Jesus unter den Ärmsten der Armen gearbeitet hatte.

Hatte er sich nun selbst etwas vorgemacht? Eigentlich nicht. Er war hier an der Kirche St. Timotheus auf der Pulaski Street, weil der Bischof ihm mit der Versetzung in das Elendsviertel von Bohegan eine besondere Auszeichnung zuteil werden lassen wollte. Aber im zweiten Jahr hatte eine gewisse Bequemlichkeit und etwas von Pater Vincents kluger Vorsicht ihm etwas von seinem alten Schwung genommen. Verdammt noch mal, Bohegan war genau derselbe heuchlerische, unmenschliche und deshalb un-katholische Sumpf wie Goa, als der junge Xavier vor vier Jahrhunderten dort an Land ging. Der einzige Unterschied ist nur der, daß du jetzt nicht den Mut hast, wie Xavier ihn hatte, um diese Zustände anzuprangern. Okay, Pete, du hast das gehört, *Pater* Barry, und nun, was wirst du dagegen tun?

In dem Buch, das er in der Hand hielt, wurde er von einem Brief, den er vor ein paar Jahren angekreuzt hatte, gefesselt. Er ging wieder ins Bett, um ihn zu lesen, denn der Pfarrer war in bezug auf Kohlen geizig (oder, wie er und Pater Vincent scherzend sagten, fromm). Im Pfarrhaus war es immer zehn Grad kälter, als es angenehm war. Aber das Bett war warm und das Kopfkissen, das seine Mutter eigens für ihn angefertigt hatte, umschmeichelte ihm sanft den Kopf. Die Worte schienen ihm vor den Augen zu verschwimmen. Das kam vom zu vielen Lesen im Brevier mit seinem kleinen Druck. Warum tat er das alles überhaupt? Er war doch hier nicht mehr im Seminar; er brauchte ja jetzt nicht mehr zu büffeln wie ein Schuljunge. Sein Wecker war auf fünf Uhr dreißig eingestellt und gewährte ihm gerade genug Zeit, sich zu waschen, schnell zu rasieren und ein Morgengebet vor der Frühmesse zu sprechen. Eines Tages würde er Pfarrer werden und dann seinen Vikaren auftragen, die unbequeme Frühmesse zu lesen! Dann ergriff ihn das Gefühl der Schuld und zog ihn aus dem Bett. Er hatte die schwerste und leichteste Aufgabe in der Welt gewählt. Sie war nicht so verschieden von der Armee mit ihren Infanterie-Zugführern, ihren Kämpfern im vordersten Graben, ihren Strategen ganz oben und ihren Militärpolitikern im Hauptquartier.

Pete Barry hatte die wärmenden Decken abgeworfen und sich neben dem Bett auf den kalten Fußboden niedergekniet. Das Bett als Lesepult benutzend, las er die Worte des Xavier, die in einen Brief eingebaut waren, die jener an einen jungen Priester geschrieben hatte, der vor vierhundert Jahren sein apostolisches Leben in Indien beginnen sollte. Die Worte waren nicht nur unterstrichen, sondern auch mit Bemerkungen versehen: dennoch kamen sie Pete Barry heute als etwas ganz Frisches und Neues ins Gedächtnis zurück:

Wenn du im Beichtstuhl alles das dir angehört hast, was deine Beichtkinder dir über ihre Sünden bekannt haben, so glaube nicht, daß damit alles geschehen sei und daß du keine weitere Aufgabe mehr zu erfüllen habest. Du mußt fortfahren, dich zu erkundigen und mit Hilfe von Fragen die Fehler bloßzulegen, die bekannt und berichtigt werden sollten, die aber den Bußfertigen selbst auf Grund ihres Unwissens entgangen sind.

Frag sie, was für Profite sie erzielen, wie und woher. Und welchem System sie in Handel und Geldgeschäften anhängen und wie sie ihre vertraglichen Verpflichtungen erfüllen.

Du wirst allgemein finden, daß alles mit Wucherverträgen durchsetzt ist; alle diese Leute haben den größeren Teil ihres Geldes auf unrechte Weise erworben, dieselben Leute, die nichtsdestoweniger behaupten, mit dem größten Selbstvertrauen von der ansteckenden Krankheit ungerechter Gewinste frei zu sein; dieselben Leute, die nach ihren eigenen Worten ein reines Gewissen haben, das sie keines Fehltrittes beschuldigt. In der Tat, das Gewissen einiger Menschen hat sich so verhärtet, daß sie entweder überhaupt kein Empfinden oder nur sehr geringes Empfinden für das Vorhandensein riesiger Anhäufungen von Diebesgut besitzen, das sie in ihren Herzen angesammelt haben.

»Riesige Anhäufungen von Diebesgut ...« Pater Barry las weiter mit wachsender Erschütterung und Erregung. Hier war ein Priester, der von Spanien nach Paris, von Paris nach Portugal, von Portugal nach Indien, von Indien nach Japan und der chinesischen Küste gefahren war, ein Priester, dessen Kirche die weite, weite Welt war, ein Priester, der nicht in jedem knienden Katholiken einen Christen sah und der ausgezogen war, um mit Worten und Taten die verheidnischten, widerspenstigen, dem Lippenbekenntnis huldigenden sogenannten Christen noch einmal zu bekehren, ein Priester, der mit seinem eigenen Leben und Leiden die Kunde verkörperte, daß Jesus viele Anhänger hatte, die das himmlische Königreich liebten, aber nur wenige, die sein Kreuz zu tragen bereit waren. Pater Barry fuhr zu lesen fort:

... Befrage alle diese Menschen, auf welche Weise sie in Ausübung ihrer Pflichten und in Ansehung ihres üblichen Einkommens reich geworden sind. Wenn es ihnen schwerfällt, dir zu antworten, so treffe deine Feststellungen mit allen nur möglichen Mitteln und auf die mildeste Art, die dir zu Gebote steht. Es wird nicht lange dauern und du wirst den Weg gefunden haben, der dich unfehlbar zu den Höhlen und Lagerstätten ihrer Betrügereien und Monopole führt, durch welche eine beträchtliche Anzahl von Menschen ihrem persönlichem Vermögen solche Werte zufließen läßt, die der Allgemeinheit gehören ...

»Treffe deine Feststellungen mit allen nur möglichen Mitteln ...« Was der kleine Xavier doch für ein kluger Bursche war! Man bedenke, daß er alle Schliche des Handels, die ganzen Praktiken kannte, daß er sich nie auf eine Auseinandersetzung darüber einließ, ob die Rede über Profitgier oder Gangstertum auf die

Kanzel oder in den Beichtstuhl gehöre. Das war kein Zufall, dachte Pater Barry; dies ist eine der Säulen unseres Glaubens, wie unser Heiliger Vater gerade erst vor kurzem ausgeführt hat, und auch nicht eine der geringsten. Wenn der Mensch das einzige Geschöpf auf der Erde ist, das als Abbild Gottes geschaffen wurde, dann lästerst du in Wirklichkeit Gott jedesmal dann, wenn du die Würde dieser Schöpfung mit Füßen trittst.

Immer noch in den Unterkleidern, die Knie und Arme schon rot von der Kälte, aber in einem Zustande der Erregung, der alle Unbequemlichkeit vergessen läßt, fragte sich Pater Barry, ob das Mädchen mehr sagte, als sie eigentlich wußte. »*Sich in der Kirche verstecken.*« Dieses Wort hatte ihn wie eine Kranladung voller Stahlblöcke getroffen. In ein paar Stunden, die ihm den Kopf schwirren machten, hatte er fast zweitausend Jahre durchmessen, vom Heiland bis zum sozialen Genie eines Pius XI. und zurück zu Franziskus X.

Wenn du durch viele und vorsichtige Fragen das Geständnis dieser Monopole und dergleichen aus ihnen herausgepreßt hast, dann wirst du mit größerer Leichtigkeit in der Lage sein, zu bestimmen, wieviel von anderer Menschen Eigentum sie besitzen, und wieviel davon sie denen zurückerstatten sollten, die sie betrogen haben, damit sie sich wieder mit Gott versöhnen; so kommst du leichter zum Ziel, als wenn du ihnen nur die allgemeine Frage stellst, ob sie irgend jemanden betrogen haben. Denn auf diese Frage werden sie sogleich antworten, daß ihre Erinnerung ihnen darüber nichts mitteilt. Denn die Gewohnheit nimmt bei ihnen den Platz des Gesetzes ein, und was sie vor ihren Augen geschehen sehen, jeden Tag, das reden sie sich ein, könne ohne Sünde ausgeführt werden. Denn Gewohnheiten, die in sich selbst böse sind, nehmen in den Augen dieser Menschen Autorität und Gesetzmäßigkeit durch die bloße Tatsache an, daß sie gemeinhin geübt werden.

Pater Barry legte das Buch hin und nahm den Rosenkranz zur Hand. Schenk mir, o Vater, die Weisheit und das Wissen um den Weg und den Mut, betete er.

Vom Turm schlug es wieder, diesmal fünf Schläge. Er zog den

vom vielen Tragen glänzend gewordenen, formlosen, schwarzen Anzug an, setzte den verknitterten schwarzen Hut auf und eilte um die Ecke zu dem Platz, wo eine alte Frau die ganze Nacht hindurch Zeitungen verkaufte. »Hallo, Pater, Sie laufen ja heut schon früh herum!« Aus einem der ehemaligen baltischen Staaten stammend, sprach sie mit einem harten Akzent, den dreißig Jahre Bohegan nicht verdrängt, sondern eher verschönt hatten.
Pater Barry kaufte sich die örtliche Tageszeitung, den *Graphic*, und die aus Manhattan stammenden Sensationsblätter, die gerade durch den Tunnel unter dem Fluß hindurch herangefahren worden waren. Er setzte sich auf einen Hocker in dem nebenanliegenden Restaurant, schob den Hut in den Nacken und breitete die Zeitungen vor sich auf der Theke aus. Er hatte nach den Anstrengungen der Nacht Hunger, doch mußten seine Lippen heute morgen das Blut und den Leib unseres Herrn berühren. Kaffee und Gebäck mußten warten. Er erwartete eigentlich, daß der Tod des jungen Doyle groß auf der ersten Seite stehen würde. Aber die Schlagzeile berichtete von der Verhaftung eines jungen, gutaussehenden Notzuchtverbrechers, der eine Kellnerin erschlagen hatte. Sich eine Zigarette anzündend, blätterte er in den Zeitungen, die voller Sünde und Gewalttat waren – Überfälle durch Halbwüchsige, wüste Ehescheidungsprozesse, Vaterschaftsklagen, Bar-Skandale, an denen Mädchen der Gesellschaft beteiligt waren, Auflösung von Verlobungen, Unterschleifen im Amt, Wochenendorgien in einer Kleinstadt, Vertauschung von Ehefrauen, ein Seemann, der einen Perversen verprügelt, Skandalaffären aus dem mitternächtlichen Manhattan –, lauter Eingeständnisse, daß die Stadt unfähig war, die zehn Gebote zu halten. Die um den Hafen herumliegenden Orte quellen über von Sünde und Unrat, las Pete Barry zwischen den Zeilen. Genauso wie große und kleine Schweine in einem Loch voller Morast.
Immer noch nach einer Überschrift bezüglich Joey Doyle suchend, stieß er schließlich auf eine kleine Notiz, die mitten unter Annoncen für Heilmittel gegen Kreuzschmerzen, Kopfschmerzen, Exzeme und Pickel stand:

TODESSTURZ EINES HAFENARBEITERS

Joseph F. Doyle, Hafenarbeiter, wohnhaft in Bohegan, Market Street 225, starb gestern abend, als er vom Dach des Mietshauses fiel, in dem er wohnte. Er lebte nur noch wenige Minuten, nachdem er von Nachbarn in dem Hof hinter dem Wohnhaus, einen Block vom Hafen entfernt, aufgefunden worden war. Ob es sich bei dem Sturz um einen Unfall oder um ein Verbrechen handelt, konnte die Polizei an der Unfallstelle nicht ermitteln. Polizeichef Willie Donnelly ließ durch einen Sprecher erklären, daß »alle erforderlichen Schritte unternommen seien, um den Sachverhalt zu klären«. Der Tote hinterläßt . . .

Pater Barry tat einen langen Zug an der Zigarette. Man hatte Joey Doyle nur ein paar Zeilen auf einer hinteren Seite im *Graphic* für wert erachtet. Die zynischen Bemerkungen, die Katies Onkel Frank gemacht hatte, schwangen wie ein australischer Bumerang auf ihn zurück: »Wenn die Polizei der Sache den Rücken zudreht und sie auf sich beruhen läßt – wie Onkel Frank sagt –, ist es dann nicht Ihre Pflicht, etwas zu unternehmen?« Pater Barry blickte auf die große Uhr an der Wand. 5 Uhr 20. Er mußte sich beeilen, um sich auf die Messe vorzubereiten. Er eilte mit so schnellen Schritten zur Kirche St. Timotheus zurück, daß ihm ein Milchmann zurief, »warum so eilig, Pater«?
Als er sich in der Sakristei umkleidete, erschien ihm auf einmal sein geistliches Gewand in einer Bedeutung, die ihm seit der Priesterweihe noch nicht mit solcher Klarheit deutlich geworden war; er gürtete tatsächlich seine Lenden für die Schlacht. Und bei der Frühmesse um sechs, die er, wie er zugeben mußte, oft mechanisch und zuweilen sogar verschlafen gelesen hatte, empfand er bis zu einem beinahe unerträglichen Grade die Leidenschaftlichkeit des Opfers. Der Kelch, in den er den Wein goß, hielt das Blut Christi umfangen, das Vermächtnis der Märtyrer, Joeys Vermächtnis.

Er bildete sich gern ein, ebenso standfest zu sein, wie die Kerle, die die Ladehaken schwangen, aber heute morgen zitterte ihm die Hand, als er erkannte, daß in diesem selben Augenblick wiederum Menschen mit Christus starben – erst am vergangenen Abend Joey Doyle.

Die schläfrigen Dockarbeiter und Seeleute und Lastwagenfahrer und Barmixer und einige ihrer Frauen erkannten, daß Pater Barry diese Messe mit Worten und Gesten durchlebte, die spontan waren und nicht ein Überbleibsel früheren Messelesens bildeten. Die Passion war seine Passion, der Wein schmeckte wie Blut, und die Oblate lag ihm schwer in der Hand wie der Leib des Gekreuzigten. In Pater Barrys Gedanken war die Messe auf schöne und gefährliche Weise zu einer Einheit geworden. Der Altar, an dem das Opfer immer wieder von neuem dargeboten wurde, war zum Kalvarienberg an der Market Street geworden. *Et verbum caro factum est* sprach er beinahe zornig. Und das Wort wurde zu Fleisch und wohnte unter uns.

Sobald er die Messe beendet und das Dankgebet gesprochen hatte, eilte er zurück in seinen Raum, zog sich den Straßenanzug an und machte sich auf den Weg nach der fast drei Häuserblocks entfernten Doyleschen Wohnung.

Auf sein Klopfen erschien Katie mit einer Müllschaufel an der Tür. Sie trat überrascht einen Schritt zurück und versuchte verlegen, aber erfolglos, ihren zerknitterten Rock glattzustreichen.

»Morgen, Katie«, sagte Pater Barry.

Sie zögerte und wußte nicht recht, ob sie ihn hereinbitten sollte. Sie war noch mitten im Aufräumen, und die Küche, in die er hineinsehen konnte, war mit schmutzigen Gläsern, Tellern und Aschenbechern, die sie aus den übrigen Zimmern zusammengeholt hatte, übersät.

»Oh, Pater, wenn ich gewußt hätte, daß Sie kommen, hätte ich im Flur das Licht brennen lassen.«

»Ist schon gut, Katie. Gestern abend hast du ein großes Licht entzündet« – er klopfte sich nervös mit der Hand an die Schläfe –, »hier oben.«

»Ich fürchte, ich habe gestern abend zu viel gesagt«, erwiderte Katie mit konventioneller Höflichkeit.

Pater Barry hatte nicht den weiten Weg zurückgelegt, um sich jetzt die Floskeln eines Schulmädchens anzuhören.

»Hör zu, Mädchen, du hast gesagt, was du gedacht hast. Du hast mich an der richtigen Stelle getroffen. Ich bin die ganze Nacht aufgeblieben und habe mir lange und genau angesehen, was ich bisher getan habe, und was ich da sah, das schien mir gar nicht so bemerkenswert zu sein.«

Er beobachtete, wie sie mit den Fingern sich verlegen durch ihr langes, dunkelblondes Haar strich.

»Ich bin draußen herumgegangen. Ich habe in einer Menge Bücher gelesen. Ich habe über einige von den Heiligen nachgedacht, die du mir ins Gesicht geschleudert hast.«

»Pater . . .«

»Es ist gerade ein paar Stunden her, daß ich mir selbst die Vierundsechzig-Dollar-Frage gestellt habe: Bin ich bloß ein Schlappschwanz mit umgedrehtem Kragen?«

»Pater . . .«

»Na, bin ich das etwa nicht, in deinen Augen?«

Ihr Schweigen tat ihnen beiden weh.

»Oder?«

»Das – das wollte ich nicht sagen. Ich dachte bloß . . .«

»Ich weiß. Ich weiß, was du dir gedacht hast. Du hast dir gedacht, ich sollte meine Religion leben und nicht nur predigen, habe ich recht?«

Katie errötete. Der junge Priester mit den geröteten Augen und dem zornigen, bittenden Blick tat ihr leid.

»Okay. Du brauchst nichts zu sagen. Gestern abend hast du genug gesagt. Jetzt ist die Reihe an mir. Deshalb habe ich die Frage gestellt, Katie. Bin ich bereit, mich wirklich für etwas einzusetzen, oder bin ich nichts weiter als ein bloßer Mitläufer?«

Ein Ausdruck des Zweifels, der Furcht trat in ihr Antlitz, und er lächelte traurig. »Oh, mach nicht solch ein überraschtes Gesicht, es gibt viele von solchen Spaßvögeln in der Kirche. Das ist immer so gewesen. Ich meine damit alle diejenigen, die auf

Nummer Sicher gehen, nirgends Anstoß erregen wollen und dann schließlich als Monsignore ihre Tage beschließen. Es gibt eine ganze Menge von ihnen in der Stadt, das heißt in der Diözese. Katie, was ich sagen wollte ist dies: als ich mir selbst die Frage vorlegte, traf mich die Antwort wie ein Keulenschlag!« Er hielt inne und blickte ihr in die Augen, die jetzt einen entsetzten, ungläubigen Ausdruck hatten. »Dies ist meine Gemeinde. Ich werde hinuntergehen zu den Docks, und ich werde mich von nichts abschrecken lassen. Ich werde mit jedem sprechen, der mich anhören will. Ich wußte ja, daß es schon die ganze Zeit über so gewesen ist, aber du hast mir die Augen geöffnet, damit ich es wirklich sehen kann. Ich weiß nicht, wieviel ich tun kann, aber ich werde meinen Beruf verlassen, wenn ich nicht hinunter gehe an den Hafen und mir alles genau selber ansehen werde. Ich bin kein Heiliger, Katie. Ich bin nur ein ganz gewöhnlicher Priester, aber du hast mich gestern abend festgenagelt. Jetzt bin ich bereit, selber ein paar Schläge auszuteilen. Jedenfalls, für mich gibt es kein Verstecken in der Kirche mehr.«

»Ich gehe mit Ihnen, Pater.«

»Dort hinunter?« Er schüttelte den Kopf.

»Bitte.«

»Jetzt verstehe ich, du glaubst, ich will dir etwas vormachen. Du willst selbst dabei sein und sehen, was ich zuwege bringe.«

»Pater, Sie dürfen nicht so sprechen.«

»Gut, vielleicht werden sie, wenn sie dich da unten sehen, etwas milder gestimmt sein.«

Sein Lächeln wärmte ihm für einen Augenblick das Gesicht, dann schwand es schnell dahin. »Genauso, wie du es mit mir gemacht hast.«

»Ich habe nie gedacht, daß ein Priester . . .«

»Ein Priester ist ein Mensch«, erklärte er. »Ein Priester ist nicht deshalb heilig, weil er dieses Ding da trägt.« Er faßte sich an den Kragen. »Gestern abend hast du dich deshalb so erregt, weil du glaubtest, daß zu viele unter uns – ja, ich meine zu viele von uns im Pfarrhaus – nichts weiter tun, als die Messe lesen und das ihr ganzes Tagewerk nennen.«

»Ich war gerade so – so hilflos.«
»Wir sollten eigentlich alle so hilflos sein«, sagte Pater Barry.
Als sie lächelte, kehrte in ihre Augen, die verweint und übernächtig waren, das Leben zurück.
»Hol dir deinen Mantel, Katie. Wir gehen hinunter und werden uns den Betrieb mal genau ansehen.

NEUNTES KAPITEL

Die Longdock-Bar und Grill, an der River Street auf dem anderen Ende des Häuserblocks von Johnnys Bar aus gelegen, hatte den Dockarbeitern auf Pier B und C, die ihre Arbeit durch Johnnys Ortsgruppe 447 erhielten, seit Jahren als Kaffeestube gedient. An den Werktagen war der Raum gegen sieben Uhr stets von Hafenarbeitern voll, die eine Tasse Kaffee und vielleicht auch etwas Schinken und gebratene Eier zu sich nahmen, bevor sie über die Straße zum Arbeitsappell hinüberwechselten. Es war ein bitterkalter Morgen, Schnee lag in der Luft und unter den irischen Mützen und spitzen Skikappen sah man vereinzelt auch einige schwarze, runde, wollige Kopfbedeckungen, die an russische Bauern erinnerten. Einige der Männer waren entlassene Sträflinge, andere waren ehemalige Boxer mit tiefliegenden Augen und eingedrückten Nasen, jenen Kampftrophäen, die man sich nicht nur im Ring, sondern auch auf den Docks und in den Kneipen erwirbt. Manche waren hinterhältig und schnell mit der Pistole bei der Hand und mürrisch, wenn sie etwas getrunken hatten; und andere mit den härtesten Gesichtern waren einfache, umgängliche Leute, die es liebten, bei einem Glas Bier den Tag zu verplaudern.
Zu diesen letzteren gehörte auch Moose, ein stämmiger, laut redender Bursche nach außen hin, im Herzen aber ein gutmütiger, sentimentaler Mensch, ein Typ, wie man ihn unter Iren häufig findet. Er ging gerade in die Longdock-Bar hinein, während Runty, Jimmy und Pop hinter ihm nachfolgten. Die Bar wurde erst um acht geöffnet, doch an der Schnellbedienungstheke waren

noch ein paar Hocker unbesetzt. Fred, ein alter Mann mit rosigem Gesicht und engelhaftem Ausdruck unter ein paar sorgfältig zurückgekämmten Haarsträhnen, führte hinter der Theke mit immer noch deutlichem irischen Akzent den Vorsitz.

»He, Fred«, erhob sich Mooses gewaltige Stimme über das Tellerklappern, »wie wärs mit vier Tassen Kaffee?«

»Ich kann dich schon hören, Moose«, sagte Fred schnippisch, »wir sind nicht im Madison Square Garden.«

Hinter Pop kam der kleine Mann in Sicht, »J. P.« Morgan, der Geldverleiher, der die Angewohnheit hatte, auf lautlosen Sohlen heranzuschleichen, so daß sein Gesicht mit der dicken Nase, den Fledermausohren und dem Ausdruck eines Präriehundes einem immer schon ins Gesicht starrte, bevor man darauf gefaßt war.

Runty warf dem unterwürfigen »J. P.« über die Schulter einen Blick zu und stieß Pop mit dem Ellbogen an.

»Dreh dich nicht um, aber Mr. John Pierpont Morgan beehrt uns mit seiner Anwesenheit.«

Pop und die anderen blickten unentwegt geradeaus, als Fred den Kaffee servierte und der Wucherer sich nach vorn über Pops Schulter lehnte.

»Mein Beileid«, sagte er.

Pop schlürfte seinen Kaffee.

»J. P.« war an so etwas gewöhnt. »Wie steht's denn mit den Moneten heute morgen?«

Jetzt drehte sich Runty auf seinem Hocker herum. »Oh, ich und mein Spezi, wir schwimmen geradezu drin.«

»Stimmt«, fiel Pop ein. »Jeder weiß, daß wir hier unten nur zum Vergnügen arbeiten.«

»Und all die frische Luft, die wir hier haben«, setzte Jimmy Sharkey mit einem Grinsen hinzu. »Wir sind bloß unserer Gesundheit zuliebe hier.«

»Ho, ho – ihr kitzelt mich«, dröhnte Moose, und alle fielen in sein Lachen ein.

»J. P.« Morgan seufzte still und geduldig. Als Geldverleiher für Johnny den Freundlichen hatte er eine Menge Schimpfworte von den hartbedrängten Hafenarbeitern hinzunehmen, die ihre Gefühle an ihm ausließen, weil sie sich vor Johnny dem Freundlichen selbst fürchteten.

»Du wirst ein paar Dollar für deine Extraausgaben brauchen, nicht wahr, Pop?« Seine Stimme klang beinahe weinerlich.

»Extraausgaben«, murmelte Pop. Die Bitterkeit hielt ihn davon ab, mehr zu sagen.

»Du bist drei Wochen im Verzug mit den letzten fünfundzwanzig, aber ich bin bereit, ein Risiko einzugehen.«

Pop schüttelte den Kopf. »Ein Risiko – mit zehn Prozent die Woche. Und wenn ich zu weit in Rückstand gerate, dann sagst du's Big Mac, und der gibt mir ein paar Tage zu arbeiten – und dann kassierst du den Lohn am Wochenende ein. Ein Risiko.« Jahre um Jahre hatte er mit angesehen, wie »J. P.« und die anderen Beutelschneider den Zahlmeistern am Hafen die metallenen Arbeitsmarken der Arbeiter aushändigten und das Geld einstrichen. In Pop begann es zu kochen. »Ein Risiko. Verprügeln sollte man dich.«

»J. P.« trat mit dem Ausdruck beleidigter Unschuld ein paar Schritte zurück. »Heb nur die Hand und du bist für immer im Hafen erledigt.«

»Hör mal zu, Pop arbeitet hier schon mehr als dreißig Jahre«, wies Runty den Geldmann zurecht. »Er braucht keinen elenden Beutelschneider wie dich, um zu erfahren, was hier gespielt wird.«

»Nicht so laut«, warnte Jimmy den Alten. »Schau mal dort hinüber, wer da sitzt. Der fünfte Hocker von hier.«

Es war Terry Malloy, eingerahmt von den beiden jungen Verehrern Jackie und Chick. Aber Terry sprach nicht mit ihnen. Er kaute gedankenverloren an einem mit Zucker überpuderten Krapfen herum.

»Äh, der ist eine Null – mit dem nehme ich's noch auf – mit allen dreien«, sagte Runty, aber er sprach trotz alledem etwas leiser.

»J. P.« Morgan hielt jetzt das Geld in der Hand, grüne, abgegriffene, einladende Banknoten.

»Na, Patrick«, sagte er, und sein Tonfall war weich und alt wie das Geld, »wieviel wirst du denn brauchen?«
»Na gut, gib mir fünfzig Dollar«, sagte Pop und schämte sich. Doch dann kam es knapp: »Hoffentlich verfaulst du noch mal in der Hölle, ›J. P.‹.«
»J. P.« zählte die Scheine von einem Bündel Zehndollar-Noten herunter. »Beleidige mich nur, erniedrige mich nur«, jammerte er. »Wenn ich einmal tot bin, dann wirst du erst wissen, was du an mir gehabt hast.«
»Fall doch einfach jetzt tot um, warum denn nicht«, meinte Runty, »dann können wir ja gleich sehen, ob das stimmt.«
»Ha, ha, ha.« Moose hustete sich das Lachen aus dem Leib, wie der Motor eines großen Lastwagens, wenn er am frühen Morgen zum ersten Male angelassen wird.
»Mein Beileid«, sagte »J. P.« noch einmal, verbeugte sich ehrerbietig und ging von dannen, um das nächste Geldgeschäft zu tätigen. Es gab Hafenarbeiter, die Geld brauchten, um ein Stück Fleisch auf dem Tisch zu haben, und es gab auch immer ein paar solche, die sich Geld pumpten, um es beim Pferderennen zu verwetten, und da das Wettbüro auch von Johnny dem Freundlichen kontrolliert wurde, floß das Geld immer wieder zu ihm zurück und vermehrte sich, während es floß, zu einem wachsenden, ununterbrochenen Strom.
»Noch etwas Kaffee?« verlangte Fred zu wissen.
Mit leiser Stimme sagte Pop: »Wenn du 'nen Schnaps hineingießt. Mir ist lausig zumute.«
Fred schüttelte den Kopf. »Du kennst die Bestimmungen. Acht Uhr.«
»In der Tasse«, flüsterte Pop. »Ausnahmsweise.«
Fred blickte in das alte, von Linien gezeichnete Gesicht, das er hier an der Theke schon seit Jahren kannte. Er wußte alles über Joey. Aber er kümmerte sich um seine eigenen Pflichten. Es war ja schließlich nicht seine Sache.
»Nun gut, weil du's bist, Pop«, sagte er im Flüsterton. Er nahm Pop die Kaffeetasse weg, hielt sie an ein Regal unterhalb der Theke und goß ein Glas Schnaps aus der Flasche hinein, mit

der er sich selbst über die Zeit hinwegzuhelfen pflegte, die er die Sahara-Periode nannte.
»s' tut mir leid, was dir passiert ist«, sagte er, als er Pop die Tasse zuschob. Pop goß sie dankbar hinunter.
Leute in Straßenanzügen pflegen sich selten in die Longdock-Bar hineinzuwagen, und wenn doch einmal einer eintrat, dann wußte jeder, wer es war, ohne ihn direkt anzusehen. Einige unter den Gewerkschaftsfunktionären und den Angestellten der Transportgesellschaften gingen in richtigen Anzügen, weißen Hemden und Krawatten herum, sie betraten jedoch fast nie die Longdock-Bar, die eine ausgesprochene Arbeiterkneipe war. Straßenanzüge waren fast immer gleichbedeutend mit Polizei. Die meisten Kriminalpolizisten waren den Stammkunden in der Longdock-Bar seit langem bekannt; die beiden, die jetzt gerade hereingekommen waren, schienen jedoch Fremde zu sein. Einer von ihnen war ein breitschultriger Bursche mit eckigem Gesicht, etwa Mitte der Dreißig, der früher einmal Fußball gespielt haben mochte und auch jetzt noch ganz gut in Form zu sein schien. Der andere war höchstens mittelgroß, von dunkler Gesichtsfarbe, gedrungen und von Berufs wegen mürrisch. Er trug eine Aktentasche. Dieses Außenseiterpaar schritt an der Theke entlang, bis es zu Terry Malloy und seinen beiden Kumpanen kam. Das Trio tat, als merke es nicht, daß die beiden Männer hinter ihnen stehen geblieben waren.
»Kennt einer von euch Terry Malloy?« fragte Glover, der Ex-Fußballer.
Die drei jungen Leute an der Theke aßen ruhig weiter.
»Haben Sie gehört, daß dieser hier Sie nach etwas gefragt hat?« schaltete sich Gillette, der kleinere und aggressivere ein.
»Malloy? Noch nie gehört«, sagte Jackie über die Schulter.
»Ich auch nicht«, fügte Chick rasch hinzu, ohne sich umzublicken.
Glover und Gillette sahen sich an. Dann warf Glover einen prüfenden Blick auf die Fotografie, die er aus der Manteltasche gezogen hatte. Er trat einen Schritt näher an Terry heran, der mit hochgezogenen Schultern vornübergebeugt auf seinem Hokker saß und den völlig Unbeteiligten spielte.

»Sie sind doch Terry Malloy, nicht wahr?« sagte Glover.
Terry würdigte ihn immer noch keiner Antwort. Gillette wollte die Frage gerade wiederholen, als Terry sich so langsam, wie er konnte, auf dem Hocker herumdrehte und die beiden Fremden von oben bis unten ansah.
»Na, und?«
»Ich wußte doch, ich würde Sie wiedererkennen«, sagte Glover fröhlich. »Vor ein paar Jahren habe ich Sie mal im Ring gesehen. Ich bin nämlich ein Box-Fan.«
»Gut, gut. Reden Sie nicht drum herum. Was wollen Sie eigentlich?«
»Kriminalpolizei«, sagte Glover und ließ mit vielgeübtem Schwung seine Brieftasche aufschnappen. Terry betrachtete die Erkennungsmarke und den Ausweis mit berechneter Verachtung.
»Kriminalpolizei?« Terry schob mit einer Handbewegung die Brieftasche beiseite. »Doch wohl nicht Ihr Ernst?«
»Wir möchten bloß ein paar Minuten mit Ihnen sprechen«, sagte Gillette.
»Sie sprechen ja schon mit mir«, sagte Terry.
»Er meint, da drüben in der Ecke, oder vielleicht möchten Sie mal eben mit hinauskommen«, sagte Glover. »Da sind wir unter uns.«
»Ich wüßte nichts, was nicht auch meine Freunde hier hören könnten«, sagte Terry. »Worum handelt es sich?«
»Die Kriminalkommission führt eine Untersuchung der Verbrechen am Hafen und der Infiltration der Hafenarbeitergewerkschaft durch Elemente der Unterwelt durch.«
»Tatsachen, meine Herrschaften, Tatsachen bitte«, mischte sich Chick ein, und Jackie lachte.
»Dann lassen Sie sich nicht aufhalten«, sagte Terry. »Was wollen Sie von mir?«
»Nur ein paar Auskünfte«, sagte Glover liebenswürdig.
»Ich weiß von gar nichts«, sagte Terry und drehte sich wieder der Theke zu.
»Sie haben ja die Fragen noch gar nicht gehört«, erinnerte ihn Gillette.

Terry drehte sich langsam wieder zurück, bis er ihnen genau wieder gegenübersaß, warf einen langen Blick, der drohend wirken sollte, auf die adrette, geschäftsmäßig wirkende Gestalt Gillettes und wandte sich wieder seinem Kaffee zu.

»Der Staat versucht, die Gangster in den Gewerkschaften auszuheben«, sagte Glover.

»Wer macht hier eigentlich wem was vor?« sagte Terry. »Überhaupt, nichts wird hier ausgehoben. Diese blöde Kommission will bloß in Schlagzeilen in der Zeitung stehen, und vielleicht will wieder irgendwer Bürgermeister werden.«

Chick und Jackie nickten. Das Hafenviertel war schon seit Jahren der Gegenstand von Untersuchungen durch Komitees und Schwurgerichte und herumreisende Senatoren gewesen. Man hatte dicke Schlagzeilen in die Zeitungen gesetzt, und als sich der Rauch schließlich verzogen hatte, da war das Hafenviertel immer noch genau dasselbe alte Hafenviertel geblieben. »Untersuchung«, so lautete das dreckigste Wort im Hafen.

»Wir haben Sie heute morgen nicht deshalb aufgesucht, um Ihre Meinung über unsere Arbeit zu hören«, sagte Gillette. Terry hatte ihn von vornherein als den Unangenehmeren der beiden richtig eingeschätzt. »Wir sind hereingekommen, um Ihnen ein paar ganz klare Fragen vorzulegen.«

Terry wollte gerade wieder eine spitze Antwort geben, da kam ihm Glover zuvor und sagte immer noch im selben beiläufigen und freundlichen Tonfall:

»Es geht das Gerücht, daß Sie der letzte gewesen seien, der Joey Doyle lebend gesehen hat.«

»Sie können sich mit Ihren Gerüchten . . .« begann Terry.

»Wir haben mit der eigentlichen Polizei nichts zu tun, wissen Sie«, sagte Gillette erklärend. »Wir haben mit dem Doyle-Fall unmittelbar nichts zu tun. Wir wollen bloß feststellen, ob irgendeine Verbindung zwischen seinem Tod und den Hafen-Banden im allgemeinen besteht.«

»Wir bringen Ihnen nicht einmal eine Vorladung«, sagte Glover. »Wir wollen Sie bloß zu einer kleinen Untersuchungssitzung einladen.«

»Ich hab' euch doch schon gesagt – ich weiß von nichts«, sagte Terry.

»Wir wollen nichts weiter, als Sie nach ein paar Leuten fragen, die Sie vielleicht kennen«, fügte Gillette hinzu.

Terry drehte seinen Hocker außen bis zu Gillette hin herum und bewegte sich dabei so langsam, wie er nur konnte, damit aus dieser Wendung eine möglichst beleidigende Geste wurde.

»Leute, die ich vielleicht kenne ... Sie meinen wohl, ich pfeife Ihnen was ins Ohr?«

»Nur ruhig, Junge, nur ruhig«, sagte Gillette.

»Was sich diese Kerle einbilden«, sagte Terry, für seine Freunde bestimmt.

Dann erhob er sich vom Hocker und stemmte die Fäuste in die Seite.

»Jetzt verschwinden Sie hier aber schleunigst, Mensch.«

Gillette war kleiner als Terry, aber er war Judo-Meister in der Armee gewesen und hatte das körperliche Selbstvertrauen eines kleingewachsenen Mannes, der weiß, daß er sich auf seine Gewandtheit verlassen kann. Er hatte Judo vor sich und den Staat hinter sich.

»Ich würde Ihnen das nicht raten, Mr. Malloy, wenn Sie sich nicht wegen tätlichen Angriffs auf einen Polizeibeamten einsperren lassen wollen.«

»Hören Sie zu, Polente«, sagte Terry, ließ die Hände sinken und glich diese Bewegung durch schärferen Tonfall wieder aus. »Ich weiß nichts, ich habe nichts gesehen und ich sage nichts. Also, warum stecken Sie den Kleinen hier nicht in die Aktentasche und hauen ab? Na los, verschwinden Sie.«

»Schön«, sagte Gillette ruhig. »Wir werden uns schon noch mal wiedersehen.«

»Nie ist immer noch zu früh, wenn's nach mir geht, Kleiner«, sagte Terry.

Glover legte seine große Hand mit einer Vertraulichkeit auf Terrys Schulter, daß Terry zusammenzuckte. Sein ganzes Leben lang war die Polizei sein Feind gewesen, der ihn zunächst für das Stehlen von Äpfeln ins Gebet nahm und dann erst die

Katze aus dem Sack ließ. Es gab nur zwei Möglichkeiten, um mit der Polizei fertig zu werden: so schnell wie möglich abzuhauen oder einen großen Bogen um sie herum zu machen. Sein Bruder Charley hatte nie irgendwelche Schwierigkeiten mit der Polizei.

»Reg dich nicht auf, Kleiner«, sagte Glover. »Es ist dein gutes Recht, zu schweigen, wenn du es für richtig hältst.«

»Tut mir einen Gefallen und verschwindet«, faßte Terry seine Gefühle zusammen.

Die beiden Eindringlinge wandten sich ab. Terry schüttelte den Kopf in der Richtung, in der sie verschwunden waren, und aß hastig den Krapfen fertig, um damit seinen Begleitern zu zeigen, wie wenig ihm die ganze Sache ausgemacht hatte.

»Wie findet ihr das, die Kerle schleichen hier herum und glauben, ich sag ihnen etwas ins Ohr?«

Jackie lachte und ahmte sie mit hoher Fistelstimme nach, wobei er eine Papierserviette als Notizbuch vor sich hinhielt. »Die Namen bitte. Ich werde Sie hier in meinem kleinen Buch eintragen.«

Terry lachte erleichtert auf und stieß Jackie anerkennend in die Seite.

»Noch ein Wort, und ich hätte es ihnen gegeben, Ausweis hin oder her.«

»Äh, die Politiker sind ja ein Witz«, sagte Chick. »Wenn sie nichts Besseres zu tun haben, dann kommen sie ins Hafenviertel und wollen eine Untersuchung machen.«

»Komm, trink den Kaffee aus«, sagte Jackie. »Noch fünf Minuten bis zum Pfeifen.«

»Du hast's ja geschafft, Terry«, sagte Chick. »Ein Dauerposten oben auf dem Boden. Wie wär's denn, wenn du jetzt auch mal etwas für uns tät'st wo du eine große Kanone bist.«

»Der Chef auf dem Boden würde euch schon am ersten Tag hinauswerfen«, sagte Terry, während er einen Dollar auf die Theke warf und damit für alle drei bezahlte. Es fiel ihm nicht leicht, seine Gedanken an die alberne Kommission loszuwerden. »Für so einen Druckposten braucht man schon Köpfchen.«

»Oder zum mindesten einen Bruder, der Köpfchen hat«, sagte Jackie.
In Wirklichkeit standen Jack und Chick, die Terry schon von der Reformschule her kannten, mit Big Mac auf gutem Fuß. Sie waren immer zur Stelle, wenn es galt, etwas auf die Seite zu bringen, und sie erhielten so regelmäßig Arbeit, daß sie auf viertausend im Jahr kamen, ganz abgesehen von ihrem Anteil an dem Beutegut. Sie gehörten nicht zu der Schlägergruppe wie Truck und Sonny, doch konnte Big Mac stets auf sie rechnen, wenn irgendein kleinerer Überfall durchgeführt werden sollte.
»Los, Kinder, wir wollen hinübergehen«, sagte Terry und fiel beim Verlassen des Lokals wieder in seinen rollenden Boxergang.
Die am Fluß herrschende Kälte fraß sich in ihre Knochen, jene Kälte des ausgehenden Novembers, die den Hafenarbeitern vom Wasser her in die wetterharten Gesichter fuhr. Sie sammelten sich jetzt am Eingang zum Pier und warteten auf den Pfiff, der die Arbeitsausgabe ankündigen würde.
In diesem Riesenhafen der modernsten Großstadt der Welt wurden die Dockarbeiter noch immer auf dieselbe willkürliche Art zur Arbeit angeheuert wie in den Zeiten der Segelschiffe, als die Hochseeschoner auf der Höhe von South Street vor Anker gingen und auf ein Pfeifsignal hin die Müßiggänger aus den Hafenkneipen herbeieilten, um sich ein paar gute Yankee-Dollars als Packesel in Menschengestalt beim Ausladen von Kaffee und Tabak und Hanf zu verdienen. In London und Liverpool und San Francisco hatte man die Heuer-Pfeife längst ins Museum verbannt, hier aber in Bohegan und im ganzen Hafengebiet rief die jahrhundertealte Pfeife die Arbeitswilligen noch immer herbei, nicht zur Arbeit, sondern zum Arbeitsappell, worauf dann jeweils der Heuerchef die Angetretenen musterte und die Auswahl vornahm. In den alten Zeiten hatte er lediglich die Tüchtigen von den Faulenzern ausgesondert. Heute sichtete er die Männer nach dem Grade ihrer Willfährigkeit. Es gab da geheime Vorrichtungen, die einem Außenseiter kaum aufgefallen sein würden, zum Beispiel ein Streichholz hinter dem linken

Ohr, was soviel bedeutete wie die Bereitschaft, ein paar Dollar dafür zu zahlen, daß man Arbeit bekam, oder eine winzige, an die Windjacke angesteckte Flagge, die den Betreffenden als Mitglied eines Ringvereins bezeichnete. Das war die stumme Sprache der Korruption am Hafen.

Die Männer, die als erste am Pier der von Tom McGoverns Interstate Stevedore Company betreut wurde, eingetroffen waren, hatten in einer rostigen alten Blechtonne ein Feuer angemacht, um sich wenigstens etwas vor der schneidenden Kälte zu schützen.

Sie bliesen kleine Atemwolken in die kalte Luft und unterhielten sich darüber, wie kläglich der Boxkampf am vergangenen Abend gewesen war. Sie achteten sorgfältig darauf, daß niemand über ernstere Dinge sprach, denn der Pier hatte Ohren, und überall konnte einer von Johnnys Leuten auftauchen, Sonny oder Truck, Gilly oder Specs oder Barney. Und da die Art der Arbeitsausgabe alle untereinander zu Rivalen machte, wußte man nie, ob nicht einer, dem man sich eben noch anvertraut, im nächsten Augenblick zu Big Mac oder Specs Flavin rannte und seine Dienste als Gegenleistung dafür anbot, daß er regelmäßig Arbeit bekam. Regelmäßige Arbeit – die einzige Gelegenheit, daß man so viel Geld verdiente wie man ausgab –, das war das Streben, die Hoffnung, der unterdrückte Schrei jedes einzelnen unter den drei- oder vierhundert Männern, die sich Big Mac und seinem kalten Zynismus ausliefern mußten. Garantierter Mindestlohn für jeden gelernten Hafenarbeiter – das war Joey Doyles Lieblingsidee gewesen; sie stand in krassem Widerspruch zu dem Bestreben der Transportgesellschaften, die ein Überangebot an Arbeitskräften wünschten, was dann wiederum von Bandenkönigen wie Johnny dem Freundlichen und Charley Malloy ausgenutzt würde. Sicherung des Arbeitsplatzes, so hatte es Joey genannt, und keine der Willkür überlassene Arbeitsverteilung, die die verfügbaren Stellen unter die Menge wirft wie Fische, die man hungrigen Seehunden zum Fraß anbietet.

Als Pop und seine drei Getreuen an eine der Feuertonnen herantraten, übten sie eine kaum wahrnehmbare aber doch ungewöhnlich starke Wirkung auf die dort bereits Versammelten aus. Diese Männer hatten das Empfinden, sie müßten Pop eigentlich etwas sagen, um ihm Trost zuzusprechen, doch die Worte blieben ihnen im Halse stecken. Unbewußt traten sie ein paar Zentimeter zurück, als ob Pop der Tod selbst sei und die bloße Berührung seiner Windjacke verhängnisvoll werden könne. Starb auf den Docks jemand eines gewaltsamen Todes, waren die Männer hinterher immer – oft monatelang – unzugänglich und irgendwie gereizt. Sogar noch nach einem Jahr konnte die Spannung andauern. Da war zum Beispiel die Sache mit Andy Collins, der vor fünf Jahren seinen Posten als Stellvertreter des Heuer-Chefs antreten sollte und mitten im Gewerkschaftsbüro erschossen wurde. »Ellbogen«-Sweeney, der die Tat im Auftrage Johnnys des Freundlichen ausgeführt hatte, hatte sich nach Florida abgesetzt und war dort täglich auf den Rennplätzen zu sehen, wo er das Geld verwettete, das Johnny ihm schickte. Andy Collins war ein allseits beliebter Mann gewesen, der viel für die katholische Jugend in der Kirchengemeinde getan hatte. Jedermann wußte, daß es Sweeney gewesen war. Jede Kneipe in Bohegan konnte einem die ganze Geschichte erzählen. Viele Dockarbeiter in der Ortsgruppe 447 haßten Johnny den Freundlichen und Charley den Gent wegen der Sache mit Collins. Was konnte man aber tun? Die Arbeit auf dem Pier war die einzige, die man gelernt hatte, und dies war auch die einzige Stelle, wo man sie zugewiesen bekam. Wechselte man hinüber an einen anderen Pier und in einen anderen Verein, dann mußte man wieder ganz von vorn anfangen und sich als Außenseiter mit den Brosamen begnügen, die von der Herren Tische fielen. Und es ging drüben am anderen Flußufer genauso zu wie in Bohegan. Deshalb hatten die Männer tiefes Mitgefühl mit Pop und mußten sich zur gleichen Zeit hüten, ihr Mitgefühl zu zeigen. Einander zuwiderlaufende Gefühle trafen sich in ihrem Innern wie Gegenströmungen in gefährlichen Gewässern und machten sie im Grund unberechenbar.

Nur Luke Tucker, ein hochgewachsener Neger, kam her und drückte sein Beileid aus. Am Hafen bestand eine scharfe Trennwand zwischen den Rassen; die Iren und Italiener bildeten Gruppen für sich und sonderten sich von den anderen ab. Und die »Nigger« waren natürlich der Abschaum des Hafens. Luke aber war für Runty und seine Freunde ein selbstbewußter, mit zwei starken Fäusten ausgerüsteter, unabhängiger Neger, mit dem man kinderleicht auskommen konnte, solange man ihm nicht seine Rassenzugehörigkeit vorhielt. Er war der anerkannte Führer der schwarzen Minderheit, die die schwerste Arbeit unten im Laderaum verrichtete und gelegentlich einsprang, wenn sich für besonders unangenehme oder gefährliche Arbeiten sonst niemand meldete. Als solcher hatte sich Luke bei Big Mac eine gewisse Stellung erkämpft, wenn dieser auch die Schwarzen wie die Pest haßte. Luke war aus Alabama, wo er als Landarbeiter gelebt hatte, mit vierzehn Jahren nach New York gekommen. Erst hatte er sich für weniges Geld als Ringer betätigt und dann kurze Zeit gesessen, weil er sich mit vagabundierenden Kerlen zusammengetan hatte, die mehrere kleinere Delikte verübten. Als er in den Hafen geriet, begegnete er dem doppelten Bestechungssystem für Farbige. Sie zahlten nicht nur fünf Dollar an den Heuer-Chef, das Doppelte von dem, was ihre weißen Kollegen entrichteten, sondern noch ein oder zwei Dollar extra an den Neger, der in die Arbeitszuweisung an die Schwarzen eingeschaltet war. Es wäre Luke ein leichtes gewesen, sich an die Stelle dieses Negers zu setzen, die Extradollar in seine eigene Tasche fließen zu lassen und fünfzig bis fünfundsiebzig Dollar die Woche zu verdienen. Luke aber sagte: »Wenn ich die Armen begaunern muß, um reich zu werden, dann bleibe ich lieber auch arm.« Er war ein Rebell, ohne es eigentlich selbst zu wissen. Er trat jetzt auf Pop zu, versetzte ihm in ewiger Unterschätzung seiner Ringerkräfte einen gewaltigen Schlag auf den Rücken und sagte gerade heraus: »Es tut mir leid um Joey. Das hätte nicht passieren dürfen.«

»Danke, Luke«, sagte Pop. Er wußte, daß es im Gebetbuch hieß, alle seien Brüder – aber es war etwas viel verlangt von einem waschechten Iren, sich mit einem nach Knoblauch duftenden Nigger zu verbrüdern. Trotzdem hatte man Luke so gut wie akzeptiert, wie auch den Juden Max, einen alten erfahrenen Mann an der Winde, den einzigen Hebräer, der Pop bisher als Hafenarbeiter unter die Augen gekommen war.

»Ich habe eine kleine Sammlung unter den Brüdern veranstaltet«, sagte Luke und meinte damit die zwei Dutzend Neger, die als Gelegenheitsarbeiter zur Erledigung besonderer Aufgaben eingesetzt wurden.

»Dank ihnen von mir, Luke«, sagte Pop und nahm das Geld an, obwohl er eigentlich nicht wollte. »Ich gebe es Pater Donoghue, damit er Seelenmessen für Joey liest.«

»'s sieht so aus, als ob hier bald was los sein wird«, sagte Luke und wies mit dem Kopf auf den südamerikanischen Frachter hin, der gerade angelegt hatte. »Bananen«.

Bananen bedeuteten Handarbeit, weil die Stauden auf den Schultern an Land geschleppt werden mußten. Tausende von Stauden, ein ganzer Schiffsbauch voller Bananen. Das war altmodische Entladearbeit; Hunderte von Männern, die bei den Luken heraus- und hineinquollen wie Ströme von Ameisen.

»Bananen«, sagte Runty. »Ich habe eine richtiggehende Kerbe in der Schulter von zu vielen Jahren Bananen schleppen. Ich wollte, mein Vermögen wäre ebenso groß wie mein Haß gegen die Bananen.«

»Solange man dabei zwei Dollar vierunddreißig die Stunde verdient, würde ich auch Jauche schleppen«, sagte Luke unbekümmert.

»Für Scheiße bekämst du doppelte Arbeitsstunden angerechnet, genau wie bei Munition«, sagte Jimmy Sharkey. »Fällt mit unter die Rubrik ›Schädliches Gut‹.«

»Als ob sich Johnny der Freundliche einen Dreck darum schert, was wir tragen«, rief Moose. »Nimm bloß die Schwefelsäure. Die ist in jedem anderen Hafen schädlich. Unten im Laderaum treibt's dir das Wasser in die Augen und du glaubst, es drehte sich dir der Magen um. Aber die gute alte Interstate zahlt nur den gewöhnlichen Tarif.«

»Dank Johnny dem Freundlichen und Charley dem Gent, diesen großen Arbeiterführern«, lachte Runty Nolan. »Charley tritt tatsächlich bei den Verhandlungen für unsere Interessen ein.« Er zog sich den Finger über den Nacken, und die anderen lachten.

Sonny, der als Schwager von Specs Flavin, dem Schläger, bevorzugt Arbeit erhielt, hielt stets ein wachsames Auge auf diese Gruppe. Jetzt witterte er Ärger und kam näher.

»He, haltet lieber 's Maul. Was habt ihr da gesagt?«

»Ich hab' gerade gesagt, wie dankbar wir Johnny dem Freundlichen dafür sein sollten, daß er solch ein scheißfeiner Gewerkschaftsführer ist und soviel für die Verbesserung der Arbeitsbedingungen tut«, trug Runty dick auf und grinste dem fetten Sonny Rodell in das blöde Gesicht.

»Redet bloß nicht zu klug daher!« warnte Sonny.

»Klug«, äffte Runty ihn nach. »Wenn ich klug wäre, würde ich nicht vierzig Jahre Hafenarbeiter sein und heute noch ärmer dastehen als am Anfang. Zum Teufel, nein, ich würde meine sechshundert im Monat von der International beziehen und mit Willie Givens, unserem allseits geschätzten Präsidenten, auf du und du sein.«

»Über Willie Givens halt lieber dein dreckiges Maul!«

Sonny gehörte zu den Delegierten, die auf den Gewerkschaftskongreß abgeordnet wurden und dafür hundert Dollar Tagegeld bezogen; jedes Jahr war er von neuem aufs tiefste beeindruckt von den Höhen, zu denen sich Willie Givens in seiner Redekunst verstieg.

»Und schließlich«, sagte Sonny abschließend, »ist nicht Willie Givens oder Johnny daran schuld, daß ihr all euer Geld versauft. Nehmt euch in acht.« Er stolzierte wie ein Schulmeister von dannen.

»Ein ganz großer Halunke«, murmelte Runty, als Sonny außer Hörweite war. »Wenn er Specs und dessen Kanone nicht hätte, würde er an den Hintertüren der Kneipen um Almosen betteln.«

Seine Freunde stimmten ein herzhaftes Gelächter an.

Mutt Murphy kam und wärmte sich an dem Feuer. Er rechnete nie damit, Arbeit zu bekommen, doch fast immer erschien er

mit den anderen zur Arbeitsverteilung, sei es aus reiner Gewohnheit oder weil er einem verschwommenen Hang zur Geselligkeit ergeben war.
»Morgen, Pop«, murmelte er. Er trug einen zerrissenen Anzug, der irgendwo aus einer Wohlfahrtsmission stammte. Er sah aus, als sei er vollkommen durchgefroren. Seine Lippen und Hände waren blau, aber er schien die Kälte nicht zu merken. »Gott segne dich, dein Joey war ein Heiliger.« Er bekreuzigte sich umständlich und begann plötzlich, mit rauher und krächzender Stimme auszurufen:
»Joey ist für uns gestorben – Jesus wird uns erlösen ...«
Truck Amon, dessen zweihundertzwanzig Pfund Lebendgewicht in einen Körper von einem Meter fünfundsiebzig hineingepreßt waren, und dessen Nacken so dick war wie der eines Zuchtebers, kam herübergestampft und grunzte Mutt an »Komm. Halt's Maul und hau ab.« Er schob den Einarmigen vom Dockeingang weg. »Gleich wird gepfiffen. Du bist ein Pickel auf dem Hintern des Fortschritts. Verschwinde.« Trucks dickes Gesicht zog sich zu einem selbstgefälligen Grinsen auseinander. Er staunte selbst über die komischen Redensarten, die ihm zuweilen einfielen. Er war mit seinem letzten Einfall besonders zufrieden, zog eine Münze aus der Tasche und warf sie Mutt hin. »Hier, sauf dir ein Frühstück an«, sagte er, und sein fetter, muskulöser Körper schüttelte sich vor Vergnügen.
Kapitän Schlegel, der allgemein unter dem Namen »Schnorchel« bekannte ehemalige deutsche U-Bootfahrer, der am Pier für die Interstate die Aufsicht führte, hatte Big Mac soeben die aufgeschlüsselte Ladeliste der *Maria Christal* übergeben: zwei Gruppen oben auf Deck, sechs reguläre Arbeitsgruppen und extra zweihundert Bananenträger. Kapitän Schlegel gab Big Mac eine Schachtel voller Blechmarken, die der Anzahl der zu besetzenden Arbeitsposten entsprachen. Zwischen dem Pier-Boß und Big Mac gab es viel böses Blut, weil der Deutsche ein auf Disziplin bedachter, preußischer Typ war, den Tom McGovern seinerzeit eingestellt hatte, als Schlegel nach dem Ersten Weltkrieg in Bohegan hängen blieb, wo man sein U-Boot interniert hatte.

Schlegel konnte Big Macs Schlamperei nicht leiden und war dagegen, daß ein Mann, der im Zuchthaus gesessen hatte, seine Stellung lediglich auf Grund von Beziehungen zur Unterwelt und nicht wegen besonderer Leistungen im Verladegeschäft inne hatte. Laden war eine Kunst; es kam auf Geschwindigkeit und richtige Verteilung der Ladung an. Schlegel galt allgemein als Meister in diesem Fach, wenn man ihn auch gewöhnlich für einen Leuteschinder hielt. Es war Kapitän Schlegel, der einmal hochfahrend vor Pressevertretern erklärt hatte: »Ich habe keine Vorliebe für Gangster, aber das eine kann ich Ihnen sagen, man braucht hier einen starken Arm, wenn man die Sorte von Arbeitern, mit denen wir es auf den Docks zu tun haben, zusammenhalten will.« Auf Befehl der Interstate sandte Kapitän Schlegel jedes Jahr ein Weihnachtskuvert an Johnny den Freundlichen sowie an Charley den Gent und deren Untergebene, weil sich die Interstate für ihre Zusammenarbeit erkenntlich zeigen wollte. Klar, sie setzten einem zuweilen hart zu, aber es war bequemer und billiger, gleich von vornherein zehntausend zu zahlen, als sich mit den komplizierten Forderungen einer echten Gewerkschaft auseinanderzusetzen.
Vor ein paar Minuten hatte Kapitän Schlegel mit Verwunderung gesehen, wie ein irischer Priester drüben von der Kirche St. Timotheus mit Joey Doyles Schwester hereingekommen war und gefragt hatte, ob sie sich eine Arbeitsausgabe mit ansehen könnten. In seinem Innern hatte Kapitän Schlegel in Joey einen Unruhestifter und Demagogen gesehen, die Sorte von Dreimalklugen, die einem den ganzen Tarifvertrag auswendig herbeten können. Aber er beeilte sich, dem Priester und dem Mädchen zu versichern, daß ihr Bruder bei der Gesellschaft wohlgelitten und ein guter Arbeiter und feiner Kerl gewesen sei. Im Namen der Interstate brachte Kapitän Schlegel sein Beileid zum Ausdruck. Wenn sich auch der Unfall außerhalb der Arbeitszeit und nicht auf dem Pier abgespielt habe und die Gesellschaft keineswegs betroffen sei, so würde Kapitän Schlegel vorschlagen, daß die Interstate Mr. Doyle einen Scheck auf 100 Dollar als offiziellen Ausdruck ihres Mitgefühls übersende. Und was die Arbeits-

ausgabe anlange, die sie zu sehen wünschten, so wundere er sich offengestanden, daß sie sich der Mühe unterziehen wollten, eine reine Routineangelegenheit wie die Verteilung der Arbeitsplätze zu beobachten. Wenn sie sich aber die Zeit dazu nehmen wollten, so sei es ihm ein Vergnügen, sie durch einen Wachmann an den Eingang zum Pier B geleiten zu lassen, wo die Arbeitsausgabe jeden Augenblick beginnen werde. Sie täten jedoch gut daran, riet er, Mr. McGown keine Fragen zu stellen, da er in Erledigung seiner allmorgendlichen Pflichten außerordentlich beschäftigt sein würde. Kapitän Schlegel fühlte sich nicht ganz wohl dabei und konnte sich gar nicht vorstellen, worauf der Priester und das Mädchen aus waren, und Big Mac in seinem Rausch war wohl kaum der Mann, der ihre Neugier befriedigen würde.
Die Arbeitsausgabe werde oft in unfairer Weise angegriffen, erläuterte Kapitän Schlegel, als er bis zur Tür seines Büros mitging. Es sei ja ganz klar, daß man den Leuten keine regelmäßige Beschäftigung geben könne, wenn an einem Tage dreihundert und am nächsten nur einhundert Arbeitsplätze zur Verfügung stünden; am dritten gäbe es dann sogar vielleicht überhaupt keine Arbeit, wenn das eine Schiff ausgelaufen sei und das nächste noch nicht angelegt habe. In der Praxis versucht unser Heuer-Chef, die tüchtigsten Leute und diejenigen, die es am meisten verdienen, auszuwählen, und die meisten kommen im Monat auf ein ganz nettes Durchschnittseinkommen. Deshalb sei das ganze System gar nicht so willkürlich und unmenschlich, wie es ein paar Übereifrige hinzustellen pflegten. »Natürlich müssen sie auch Zeitungen verkaufen und die ganze Sache ein bißchen übertreiben, wenn es ihnen Spaß macht – wer soll ihnen das übelnehmen?« Kein System sei vollkommen. Er sei in fast allen großen Häfen der Welt gewesen, und er könne nur sagen, daß die hier gebräuchliche Art der Arbeitsausgabe so gut und so schlecht sei wie jede andere. Über einem Glas Bier im Hofbräuhaus hatte Schlegel einmal privat zu seinen Verladekollegen gesagt: »Wenn fünfhundert Männer erscheinen und nur zweihundert Arbeitsplätze vorhanden sind, und jeder mit eigenen Augen sehen kann, daß von drei Bewerbern immer nur einer Arbeit

zugewiesen bekommen kann, dann wäre es ja gelacht, wenn wir nicht die Arbeitsleistung so hinaufschrauben könnten, wie es uns paßt.«

Es gefiel ihm gar nicht, daß dieser Pater hier herumschnüffelte. Er würde der Sache noch nachgehen. Und daß die junge Doyle zum Hafen herunterkam, das war auch kein gutes Zeichen. Kapitän Schlegel wußte jedoch, was man einem Priesterrock und einer jungen Dame schuldig war. Er verbeugte sich, schlug aus alter Gewohnheit die Hacken zusammen und versicherte, er sei selbstverständlich gern bereit, ihnen jede einzelne Phase der Verladearbeit zu zeigen.

So schauten also Pater Barry und Katie zu, als Big Mac mit einer Zigarrenkiste voller Messingmarken am Eingang zum Pier erschien.

McGown blies sich die Backen auf, als er die Trillerpfeife ertönen ließ. Einige vierhundert Mann formierten sich schweigend zu einem Halbkreis um ihn herum.

Ihre Aufstellung folgte einem gewissen System; die Deckleute standen auf dem linken Flügel, neben ihnen die Leute für die Arbeiten im Laderaum, dann die Dockarbeiter, die Kranarbeiter und ganz rechts die Gelegenheitsarbeiter und die Extraleute. Pater Barry und Katie sahen, wie sie sich nach vorn drängten und mit den Augen um die ersehnte Arbeit bettelten, als Big Mac auf sie zutrat. Zuerst rief er die Leute für die Arbeit oben auf dem Boden auf, hauptsächlich ältere Männer, die für schwere Arbeit nicht mehr geeignet waren, doch unter ihnen auch einige jüngere, Bevorzugte eingestreut, denen Johnny der Freundliche einen Gefallen tun wollte. »Hogan-Smith-Krafowski-Malloy«, rief Big Mac laut. Terry fing seine Marke mit eleganter Handbewegung auf und blinzelte Chick und Jackie zu, während er auf den Piereingang zuging, wo er dem Zeitnehmer seine Nummer zurief.

Dann begann Big Mac, die übrigen Gruppen zusammenzustellen. Hierbei hielt er nach bekannten Gesichtern Ausschau und nahm in erster Linie diejenigen, von denen er einen Dollar extra erwarten konnte. »Du – ja, du – okay, du ...« Als er bei den

Bananenträgern angelangt war, wuchs die Verzweiflung. Einige fielen ihm in ihrer Erregung in den Arm, in ihren vom Frost gezeichneten Gesichtern drückte sich eine seltsame Mischung von Unterwürfigkeit und Wut aus.

»Schau her, Mac, ich brauch' dringend einen Tag . . .«

»Ich hab' fünf Kinder zu Hause, Mac, ich muß heut' arbeiten, sonst . . .«

»He, Mac, weißt du noch, das nächste Mal hast du gesagt, würdest du . . .«

Und Runty, halb bittend, aber stets auf Wahrung seines Stolzes bedacht: »Was muß man dir eigentlich bieten, daß man 'ne Marke kriegt, Dicker?«

Pater Barry schämte sich, als er dies alles sah. Er hatte die Arbeitsverteilung schon einmal aus einer größeren Entfernung beobachtet, als er nach der Sieben-Uhr-Messe in den Park gegangen war, um etwas frische Luft zu schnappen. Er hatte aber nie so dicht daneben gestanden, um in diese verzweifelten Gesichter blicken zu können. Das hier war Entpersönlichung, das hier war Würdelosigkeit, gerade gegenüber der Kirche St. Timotheus, unmittelbar vor seinen Augen. Abstrakte Kritiken der Arbeitsausgabe zu hören, war das eine; das andere aber war, hier daneben zu stehen, und zwar so dicht, daß man den kalten Atem der Männer sehen und in ihre Augen, ihre bittenden Gesichter blicken konnte. Worum bettelten denn diese Männer? Um vier Stunden Arbeit, um etwa neun Dollar für das Schleppen von zweihundert Pfund schweren Bananenbüscheln im kalten Novemberwind. War es da ein Wunder, daß manche Gesichter ausdruckslos und verloren wirkten und manche vom Alkohol bereits verquollen und entstellt waren? Er blickte Katie an. Sie sah fasziniert und ungläubig zu, wie ihr Vater sich selbst, genau wie die anderen, Big Mac anbot. Dem Priester fiel wieder der heilige Xavier ein, und wie der kleine Baske wohl gegen solche Zustände zu Felde gezogen wäre. Der Mensch ist solch ein edles Geschöpf, fiel ihm irgendeine Textstelle ein, daß nur Gott sein Meister ist.

»– Komm, Mac, gib mir eine Chance, ich brauch' einen Tag

dringend, wirklich dringend«, hörte er eine heisere Stimme sagen. Das Mädchen starrte sprachlos auf eine Szene, die aus einem mittelalterlichen Lehrbuch der Sklavenhaltung herausgerissen sein konnte. »Kein Wunder, daß Pop nie darüber gesprochen hat«, sagte Katie. »Und daß er mir immer verboten hat, jemals hierher zu kommen.«
»Man muß schon taubstumm und blind sein, um nicht zu sehen, daß diese Sache zum Himmel stinkt«, sagte Pater Barry.
»Jetzt sehen Sie mal etwas von dem, was Joey abzustellen versuchte«, sagte Katie. Ihr Gesicht nahm einen gespannten Ausdruck an. Der Wind blies ihr die langen, blonden Haare ins Gesicht. »Ich will immer noch wissen – wer hat meinen Bruder umgebracht?«
Pater Barry sagte: »Die geringsten meiner Brüder. Oh, Bruder, sie geben es den geringsten meiner Brüder aber wirklich!«

ZEHNTES KAPITEL

Wie es eigentlich im nächsten Augenblick anfing, ist nie ganz klar geworden. Es war »eine von jenen Geschichten«, ein großes Fragezeichen, über das man sich noch Jahre danach in den Kneipen die Köpfe erhitzte. Big Mac wurde von allen Seiten bedrängt, angerempelt, bestürmt. Ob er nun in seinem angetrunkenen Zustand absichtlich – um seine Verachtung zu zeigen – die begehrten Marken einfach in die Luft warf, oder ob ein übereifriger Dockarbeiter nach einer Marke griff und dabei die Schachtel umkippte – Tatsache jedenfalls war, daß plötzlich fast zweihundert Marken in der Luft herumwirbelten. Sie verstreuten sich über den ganzen Dockeingang, und während sie zur Erde fielen, heulten nahezu vierhundert Männer auf, stürzten sich auf die Marken und verwickelten sich in erbitterte Kämpfe.
Menschliche Kehllaute von tierischer Wildheit, das Geräusch knackender Knochen und arbeitsharter Fäuste, die blutige Wunden rissen – es entstand ein Inferno. Männer, die ihr ganzes Leben lang auf den Docks um ihre nackte Existenz hatten rin-

gen müssen, kämpften unter Zuhilfenahme der Schädel, der Knie, der Füße.
Truck und Gilly schauten erheitert zu.
»Elendes Pack«, grunzte Truck.
»Stimmt«, sagte Gilly und amüsierte sich köstlich.
Es hatte so plötzlich begonnen und schien so unwirklich, obwohl es sich doch unmittelbar vor ihren Füßen abspielte, daß es Pater Barry und Katie wie ein Alptraum vorkam, ein Schauspiel, das so entsetzlich war, daß sie sich von ihm losreißen wollten, nur um diesem Grauen zu entfliehen. Sie sahen, wie Moose sich in seiner ganzen Länge auf eine Marke stürzte, nur um seine Hand von einem schweren Stiefel zu einer blutigen Masse zerstampfen zu lassen. In dem Gewühl bemerkten sie Runty, der wie ein angeschlagenes Boot auf stürmischer See auf und nieder tanzte. Blut tropfte ihm von einem Auge, aber er wich keinen Schritt vor seinen Gegnern zurück, die hundert Pfund schwerer und einen ganzen Kopf größer waren. Katie schrie auf, als sie ihn sah, wie er auf Händen und Füßen in den Sog der ringenden Leiber geriet, die sich gegenseitig schlugen und überstürzten wie Brecher bei schwerem Sturm. Pop, Pop, wo war Pop? Die Vorstellung, daß ihr Vater mit seinen mageren Armen überwältigt und in diesen kochenden, blutbeschmierten Knäuel verschlungener Menschenleiber gezerrt würde, war ihr unerträglich. »Pop, Pop«, schrie sie laut. Dann erblickte sie ihn, wie er am äußeren Rande des Handgemenges gegen die Übermacht ankämpfte. Er erspähte auf dem Boden eine Marke, streckte die Hand aus, griff nach ihr, wurde beiseite gestoßen, schlug die Fäuste wie zwei Kolben in das nächste beste Gesicht und war schließlich gerade so weit, den Kampfpreis aufzuheben, als die Gestalt, die er gerade aus dem Felde geschlagen hatte, ausrief:
»He, Terry, schnapp sie für mich!«
Terry Malloy, der dicht hinter dem Zeitnehmer stand und seinen Spaß an dem Anblick hatte, fuhr mit einer raschen Reflexbewegung nach der Marke und hob sie auf.
»Hier ist sie, Jackie«, rief er fröhlich, indem er mit Leichtigkeit den alten Mann abdrängte. Pop aber ging mit blutunterlaufenen

Augen auf ihn los: *»He, gib sie mir«* und führte einen wilden rechten Schwinger gegen Terry, dem dieser geschickt durch eine leichte Bewegung auswich.
Ehe Pater Barry sie zurückhalten konnte, stürzte Katie vor. Sie war zu wütend und voll panischer Angst, als daß sie noch wußte, was sie tat. Sie hatte gesehen, wie dieser junge Kerl seine Kraft und Jugend einsetzte, um ihren alten Vater aus dem Rennen zu werfen. »Geben Sie sie mir, geben Sie sie mir«, schrie sie ihn an und griff nach der Marke in Terrys Hand. Terry drehte sich herum, von ihrer Hand weg, und vollführte einen Kreis auf ihre linke Seite zu, wie ein Boxer, der einer rechten Geraden ausweicht.
Leicht herumtänzelnd und amüsiert sagte er in einem fort: »Hä? Hä? Was wollen Sie denn? Hä?«
»Geben Sie mir die Marke! Geben Sie sie mir!«
Terry lachte. »He, schau mal einer an, was es auf den Docks nicht alles gibt, hä, Jackie?«
»Die gehört Pop. Er hat sie zuerst gesehen«, Katie bemühte sich, nicht zu heulen. Terry grinste sie an und sie versetzte ihm eine Ohrfeige, doch er bog sich zurück, immer noch grinsend.
»Pop? Ich dachte schon, Sie wollten auch hier arbeiten – bei all Ihren Muskeln!«
»Die Marke gehört Pop«, sagte sie und versuchte erneut vergeblich, die Marke zu greifen, während Terry in seinem alten Boxstil sich von ihr wegdrehte.
Wirklich ein prima Mädchen, dachte sich Terry, als er sie zum besten hielt. Hochgewachsen, jung, fest, süß, große Klasse. »Ihr Pop, he? Was ist denn so Besonderes an ihm dran?«
Als Katie noch einen Versuch machte, ihm die Marke zu entreißen, war es Jackie Rocke, der sagte: »Erkennst du ihn denn nicht, du Trottel, das ist doch der alte Doyle!«
He, Joey, Joey Doyle – die ist eine von deinen – ich hab sie an dem Ring erkannt.
Terry hörte auf, sich von ihr wegzudrehen. Er hatte ein unbestimmbares und unangenehmes Gefühl, als ob etwas von ihm abfiele, eine plötzliche Leere.

»Doyle . . . Joey Doyles . . . Sie sind seine . . .«
»Schwester«, sagte Katie einfach, »allerdings, die bin ich.«
Terry schaute sie an, nahm die Mütze ab, fuhr sich mit der Hand durch die Haare und schüttelte den Kopf, als ob er sich von einer bösen Runde im Ring freimachen wolle. Dann kehrte er wieder den starken Mann heraus. Er wandte sich zu Jackie.
»Wer hat denn überhaupt bei diesem Regen noch Lust, Bananen zu schleppen? Hab ich recht Jackie?«
»Klar, Terry, gib sie ihm«, sagte Jackie.
»Da haben Sie sie«, sagte Terry zu Katie und drückte ihr klatschend die Marke in die Hand. »Es war nett, ein bißchen mit Ihnen zu ringen.«
Er hob die linke Hand, hieb ein paar kurze Haken in die Luft und blinzelte ihr zu.
»Komm, Jackie, wir gehen eben mal hinüber zu Johnny und genehmigen uns ein paar Bier. Ich kann hier jederzeit anfangen.«
Er und Jackie setzten sich mit großspurigen Bewegungen in Marsch. Er wußte, daß das Mädchen ihm mit zornigen Blicken nachsah. Sein breitbeiniger Gang war noch etwas übertriebener als gewöhnlich. Verdammt noch mal, wer hat bloß dieses Doyle-Mädchen in diese Geschichte hereingezogen? Gerade als er im Begriff war, es sich oben auf dem Boden bequem zu machen. Auf dem Boden war man dieser ganzen Jagd entronnen, man brauchte sich um die ganze Rauferei nach den Marken nicht mehr zu kümmern, wenn man dort oben eine Dauerbeschäftigung hatte. Er würde drei, vier, fünf Whisky brauchen, um nicht mehr daran zu denken.
Katie sah ihm nach, wie er mit den Händen in den Hosentaschen, die Schultern hochgezogen, davonging und aus dem Mundwinkel heraus weise Reden mit seinem Begleiter wechselte. Sie war schon lange Zeit nicht mehr in Bohegan gewesen. Aber Katie kannte diesen Typ. Auf den Straßen ihrer Kindheit hatte es von ihnen gewimmelt. Die Gesichter voller Schmutz, Schimpfworte im Mund, fühlten sich diese durch das Leben in der Gosse hartgewordenen jungen Leute zu den stärksten und rücksichts-

losesten Kerlen, wie die Eisenspäne zu einem Magneten hingezogen. Von den Nonnen geohrfeigt, eingesperrt von der Polizei, geschlagen von den Eltern und verprügelt von den größeren Burschen war für sie jeder Tag ein neue Aufforderung, nur noch lauter und gemeiner zu werden; habgierig, argwöhnisch, loyal nur zu ein paar wenigen Freunden, die ebenso geartet waren wie sie selbst, jeder Autorität hohnlachend, waren sie kleine Wilde des zwanzigsten Jahrhunderts – oh, Katie kannte sie schon ihr ganzes Leben lang, war schon ihr ganzes Leben lang von ihrem Vater vor ihnen gewarnt worden, Burschen genau wie der, mit dem sie gerade wegen der Marke gekämpft hatte, Burschen, die sich nie daran genug tun konnten, ihren Spezis zu beweisen, wie stark und zäh sie waren. Wie wenig sie doch wußten, dachte Katie, als Terry zur Kneipe hinüberging. Wie sie doch bei allem, was sie taten, nur mit ihrer Stärke rechneten und nie daran dachten, daß keiner in höherem Grade ein Opfer der Stärke ist als gerade derjenige, der glaubt, er müsse sich auf sie verlassen.

»Wer ist dieser freche Bursche?« fragte sie Moose, der das Gemenge verlassen hatte, um zu sehen, ob sie heil und unversehrt sei.

»Das war Terry Malloy, der kleine Bruder von Charley dem Gent«, erklärte er. »Ein Strolch, sonst nichts.«

»Charley der Gent?«

»Er ist unser Gewerkschaftsvertreter im Distrikrat, Politiker.« Moose wollte ihr nicht mehr sagen.

Pater Barry kam rasch auf sie zu und führte Pop an der Hand, der sich mit einem Taschentuch, das der Priester ihm gegeben hatte, das Blut vom Gesicht wischte. Pop machte sich von dem Pater los. Er befand sich in einem Zustand größter Wut, aber nicht deswegen, weil er die Marke eingebüßt hatte. Fast vierzig Jahre am Hafen hatten ihn den täglichen Nackenschlägen gegenüber unempfindlich gemacht. Nicht einmal die Tatsache, daß sich seine Nase gebrochen anfühlte, schien ihm viel anzuhaben. Er war ein zäher alter Mann. Nein, sein Zorn galt Katie, die hergekommen war, obwohl er es ihr immer verboten hatte.

»Lassen Sie mich, Pater«, sagte er und machte sich los.
Katie hielt ihm die Marke hin und schämte sich, ihn in seiner Erniedrigung gesehen zu haben.
»Hier – ich hab' eine Marke für dich.«
Pop riß sie ihr aus der Hand.
»Okay – kann sie brauchen.« Er hätte ihr eine Ohrfeige versetzt, wenn der Priester nicht dabei gewesen wäre. »Sobald wir ihn begraben haben, scherst du dich zu den Schwestern, wo du hingehörst.« Er wandte sich zu dem Priester. »Ich muß mich über Sie wundern, Pater, wenn ich so sagen darf. Lassen das Mädchen Dinge sehen, die nicht für die Augen eines anständigen Mädchens gemacht sind.«
»Sie weiß anscheinend selbst, was sie will«, sagte Pater Barry.
»Halsstarrig wie ein irischer Esel, das meinen Sie wohl«, sagte Pop und funkelte sie an. »Scher dich fort von hier.« Dann wieder zum Priester: »Wenn ich Sie wäre, Pater, dann würde ich mich hier auch fortscheren.«
»Sie wollte sich das hier mal ansehen. Vielleicht ist es an der Zeit, daß wir es uns alle mal ansehen«, sagte Pater Barry.
»Ich finde, Sie beide sind völlig übergeschnappt.«
»Wie soll man denn Geduld haben, wenn man übergeschnappt ist?« sagte Pater Barry.
»Jesus, Maria und Joseph, die Leute haben aber auch auf alles eine Antwort«, protestierte Pop.
Eine Bullenstimme mischte sich ein. Es war Big Mac, der in seinem betrunkenen Zustand die alte Würde wiederherzustellen versuchte. »He, Doyle, hast du 'ne Marke?«
Pop hielt sie hoch. »Ja.«
»Dann hör mit der Quasselei auf. Dort 'rein. Steuerbordgruppe Nummer zwei. Aber Tempo.«
»Okay, okay, reg dich nicht auf«, sagte Pop. Die Blutspuren auf der Oberlippe verliehen ihm das Aussehen eines zerrauften, geschminkten Zirkusclowns, als er sich auf ein letztes Wort seiner Tochter und dem Priester zuwandte.
»Du hörst jetzt zu, was ich dir sage. Und Sie auch, Pater. Dies hier ist kein Platz für einen Mann Gottes.« Dann setzte er

sich, vor sich hinmurmelnd, gegen den Dockeingang zu in Bewegung.

Kapitän Schlegel blieb meistens im Büro innerhalb des Piers, doch hatte ihn diesmal die allgemeine Aufregung an den Dockeingang gelockt. Als er Pater Barry sah, beeilte er sich, ihm zu versichern, daß die Vorgänge, die sich soeben abgespielt hatten, keineswegs typisch für die morgendliche Arbeitsausgabe seien. (Dieser Dummkopf, dieser McGown, dachte er bei sich. Vielleicht könnte er bei Kapitän Bateson erreichen, daß McGown an einen anderen Pier versetzt würde, wo er einem anderen Verladechef das Leben sauer machen konnte.)

Auch ohne die Schlägerei, antwortete Pater Barry, habe er den Eindruck, daß diese Art der Arbeitsausgabe eine unsinnige, gefühllose und unbrauchbare Methode sei, menschliche Wesen zur Arbeit einzuteilen. Es scheine ihm ein System der Systemlosigkeit zu sein. Das sei wohl kaum fair. Und sei es jetzt nicht bereits zu spät, das Glück auf den anderen Piers zu versuchen? Waren nicht alle Arbeitsgruppen, von Bohegan bis Red Hook, schon längst aufgefüllt? Und, sagte Pater Barry – er sprach jetzt sehr schnell, wie er es immer tat, wenn eine Idee Besitz von ihm ergriff –, und war es denn gut, einem einzigen Menschen solche Macht über fünfhundert andere Menschen zu geben, wie es bei Big Mac der Fall war? »Ein Heuer-Chef muß schon ein Heiliger sein, wenn er diese Machtfülle nicht mißbrauchen soll«, sagte Pater Barry. »Und dieser fette Kerl mit seinem Schmerbauch ist vielleicht noch nicht einmal der Schlimmste seiner Art, doch ist er nicht genau das, was ich mir unter einem Heiligen vorstelle.«

»Pater, ich bin zufällig auch Katholik«, sagte Kapitän Schlegel. »Oh, vielleicht nicht einer der besten, aber« – er hielt einen Augenblick inne – »gestatten Sie mir ein offenes Wort. Wir kommen auch nicht nach dort drüben« – er nickte auf die Kirche St. Timotheus hin – »und versuchen, Ihnen einzureden, wie man am besten den Beruf eines Pfarrers ausübt. Gibt es irgendeinen Grund dafür, daß Sie jetzt zu uns herüberkommen und uns klarmachen wollen, wie man am besten mit den Löscharbeiten verfährt? Ha? Ha?« Kapitän Schlegels Augen blinzelten vor Genugtuung darüber, daß er ins Schwarze getroffen hatte.

»Herr Kapitän«, sagte Pater Barry knapp, »ich glaube, die Antwort heißt: ja. Ich komme gern in den nächsten Tagen mal wieder vorbei und sage Ihnen, warum.«

»So oft Sie wollen, Pater«, sagte Kapitän Schlegel, schlug die Hacken zusammen und wandte sich zum Gehen, um seine Laune an Big Mac auszulassen, der am Eingang stand und die Backen nach innen gesogen hatte, eine Angewohnheit, die seinen normalen Ausdruck grenzenloser Dummheit noch erhöhte.

»Mac, wir vergeuden die Zeit«, fuhr ihn Kapitän Schlegel an. »Schaff die Leute hier aus dem Weg.« Er meinte die hundert Übriggebliebenen, die keine Marke mehr erhalten hatten. »Die halten nur die Lastwagen auf.« Dreißig Zehn-Tonnen-Lastkraftwagen waren aufgefahren, um sechzigtausend Pfund Bananen abzubefördern. Mit wichtiger Miene eilte Kapitän Schlegel wieder auf den Pier zurück, die Pfeife zwischen den Zähnen seines Bulldoggengesichts.

Big Mac wandte sich, ebenso breitbeinig und vierschrötig wie die ihm zur Seite stehenden Truck und Gilly, den hundert Männern zu, die noch immer in schweigenden, gottergebenen, feindseligen Gruppen herumstanden. Die vor den Augen des herumschnüffelnden Priesters vor sich gegangene Schlacht um die Marken und die verächtlichen Blicke des Kapitäns Schlegel hatten ihn in eine üble Laune versetzt. Bei Big Mac war eine üble Laune immer gleichbedeutend mit einer geräuschvollen Laune, und wenn er die abgewiesenen Dockarbeiter anbrüllte, dann war die Luft voll von seiner harten, einem Nebelhorn ähnelnden Stimme und schien für einen Augenblick nachzuzittern, als ob ein Ozeandampfer einen Sirenenton von sich gegeben hätte.

»Ihr andern da? Schert euch aus dem Weg. Die Wagen müssen durch. Kommt morgen wieder.«

Big Mac winkte den ersten Lastkraftwagen zum Pier herein. Der Fahrer ließ den Motor aufheulen und rechnete damit, daß die restlichen Dockarbeiter den Weg freimachen würden. Und

im allerletzten Moment taten sie es auch, in einer nachtwandlerisch wirkenden Bewegung, indem sie um Zentimeterbreite der Auffahrt der Wagen auswichen, ohne sie offenbar zu sehen.
Auf der einen Seite des Dockeingangs, dicht neben dem Hafenbecken, wo der Bananendampfer festgemacht hatte, standen Luke, Runty, Moose und Jimmy mit ein paar anderen Arbeiterveteranen in niedergeschlagener Verfassung zusammen. Es war eine alte Gewohnheit, dieses sinn- und ziellose Herumstehen und Warten, nachdem die eingeteilten Arbeitsgruppen bereits mit den Löscharbeiten angefangen hatten. Manchmal stellte der Chef fest, daß er noch ein paar zusätzliche Arbeiter benötigte, um eine Gruppe aufzufüllen. Oft ließ Big Mac durch achtzehn Leute die Arbeit von zweiundzwanzig verrichten und strich den Lohn der vier »Phantome« – glatte hundert Dollar pro Tag – selber ein und gab sie an Johnny den Freundlichen und Charley Malloy weiter, die außerdem noch die »Abgaben« von den anderen Piers einkassierten. Die Interstate kam dabei nicht zu kurz, solange die Arbeit zeitgerecht erledigt wurde und der Dampfer planmäßig wieder auslaufen konnte. Deshalb sah Kapitän Schlegel nicht so genau hin, wenn Big Mac in Unterbesetzung arbeiten ließ – es sei denn, daß die Gefahr bestand, die Norm von tausend Tonnen pro Tag würde nicht erreicht. Dann pflegte er Big Mac anzuhalten, die Gruppen auf ihre normale Stärke aufzufüllen. Darauf jedenfalls beruhte die Hoffnung der Männer, die noch einige zehn oder fünfzehn Minuten nach der Arbeitsausgabe am Dockeingang herumlungerten. Auch noch, nachdem Big Mac sie angebrüllt hatte, blieben die Leute in kleinen Gruppen unschlüssig stehen, als ob die Niederlage dieses Morgens ihnen jede Willenskraft zur Fortbewegung genommen hätte.
Pater Barry, der immer in Spannung war und jetzt als Folge des soeben abgerollten Schauspiels einen gefährlichen Grad der Hochspannung erreicht hatte, schritt auf die Gruppe zu. Er hatte die meisten Leute bei der Leichenfeier gesehen.
»Nun, was machen Sie jetzt?«
Die Männer sahen ihn nicht an. Ein Gefühl von Schuld lastete

auf ihnen, als ob sie für ihre Hilflosigkeit büßen müßten. Und Katies Anwesenheit machte ihnen auch zu schaffen. Die meisten von ihnen waren Iren und fühlten sich deshalb nie ganz wohl, wenn Frauen zugegen waren, besonders jetzt nicht, da dieses Mädchen, das sie alle achteten, mit dabei war und sie im Zustande tiefer Erniedrigung sah.

Pater Barry ließ nicht locker. Er wußte, daß die Männer ihn ebenso wie das Mädchen hier unten am Hafen nicht gern sahen.

»Ich habe gefragt, was Sie jetzt zu tun gedenken?« Luke zuckte mit den Schultern. »Wie der Mann gesagt hat. Kommen morgen wieder.«

»Morgen«, fuhr Runty dazwischen. »Morgen ist gar kein Schiff da.«

»Und wenn er Ihnen das nächste Mal keine Arbeit gibt?« fragte Pater Barry.

Moose zog die Schultern hoch. »Dann nehmen wir eben bei ›J. P.‹ Morgan einen Pump auf. Der Hafenarbeiter gibt heute das Geld aus, das er morgen zu verdienen hofft. So ist das nun mal, Pater.«

»Nicht so laut«, warnte Jimmy Sharkey, denn Truck und Gilly schauten vom Dockeingang herüber.

»Moose, wenn du einem was zuflüstern willst, dann wette ich, daß man es noch in der nächsten Straße hören kann.« Runty sagte es halb lachend.

»Ich stehe jetzt geschlagene fünf Tage hier herum«, rief Moose mit einer Lautstärke, die er für gedämpft hielt. »Ich hab' ihm gesagt, daß ich vier Kinder mit durchzufüttern habe und daß meine Frau schon anfängt zu spinnen. Aber man hält mich für einen Bolschewiken, weil sie mich zu oft mit Joey haben reden sehen. Verflucht noch mal, und dabei haben wir uns hauptsächlich übers Boxen und Baseball unterhalten.«

Sein konspirativer Ausbruch verletzte Trucks und Gillys argwöhnische Ohren, deren unsichtbare Antennen ständig auf Meuterei eingestellt waren. Truck watschelte heran, und Gilly folgte ihm mechanisch.

»Jedenfalls stehe ich jetzt fünf Tage hier«, wiederholte Moose mit dröhnender Stimme. »Und der Kerl da, der McGown, der sieht einfach durch mich hindurch, als ob ich ein offenes Fenster wäre.«

Truck trat an ihn heran. »Komm, los, hau ab. Du hast doch gehört, was der Chef gesagt hat.«

»Ja, hau ab«, fiel Gilly mit ein und schob Moose ein wenig beiseite.

Truck war auch Katholik, oder wenigstens glaubte er einer zu sein, und er konnte einfach nicht weitermachen, ohne von dem Priester irgendwie Notiz zu nehmen. »Tut mir leid, Pater, aber Sie sehen ja, der Eingang hier darf nicht versperrt werden.«

»Das stimmt. Unbedingt«, kam das Echo von Gilly.

Johnnys Paar starker Männer bahnte sich den Weg zur anderen Seite hinüber, um eine weitere Gruppe vom Dockeingang zu verscheuchen.

»Kommt, laßt uns einen hinter die Binde gießen«, sagte Runty. Er atmete immer noch schwer durch die gebrochene Nase.

Doch Pater Barry hielt sie mit seinem Zorn zurück. »Ist das alles, was Sie machen wollen? Sie finden sich einfach so damit ab?«

Die Männer sahen sich an, als ob sie sagen wollten, was hat das schon für einen Zweck? Pater Barry wandte sich von einem zum anderen. »Ich hab' immer gedacht, Sie hätten hier eine Gewerkschaft. Es gibt keine Gewerkschaft im ganzen Land, die sich so etwas gefallen lassen würde.«

Runty sah sich um, um festzustellen, ob Truck und Gilly noch in der Nähe wären. Als er sie noch herumstehen sah, ergriff er den Arm des Priesters.

»Machen Sie einen kleinen Spaziergang mit mir, Pater.«

Pater Barry nickte Katie zu, die vernünftig genug war, den Mund zu halten. Es war schon schlimm genug, daß sie überhaupt hier unten am Hafen war. Sie wußte, was in Pop vor sich gehen mußte. Der hätte sie sicher am liebsten verprügelt. Und sie begann sich schwere Vorwürfe zu machen, in welche gefährlichen Untiefen sie den Priester hineingelotst hatte. Sie ging mit und sagte nichts, doch beobachtete sie beide mit ihren unschuldigen, kritischen, lebhaft blauen Augen.

»Wenn ich Sie wäre, Pater«, sagte Runty, »dann würde ich meine Nase nicht in diese Dinge stecken. Zu Ihrem eigenen Besten. Das ist mein Ernst. Wenn Sie's aber schon wissen wollen: wir haben keine Gewerkschaft. Wir haben diese Strolche über uns, die unsere Abgaben, Beiträge und Bestechungsgelder in ihre eigenen Taschen stecken und in Viertausend-Dollar-Autos herumfahren.«

»Sie wollen damit sagen, daß Sie in einer Versammlung nicht einfach aufstehen können und ...«

Sie sahen sich wieder gegenseitig an und zuckten lächelnd mit den Schultern.

Jimmy Sharkey sagte: »Sie wissen doch, wie man hier die Vier-vier-sieben nennt? Die Revolverortsgruppe.«

»Ich erinnere mich, das schon einmal gehört zu haben«, sagte Pater Barry.

»So etwas zu hören ist ja ganz schön. Aber es ist etwas ganz anderes, den Revolverknauf im Nacken zu fühlen«, sagte Runty.

»Sie wissen, wie eine Revolverortsgruppe arbeitet, Pater?« rief Moose.

»Nein – wie denn?« sagte Pater Barry.

Luke antwortete für sie alle. Er sprach mit leisem Humor, der jedoch nicht die Schärfe seiner Worte bemänteln konnte.

»Sie stehen in einer Versammlung auf, Sie stellen einen Antrag, die Lichter gehen aus, dann gehen *Sie* aus.«

Alle Männer lachten bitter über Lukes treffende Schilderung.

»Das ist keine Lüge, Pater«, sagte Moose wieder lauter werdend. Dieses Thema versetzte ihn immer wieder in Erregung. »Sie stehen in einer Versammlung auf und stellen eine Frage; das Nächste, was passiert, ist, daß man Ihnen den Schädel einschlägt. So wie es mir einmal gegangen ist, als ich aufstand und versuchte, einen Antrag über die Einrichtung einer Altersversorgung zu stellen. Ich hielt mich streng an die Regeln. Runty hatte mir aus einem Lexikon vorher vorgelesen, wie man so etwas macht. Also, ich fange an zu reden und – bums – da rolle ich schon die lange Treppe aus dem Versammlungshaus hinunter und liege im nächsten Moment draußen auf dem Bürgersteig, platt mit dem Gesicht nach unten.«

»Das war vor zwei Jahren«, sagte Jimmy. »'s war die letzte Versammlung, die wir gehabt haben.«

Runty grinste. »So ist es immer gewesen, seit Johnny und seine Revolverhelden unsere Vier-vier-sieben übernommen haben. Wenn ich genügend Schnaps in mir habe, dann gehe ich mal zu ihnen hin und sage ihnen ins Gesicht, was für Halunken sie sind. Einmal haben sie mich mit einem Bleirohr über den Kopf geschlagen und in den Fluß geschmissen. Ich und der Fluß, wir beide kennen uns ganz gut. Es war Winter und das Wasser war kälter als bei einer Nonne – hm, ich meine es war Eiswasser, Pater, und verdammt noch mal, das hat mich wieder zu mir gebracht.« Runty grölte »ho ho ho«, als ob er grade eine lustige Geschichte erzählt hätte. »Sie sehen also, Pater, ich bin auf Rosen gebettet. Eigentlich sollte ich mir so meine Gedanken darüber machen, denn lange werde ich's nicht mehr mitmachen.«

Pater Barry fühlte sich immer tiefer in die ganze Sache hineingezogen.

»Und Sie wollen mir sagen, daß solche Dinge passieren und nie in die Zeitungen kommen?«

»Der *Graphic* ist das Blatt des Bürgermeisters«, rief Moose. »Das müßten Sie eigentlich wissen, Pater. Und der Bürgermeister und Johnny der Freundliche sind ganz dicke Freunde, wobei Johnny der Freundliche noch über dem Bürgermeister steht. Zum Teufel, wenn jemand dem Bürgermeister irgendeinen kleinen politischen Gefallen tut, dann schickt er Johnny oder Charley einen kleinen Zettel, damit die dem Betreffenden eine Arbeit zuweisen. Dabei spielt es gar keine Rolle, daß wir reguläre Hafenarbeiter sind, die die Arbeit brauchen, um zu leben, während die Strolche, die man uns hier hereinsetzt, bloß stinkende Speichellecker sind.«

Pater Barry machte ein skeptisches Gesicht. »Sie meinen, der Bürgermeister und Johnny der Freundliche arbeiten tatsächlich Hand in Hand, wenn es darum geht, wer hier unten am Hafen Arbeit bekommt und wer nicht?«

Runty lachte. »Donnerwetter, ich habe geglaubt, jedermann in Bohegan wüßte das, Pater. Der letzte Bürgermeister hat sich mit ungefähr einer Million Dollar zur Ruhe gesetzt. Wo sind *Sie* eigentlich gewesen, Pater?«
Pater Barry warf Katie einen unsicheren Blick zu. »Vielleicht habe ich mich in der Kirche versteckt.«
»Und wenn ich Sie wäre, dann würde ich dort auch bleiben«, sagte Runty. »Der ganze Verein hier unten ist eine einzige große Schweinerei, verzeihen Sie. Ich sage Ihnen, so etwas gibt es im ganzen Lande nicht noch einmal. Und Gott möge mich strafen, wenn dies nicht die heilige Wahrheit ist.«
»Okay, ich glaube Ihnen. Aber Ihre Vorfahren müssen sich doch in ihren Gräbern umdrehen! Sie sind mir schöne Iren! Zum Teufel, die Engländer haben achthundert Jahre lang unsere Familien wie einen Haufen Schlachtvieh umgebracht und wir haben nie klein beigegeben. Wir haben immer Mittel und Wege gefunden, uns zur Wehr zu setzen.«
Pater Barry erinnerte sich noch – nur dunkel zwar, aber in der Art wie man sich alter, geliebter Kindheitsträume erinnert – der glühenden Erzählungen seines Vaters über die O'Neills, Shane und Owen Rose und Hugh, den Grafen von Tyrone, und Red Hugh O'Donnell, den großen Kämpfer auf verlorenem Posten. Sie hatten in Pete Barrys Jugendjahren für ihn eine große Rolle gespielt, und er rief sie jetzt an, da er sich selbst immer tiefer in eine Auseinandersetzung verwickelt sah, der er bisher sorgfältig aus dem Wege gegangen war.
»Es ist gar nicht so einfach, sich zur Wehr zu setzen, Pater«, sagte Luke. »Auch jetzt könnten wir nicht so reden, wenn wir Sie nicht als Schutz bei uns hätten. Diese Kerle würden Schindluder mit uns treiben.«
Moose nickte. »Nennen Sie nur einen einzigen Ort, wo man sich offen aussprechen kann, ohne eins über den Schädel zu kriegen«, schrie er. »Nennen Sie mir einen einzigen Ort. Einen einzigen bloß.«
»Die Kirche«, sagte Pater Barry rasch.
»Pst. Brüll nicht so laut«, warnte Jimmy. »Ist das Ihr Ernst, Pater?«

»Ich sagte die Kirche. Nehmt den Kellerraum der Kirche.«
Dieses Mal lachte Runty nicht. »Wissen Sie auch, Pater, in was Sie sich da einlassen?«
Pater Barry suchte in den Taschen nach einem Päckchen Zigaretten. Es war leer und zerknüllt. »Hat jemand 'ne Zigarette bei sich?« fragte er.
Jimmy bot ihm eine an. »Echt amerikanisch«, sagte er.
Pater Barry nahm sie, Runty strich ein Streichholz an und hielt es ihm hin. Dabei blickte er dem Pater ins Gesicht, als ob er ihm heute zum ersten Male begegnet sei.
»Ist Ihnen auch klar, in was Sie sich da einlassen?« Runtys Frage stand ebenso still in der Luft wie das Feuer, das er dem Priester hinhielt.
»Nein, das nicht«, gab Pater Barry zu. »Aber ich werde es schon merken.«
Pater Barry und Katie verließen die Männer am Eingang zur Longdock. Wenn die Leute morgens um sieben Uhr dreißig zur Arbeit herkamen und nichts zu tun bekamen, was blieb ihnen da anderes, als gemeinsam in den Kneipen herumzusitzen? Manchmal, wenn sich ein Arbeiter verletzt hatte oder jemand zusätzlich gebraucht wurde, schickte Big Mac einen über die Straße, um ein oder zwei Leute aus der Bar zu holen.
Runty, Moose, Luke und Jimmy versprachen, sich im Keller der Kirche einzufinden, und zwar um acht Uhr noch am selben Abend. Pater Barry hatte nicht einmal daran gedacht, dafür um Erlaubnis nachzusuchen. Es war ihm gewesen, als sei der Augenblick uneingeschränkter Gastfreundschaft gekommen. Er würde sich mit dem Pfarrer an einen Tisch setzen, kurz vor dem Mittagessen – oder nein, besser kurz danach. Pater Donoghue liebte regelmäßige Mahlzeiten und war immer in besserer Laune, wenn er gegessen hatte. »Wieviel christlicher und gnädiger doch der Herr Pfarrer ist, wenn er eine dampfende Schüssel voll Rindfleisch und Kohl aufgegessen hat«, hatte einmal Mrs. Harris, seine Haushälterin, gesagt und damit einen unfreiwilligen Witz gemacht, über den man noch oft im Pfarrhaus lachte.

»Ich begleite dich nach Hause«, sagte der Priester zu Katie.
Katie schüttelte den Kopf. »Danke, aber ich wollte sowieso noch bei der Kirche vorbeigehen. Ich möchte um etwas beten.«
»Um Joey?«
Es lag etwas von dem direkten Humor ihres Vaters in ihrer Stimme, als sie sagte: »Ich glaube, es ist an der Zeit, daß ich anfange, für Sie zu beten.«
Pater Barry lachte. »Weißt du, Katie, ich bin in einem wüsten Viertel aufgewachsen. Von der Bande, der ich angehörte, sind zwei der Jungen auf dem elektrischen Stuhl geendet und mindestens drei weitere sitzen noch immer im Zuchthaus. Es sieht so aus, als hätten wir nur zwischen zwei Möglichkeiten zu wählen – entweder mit den Wölfen zu heulen oder den Priesterrock anzuziehen. Die meisten dieser Kerle hätten sich so oder so entscheiden können. Ich habe mich mit ihnen auf den Straßen herumgeschlagen, bis sie schwereres Geschütz auffuhren. Ich fürchte mich nicht, mich noch einmal mit ihnen zu messen, wenn ich muß.«
»Ich bringe Sie nur in Schwierigkeiten«, sagte Katie.
»Das können Sie ruhig noch einmal sagen«, sagte Pater Barry. »Jedesmal, wenn Sie in so einer Gegend aus der Kirche heraustreten, rennen Sie in irgendwelche Schwierigkeiten hinein.«
Sie gingen gegen den Wind. Kalte, feuchte Böen vom Fluß her schlugen ihnen ins Gesicht. Der Hudson hatte die Färbung grauen Kalkes, trübe und erbarmungslos. Schiffe zogen quer über den Strom und abwärts dem Meere zu.

ELFTES KAPITEL

Die Waterfront Western Union hat kein Zentralbüro, keinen Fernschreiber, keine uniformierten Telegrammboten. Auch ohne all dies kann die Kunde sich über den ganzen Hafen verbreiten, von Pier zu Pier, von Bar zu Bar, von Mietskaserne zu Mietskaserne. Jeder Hafenarbeiter, der von der Versammlung in der Timotheus-Kirche erfuhr, wurde ausdrücklich darauf hingewiesen, es nur an solche Leute weiterzusagen, die zuverlässig Anti-Johnny waren. Aber das erste Leck wurde bald zu einem tröpfelnden Rinnsal und schließlich – nach kaum einer Stunde – zu einem reißenden Strom wilder Spekulation und Aufregung. Die Boheganer Docks waren voll Neuigkeit, daß Pater Barry eine Protestversammlung einberufen habe, um in die Joey-Doyle-Affäre hineinzuleuchten. Im Laderaum des Schiffes saß der Mann, der den Trägern die Bananenstauden auf die Schultern packte, auf dem Hocker und flüsterte dem alten Marty Gallagher etwas ins Ohr.

»Heute abend ist eine Versammlung im Keller von St. Tim über Joey Doyle. Acht Uhr, sag's weiter.«

Gallagher, der schwer zu arbeiten verstand, es sei denn, er war gerade sternhagelvoll, schüttelte den Kopf. Er bekam fast immer eine Marke und hatte besseres im Sinn, als es sich mit Johnny dem Freundlichen zu verderben.

»Laß mich in Frieden. Ich bin ein alter Mann.«

Die meisten Angesprochenen sagten überhaupt nichts. Sie nickten nur und arbeiteten weiter. Einige schütteten vielleicht mal vor ein paar vertrauten Freunden das Herz aus, aber sie wollten sich auf nichts einlassen. Und was hatte denn ein katholischer Priester – verdammt noch mal – überhaupt damit zu tun. Die meisten Arbeiter waren voller Zynismus und gespannt, was wohl für den Priester dabei herausspringen würde. Höchstens einer unter hundert fühlte sich Joey so eng verbunden, daß er bereit war, ein Risiko einzugehen.

Nicht so Pop Doyle allerdings. Als er auf ein Bier und ein belegtes Brot zum Mittagessen in die Longdock-Bar kam und hörte, was Pater Barry vorhatte, schüttelte er den Kopf und murmelte, den Mund voller Corned beef: »Ich bin dagegen. Laßt doch die Toten endlich ruhen. Haben wir nicht schon genug Kummer gehabt?«

Runty hatte schon den ganzen Vormittag der Flasche zugesprochen und als Vorschuß auf den nächsten Zahltag getrunken. Er erwachte allmählich zu neuem Leben, nachdem er die Folgen der Leichenfeier überwunden hatte. »Ich fange erst

langsam an, mich wie ein Mensch zu fühlen, wenn ich halb benebelt bin.« Er lachte und tat Pops Resignation mit einer Handbewegung ab.
»Ich bin noch keinem begegnet, der Johnny und seinem ehrbaren Freund, dem »Weinenden Willie«, einen Schuß vor den Bug versetzen könnte. Aber ich sage dir, hör dir ruhig den Pater mal an. Was kannst du schon verlieren?«
»Höchstens das Leben«, sagte Pop.
Runty grinste. »Wenn Gott gewollt hätte, hätte er mich schon längst abgeholt. Ich bin hier bloß ein Gast.«
Weil er keine Arbeit hatte und in Stimmung war, bestellte er noch einen Whisky für sich und Pop.
»Komm, laß uns trinken, auf daß Willie Givens verrecke.«
»Sag das nicht so laut«, warnte ihn Pop.
Die Kunde von der Versammlung fuhr wie ein Wind durch den Hafen. Sie blies aus der Longdock-Bar heraus, quer über die Straße nach Johnnys Bar, durch den Barraum hindurch und in das Hinterzimmer hinein, wo Johnny der Freundliche ein ausgiebiges Frühstück mit gepöckeltem Schweinefleisch und Bier verzehrte. Er hörte die Nachricht von Charley Malloy, der sie ihm vorsichtig und mit inneren Vorbehalten erzählte, als ob er fürchtete, nach der mittelalterlichen Gepflogenheit als Überbringer schlechter Nachricht umgebracht zu werden. Man wird keine Führerfigur, wenn man Angst hat, und Johnny der Freundliche war nicht gewillt, sich von einem dahergelaufenen Priester und ein paar Milchgesichtern ins Bockshorn jagen zu lassen. Der Monsignore O'Hare war ein guter Freund von Willie Givens und immer bereit, bei feierlichen Anlässen anerkennende Worte über den Präsidenten zu finden. Und wenn alles schiefgehen sollte, dann würde er bestimmt den Monsignore dafür gewinnen können, dem Bischof einen Wink zukommen zu lassen, damit dieser den wildgewordenen Priester zurückpfeift. Aber er war ganz zuversichtlich, daß es so weit gar nicht kommen würde. Die meisten Schlagzeilen übertreiben. Die meisten kleinen Geister fallen durch ihr eigenes Gewicht.
»Trotzdem«, sagte er zu Charley, während er weiteraß, »solle je-

mand die Versammlung überwachen. Und die Namen besorgen. Ihnen vielleicht einen kleinen Schreck einjagen, wenn sie herauskommen. Laßt aber die Kirche in Frieden. Ich habe keine Lust, Krach mit meiner Mutter zu bekommen.«

Es war Charley überlassen, wie er die Versammlung in der Kirche überwachen lassen wollte. Schon auf dem Wege zu den Docks hatte er sich für Terry entschieden. Es würde dem Kleinen gut tun, dachte er sich. Würde ihn etwas enger an die Organisation binden. Würde ihm auch ein bißchen Gefühl für Verantwortung beibringen. Charley hatte seinen Weg gemacht, weil er ein Mann der Organisation war, ein loyales und gerissenes Mitglied. Terry aber war ein Einzelgänger ohne Ehrgeiz, der an niemanden und an nichts glaubte. Er hatte ein paar Fähigkeiten, zum Beispiel mit seinen Fäusten. Er konnte tanzen und machte eine gute Figur, wenn er wollte. Die Jungens hatten ihn wegen seines kurzen Ruhmes im Ring alle gern. Aber es schien ihm nie darauf anzukommen, mal aus seinen Talenten Kapital zu schlagen. Auch als es kurze Zeit so ausgesehen hatte, als wolle er nun doch endlich vernünftig werden, war dann doch wieder alles beim alten geblieben. Charley wußte nicht, warum. Er wußte lediglich, daß Terry ein launischer, einzelgängerischer Junge war, der sich um nichts kümmerte und ruhig mitansehen konnte, wie Charley jede Woche seine tausend Dollar von den Docks bezog, ohne daß es ihm dabei eingefallen wäre, dasselbe zu versuchen.

Deshalb hatte Charley, um seinem Bruder zu helfen, in letzter Zeit begonnen, ihm ein paar Gelegenheiten zu vermitteln. Letzte Nacht die Doyle-Sache. Charley war zwar nie dafür, solche Dinger zu drehen, aber wenn Joey nun einmal zu verschwinden hatte, so fand er, daß Terry genausogut wie jeder andere etwas dabei verdienen konnte.

Johnny hatte den Jungen seit dessen Boxertagen gern, aber er verschenkte nichts für nichts und wieder nichts. Er folgte dem Grundsatz, nur wirklich geleistete Dienste zu honorieren. Das war die einzige Art und Weise eine Organisation zu führen. Johnny wußte das. Der nächste Auftrag für Terry war also, das sah Charley ganz klar, die Sache mit der Kirche. Überwachungsauftrag von Johnny. Terry war wirklich der einzig Richtige dafür. Trotz seiner Verwandtschaft mit Charley wußte man allgemein, daß er ein Außenseiter war, und bei all seiner Unabhängigkeit benahm er sich oft seltsam, daß sich niemand besonders darüber wundern würde, wenn er in der Kirche mit dabei wäre.

Die Atmosphäre auf dem Boden war ausgesprochen ruhig im Verhältnis zu der Geschäftigkeit, die im Laderaum des Schiffes und auf Deck herrschte. Das obere Stockwerk war hoch mit sorgfältig aufgestapelten Kaffeesäcken, Olivenbehältern, Hanfballen und Fässern mit Rohöl gefüllt. Kraftfahrer, Stauer und die auf dem Boden eingeteilten Arbeiter arbeiteten in ruhigem, fachmännischem Rhythmus; die meisten hatten diese Arbeit schon viele Jahre verrichtet. Dies waren die leichtesten Arbeitsplätze, und alle, die hier oben auf dem Boden arbeiteten, waren eindeutig Johnnys Parteigänger.

Diebstahl und Unterschlagung galten hier nicht als Verbrechen, sondern als zum Leben gehörig. Auf dem Boden kamen so viel Verladegüter zusammen, daß man Waren im Werte von zehntausend Dollar ohne große Schwierigkeiten dadurch beiseite bringen konnte, daß man nur eine einzige Faktura fälschte. Aber auch die eigentliche Lösch- und Stauarbeit wollte gekonnt sein. Schon das bloße Stapeln der Kaffeesäcke verlangt Geschicklichkeit und Übung. Ein einziger gelernter Arbeiter konnte einen einhundertfünfundsechzig Pfund schweren Sack voller Kaffeebohnen hochheben, als ob er ein Kinderspielzeug wäre.

Charley Malloy war auf einen Kipper gesprungen, der zwischen den auf dem Pier gestapelten Gütern entlangfuhr. Er sprang ab, als er zu dem sauber aufgestapelten Berg von Kaffeesäcken kam, auf denen es sich Terry, in die letzte Ausgabe des *Confidential* vertieft, bequem gemacht hatte. Charley zog sich am äußeren Rande der Säcke hoch, so daß er Terry über die Schulter sehen konnte.

»Na, du Schwerarbeiter«, sagte er.

Terry zuckte mit den Achseln und antwortete, ohne sich umzu-

sehen. »Man lebt.« Er kuschelte sich mit dem Rücken noch genußsüchtiger in den Zwischenraum zwischen den Kaffeesäcken und blätterte in der Illustrierten eine Seite weiter, um in die Betrachtung einer weiteren weiblichen Schönheit zu versinken.
»Sag mal, willst du nicht wenigstens so tun, als ob du was tätest?« wollte Charley wissen.
»Ich hab' meine Arbeit getan. Ich habe alle Säcke gezählt.«
»Ausgezeichnet«, sagte Charley. »Aber wir haben eine prima Beschäftigung für dich. Das heißt, wenn wir dich nicht allzusehr stören.«
Charley kletterte noch eine Lage Säcke höher, so daß er mit Terry fast auf gleicher Höhe stand. Er senkte die Stimme auf die gewöhnliche, immer etwas konspirativ klingende Lautstärke.
»Hör zu, dieser Priester, der heute morgen seine Nase in die Arbeitsausgabe gesteckt hat, er und die Schwester von diesem Doyle, wollen in der Kirche heute abend 'ne Versammlung abhalten. Wir möchten gern wissen, wer alles daran teilnimmt. Du weißt schon, Namen und so weiter.«
Terry betrachtete aufmerksam das Bild einer üppigen südländischen Schönheit. »Chiquita«, las er die Überschrift hörbar vor sich hin.
»Tja«, sagte Charley. »Heißt soviel wie klein. An dem Käfer ist aber wirklich nichts klein.« Er schaute über Terrys Schulter etwas genauer hin. Dann entsann er sich seines Auftrages. »Leg die verdammte Zeitung mal einen Augenblick hin. Du hast doch immer nur dasselbe im Kopf. Jetzt hör mal zu. Wir brauchen jemanden, der die Kirchenversammlung überwacht. Man hat dich vorgeschlagen.«
Terry legte das Magazin zögernd hin und stützte sich auf einen Ellbogen. Das war immer das Dumme, wenn man sich von jemandem einen Gefallen erweisen läßt. Man muß ihm dann auch einen erweisen.
»Warum immer ich, Charley? Ich mag in keine Kirche gehen. Ich bin für so etwas ungeeignet.«
»Da ist doch gar nichts dabei«, sagte Charley. »Johnny soll wissen, daß du dir dieser Ehre bewußt bist. Alles, was du zu

tun hast, ist, daß du dich in die hinterste Reihe setzt und die Ohren offenhältst. Was ist daran so schwer?«

Terry runzelte die Stirn. Wie sollte er es ihm erklären? Jemandem, der Ehrgeiz hatte und 'ranging und sich ein Vermögen zulegen wollte, konnte er das nicht erklären.

»Spitzeldienste sind das, Charley. Verstehst du denn nicht? Ich soll für euch Spitzeldienste verrichten.«

Charley zündete sich erregt eine Zigarette an.

»Rauchen verboten«, sagte Terry und wies mit dem Daumen auf das Schild.

»Ja, ich weiß«, sagte Charley und tat ein paar kräftige Züge. Solche Bestimmungen waren für die anderen gemacht, für die Schlappschwänze. Smarte Kerle machten sich ihre eigenen Gesetze. »Ich will dir mal erklären, was bespitzeln heißt«, sagte Charley. »Ein Spitzel ist jemand, der seine eigenen Freunde verrät.«

»Ja, ja«, murrte Terry ungeduldig.

Charley hielt es für besser, das Theoretisieren aufzugeben. »Wenn Johnny will, daß du ihm einen kleinen Gefallen tust, dann denk nicht lange darüber nach, sondern tu's.«

Terry hatte das Magazin wieder aufgenommen. Er wendete die Seiten um und tat so, als höre er gar nicht mehr zu.

»Was für ein Recht hat dieser Priester dazu, seine Nase in unsere Angelegenheiten zu stecken«, sagte Charley in der Meinung, jetzt das Richtige gefunden zu haben. Damit war man bisher im Hafen immer gut gefahren. Er stieß Terry leicht an. »Na los, Kleiner – geh' in die Kirche.«

Terrys Seufzer war etwas übertrieben. »Okay, okay. Das ist aber auch das Allerletzte, was ich für dich tue, Charley. Ich will von Johnny gar nichts außer genug Arbeit, um Essen und Trinken bezahlen zu können, und ich finde, soviel ist er mir schon schuldig, auch wenn ich ihm diese verfluchten Aufträge nicht erledige. Er hat schon genug an mir verdient, um . . .«

»Was ist denn daran so schwer?« sagte Charley wieder. »Du gehst in eine Kirche und setzt dich hin. Eintritt ist sowieso frei für alle. Wir wollen keinen neuen Ärger. Wir wollen bloß wissen, was sie über uns da reden. Das ist nicht mehr wie recht und billig.«

»Charley«, sagte Terry beinahe zärtlich. »Du bist der vernünftigste und gemeinste Schuft, den ich kenne. Jetzt hau ab und laß mich weiterarbeiten.« Er blätterte weiter und vertiefte sich in den Anblick einer unbekleideten Blondine, die ihn mit schmachtenden Augen ansah.
Charley fuhr auf einem anderen Lastwagen bis zu der Wendeltreppe zurück, die auf den Hauptstock des Piers führte. Terry war ein launischer, halsstarriger Junge, aus dem man nie recht klug wurde, dachte er bei sich; wenn sein Temperamentsausbruch aber erst einmal verraucht war, tat er meistens, was Charley von ihm wollte.

ZWÖLFTES KAPITEL

Als er den Kellerraum der Kirche betrat und nur eine Handvoll Hafenarbeiter verstreut herumsitzen sah, empfand Pater Barry einen leichten Stich der Enttäuschung. Es waren kaum mehr als ein Dutzend, und da sie meist allein saßen und Plätze zwischen sich freigelassen hatten, als ob sie nicht wollten, daß die übrigen ihre Anwesenheit bemerkten, wirkte die Gruppe von Männern noch kleiner. Pater Barry erkannte Runty, der sich auf etwas großspurige, trotzige aber doch skeptische Art und Weise bemerkbar machte, und Moose und Jimmy und Luke. Hinter ihnen saß Katie, allein für sich, kühl und reserviert, aber mit einem wachsamen Auge für alles, was da vor sich ging, und mit einer so starken, intensiven inneren Beteiligung, daß sie in dem Raum geradezu körperlich greifbar war.
Pater Barry hatte sich den ganzen Tag den Kopf zerbrochen und abgeplagt, nicht nur um diese Versammlung vorzubereiten, sondern vor allem, um die Erlaubnis zur Abhaltung der Versammlung zu bekommen. Zuerst hatte sich der Pfarrer, Pater Donoghue, über seinen Vikar, der die Hafenarbeiter ohne vorherige Rücksprache mit ihm einfach eingeladen hatte, einigermaßen geärgert.
Es handelte sich hier aber um einen ausgesprochenen Notfall,

hatte Pater Barry mit Nachdruck vertreten, und zwar um einen solchen, in den die Kirche eigentlich unverzüglich – gewissermaßen mit beiden Füßen zugleich – hineinspringen müsse.
So klar war die Sache für Pater Donoghue nicht. Präsident Willie Givens war bekanntermaßen ein guter Freund des Monsignore O'Hare. Könnte sich Givens, und deshalb auch der Monsignore, durch diese Versammlung nicht beleidigt fühlen? Und wenn der Monsignore zum Bischof ginge? Der Pfarrer stehe doch aber recht gut mit dem Bischof, wandte Pater Barry ein. Ja, sagte Pater Donoghue, und er wünsche, daß das auch so bliebe. Wir sorgen uns ernsthaft um die Seelen dieser Männer als Einzelindividuen, führte er aus. Ist es aber unseres Amtes, sie zu einer Art Klassenversammlung zusammenzurufen? Überschreiten wir damit nicht unsere Grenzen?
Pater Donoghue stellte diese Fragen so milde, wie er nur konnte. Er war ein frommer, freundlicher Mann, der für die Armen, die die Masse seiner Gemeindemitglieder stellten, ein mitfühlendes Herz hatte, und auch die praktische Seite dabei nicht übersah.
In seiner Antwort zitierte Pater Barry ein Wort des Papstes Pius, der es als Irrtum bezeichnet hatte zu glauben, daß die Autorität der Kirche auf religiöse Dinge beschränkt sei. »Soziale Probleme sind für das Gewissen und die Rettung des Menschen von großer Bedeutung«, hatte Pater Barry in freier Übersetzung des Heiligen Vaters angeführt. »Es scheint mir, als sei eines unserer Gemeindemitglieder ermordet worden, weil er den Versuch unternahm, eine humanere und moralisch bessere Ordnung auf den Docks einzuführen. Sagt jetzt seine eigene Kirche dazu ›es ist nicht unseres Amtes‹? Ist das nicht genau dasselbe, wovon der Papst spricht, nur übertragen auf unsere Docks von Bohegan?«
Pater Donoghue sog an den Lippen und sagte, er wolle sich die Angelegenheit noch überlegen und seinem übereifrigen, temperamentvollen Vikar bis zum Nachmittag Bescheid zukommen lassen. Um drei Uhr dreißig gab er, ohne erst mit dem Bischof Rücksprache zu halten, Pater Barry freie Bahn und war selbst

über seinen eigenen Wagemut überrascht. Seine einzige Forderung war die, daß Pater Barry den Dockarbeitern keinen Zweifel darüber lassen dürfe, daß ihnen lediglich die Benutzung der kirchlichen Einrichtungen gestattet sei, die Kirche aber keinerlei Verantwortung für etwaige Folgen übernehmen könne, die sich aus der Versammlung ergeben könnten.

Pater Barry griff zu. »Ich tue alles, was Sie wollen.« Hauptsache war, daß die Versammlung stattfinden konnte, worauf er angesichts des unschlüssigen Gesichts bei Pater Donoghue schon kaum zu hoffen gewagt hatte. Von jetzt an, das wußte Pater Barry, würde er das ganze Unterfangen durchziehen können. Später würde er schon noch die Möglichkeit finden, die Einwilligung des Bischofs zu erlangen.

Da nun die Versammlung angesetzt war, bat Pater Barry den alten Polizeibeamten Frank Doyle zu einer kurzen Unterhaltung zu sich. Doyle war während der ersten halben Stunde sehr zurückhaltend. Er wollte seine Pension nicht einbüßen und fürchtete, sich bereits gegenüber Katie zu viel von der Seele geredet zu haben. Erst als Pater Barry ihm versprach, das Berufsgeheimnis unter allen Umständen zu wahren, zog Frank Doyle vom Leder. Schließlich war es ihm geradezu eine Erleichterung, sich einmal aussprechen zu können. Doyle sagte dem Priester, es sei von Anfang an eine ausgemachte Sache gewesen, daß Donnellys Ermittlungsbeamten die Bücher über Joey ohne irgendeine Anklageerhebung wegen Mordes schließen würden. Donnelly habe gar keine andere Wahl. Die ganze Verwaltung von Bohegan sei so tief in die Ringvereine am Hafen verstrickt, daß man sagen könne, der Bürgermeister, der Polizeikommissar und die Gewerkschaftsführung zögen alle am selben Strick.

Frank Doyle sprach über eine Stunde mit Pater Barry. Der Priester machte sich Notizen, heftete sie aber als Fall Mike X. ab. Doyle erzählte ihm von einigen früheren Mordfällen, in denen die Polizei den Sachverhalt absichtlich verdunkelt habe. Er war mit dem Priester der Meinung, daß der Fall seines Neffen eine ideale Gelegenheit sei, einen Feldzug für bessere Arbeitsbedingungen am Hafen zu beginnen. Doch hatte er schon zu viel erlebt, um noch daran zu glauben, daß der Priester trotz seiner guten Absichten überhaupt etwas erreichen würde. Die ihm gegenüberstehende Front, angefangen von der breiten Masse über die Transportgesellschaften bis zum Rathaus, war schon mit anderen Widerständen fertig geworden. Dennoch nahm es ihm eine Last von der Seele und vom Gewissen, sich dem Priester anvertrauen zu können.

Pater Barry dankte dem alternden Polizisten dafür, daß er ihn etwas tiefer in den Dschungel der Boheganer Hafenverhältnisse eingeführt habe.

Frank Doyle zuckte die Schultern. Eine Menge Leute wußten, was eigentlich gespielt wurde. Aber damit hatte es auch sein Bewenden. »Und ob man von den Hafenarbeitern selbst irgendeine Hilfe erwarten kann, das bezweifle ich sehr. Nehmen Sie sich mal den einfachen Arbeiter, Pater, der ist nämlich ein komischer Geselle. Er ist persönlich so aufsässig und rabiat wie man nur sein kann – was aber im Hafen passiert, das nimmt er einfach so hin. Wie mein eigener Bruder. Er ist mißtrauisch jedem Außenseiter gegenüber, und besonders dann, wenn der kommt und sagt, er wolle ihm helfen. Das müssen Sie unbedingt wissen, damit Sie sich nachher nicht kränken. Oder sich das Herz brechen. Der Dockarbeiter, der weiß, wie tief die Gewerkschaftsführer da drinstecken und wie sehr ihnen die Transportleute und die Polizei den Rücken stärken. Deshalb denkt er sich, warum das wenige, das man hat, aufs Spiel setzen, nur um die Mißstände aufzudecken, die sowieso nicht abgestellt werden. Er weiß, daß viele nur allzugern bereit wären, seinen Arbeitsplatz einzunehmen, wenn er sich anmaßt, gegen den Strom zu schwimmen. Oder vor Gericht aussagt. Aus diesem Grunde wird die Untersuchung zäh und stockend verlaufen. Klar, es ist wunderschön auf die Bibel zu schwören, aufzustehen und die Wahrheit zu erzählen, aber wer kümmert sich dann um einen, wenn man den Zeugenstand verlassen hat? Man hat selbst den Kopf in die Schlinge gesteckt. Genauso wird diese neue Untersuchung von den Jungens auf den Docks betrachtet. Und man kann ihnen daraus kaum einen Vorwurf machen. Sehen Sie, vor ein paar Jahren gab es schon einmal eine derartige Untersuchung in New York, und es stellte sich heraus, daß in sechs Brooklyner Ortsgruppen jeder einzelne Posten von einem Mitglied der Familie Genotta, Spitzel für Benasio, bekleidet wurde. Das steht einwandfrei fest. Ende der Untersuchung ist die Forderung nach einer neuen, ehrlichen Wahl. Und was ist geschehen? Sie haben's erraten, Pater. Alle Genottas wurden auf dieselben Posten wiedergewählt. Verstehen Sie, wie ich das meine, Pater?«

Wachtmeister Doyle lachte – in der besonderen Art wie Iren lachen, wenn etwas sie besonders tief verletzt hat.

Als Pater Barry gegen Ende des Tages Tatsachenmaterial von einer größtmöglichen Zahl von Quellen zusammengetragen hatte, stieg sein Interesse an der bevorstehenden Untersuchung noch mehr an. Eine von der breiten Gewerkschaftsmasse ausgehende Revolte schien so lange ein Unding, als die öffentliche Meinung und die Presse nicht in einer Art und Weise aufgebracht wären, daß es für Johnny den Freundlichen und seine respektablen Gönner schwer wäre, ihre mittelalterlich anmutende Verachtung für jedwede Opposition weiterhin in die Praxis umzusetzen. Während sich für Pater Barry im Laufe des Nachmittags das allgemeine Bild der Verhältnisse immer klarer abzeichnete, begann er, die Richtung für sein weiteres Vorgehen festzulegen.

Beim Betreten des Kellerraumes unter der Kirche fühlte Pater Barry dieselbe Hochspannung wie ein Boxer, der sich zum Hauptkampf des Abends in den Ring begibt. Pater Vincent, ein stattlicher Mann von fünfunddreißig, folgte ihm auf dem Fuße. Harry Vincent bewunderte Pater Barry, doch glaubte er, Barry werde nun seine vielversprechende Karriere ruinieren, wenn er die katholischen Laienkreise in Bohegan und am Hafen vor den Kopf stieße.

»Pete, du läßt dich in allerhand ein«, sagte Pater Vincent in dem Bestreben, Pater Barry hilfreich zur Seite zu stehen. »Warum diese übereilte Aktion? Sie kann doch zu nichts Gutem führen. Soziale Gerechtigkeit ist ja ganz schön, aber wenn ich du wäre, dann würde ich warten, bis ich in der Kirche etwas

mehr Gewicht hätte. Pete, du beschwörst eine große Auseinandersetzung herauf.«
Pete Barrys Antwort kam rasch und voller Ungeduld. »Das stimmt. Und es ist auch höchste Zeit, daß etwas geschieht.«
Harry Vincent war ein guter Geistlicher und ein guter Kamerad, dachte Pater Barry, aber er hatte etwas von seines Vaters Vorstellung, wie man unter Einhaltung der Spielregeln zu materiellem Wohlstande gelangt, mit in den Priesterberuf übernommen. Vincent senior war offiziell Katholik und war wenig erbaut gewesen, als sich sein Sohn entschloß, der römischen Kirche beizutreten und nicht, wie er erwartet hatte, der Firma H. J. Vincent & Söhne, Lebensmittel en gros. Harry jun. war entschlossen, seinem Vater die Richtigkeit seiner Wahl dadurch zu beweisen, daß er eines Tages Bischof werden würde. Das war etwas, was H. J. sen. verstehen konnte. Der junge Vincent hatte erkannt, daß sein Kollege Pete Barry genug Verstand und Energie besaß, um schließlich einmal ganz oben, vielleicht an der Spitze der Diözese zu landen, und es beunruhigte ihn, mit ansehen zu müssen, wie Pete seine Berufsaussichten mit einer noch nie dagewesenen Hafenarbeiterversammlung in der Kirche aus der Hand geben konnte. Deshalb folgte er Pater Barry mit deutlicher Skepsis zu der nur spärlich besuchten Versammlung.
Als Pater Barry diesen Männern in ihren Windjacken und einfachen Wollhemden gegenüberstand und sah, wie einigen noch von den Löscharbeiten der Dreck im Gesicht stand, erkannte er, daß er keinen Willkommensgruß, keine Dankbarkeit für seine Bemühungen, ja nicht einmal Vertrauen zu erwarten haben werde. Statt dessen spürte er, wie ihm die Männer durch eine schweigende, unsichtbare Wand des Mißtrauens betrachteten. Er stand vor dem einfachen Altar und blickte hinein in den langen, nackten Kellerraum, der nur den allernotwendigsten Schmuck als Betsaal aufwies. Die Wände waren aus Gips, die Beleuchtung trübe, als ob die Versammlung selbst keinen Wert darauf lege, unnötiges Aufsehen zu erregen.
Er begann in seiner schnellen, leicht nasalen Boheganer Mundart zu reden: »Also, äh, ich dachte, es würden mehr von Ihnen

kommen, doch haben wir, äh, haben die Römer festgestellt, was eine Handvoll vermag – wenn es die richtige Handvoll ist.«

Er hielt inne und wartete auf irgendeine Reaktion, auf irgendein Zeichen dafür, daß er auf dem richtigen Wege war, doch sahen ihn die Leute bloß an und warteten. Los, Pater, spielen Sie aus, schienen die Pokergesichter zu sagen. Pater Barry blickte hinüber zu Katie, die in einer der hinteren Bankreihen saß. Auch sie schien bloß abzuwarten, als sei sie sich selbst nicht mehr sicher, wozu sie ihn eigentlich verleitet hatte.

Deshalb ging er direkt auf das Ziel los: »Gut, ich bin auch nichts weiter als ein Kartoffelfresser, aber ist denn die ganze Geschichte nicht sonnenklar? Erstens – die Arbeitsbedingungen sind schlecht. Ihr seid 40 000 Mann auf nicht einmal ganze 20 000 Arbeitsplätze. Ihr habt eine Gewerkschaft, die gegen euch statt für euch tätig ist. Zweitens – die Verhältnisse sind schlecht, weil die Gewerkschaft sich in den Händen einer Reihe von Gaunern befindet – stimmt's – und weil diese Gauner die Arbeitsplätze verteilen. Zwei Drittel eurer Heuerchefs sind entlassene Sträflinge. Und drittens – der einzige Weg, wie ihr diesen Gaunern das Handwerk legen könnt, ist der, daß ihr ihnen die Verübung von Mord und Totschlag gründlich verleidet. Wenn sie einen von euch umbringen, dann ketten sie die übrigen von euch nur noch um so fester an sich. Ihr habt jeden Mord bisher einfach hingenommen.«

Er sah jeden der Reihe nach an und stellte in den Gesichtern lediglich mürrische Ablehnung fest. Sie waren auf der Suche nach Hilfe hergekommen. Und er war in die Bresche getreten, um ihnen zu helfen, aber das Schweigen dieser Männer war unergründlich. Sogar Pater Barry, der doch aus Bohegan stammte und ihre Sprache sprach, kam sich in den Tiefen ihrer Zurückhaltung wie verloren vor.

»Jetzt hört einmal her«, rief der Priester ärgerlich, »wenn einer von euch wenigstens die eine Frage beantworten will, dann hätten wir wenigstens einen Anfang. Und diese Frage ist: Wer hat Joey Doyle getötet?«

Er versuchte wieder, die Augen seiner Zuhörer auf sich zu ziehen, doch ließ sich keiner von ihm einfangen. Moose starrte in den Schoß und Runty saß zurückgelehnt da und zog das Kinn herunter, als ob er einen Rausch ausschlafen wolle. Luke drehte sich auf dem Sitz halb um und betrachtete aufmerksam die kahle Wand, während Jimmy vor dem Gesicht die Knöchel aneinander rieb. Wer wen umgebracht hat, war am Hafen tabu. Pater Barry hätte das wissen müssen.
In dem allgemeinen Schweigen hatte Pater Barry ein Streichholz entflammt; um sich eine Zigarette anzuzünden. Zornig blickte er über seinen kleinen Zuhörerkreis hin. Mein Gott, wenn er mit diesem Monsignore O'Hare und vielleicht sogar mit dem Bischof in Schwierigkeiten geraten sollte, dann wünschte er, daß wenigstens diese Männer hier auf seiner Seite stünden. Pater Barry dachte an Wachtmeister Doyles Worte: »Diese Dockarbeiter sind komische Burschen ...« und er warf erneut den Angelhaken aus:
»Hat keiner von euch die geringste Vermutung, wer Joey Doyle umgebracht haben könnte?«
Das Schweigen wurde zur Last. Das hölzerne Kirchengestühl knarrte, als die Männer verlegen hin und her rückten.
»Ich glaube eigentlich, daß jeder einzelne von euch uns etwas darüber erzählen könnte«, sagte Pater Barry.
Die Männer preßten die Lippen aufeinander und wagten nicht, ihm in die Augen zu sehen.
»Nun gut, dann gebt mir wenigstens hierauf eine Antwort«, versuchte es Pater Barry von neuem. »Wie können wir uns Christen nennen, wenn wir diese Mörder durch unser Schweigen in Schutz nehmen.«
Die Stille, die auf dem Raume gelastet hatte, schwoll an zu einer Woge, die sich ständig neue Nahrung gab.
»Könnt ihr denn nicht sehen?« Pater Barry sprach jetzt mit lauter Stimme. »In diesem Hafenviertel, in einer angeblich katholischen Gegend, ist der Mord zu einer Alltäglichkeit geworden. Es ist etwas faul in diesem Hafenviertel. Und die gesamte Kirchengemeinde – ihr alle da – seid mit dran schuld.«

Seine laute, rauhe Stimme, die im Tonfall von Johnnys gar nicht so weit entfernt war, erstarb. In der Stille war das Knarren einer Tür im Hintergrunde vernehmbar. Es war Terry Malloy, der unter übertriebenem Rollen der Schultern eintrat. Er ließ sich auf der hintersten Reihe nieder, gerade als Katie sich umwandte, um Jimmy zur Rede zu stellen.

»Jimmy Sharkey, du warst Joeys bester Freund. Wie kannst du hier so einfach dasitzen und den Mund überhaupt nicht auftun?«

Jimmy begann zuversichtlich. »Klar, ich werde an ihn immer als an meinen besten Freund denken. Aber ... aber ... « Er senkte den Kopf und war wieder still, als habe er Zuflucht in der allgemeinen Apathie gefunden.

Katie drückte sich die Handflächen gegen das Gesicht und schüttelte leise den Kopf. Jimmy sah diese Geste der Hilflosigkeit und kam sich elend und schäbig vor. Aber was konnte er tun?

Terry Malloy lümmelte sich auf seinem Sitz, die Hände hinter dem Kopf verschränkt. Er hätte keine Haltung finden können, die geeigneter gewesen wäre, die Verachtung, innere Überlegenheit und die Langeweile zum Ausdruck zu bringen, die er bei der Erfüllung dieses seines Auftrages empfand. Ein verrückter Priester und ein Haufen von Schlappschwänzen. Machten sich am Hafen mausig, so daß nicht einmal ein dahergelaufener Geldverleiher sie eines Blickes würdigen würde. Charley wollte ihre Namen wissen. Verdammt noch mal, er hatte keine Lust, für irgend jemanden Spitzeldienste zu leisten, nicht einmal für Charley. Aber wenn diese Idioten dumm genug waren, sich selbst ans Messer zu liefern, so geschah es ihnen ja eigentlich recht. Nichtsdestoweniger wollte Terry, er wäre nicht hier. Träumerisch sah er sich selbst mit einer Flasche Rum in der Hand unter einer Palme liegen und neben sich eine südamerikanische Schönheit, die bereit war, ihn so zu lieben, wie es das Mädchen in dem Magazin getan haben würde. Der Priester da sollte eigentlich wissen, woran ich gerade denke, durchfuhr es ihn, und er lächelte befriedigt in sich hinein.

Runty Nolan warf Terry quer über die leeren Sitzreihen hin-

weg einen empörten Blick zu und flüsterte dann Moose zu, so daß es alle hören konnten: »Wer hat denn den da zu dieser Party eingeladen?« Moose sah sich um und verlieh seinen Gefühlen mit einem breiten Achselzucken Ausdruck.
Terry lehnte sich zurück. Er fühlte sich fehl am Platze.
»Jeder aus dem Hafen ist hier willkommen«, sagte Pater Barry mit einem Verweis für Runty. Dann redete er Terry unmittelbar an.
»Ich versuche lediglich festzustellen, was mit Joey Doyle geschehen ist. Vielleicht können Sie uns helfen.«
Terry behielt die Hände hinter dem Nacken und schüttelte leicht den Kopf, wobei er immer noch die Maske von Verachtung und Langeweile zur Schau trug.
»Der Bruder von Charley dem Gent«, sagte Runty halblaut zu Moose. »Die werden uns schon noch zu einer Fahrt auf den Boden des Flusses verhelfen.«
Terry war angewiesen worden, den Mund zu halten. Er fühlte sich aber immer unmittelbar angesprochen, wenn jemand seinen Bruder erwähnte. Es war eine Mischung aus Stolz und Scham. So konnte er jetzt nicht widerstehen zu sagen: »Laßt Charley gefälligst aus der Geschichte heraus.«
Runty hatte noch nie gelernt, den Mund zu halten. Es war ein Wesenszug von ihm, den er einfach nicht unterdrücken konnte, so wie er niemals vor irgend jemandem zurückwich, und wenn der Betreffende auch noch so groß war. »Glaubst du nicht, daß er uns vielleicht weiterhelfen könnte?« fragte er den Jungen.
Terry zögerte einen Augenblick und lächelte über seine eigene Antwort, die ihm sehr schlagfertig vorkam: »Frag ihn doch selbst, warum tust du's denn nicht?«
»Das werde ich vielleicht auch tun«, sagte Runty. »An einem der nächsten Tage.«
Terry kicherte und lehnte sich mit der Manier eines Siegers zurück. »An einem der nächsten Tage.«
Katie, die sich auf ihrem Platz halb umgedreht hatte, beobachtete den Nachzügler mit neugierigen Augen. Sie erkannte in ihm den Burschen wieder, der ihr die Arbeitsmarke gegeben hatte,

nachdem er sie vorher auf rohe Weise Pop entrissen hatte. Und jetzt als sie sein Gesicht genauer betrachtete, erinnerte sie sich seiner aus früheren Tagen, aus der Sonntagsschule an der Pulaski Street, ehe sie nach Marygrove gekommen war. Es fiel ihr ein, daß die Schwestern über ihn den Kopf zu schütteln pflegten und ihn immer einen »bösen Buben« nannten. Dann war auch er irgendwohin weggeschickt worden – in eine katholische Anstalt für schwer erziehbare Kinder, glaubte sie sich zu erinnern. Sie war damals fast dreizehn, und sein dunkelbraunes hübsches, schmutziges Gesicht und seine Böses ausstrahlende Gegenwart war ihr in der verschwimmenden Erinnerung an ihre frühe Jugend nicht mehr deutlich gegenwärtig. Er war ein schwarzer Fleck gewesen, dem man besser aus dem Wege ging; das war eigentlich alles, dessen sich Katie noch erinnern konnte.

»Jetzt hört einmal her!« Pater Barry verschaffte sich wieder Gehör. »Ihr braucht mir nichts vorzumachen. Ich habe mich den ganzen Tag lang mit allen möglichen Leuten unterhalten. Ihr wißt genau, wer die Revolverhelden sind. Wollt ihr denn alle stillhalten, bis sie euch einen nach dem anderen umbringen? Willst du denn das? Und du? Und du?«

Weil Nolan mit der Sprache herausgerückt war und in dem Rufe stand, sich etwas zuzutrauen, trat Pater Barry einen Schritt auf ihn zu. »He, Nolan, Nolan, wie steht's mit dir?«

»Es gibt etwas, das Sie verstehen müssen, Pater«, sagte Runty. »Wir auf den Docks sind von jeher T. 'nd S.«

»T. 'nd S.?« Den Ausdruck hatte Pater Barry noch nicht gehört.

Runty nickte. »Taub und stumm. Ganz gleich, wie sehr wir diese Strolche hassen, wir verpfeifen niemanden.«

Alle nickten mit den Köpfen oder murmelten fast unhörbar: »Das stimmt, Pater.«

Hier lag also der Hund begraben. Dies war das Geheimnis. Pater Barry kam sich vor wie ein Mann, der eine zementierte Steinbarrikade mit bloßen Händen einzureißen versucht.

»Nun denkt mal etwas weiter, als eure Nase lang ist«, rief er aus. »Ich weiß, daß man euch übel mitspielt, aber etwas haben wir in unserem Lande, auf das wir uns alle etwas einbilden, und das ist, das wir uns nie etwas gefallen lassen. Wenn ihr nur wollt. Nehmt mal diese Untersuchung, die man in Gang zu setzen versucht. Natürlich seid ihr dagegen, daß sich der Staat in so etwas einmischt, das weiß ich ganz genau. Aber betrachtet es einmal von der anderen Seite. Der Staat – der ja letzten Endes auch nichts anderes ist als ich und du und alle anderen –, der gibt euch die Chance, etwas an die Oberfläche zu bringen, das jahrelang im Dunkeln sein Unwesen getrieben hat. Ihr braucht nur aufzustehen und auszusagen, was ihr als richtig und anständig und demokratisch und christlich erkannt habt, und zwar gegen alles, was nach eurer Auffassung falsch und böse und stinkig ist, wie tote Fische, die am Flußufer herumtreiben. Wenn ihr das tut, dann beginnt ihr ein neues Klima hier am Hafen zu schaffen, einen neuen Boden, wo endlich einmal ehrliche und anständige Gewerkschaften beginnen können, Fuß zu fassen. Menschenskinder, bringt den Fall von Joey Doyle ans Tageslicht, und ihr tut damit den ersten Schritt, die Macht der Unterwelt zu brechen. Brecht die Macht der Unterwelt und ihr werdet einen Silberstreif am Horizont sehen und könnt endlich auf die Sicherheit des Arbeitsplatzes hoffen. Verdient habt ihr die, weiß Gott. Ihr redet von Verpfeifen. Was für die dort Verpfeifen ist, das ist für euch, die Wahrheit sagen. Seht ihr denn das nicht ein? Seht ihr denn das nicht ein? Seht ihr denn das nicht ein?«

Wieder hing dieselbe ergebene, sich vor sich selbst schämende Stille über der Versammlung. Pater Barry ließ geschlagen die Hände sinken. Er machte Anstalten, sie wieder zu heben und ließ sie dann wieder mit einer Geste der Verzweiflung fallen. Er blickte über die Köpfe der schweigenden Männer hinweg zu Katie hinüber, als ob er fragen wollte: ›Was nun?‹ Sie zog das Halstuch fester und erwiderte seinen Blick.

Terry saß weiterhin zurückgelehnt auf seinem Platz und genoß, die Hände noch immer hinter dem Nacken verschränkt, die Verlegenheit des Priesters. Er hätte dem Pfaffen von vornherein sagen können, daß sich die Leute wie Schnecken in ihre Gehäuse zurückziehen würden. Er mußte lächeln, wenn er daran dachte, daß dieser armselige Haufen wirklichen Männern wie Johnny dem Freundlichen und seinem Bruder Charley eins auswischen wollte.

Es entstand eine längere peinliche Pause, nachdem Pater Barry zu reden aufgehört hatte. Pater Vincent, der mehrere Male ungeduldig den Kopf geschüttelt hatte, ergriff die Gelegenheit, um die Leitung der Versammlung zu übernehmen. Pater Barry zulächelnd, sagte er mit fröhlichem Tonfall: »Das dürfte wohl zunächst alles sein, was wir jetzt im Augenblick tun können. Ich denke, daß Sie mir hierin zustimmen, Pater. Und so wollen wir mit einem Wort aus dem Matthäus-Evangelium schließen: ›Kommt alle, die ihr mühselig und beladen seid, ich will . . .‹«

Pater Vincent kam mit dem Bibelwort nicht bis zum Schluß. Denn in diesem Augenblick ging seine Stimme in einem explosionsartigen Donner unter, der von draußen auf dem Bürgersteig oberhalb des Kellerfensters hereindrang.

»Baseballschläger«, sagte Runty. »Das dürften wohl unsere Freunde sein.«

Alle waren auf den Beinen. Joey Doyle war vergessen.

»Es gibt einen rückwärtigen Ausgang durch den Innenhof«, rief Pater Barry. »Geht besser zu zweit nach Hause. Sicher ist sicher.«

Einige eilten durch die Seitentür auf den Innenhof.

»Wenn sie irgend jemandem von euch ein Leid antun, dann werde ich dafür sorgen, daß sie ins Gefängnis kommen, das schwöre ich«, rief Pater Barry.

»Schöne Aussichten«, brummte einer.

»Ich geh' durch die Vordertür hinaus«, prahlte Runty. »Mögen sie mich ruhig kriegen. Ich versteck mich nicht vor diesen Strolchen.«

»Ich habe Frau und Kinder zu Hause«, rief Moose. »Wenn ich ins Krankenhaus muß, haben die nichts zu essen. Ich verdrücke mich nach rückwärts.«

»Und dann renn wie der Teufel«, sagte Jimmy Sharkey.

Draußen steigerte sich das Aufstampfen der Baseballschläger auf dem Bürgersteig zu einem schauerlichen Crescendo – buum – buum – buum – buum – buum – buum. Drinnen schrien die Leute gegen den Lärm an. »Hierher, Jim. He! Los, schnell . . .« Pater Barry versuchte die Ordnung wiederherzustellen, aber er hatte die Kontrolle über die Leute verloren. Truck Amon und seine Handlanger hatten ihm das Spiel aus der Hand genommen.

»Was habe ich dir gesagt, mußt du denn unbedingt deinen Kopf hinhalten?« rief Pater Vincent zu Pater Barry hinüber. »Dies ist eine Sache für die Polizei. Die soll sich darum kümmern.«

»Diese Burschen brauchen Hilfe, Harry«, beharrte Pater Barry.

»Okay, okay«, schrie Pater Vincent zurück. »Hoffentlich bist du auch bereit, die Folgen zu tragen.«

Pater Barry lachte. »Ich gehe hinaus und werde mir diese Baseballschläger kaufen.« Als er aber aus der Kirche trat, waren Johnnys Hilfstruppen bereits im Dunkel der Nacht verschwunden. Er starrte in die Finsternis hinaus und fühlte sich wie jemand, den man aus dem Konzept gebracht hatte. Unten auf der Straße vom Park her luden rote Neonlichter die Männer zum Trinken ein, und zum Vergessen, zum Trinken und zur Resignation.

DREIZEHNTES KAPITEL

Als Pater Barry zurückkam, war der Kellerraum der Kirche leer. Während des kurzen Augenblicks, in dem er draußen stand, waren sich Katie und Terry Malloy in einem kurzen, spannungsgeladenen, fast wortlosen Zusammentreffen begegnet, das sie beide zusammengeführt und in die Nacht hinausgetrieben hatte, bevor sie sich so recht versahen, was eigentlich vor sich ging. Terry, der sie beobachtet hatte, merkte, wie sie unschlüssig am Seitenausgang stand und unter dem Dröhnen der Baseballschläger viel zu erschreckt war, um Moose und Jimmy ins Freie zu folgen. In diesem Augenblick des Zögerns hatte Terry sie am Arm gepackt. »Nicht dorthin. Kommen Sie, ich bring' Sie hinaus.« Dem rauhen Griff seiner Hand gehorchend, war sie fast automatisch mit ihm gelaufen, aus der Hintertür hinaus und die Treppe hinauf bis zur ebenen Erde, dann durch einen Notausgang bis in eine Seitenstraße.

Sie hasteten über die Straße in den Pulaski-Park. Nebelschwaden schwammen über den leeren Bänken und ringelten sich um die verlassene, von Tauben bewohnte Statue des alten Generals, die von der Polnischen Gesellschaft kurz nach dem Ersten Weltkriege errichtet worden war. In der Dunkelheit glitten die Lichter von Schiffen auf dem Strom wie unbestimmbare gelbe Flekken vorüber.

Erst als sie den Park betraten, wurde Katie des festen Griffs an ihrem Arm gewahr und machte sich los.

»Danke«, sagte sie. »Warum haben Sie das getan?«

Er zuckte die Achseln. »Warum nicht?«

Sie schaute sich nach den dunklen Umrissen der Kirche um. »Baseballspieler!« Sie schauderte.

»Tja, die spielen ziemlich hart«, sagte Terry.

Sie folgten dem Mittelweg durch den Park, der sich zur River Street hin öffnete. Sie sah Terry fassungslos an. Er war dunkel, mit hohen Backenknochen und einer merkwürdigen Schwellung am linken Auge. Er hätte eine hübsche, römische Nase gehabt, wenn sie nicht auf dem Sattel eingebeult gewesen wäre. Er sah absichtlich verrucht aus. Er hatte eine auffallende, rollende und trotzdem irgendwie graziöse Art zu gehen. Sein Benehmen war unbekümmert, arrogant, scheinbar gleichgültig. Oh, sie kannte diesen Typ, haßte diesen Typ.

»Zu welcher Seite gehören Sie?« fragte sie plötzlich.

Er zog die Schultern hoch und schlug sich auf die Brust.

»Ich? Ich gehöre zu mir – zu Terry.«

Sie wandte sich von ihm ab. Was machte sie hier draußen, in einem Park, allein, mit einem – Strolch, wie Moose ihn genannt hatte. »Ich finde jetzt den Weg allein nach Hause«, sagte sie.

Sie ging den Weg entlang, der mitten durch den Park hindurchführte, an dem vergessenen polnischen General vorbei, der mit traurigen, metallischen Augen über die leeren Bänke hingrübelte. Terry folgte ihr. Wie beiläufig, mit den Händen tief in den Taschen, ging er hinter ihr her. Sie warf einen Blick zurück und beschleunigte die Schritte. Was hatte er im Sinn, wollte er sie schützen oder verfolgen? Lauf nach Einbruch der Dunkelheit nicht in Parks herum, hatte ihr Vater immer gemahnt.

In der Nähe der River Street tauchte von einer Steinbank eine schäbige Gestalt aus der Dunkelheit auf. Sie stieß einen schrillen Schrei aus und rannte ein paar Schritte zurück, beinahe in Terrys Arme.

»Einen Groschen. Haben Sie nich' 'n Groschen? 'n Groschen für 'ne Tasse Kaffee?«

Die Gestalt hatte nur einen Arm und verbreitete einen faulen Geruch nach Whisky. Es schien, als ob nicht nur sein Atem, sondern der ganze in Lumpen gehüllte, liederliche Mann mit billigem Whisky getränkt wäre, als ob er in Alkohol geschlafen und sich gewälzt hätte. Jetzt erkannte sie ihn wieder, Mutt Murphy, das menschliche Wrack, das zu der Leichenfeier hereingetaumelt war.

»Kaffee ...« krächzte Mutt und hielt die zittrige Hand ausgestreckt. »Einen kleinen Groschen, den Sie nicht brauchen ...«

»Kaffee«, lachte Terry und machte mit der Hand vor, wie man ein Whiskyglas hinunterschüttet. Er hob die Hand, als ob er Mutt einen Schlag versetzen wollte. »Los, hau ab, du Halunke.«

Ohne auf ihn zu achten, bewegte sich Mutt ein paar Schritte auf Katie zu, bis sein Trinkergesicht ganz dicht an dem ihren war. Sein Anblick und der Gestank waren entsetzlich, doch brachte es Katie nicht über sich, vor ihm zurückzutreten. Er kniff die Augen zusammen, als ob er den Versuch machte, sie durch den Nebel hindurch klarer zu sehen.

»Ich kennen Sie ... Sie sind Katie Doyle ...« er bekreuzigte sich rasch. »Ihr Bruder ist ein Heiliger. Der einzige, der je versucht hat, mir meine Entschädigung ...«

»Los«, sagte Terry und stieß ihn beiseite. »Wir müssen hier weg.«
Gestoßen zu werden, war für Mutt Murphy eine so vertraute Erscheinung, daß er das Würdelose daran schon gar nicht mehr merkte. Er richtete einen zitternden, anklagenden Finger auf Terry und begann zu sagen: »Du weißt doch noch, Terry. Du warst doch da an dem Abend als Joey ...«
»Äh, zum Teufel noch mal, hör mit dem Gequatsche auf«, sagte Terry. »Verschwinde! Du belästigst die Dame hier.«
»Du weißt doch noch«, fing Mutt wieder an. »Du stießt mit mir zusammen, als du ...«
»Ja, ja«, sagte Terry schnell. Er zog aus der Tasche eine Handvoll Kleingeld heraus. »Hier ... sauf weiter, bis du umkippst.«
Mutt verstummte und betrachtete voller Bewunderung die Münzen in seiner Hand. Terry hatte sie aus der Tasche geholt, ohne sich die Mühe zu nehmen, sie zu zählen – Fünf-, Zehn- und Fünfundzwanzigcentstücke. Mutt starrte sie ungläubig an. »Ich kann's nicht glauben. Ein kleines Vermögen.« Er zog aus seiner zerschlissenen Jacke einen kleinen Tabaksbeutel heraus, in den er die Münzen eine nach der anderen hineinlegte. Dann trat er ein paar Schritte zurück und nahm mit komisch wirkender Grandezza die Mütze vor Katie ab.
»Viel Glück, Katie. Der Herr sei Joey gnädig.«
Dann verzog er das Gesicht zu einer häßlichen Grimasse und rief zum erstenmal mit voller, zorniger Stimme: »Mich kaufst du nicht.« Er funkelte Terry an. »Ich kenne dich, du Lumpenhund!«
Schwankend verschwand er auf dem Weg, den sie gekommen waren, steifbeinig und mit erhobenem Kinn, was ihm einen letzten Anflug von Würde zu verleihen schien.
Terry sah ihm nach und war erleichtert, daß Mutt die Taube nicht erwähnt hatte. Gott sei Dank, daß der einzige Zeuge, der eine Ahnung von Terrys Rolle in der Sache mit Joey haben konnte, ein Trunkenbold war, den niemand ernst nehmen würde. Mit der unbekümmertsten Miene der Welt wandte er sich

Katie zu. »Schauen Sie sich nur einmal an, was das für ein Gesindel ist, das mich einen Lumpen heißt.«

Katie beobachtete die zerlumpte Gestalt, die sich im Nebel verlor. Bei dem Denkmal in der Mitte des Parks schien er mit General Pulaski ein Gespräch anknüpfen zu wollen.

»Alle hatten Joey gern«, sagte Katie halb zu sich selbst. »Von den kleinen Kindern bis zu den alten Bettlern.«

Terry stand da und wunderte sich über sich selbst. Wer hat mich bloß hier hereingezogen? Warum muß ich ausgerechnet hinter Joeys Schwester herlaufen? Das letzte Frauenzimmer auf der Welt, mit der ich mich sehen lassen möchte. »Tja«, sagte Terry.

Sie wandte den Kopf und sah ihn, bevor sie fragte, einen Augenblick an. »Haben Sie ihn sehr gut gekannt?«

Terry versuchte, seinen beiläufigen Tonfall beizubehalten. »Hm«, sagte er achselzuckend, »Sie wissen wie das ist. Er kam viel herum.«

Katie runzelte die Stirn. Sie blickte den Weg hinunter, der Mutt verschluckt zu haben schien. »Was hat dieser arme Mann da bloß gemeint, als er sagte . . .«

»Ach, machen Sie sich nichts draus«, sagte Terry mit einer wegwerfenden Handbewegung. »Der betrinkt sich doch nur von morgens bis abends. Ist halb verrückt. Redet immer mit sich selbst. Machen Sie sich nichts draus.«

Sie fröstelte und zog den Stoffmantel enger um den Leib. »Es ist kalt. Ich gehe jetzt besser nach Hause.«

Sie setzte sich mit schnellen Schritten in Bewegung und wollte ihn in keinem Zweifel darüber lassen, daß sie allein zu gehen beabsichtigte. Aber er blieb auf gleicher Höhe mit ihr. Sie wich vor ihm aus.

Ein anständiges Mädchen, dachte Terry. Wie lange war es her, seit er neben einem anständigen Mädchen gegangen war? Und zehn zu eins sogar eine Jungfrau. Melva hätte die Gelegenheit bestimmt längst ausgenutzt. Der Park war das reinste Boudoir für Melva. Was sagte man zu einem anständigen Mädchen? Womit ließ sich das Eis brechen? Wie mußte man es anstellen, um ein anständiges Mädchen berühren zu können?

»Sie brauchen vor mir keine Angst zu haben«, sagte er ihr. »Ich werde Sie nicht beißen.« Er hatte den Abstand zwischen ihnen auf etwa einen halben Meter verringert. Sie blickte unverwandt geradeaus. »Was ist denn los mit Ihnen?« wollte er wissen. »Sie sind wohl noch nicht oft mit jungen Burschen herumgegangen?«
Sie warf den Kopf leicht zurück. Sie wollte nicht als prüde gelten. Er war zwar ein ungehobelter Bursche, aber etwas Böses hatte er ihr eigentlich nicht getan.
»Sie wissen doch, wie die Schwestern sind«, sagte sie.
Sie hatte eine glatte, schöne Haut, wie ein – bei seiner Unbeholfenheit wollte ihm kein Vergleich einfallen – wie eine Rose. Er hatte bemerkt, wie ihre Haut in dem Keller der Kirche beim Lampenlicht leuchtete. Quatsch, Rose, sie war wie ein reifer, frischer Pfirsich, morgens um vier Uhr dreißig auf dem Markt. Manchmal blieb er auf dem Heimweg von der Bar an einem Stand stehen, suchte sich die reifste Frucht aus, die er finden konnte und brachte sie mit in sein Zimmer unter dem Dach. Frühstück – unter freundlicher Mitwirkung der Boheganer Marktweiber.
»Wollen Sie eine Nonne oder so etwas werden?« fragte er plötzlich.
»Nein«, sagte sie ernsthaft, »ich bin in einem Mädchenpensionat.«
Sie kamen jetzt bei der River Street zu einer Stelle, wo man einen Spielplatz für Kinder eingerichtet hatte. Impulsiv setzte sich Terry auf eine der Schaukeln.
»Haben Sie Lust, mit mir zu schaukeln?« Er sprach halb höflich, halb neckend.
»Nein, danke sehr«, sagte sie voller Ernst. »Es ist schon sehr spät.« Aber sie blieb unschlüssig stehen.
Er schwang ein paar Meter hin und her. »Ein Mädchenpensionat. Komisch, ich dachte, es wäre so 'ne Art Nonnenkloster.«
Sie lächelte. »Es wird bloß von Nonnen geleitet. Von den St.-Annen-Schwestern.«
»Ja? Wo ist denn das? Wo wohnen Sie denn?«

»In Tarrytown.«

»Tarrytown?« Er rümpfte die Nase. »Ich wette, das ist irgendwo am Ende der Welt. Wie weit ist es denn von hier?«

»Ungefähr fünfzig Kilometer flußaufwärts. Auf dem Lande.«

Er schnitt wieder ein Gesicht. »Ich hab' für das Landleben nichts übrig. Ich war dort einmal in einem Erziehungslager. Die Grillen haben mich nervös gemacht.«

Sie lachte zum erstenmal. Sie war noch hübscher, als er gedacht hatte. Sein erster Eindruck war ein nett aussehendes, ziemlich unscheinbares Mädchen gewesen. »Wissen Sie, Sie können wirklich reizend lachen«, sagte er, »wirklich reizend.«

Die alte Tour, dachte sie. Der Wolf im Schafspelz. Aber es war irgend etwas Bestimmtes an ihm. Oder lag es einfach nur daran, daß sie noch nicht sehr oft mit jungen Männern ausgegangen war? Mit unerlaubten jungen Männern? So hießen sie nämlich bei der Oberin in Marygrove. Unerlaubte junge Männer. Sie fühlte sich etwas ängstlich und erregt. Sie hatte sich einfach ansprechen lassen.

Er schwang auf der Schaukel langsam vor und zurück und schien ein wenig zu selbstsicher. »Kommen Sie oft hierher?«

»In den Ferien«, sagte sie. »Ich bin seit Ostern nicht mehr hier gewesen. Im Sommer war ich Sprecherin meiner Klasse.«

»Das ist nett«, sagte er. »Und Sie vertreiben sich dort Ihre ganze Zeit bloß so mit Lernen?«

Sie nickte mit einem kleinen Lächeln. »Es gibt eine ganze Menge zu lernen. Ich möchte Lehrerin werden.«

»Lehrerin?« sagte er. »Donnerwetter. Wissen Sie, ich bewundere es immer, wenn jemand geistig was los hat. Mein Bruder Charley ist zum Beispiel so einer. Er ist sogar ein paar Jahre auf der Universität gewesen. Er kann reden wie ein richtiger Jurist.«

»Auf den Verstand allein kommt es nicht an«, sagte Katie, »man muß ihn auch richtig gebrauchen können.«

Terry sah sie an und nickte beeindruckt. Charley hatte zwar auch Verstand, bestimmt, aber so hatte er nie gesprochen.

»Ja, ja«, sagte er, »ich verstehe, was Sie meinen.«

Sie mußte lächeln, als er sich Mühe gab, wie ein Denker auszusehen. »Jetzt muß ich aber wirklich gehen«, sagte sie. »Pop wird schon kopfstehen. Von hier aus kann ich schon allein gehen.«
Sie ging in Richtung auf die River Street weiter. Zu beiden Seiten des Weges lief ein hohes Eisengeländer. Drüben waren die Löscharbeiten auf dem Bananendampfer noch immer im Gange. Das Geräusch ächzender Winden drang bis zu ihnen. Nebelhörner dröhnten auf dem Strom.
Terry war von der Schaukel herabgesprungen, um ihr zu folgen. Er wußte, daß Charley ihm übel zusetzen würde, aber er konnte einfach nicht anders.
»Wissen Sie, ich habe Sie früher schon oft gesehen«, sagte er. »Erinnern Sie sich noch an die Volksschule hier auf der Pulaski Street? Vor sieben, acht Jahren. Sie hatten die Haare damals in . . .«
»Zöpfen?«
Terry nickte. »Sahen aus wie zwei Taue. Sie hatten Drahtgestelle an den Zähnen und . . .«
»Ich dachte, ich würde die nie loswerden.«
». . . und eine Brille, und Pickel . . .«. Er brach plötzlich in Lachen aus. »Mensch, Sie haben wirklich toll ausgesehen.«
Katie ging weiter. »Ich komme jetzt schon richtig nach Hause.«
»Werden Sie nicht böse, werden Sie bloß jetzt nicht böse!«
Terry trabte hinter ihr her. »Ich hab' ja bloß Spaß gemacht. Ich wollte Ihnen eigentlich nur sagen – hm, Sie sind ein sehr hübsches Mädchen geworden.«
»Danke sehr.«
Sie versuchte, vor ihm herzugehen, aber er blieb immer auf gleicher Höhe. Sie war so ruhig und anständig. Das Wort »anständig« ging ihm nicht aus dem Kopf.
»Sie können sich an mich nicht erinnern, nicht wahr?«
»Zuerst nicht«, sagte sie, »heute abend aber bin ich . . .«
Er wies voller Stolz auf seine eingedrückte Nase. »An der Nase haben Sie mich erkannt?« Er warf sich ein wenig in die Brust. »Manche Leute haben Gesichter, die sich einprägen.«

»Ich erinnere mich, daß Sie dauernd etwas ausgefressen hatten und in Schwierigkeiten waren«, sagte Katie.
Terry fühlte sich geschmeichelt. »Jetzt haben Sie's. Mensch, wie die Schwestern auf mir herumgehackt haben! Es ist ein Wunder, daß ich mit zwölf Jahren überhaupt noch am Leben war.« Er lachte. »Sie haben geglaubt, sie müßten die Aufgaben in mich hineinprügeln, aber ich habe ihnen einen Strich durch die Rechnung gemacht!«
Wenn Katie ihn jetzt ansah, so glaubte sie, nicht nur den kleinen Straßenjungen, sondern die ganze Bande fluchender, sich an den Straßenecken herumtreibender Gassenbuben zu verstehen, die sie von zerlumpten kleinen Kindern zu Halbstarken hatte aufwachsen sehen. »Vielleicht wußten sie bloß nicht, wie sie Sie behandeln sollten.«
Terry freute sich über die Wendung, die das Gespräch genommen hatte. Er wollte sie weiter herauslocken und fragte: »Wie hätten Sie es denn gemacht?«
»Mit etwas mehr Geduld und Freundlichkeit«, sagte Katie. »Wissen Sie, wodurch die Menschen gemein werden und schwer zu behandeln sind? Wenn sich die anderen Leute nicht genug um sie kümmern.«
Während sie sprach, hatte Terry eine eingebildete Violine an das Kinn gehoben und begann mit nasaler Stimme eine Parodie auf den Schlager »Herzen und Blumen« zu summen.
»Lachen Sie ruhig«, sagte sie fest.
»Geduld und Freundlichkeit«, sagte er. »Jetzt weiß ich alles.«
»Und was ist so verkehrt an Geduld und Freundlichkeit?« fragte sie verärgert.
»Was – wollen Sie mich verulken?« fragte Terry.
»Warum sollte ich denn?« fragte Katie. Sie blickte ihn direkt an, so daß Terry verwirrt die Augen abwandte.
»Kommen Sie«, sagte er. »Ich bring Sie jetzt besser nach Hause.«
Sie schritten an dem hohen Eisengeländer auf der Ostseite des Parks entlang. Man konnte hören, wie der Fluß in der Dunkelheit an das Ufer schlug. Terry hatte ein gutes Gefühl, wie er

so neben ihr herging. Es war ihm jetzt vollkommen gleichgültig, was Charley dachte.

»Sehen Sie, ich werde Sie nicht allein nach Hause gehen lassen«, erklärte er. »Es gibt hier in dieser Gegend zu viele Kerle, die nur eines im Sinn haben.«

Sie schwiegen jetzt beide, und Katie folgte ihm mit ruhiger Anmut. Er blieb plötzlich stehen. »Werde ich Sie mal wiedersehen?«

Katie sah ihn ohne Arg mit ihren blauen Augen an. »Wozu?« fragte sie einfach.

Terry hielt inne, er war durch ihre Offenheit verwirrt, und durch ihre – er fand nicht gleich das richtige Wort –, durch ihre Reinheit. Er hob die Schultern in seiner charakteristischen Bewegung. »Ich weiß nicht«, gab er zu. »Werden wir uns sehen?«

Im selben sanften wie selbstverständlich wirkenden Tonfall sagte Katie: »Ich weiß wirklich nicht.«

Dies war wirklich ein ganz besonderes Mädchen, zurückhaltend und von einer gewissen, feineren Art, trotzdem aber auf der Höhe und warmherzig. Er ging vor ihr her und wandte sich um, ob sie ihm auch folgte. »Kommen Sie.«

Sie zögerte und ließ ein kleines, geheimnisvolles Lächeln erkennen, das er nicht zu deuten wußte. »Kommen Sie.« Er winkte ihr zu. Diesmal nicht so brüsk, sondern fast schon bittend. Als sie langsam näherkam, schien es ihm, als schwebe sie auf ihn zu.

Sie gingen schweigend nebeneinander her, mit ihren eigenen Gedanken beschäftigt, und hörten dem Rauschen des Flusses zu. Am Ende des nächsten Häuserblockes sagte Katie: »Ich danke Ihnen. Es ist jetzt nur noch um die Ecke. Gute Nacht.«

»Es ist – schön gewesen, mit Ihnen zu reden.« Höfliche Konversation war in Terrys Mund wie ein unbequemer, klebriger Wattepfropfen.

Sie lächelte ihn wieder an, ganz leicht nur, und ein kaum wahrnehmbarer Schauer rann durch ihn hindurch. Es schien kaum möglich, daß die bloße Andeutung eines Lächelns so viel besagen konnte, Geduld und Freundlichkeit und das ferne Echo körperlicher Liebe. Oder waren das bloße Gedanken und Wünsche, die ihn überkamen, während sie davoneilte? Mit einem schiefen, schmerzlichen Ausdruck im Gesicht sah er zu, wie sie vor seinen Augen entschwand. Dann hieb er sich die rechte Faust so hart in die linke Handfläche, daß es weh tat. »Verdammt noch mal.«

In dem Augenblick, als Pop Katies Schritte auf dem Hausflur hörte, ergriff er von innen die Klinke und riß die Tür auf. Er kochte vor Wut. Katie draußen in Marygrove zu wissen, war für ihn immer ein starker Rückhalt gewesen. Das rechtfertigte all die unendlich schwere Arbeit, die Angst, morgens keine Arbeit zu bekommen, und all die Unbilden, die er von Big Mac hatte hinnehmen müssen.

»Komm her«, sagte er zu Katie. Die Hosenträger hingen ihm über die Hosen herunter, und der Oberkörper steckte in dem schmutzigen, weißen, langen Unterhemd, während er aus der Küche in den zellenähnlichen Schlafraum vorausging. Auf dem Bett lag neben Toesie, Katies zugelaufener Katze, ein kleiner Koffer, den er in wütender Hast gepackt hatte.

»Gepackt ist schon«, schrie Pop. »Und hier ist deine Fahrkarte. Du fährst jetzt gleich zurück zu den Nonnen.«

»Pop, ich bin noch nicht fertig, um schon zurückzufahren.«

Pop fluchte leise vor sich hin. »Katie, die ganzen Jahre hindurch haben wir Groschen um Groschen in die Keksbüchse gesteckt, damit du draußen bei den Schwestern sein kannst, damit du ferngehalten wirst von dem, was ich da eben durch das Fenster gesehen habe. Meine eigene Tochter Arm in Arm mit Terry Malloy.«

»Er hat nur versucht, mir zu helfen, Pop. Es gab – es gab da eine kleine Aufregung in der Kirche . . .«

»Das hätte ich dir sagen können«, sagte Pop.

». . . und er war so nett, mich nach Hause zu bringen.«

»So nett!« rief Pop. »Jesus, Maria und Joseph. Und du weißt, wer dieser Terry ist?«

»Eigentlich nicht. Wer ist er, Pop?«

»Wer er ist?« äffte Pop sie in zornigem Fisteltone nach. »Der jüngere Bruder von Charley dem Gent, genau das ist er. Nun los, jetzt frag mich noch, wer Charley der Gent ist. Die rechte Hand von Johnny dem Freundlichen und ein Schlächter im Kamelhaarmantel.«

Katie streichelte die häßliche, hochschwangere Toesie. »Willst du damit sagen, daß Terry auch so einer ist?«

»Jedenfalls will ich dir nicht einreden, daß er ein little Lord soundso ist.«

»Klar, er versuchte den starken Mann zu spielen«, sagte Katie, »so wie sie es alle tun. Aber da ist etwas in seinen Augen . . .«

»Etwas in seinen Augen.« Pops Stimme war in allen vier Stockwerken des Mietshauses zu hören. »Das ist ja um die Wände hinaufzulaufen! Du glaubst wohl, er ist einer von den armen Wesen, die du auf der Straße aufsammelst und die dir so unendlich leid tun. Wie der Wurf Katzen. Die einzige, die du behalten willst, hat sechs Zehen und schielt um drei Ecken. Schau sie dir nur an – die faule Kreatur!«

»Unsere Wohnung würde vor Ratten wimmeln, wenn wir Toesie nicht hätten«, wandte Katie ein.

In ruhigeren Augenblicken hatte Pop oft große Reden über die Jagdqualitäten ihres merkwürdig aussehenden Haustieres geführt, aber das war jetzt alles vergessen. »Wenn ich nur wüßte, was dich immer wieder zu diesen gottverdammten Lumpenhunden hinzieht«, rief er aus.

»Pop«, versuchte Katie ihn zu unterbrechen.

»Schielende Katzen mit sechs Zehen! Glaube bloß nicht, daß dieser Terry Malloy ein schielendes Kätzchen mit sechs Zehen ist! Er ist ein Strolch! Johnny der Freundliche hielt ihn aus, als er Boxer war. Und wenn Johnny mit der Glocke läutet, dann tritt er auch heute noch in Aktion; daß du mir das nicht vergißt.«

»Er fragte, ob er mich wiedersehen könnte«, sagte Katie, als ob sie ihren eigenen Gedanken nachhinge.

Pops Zorn trieb ihn vorwärts, er konnte sich nicht mehr beherrschen. »Sieh dir diesen Arm an . . .« Er streckte seinen dünnen, muskulösen Arm Katie vors Gesicht. Vor Wut begann ihm Stimme und Arm zu zittern. »Dieser Arm ist fünf Zentimeter länger als der andere, das kommt von der jahrelangen Schufterei, vom Tragen und Heben und vom Hakenschwingen. Und jedesmal, wenn ich einen Sack Kaffee schleppe oder eine Kiste hochwinde, dann sage ich mir – das ist für Katie, damit sie Lehrerin wird und es besser hat . . .«

Katie legte, um ihn zu beruhigen, die Hand auf seine Schulter. »Pop . . .« Aber er stieß sie weg. »Ich hab' es deiner Mutter versprochen, Katie.«

Der plötzlich aufwallende Zorn hatte ihn verlassen, er war nur noch ein alter, müder Mann voller Schmerzen und Kummer und Enttäuschungen. Katie dachte an all die Tage, da er morgens dieselben abgetragenen Arbeitskleider angezogen und zum Hafen hinuntergegangen war, bei beißendem Frost und stickiger Sommerhitze, und dann auch die niedrigste Arbeit angenommen hatte, wenn die Günstlinge des Heuerchefs die leichteren Arbeiten verrichteten. Er hatte Maschinenteile geschleppt und Bananen, Hanf und Kaffeesäcke, Kakao, Zement . . . Er hatte geschleppt und gewartet, und Geld geborgt und seine Tabakrationen gekürzt, nur damit Katie es besser haben sollte. Katie konnte sehen, wie die Jahre sich in sein Antlitz, in seine magere Brust und die gebeugten Schultern eingegraben hatten.

Sie legte ihm die Arme um die Schultern, küßte ihn auf die stoppelige Wange und sagte weich: »Pop, denk nicht, ich sei nicht dankbar für alles, was du für mich getan hast, daß du mir die Chance gegeben und mich von all dem ferngehalten hast.« Sie küßte ihn noch einmal, aber nur flüchtig, als ob sie ihn auf das vorbereiten wolle, was sie noch zu sagen hatte.

Sie trat von ihm zurück, denn sie wußte, daß seine Zornausbrüche rasch und heftig auftraten, besonders wenn es sich um seine Vorstellungen von Recht und Unrecht handelte. »Ich werde bleiben, Pop. Ich will herausfinden, wer Joey . . .«

»Du wirst nicht mehr zu diesen verrückten Versammlungen gehen«, Pop erhob wieder seine Stimme. »Dieser Pater Barry sollte sich von einem Nervenarzt untersuchen lassen. Dich auf

solche Gedanken zu bringen und alle Welt derartig in Aufregung zu versetzen. Wofür denn – damit Moose oder Jimmy oder irgendein anderer sich mit einem Paar Zementschuhen an den Füßen im Wasser wiederfindet?«
Er war wieder laut geworden, die Erregung schüttelte ihn. Er sah, daß alle seine Bemühungen vergeblich gewesen waren. Der Kummer übermannte ihn. Aus Angst, daß ihm die Tränen in die Augen treten könnten, stampfte er zum Eisschrank hinüber, um eine Flasche Bier zu holen.
»Sei ein braves Mädchen, Katie«, bat er, »bei dem Andenken deiner Mutter, Gott hab' sie selig, höre auf deinen alten Vater. Ich weiß genauso viel vom Hafen wie jeder andere. Und ich weiß, daß man so etwas nicht auf die leichte Schulter nimmt – wenn man am Leben bleiben will.«

VIERZEHNTES KAPITEL

Als die Versammlung im Kirchenkeller auseinanderbrach, rannte Runty die River Street hinunter zur Longdock-Bar. Nach ein paar Minuten stießen auch Moose und Jimmy, die einen Umweg gewählt hatten, zu ihm. Von den Gästen war niemand in der Versammlung gewesen, doch beschäftigte das Ereignis alle Gemüter. Jedermann war für sich selbst zu einem Entschluß gekommen, wie er sich zu der Sache einstellen sollte. Der alte Gallagher zum Beispiel, der Moose gern hatte, brummte nur einen kurzen Gruß und rückte etwas weiter weg, damit er nicht mit in die Unterhaltung hineingezogen würde. Er wohnte im selben Haus wie die Doyles und hatte sie recht gern; seine herzensgute Frau, Mary, würde alles für sie tun; um so mehr Grund für Marty Gallagher, vorsichtig zu sein.
Runty, Moose und Jimmy kamen sich wie eine dreieckige Insel vor, die mit den anderen Inseln durch Unterwasserriffs von Erfahrung und sogar Sympathie verbunden, aber durch Fahrrinnen der Vorsicht und Selbsterhaltung getrennt war. Während die drei ihren Schnaps tranken und sich dabei miteinander

unterhielten, wußten sie, daß man ihnen sowohl Achtung als auch Ablehnung entgegenbrachte, so wie jeder, der Mut genug hat, um am Hafen für seine Meinung einzustehen, geachtet – aber auch jeder der sich anmaßt, den hochempfindlichen Status quo anzutasten, ebenso heftig abgelehnt wird.

Wenn ein Dutzend Hafenarbeiter mit einem streitbaren Priester eine Versammlung abhält, dann ist das wie ein Steinchen, das man in den Fluß geworfen hat. Aber auch ein kleiner Stein kann einen immer größer werdenden Kreis von Wellenringen hervorrufen. Es war mittlerweile Stadtgespräch in Bohegan geworden, daß Pater Barry die Leute dahin bringen wollte, mit der Kriminalpolizei zusammenzuarbeiten, weil dies der einzige Weg für sie sei, an Stelle der korrupten Gewerkschaft eine neue saubere Organisation in den Hafen zu bekommen. Binnen weniger Stunden war Pater Barrys Name zu einem Schimpfwort unter den Gewerkschaftsführern geworden, und sogar bei den einfachen Arbeitern konnte man hier und da Stimmen hören, wie denn ein Priester überhaupt dazu käme, seine Nase in ihre Angelegenheiten zu stecken.

Nachdem Truck Amon und Gilly Conners den Takt zu dem Schlägerkonzert außerhalb der Kirche geschlagen hatten, waren sie Runty in die Longdock-Bar gefolgt. Sie bezogen an der kurzen Seite der Bar einen Beobachtungsposten, von dem aus sie Runty, Moose und Jimmy im Auge behalten konnten. Gewöhnlich hielten sie sich abends in Johnnys Bar auf. In die Longdock-Bar kamen sie nur dann, wenn sie irgendwelchen Missetätern nachspürten. Runty, dem ihre Anwesenheit nicht entgangen war, ließ sich nicht stören, sondern fuhr fort, seine Späße und Witze zu machen und zwischendurch sein dröhnendes Gelächter anzustimmen. Er war ganz der aufsässige Ire, und das Blut rann ihm schneller durch die Adern und verlieh ihm bei der Aussicht auf eine ungleiche Schlägerei das Gefühl verzweifelter Lebenslust.

Moose war anders. Er hatte eine Familie und hinter seinem Zwei-Zentner-Gewicht verbarg sich eine unerwartete Nervosität. Sein Stimmungsbarometer reichte vom Hurrikan bis zur äußersten Niedergeschlagenheit. Es gab Nächte, in denen er in einem Anfall von Löwenmut seinen Peinigern ihre Schandtaten ins Gesicht schrie, die Treppe hinunter auf die Straße flog, wieder aufstand und sich kämpfend den Weg in den Saal zurückzuerobern versuchte. Am nächsten Morgen hatte ihn dann der Mut vollkommen verlassen, er bestand nur noch aus Angst und lebte in panischem Schrecken vor den möglichen Folgen seines Widerstandes. Auch hielt dann Fran, seine Ehefrau, nicht mit ihrer Meinung hinter dem Berge, sondern schalt ihn heftig, warum er sich denn in die »Politik« einmischen müsse, wenn fünf hungrige Mäuler zu füttern seien, gleichgültig, wer nun am Hafen etwas zu sagen habe und wer nicht. Dann war Moose McGonigle wieder ein braver Junge – bis zum nächsten Mal, wenn ihm wieder eine Laus über die Leber lief.

Jimmy Sharkey war noch ein anderer Typ. Er war geradeheraus, hart, ruhig, direkt. Er forderte Schlägereien nie heraus wie Runty und explodierte nie, wie Moose es gelegentlich tat. Er nahm diese Auseinandersetzungen einfach hin, wie sie gerade kamen, als harte, unvermeidliche Erscheinungsformen des Lebens am Hafen.

Die beiden Gruppen, die Ganoven und die Rebellen, standen jetzt wie Schauspieler auf einer Theaterbühne, sie lachten und tranken und warfen sich ab und zu flüchtige Blicke zu, während die übrigen Anwesenden das Publikum abgaben und das Schauspiel aufmerksam beobachteten, wenn sie auch so taten, als merkten sie nichts. Das Trio aus der Kirche trank noch drei oder vier Schnäpse und machte allerlei Witze mit Shorty, dem Barmixer, als handle es ich um einen gemütlichen Abend wie sonst auch. Dann wünschten sie eine gute Nacht und schlenderten hinaus. Truck und Gilly leerten die Gläser, hinterließen ein dickes Trinkgeld auf dem Bartisch und folgten ihnen ins Freie.

Runty, Moose und Jimmy machten sich die River Street hinunter auf den Heimweg. Runty ging mit, obwohl er ein möbliertes Zimmer in unmittelbarer Nähe der Longdock-Bar bewohnte. Runty blies eine kleine Wolke warmen Atems in die Luft. Plötzlich blieb er stehen, drehte sich herum und wartete

wie in seinen besten Tagen auf die herannahenden Truck und Gilly.
»Was ist denn mit euch los, Leute?« sagte Truck, während sich die runzelige Haut um seine Augen zu einem schlitzäugigen Lächeln verzerrte. Seine Stimme klang wie ein gurgelnder Baß, war aber freundlich gemeint.
»He, Truck, Gilly«, murmelten die drei.
»Paßt auf, wir möchten kurz mit euch reden«, sagte Truck.
»Du redest ja schon mit uns, oder nicht?« sagte Runty.
»Unverschämter Kerl«, brummte Gilly.
Runty wirkte wie ein Zwerg neben Gillys ein Meter achtzig. Gilly sah wütend auf seinen winzigen Widersacher und wandte sich zu Truck:
»Was will eigentlich dieser kleine Halunke? Muß immer klug daherreden.«
»Wozu machst du uns eigentlich immer solche Schwierigkeiten?« fragte Truck ernsthaft. Jedweder Widerstand gegen die Gewalt beunruhigte ihn. »Spaß beiseite, Runty, halt dich lieber etwas mehr zurück.« Truck sprach meistens in bittendem Tone mit ihm. »Du könntest drei, vier Tage Arbeit haben, wenn du nur lernen würdest, deine große Klappe zu halten.«
»Daran sind die Nonnen schuld«, sagte Runty lachend.
»Die Nonnen?« brummte Truck. »Was haben denn, verdammt noch mal, die Nonnen damit zu tun?«
»Als ich ein Dreikäsehoch war«, fuhr Runty fort und freute sich diebisch über dieses Balancieren hart am Abgrund, »da haben die Nonnen immer zu mir gesagt, ›Runty, wir können kein Wort verstehen, was du sagst. Du redest durch die Zähne, als ob du den ganzen Mund voll Kuchen hättest. Wenn du sprichst, Runty, mein Junge‹, sagten sie, ›dann sprich mit weit offenem Mund.‹ So tue ich also jetzt nichts anderes, als dem Rat der Nonnen zu folgen und rede mit weit offenem Mund.«
Runty blinzelte seinen Freunden zu und alle drei lachten.
»Du redest besser nicht so laut, daß der Boß dich hören kann«, sagte Truck, ein wenig konfus angesichts von soviel Beredsamkeit. »Du weißt, wie Johnny ist.«

Moose sah Runty mit warnenden Augen an. Fran und die Kleinen warteten zu Hause auf Geld, und das würde er von den Wucherern borgen müssen. Johnnys Wucherern. Es gab kein Gesetz, das dir befahl, Johnny gern zu haben, aber es machte zweifellos das Leben leichter, wenn er dich gern hatte.
»Komm, Runty, laß uns heimgehen«, sagte Moose.
»Gute Idee«, sagte Truck. »Geht nach Hause und bleibt dort. Und wenn dieser Priester das nächste Mal wieder so 'ne Gebetsstunde veranstaltet, dann bleibt ihr zu Hause, wenn ihr nicht Pflastersteine fressen wollt.«
»Unbedingt«, sekundierte Gilly.
Runty haßte Gilly. Er konnte diesen Haß fast körperlich spüren, und er genoß ihn geradezu. Er haßte diesen Haufen von Lumpen bis hinauf zu Big Tom McGovern.
»Du weißt doch, warum du so groß bist«, rief Runty seinem riesenhaften Gegner zu. »Deine Mutter hatte in der Nacht, als sie dich bekam, Verstopfung, und du bist deshalb herausgekommen wie . . .«
Gilly führte einen scharfen Hieb gegen Runty. Runty war schwer zu treffen, weil er so klein war. Er war allmählich zu einem Experten in der Kunst geworden, wie man gegen Männer etwas ausrichtet, die gute dreißig Zentimeter größer und über hundert Pfund schwerer sind. Er schlug einen kurzen gezielten Aufwärtshaken gegen Gillys Leistengegend. Gilly taumelte zurück und hielt sich die Hände vor den Leib.
»Du Lump, du willst dir wohl den Schädel einschlagen lassen«, sagte Truck und kam schwerfällig auf ihn zu, breitbeinig, um alle seine zweihundertfünfzig Pfund im Schlag zum Tragen zu bringen. Runty hob das Knie und erwischte Truck. Truck brüllte auf, ballte die Faust und schwang sie gegen Runtys Kopf. Von hinten kamen Verstärkungen heran. Sonny und Barney trafen ein, um auf Jimmy und Moose einzuhauen. »Rennt!« schrie Runty, als er sah, daß die anderen in der Überzahl waren.
Sie rannten die Straße hinunter und um die Ecke. Runty verlor die anderen aus den Augen, als er wie ein Präriehund in den Park stürmte. In der Jugend war er einmal Kurzstreckenläufer

in seinem Sportklub gewesen, und mit fünfundfünfzig nahm er es noch mit manchem Jungen auf. Aber Gilly war bekannt für die Treffsicherheit, mit der er einen Totschläger als Wurfgeschoß zu handhaben verstand. Auch dieses Mal traf er. Runty stolperte und rutschte aus. Nach ein paar Sekunden rollte er sich wie ein schwer angeschlagener Boxer auf die Seite und stützte sich auf ein Knie. Aber noch bevor er wieder auf den Beinen stand, waren Sonny und Gilly schon über ihm und hielten ihn für den langsameren Truck fest, der solche Sachen mit methodischer Brutalität zu erledigen pflegte und Runty mit seinen knüppelharten Fäusten bearbeitete, während Sonny und Gilly ihn in der richtigen Stellung hielten.

Runty stieß ein Geheul aus, trat gegen Trucks Schienbein und versuchte, Truck in die Hand zu beißen, die von Runtys Blut ganz schlüpfrig geworden war. Dann lag der kleine Mann auf dem Boden, kämpfte wie ein verwundetes Tier, schnappte und biß nach Beinen und Armen, trat um sich, kratzte, während die Stiefelabsätze von Johnnys Leuten krachend auf ihn niederfuhren. »Klugscheißer ... Hund verdammter ...«

Der Park schloß sich über ihm wie eine Äthermaske. Dann sagte eine scharfe, nasale Stimme: »Hier, nehmen Sie das.« Er blickte auf und sah ein weißes Taschentuch. »Wo kommen Sie denn her, zum Teufel auch?« Das auf ihn niederblickende Gesicht sagte: »Ich hörte Geschrei in meinem Zimmer. Ich hab' mir schon denken können, was los ist.«

»Die verfluchten Schweinehunde«, sagte Runty. »Entschuldigung, Pater.«

»Bin ganz Ihrer Meinung«, lächelte Pater Barry. »Machen Sie mal den Mund auf.«

Runty tat, wie ihm befohlen, und der Priester sah sich die blutige Masse an. »Nicht allzu schlimm«, sagte er. Er wischte das Blut von einer weiteren Öffnung, die in Runtys Stirn hineingeschlagen war, und preßte wie der Sekundant eines Boxers die Wundenden zusammen. »Wie steht's sonst mit Ihnen? Die Rippen?«

Runty versuchte zu lachen. »Könnte schlimmer sein. Wenn man

bedenkt, daß sie mich als Fußball benutzt haben.« Er spie in das blutbesudelte Taschentuch des Geistlichen und kicherte, »eigentlich toll, was einem anständigen Menschen so alles passieren kann.«

»Und Sie sind immer noch T. 'nd S.?« sagte Pater Barry. »Sie nennen das immer noch Spitzeldienste leisten?«

Runty hatte sich aufgesetzt und blickte den zornigen Priester vielleicht fünf Sekunden an, ohne irgend etwas zu sagen. Dann sprach er langsam: »Sind Sie echt, Pater?«

»Was denken Sie denn?« stieß ihm Pater Barry die Frage wieder zurück.

Runty zuckte die Achseln. »Regen Sie sich nicht auf, Pater. Wir haben hier am Hafen schon eine ganze Menge schräger Vögel erlebt: Politiker, Bürgermeister, Polizeikommissare, Staatsanwälte. Sogar ein paar Priester.«

»Ich weiß«, sagte Pater Barry.

Runty wischte sich das warme Blut vom Mund weg. Das Taschentuch war jetzt ein blutiger, roter Klumpen geworden.

»Wenn ich den Kopf hinhalte und die hauen ihn mir ab, wäre damit alles zu Ende?« Runty wollte es jetzt genau wissen. »Oder hören Sie wirklich nicht eher auf, als bis erreicht ist, was wir wollen?«

»Ich gehe bis zum Ende«, sagte Pater Barry ungeduldig.

»Komisch«, sagte Runty. Vierzig Jahre am Hafen hatte er eine Menge guter Leute ihrer Überzeugung untreu werden sehen. Aus diesem Grund glaubte Runty auch an niemand anderen mehr als an Runty – und dabei nur an Runtys Fähigkeit, für eine verlorene Sache bis zum bitteren Ende zu kämpfen. »Man wird auch mit Ihnen nicht viel Federlesens machen, Talar hin oder her.«

»Kommen Sie mit ins Haus hinüber«, sagte Pater Barry. »Machen Sie sich sauber.« Als er der zusammengeschlagenen, gnomenhaften Gestalt auf die Beine half, sagte der Priester: »Sie werden aufstehen und reden und ich werde bei Ihnen stehen!«

»Werden Sie durchhalten bis zum Ende?« fragte Runty. Er war ein Mann, der sich nicht leicht überzeugen ließ.

»So wahr mir Gott helfe«, sagte Pater Barry.
Runty stand jetzt auf den Beinen, noch ein bißchen unsicher, und das Blut sickerte ihm noch aus dem Mund über das Kinn herunter. Er nickte in Richtung auf den Pfarrhof hinter dem Westeingang des Parks.
»Haben Sie 'ne Flasche Bier dort?«
Pater Barry nickte. Er hatte immer ein paar Flaschen zur Verfügung, weil er gerne abends vor dem Schlafengehen ein Glas Bier trank. »Ich glaube, ich werd' schon ein oder zwei Flaschen finden«, sagte er.
Runtys Grinsen war eine blutverschmierte Angelegenheit, doch der Gedanke an kaltes Bier wirkte belebend. »Worauf warten wir eigentlich noch?«
Der hochgewachsene wortgewandte Priester und der schwer angeschlagene kleine Dockarbeiter erfüllten den engen schmucklosen Schlafraum des Geistlichen mit lebhaften Gesprächen bis zwei Uhr morgens. Zunächst saugte Runty lediglich an seiner Flasche und hörte zu. Der Priester hatte zwar einen guten Anfang gemacht, doch wollte Runty sehen, was für andere Trümpfe er noch in der Hand hielt. Runty hatte zu lange auf einsamen Posten gestanden, um sich irgend jemandem anzuvertrauen, bloß weil der Betreffende es gut meinte oder irgendwie echt klang. Er wollte sehen, was alles in diesem Priester steckte. Denn schließlich legte er, wenn er tat, was der Priester im Sinne hatte, sein Leben in dessen Hand. Natürlich hatte er sich immer gebrüstet damit, nur ein Gast auf dieser Welt zu sein, wenn er aber schon mitgehen sollte, dann wollte er auch über das Wie und Wann ein Wörtchen mitzureden haben. In all diesen Jahren hatte er mit voller Absicht sein Spiel mit Johnny dem Freundlichen gespielt. Er war noch am Leben, weil er erfinderisch und auf beinahe wunderbare Art ausdauernd war und Glück gehabt hatte. Es hatte keinen Sinn, sich jetzt von einem wohlmeinenden Amateur das Spiel verderben zu lassen.
Die beiden Männer tasteten sich wie Boxer in den Anfangsrunden ab. Der Priester versuchte hinter die Gründe zu kommen, auf denen die Mauer des Schweigens am Hafen beruhte. Runty

erzählte ihm, daß dies tiefere Gründe habe als bloß Furcht. Jedermann am Hafen hatte irgendwie ein inneres Gefühl der Schuld; es reichte von Mord und Plünderung en gros bis zum kleinen, gewohnheitsmäßigen Auf-die-Seite-Bringen von Whisky Parfüm, Kaffee, Fleisch, Windjacken. Runty gab zu, daß sein möbliertes Zimmer voller Beutegut sei, das er sich die Jahre hindurch angeeignet habe ... Es sah gar nicht wie Stehlen aus, wenn man bedachte, wieviel von alledem lastwagenweise den Leuten an der Spitze zugeschoben wurde. Das Zeug lag herum und verlangte geradezu danach, mitgenommen zu werden. Wie zum Beispiel die Bananen, die über dem Schiffsdeck verstreut lagen. Ist das Stehlen, sich die Taschen damit vollzustopfen, wenn sie beim Saubermachen sonst sowieso zusammengefegt worden wären? Im Laderaum der Schiffe, auf dem Pier, in den Lagerschuppen lebte man im Überfluß, da waren Berge von Öl, Sardinen, eingeführten Schokoladen, Kofferradios, Handschuhen, Kisten von Havannazigarren. Der Pier war ein riesiges Diebeslager, sagte Runty, und man war entweder ein Räuber großen Stils wie Johnny oder Charley der Gent, oder aber ein kleiner Gelegenheitsdieb wie Runty. »Aber so wahr ich hier sitze, und Gott ist mein Zeuge, ich habe nie in meinem Leben irgend etwas mitgehen lassen, um es hinterher zu verkaufen«, sagte Runty. »So etwas nennen wir hier unten Diebstahl. Das Zeug, was man selbst zu Hause braucht, das hat mit Stehlen nichts zu tun. Das ist eigentlich wie eine kleine Extraprämie, die uns zusteht.«

Aber, erklärte Runty, das trage alles dazu bei, daß sie diese Dinge für sich behielten, daß sie das Gefühl hätten – mochten sie auch die Ungerechtigkeiten am Hafen so hassen, wie sie nur wollten –, daß ihr Schicksal, ihre unendlich kleine Einzelschuld, irgendwie mit der größeren, schwärzeren Schuld der Großen verknüpft sei. Das gehöre genausogut zu den Lebensregeln am Hafen wie die Angst ums eigene Dasein. Man nehme nur Runtys eigenen Fall. Niemand haßte die »Großkopfeten« – wie er sie nannte – mehr als er. »Tom McGovern, Willie Givens, Johnny der Freundliche, die ganzen stinkenden Großkopfeten, ich hasse sie Winter und Sommer, Tag und Nacht. Jeder Tag, an denen ich ihnen nicht irgendeinen Stich versetzen kann, ist für mich ein verlorener Tag. Aber, Pater, wenn Sie schon die Wahrheit wissen wollen, ich bin auch einmal eingesperrt gewesen, als ich noch ein halbes Kind und dümmer war, als ich jetzt bin. Auch Moose, für den gilt dasselbe. Lassen Sie sich das mal von ihm erzählen. Deshalb haben wir alle so ein komisches Gefühl, wenn wir mit unseren Sorgen zur Kriminalpolizei rennen sollen. Wir würden das lieber unter uns ausfechten.«

Pater Barry machte für Runty noch eine Flasche Bier auf und erzählte ihm eine Geschichte. Sie spielte vor vielen Jahren, in den Zeiten des Hungers, als der Priester zwölf Jahre alt und sein Vater ein oder zwei Jahre tot war. Seine Mutter war damals für ein paar Dollar in der Woche als Reinmachefrau in der Polizeistation beschäftigt und war kaum in der Lage, mit der kleinen Pension und der geringen Hilfe von der Wohlfahrt zu leben. Weihnachten stand vor der Tür, und sein kleinerer Bruder Connie schrieb an das Christkind um ein großes rotes Feuerwehrauto. Seine Mutter las den Brief und weinte. Der Dezember war ein schwerer Monat, weil die Kinder Wintersachen brauchten, aus denen sie jedes Jahr wieder herausgewachsen waren. Und sie brauchten gutes nahrhaftes Essen, Fleisch und Gemüse, damit sie sich nicht ewig erkälteten. Deshalb war ein großes Feuerwehrauto oder irgendein anderes Spielzeug, das mehr als ein paar Groschen kostete, außer jeder Frage. Connies Wunsch konnte nicht in Erfüllung gehen.

Aber der kleine Connie fragte immer wieder wegen seines Feuerwehrautos. Und jedesmal, wenn er davon sprach, versetzte es Pete einen Stich. Sooft Pete daran dachte, hatte er ein bitteres Gefühl. Weihnachten war ursprünglich eine der fröhlichsten Geburtstagsfeiern gewesen, aber in Bohegan sah es mehr wie ein böser Scherz aus, den man mit den Kindern in den Elendsvierteln spielte. Pater Barrry konnte sich noch genau daran erinnern, wie er immer mehr darüber nachgegrübelt hatte, je näher der Tag heranrückte. In dieser Verfassung reifte in ihm ein Plan. Bei Gott, Connie sollte sein Feuerwehrauto haben.

Zwei Tage vor Weihnachten ging er in die Spielzeugabteilung

des größten Warenhauses der Stadt. »Ich dachte mir, die könnten es dort eher verschmerzen, als in irgendeinem kleinen Laden«, erklärte er Runty mit einer raschen Nebenbemerkung. »Ich sah mich um, bis ich genau das hatte, wonach ich suchte. Ein leuchtend rotes Feuerwehrauto, einen Meter lang, mit einer Leiter, die man hinaufkurbeln konnte – ein Prachtstück! Ich ging zu der Verkäuferin und ließ mir den Preis sagen. Drei Dollar. O weh! Meine Mutter gab mir zehn Cents Taschengeld in der Woche und außerdem verdiente ich ein paar Cents dafür, daß ich Mr. Smith in seinem Gemüseladen half. Drei Dollar! Also gut, ich ging auf die Toilette und wartete, bis das Warenhaus am Abend geschlossen wurde. Dann kam ich heraus und ging zur Kasse hinüber. Ich rüttelte heftig von beiden Seiten, wie es mir der kleine Frenchy beigebracht hatte. Er sitzt jetzt in Sing-Sing, dreimal lebenslänglich. Wir waren Nachbarskinder. Ich habe ihn immer gern gehabt. Also, beim dritten Mal funktionierte es, und bumm! kommt die Schublade herausgeschossen. Es sieht aus, als läge das ganze Geld der Welt vor mir. Eine Sekunde lang, ich muß es gestehen, kam mir der Gedanke, die ganze Schublade leerzumachen. Mensch, was hätten wir mit dem Geld alles anfangen können! Das meine ich, wenn ich sage, daß die meisten von uns die Wahl hatten, den einen oder den anderen Weg zu gehen. Deshalb habe ich ein Mitgefühl mit den Leuten, die deswegen im Gefängnis sitzen. Ja, sogar mit Johnny dem Freundlichen. Ich weiß, was es heißt, etwas so stark zu wollen, daß man es schon beinahe schmecken kann. Deshalb fängt man an, mit den eigenen Händen alles, was man kriegen kann, zusammenzuraffen, und der Teufel soll die ganze Welt holen. Ist das nicht Johnny der Freundliche?
Aber ich komme von meiner Geschichte ab. Die Ladenkasse. Die Schublade offen vor mir, mit all dem vielen Geld drin. Ich entschließe mich endlich für drei einzelne Dollarnoten. Dann versuche ich, aus dem Warenhaus herauszukommen, aber die Türen sind alle verschlossen, und zwar auf irgendeine komische Art, daß ich sie auch von innen nicht öffnen kann. Ich bin zu Tode erschrocken. Ich finde einen Telefonapparat und rufe den Ge-

müsehändler an, daß er meine Mutter benachrichtigt. Ich sei gesund und munter und bliebe bei einem Freund über Nacht. Dann verstecke ich mich für den Rest der Nacht in der Toilette. Ich höre Schritte. Der Nachtwächter. Ich gehe in das Toilettenkabinett und stelle mich auf den Sitz, gebückt, damit er meine Beine nicht sieht, falls er unten durchschaut. Wenn er aber hereinkommt, ist's mit mir geschehen. Mein Herz schlägt wie ein Preßlufthammer. Bamm, bamm, bamm. Aber der Nachtwächter verrichtet nur seine Notdurft und geht wieder hinaus, um die Runde zu machen. Am Morgen, als das Warenhaus geöffnet war, kaufte ich das Feuerwehrauto. Dann bat ich den Pförtner, es im Keller bis Weihnachten für mich aufzuheben. Ich fürchtete, meine Mutter würde erraten, was passiert war, und würde mich zwingen, es zurückzubringen.
Am Weihnachtsmorgen erhielt ich meine Belohnung. Connie war so glücklich, daß er vor Freude fast geplatzt wäre. Ich merkte, wie meine Mutter mich ansah. Ich blickte zur Seite. Schließlich aber ging sie mit mir in die Küche und fragte ohne Umschweife: ›Wo hast du das Geld für solch ein Spielzeug her?‹ Ich konnte es ihr nicht sagen. ›Gut‹, sagte sie, ›wenn du es Pater Meehan sagst. Ich glaube, du legst eine anständige Beichte ab.‹
Die Minuten, die ich auf Pater Meehan warten mußte – das ist für mich noch heute mein erster Besuch im Fegefeuer. Was ist, wenn er mir sagt, ich solle das Auto zurückbringen? Es gehörte doch jetzt Connie. Das schönste Weihnachtsgeschenk, das er je bekommen hat. Als ich da in der langen Reihe wartete, faßte ich den Entschluß – ich werde das nie vergessen –, falls der Priester mich schwer heruntermacht, dann bin ich mit der Kirche fertig. Ich konnte mir nicht vorstellen, daß es so eine schwere Sünde sei, wo es doch Connie so glücklich gemacht hatte.
Also, Meehan war in Ordnung. Oh, natürlich, er warnte mich, so etwas nicht wieder zu tun und schleuderte mir das siebente Gebot ziemlich hart ins Gesicht, aber er sagte kein Wort von zurückbringen und so. Bloß sechs Gegrüßet-seist-du-Maria und

drei Vaterunser. Verdammt noch mal! Ich kam heraus wie auf Wolken.« Pater Barry lachte sein plötzliches, herzliches Lachen. »Also, Runty, es steht mir nicht an, über Sie zu Gericht zu sitzen, wenn Sie etwas mit nach Hause genommen haben, das Ihnen nicht gehört. Ich kenne die Versuchungen zur Genüge. Ich weiß, wie es sich anfühlt, wenn man in die Ecke gedrängt ist und man nicht mehr aus noch ein weiß, so daß man glaubt, man muß mit dem Kopf durch die Wand. Das Gefühl haben eine Menge hier in der Gegend. Ich finde, unsere Aufgabe ist es, nicht sie zu richten und uns aufs hohe Roß zu setzen, sondern ihnen zu helfen. Ich kann nicht an Ihrer Statt handeln – aber vielleicht kann ich das Vakuum ausfüllen, das eigentlich Ihre Gewerkschaftler ausfüllen sollten, wenn sie rechtliche Leute wären. Ich habe keine Lust, Sie in Versuchung zu führen, und vor Ihnen herzugehen, aber vielleicht kann ich Ihnen ein wenig mehr Selbstvertrauen einflößen, damit Sie sich selber helfen.«

Runty konnte fühlen, wie der Priester ihn langsam zu sich herüberzog. Der erste, mit dem er je von Mann zu Mann gesprochen hatte. Pater Barry saß in Hemdsärmeln und ohne Kragen auf dem Bett, er trug die Hosenträger über dem Unterhemd und die Kopfhaut unter dem schütteren Haar glänzte vor Schweiß, da ihn das Gespräch so sehr erregt hatte. Runty erzählte ihm davon, wie er als Einzelgänger immer wieder versucht habe, der Gewerkschaftsführung eins auszuwischen. Wie zum Beispiel damals, als Willie Givens zur Ortsgruppe kam, um an einer der seltsamen Versammlungen von 447 teilzunehmen. Als der Punkt der Tagesordnung »Wohlfahrt und Unterstützung« zur Debatte stand, zeigte Willie, der Präsident, seine Meisterschaft darin, die Zeit mit langatmigen Versicherungen hinzuziehen, wie innig er die Männer liebe und wie sehr er um ihr Wohlergehen besorgt sei. Die Männer begannen zu gähnen und wurden immer durstiger. Als Willie schließlich die Stimme zu einem kunstvoll gedrechselten Schlußsatz erhob, waren die meisten Zuhörer schon in der Bar an der Ecke und hoben ihre Whiskygläser. Johnny der Freundliche schlug dann mit dem Hammer auf den Tisch, vertagte die Versammlung, und alle Gedanken an Pensionen,

Urlaub und Überstundenbezahlung waren für ein weiteres Jahr auf Eis gelegt. Kein Wunder, daß die Transportfirmen sich mit dem »Weinenden Willie« so gut verstanden.
Also, sagte Runty, dieses besondere Mal habe er Willie bis zu der letzten, blumenreichen, von Whisky beflügelten Phrase zugehört. Worauf Runty aufstand, ums Wort bat und erklärte, er wolle in Form eines regulären Antrags eine kurze Dankadresse an den Präsidenten Givens einbringen. Johnny der Freundliche warf Charley einen verstohlenen Blick zu. So hatte also dieser kleine Unruhestifter dort endlich gelernt, wie er sich zu verhalten hatte!
»Herr Vorsitzender«, begann Runty. »Unser geschätzter Präsident der International hat nur einen Fehler. Er gibt zu viel von sich selber her. Er ist dermaßen unseren Interessen ergeben, daß er nicht zögert, bis zur Erschöpfung, und zwar unserer ebenso wie seiner, auf den Beinen zu stehen, um uns davon zu erzählen. Deshalb möchte ich den Antrag einbringen, zum Schutze der Stimme und der Kräfte unseres verehrten Präsidenten, daß ihm in Zukunft nicht gestattet werde, bei einer Versammlung der 447 mehr als fünf Minuten zu sprechen.«
Die Großkopfeten vorn auf der Empore trauten ihren Ohren nicht. Die sonst noch anwesenden etwa fünfzig Männer konnten nicht anders als lachen und einige riefen spontan »Ich bin dafür.« Charley der Gent, immer Diplomat, versuchte den Antrag irgendwie auszumanövrieren. Aber Runty versteifte sich auf die Satzungen. Ordnungsgemäß verlangte er eine Abstimmung. So geschah es dann und der Antrag wurde mit großer Mehrheit angenommen. »Es hätte nicht glatter gehen können, auch wenn das Ganze von einer kommunistischen Fraktion vorher eingeübt worden wäre«, kicherte Runty. Wie Runty wußte, war Willie Givens in der 447 besonders unbeliebt, sogar unter Johnnys Anhängern, weil er in dieser Ortsgruppe selber angefangen hatte. Die alte Garde, zu der auch Runty gehörte, wußte, was für ein Windei der Mann in Wirklichkeit war. Viele von ihnen respektierten Johnny den Freundlichen, weil er sich durchsetzte und etwas von der Arbeit verstand. Willie aber, der Präsident der International, war nichts weiter als ein heulender Knabe,

ein Speichellecker, der lediglich verstand, schöne Reden zu halten und sein Mäntelchen nach dem Winde zu drehen. Er brauchte die Macht eines Tom McGovern über sich und die nackte Kraft eines Johnny unter sich, um seine Stellung als nominelles Haupt aller Dockarbeiter von Bangor bis New Orleans zu halten.

Runty erzählte diese Geschichte mit sichtlichem Vergnügen. »Es steht also bis auf den heutigen Tag in den Büchern der 447, daß Willie Givens nur eine Redezeit von fünf Minuten hat. Jedesmal, wenn er spricht, setze ich mich in die vorderste Reihe und halte die größte Ausgabe unserer Satzungen hoch, die ich gerade finden kann. Ho, ho, ho. Jedesmal, wenn Willie herunterschaut, läuft er puterrot an. Wenn es vorbei ist, folgen mir seine Leute gewöhnlich auf die Straße und verprügeln mich gottsjämmerlich. Ich sage ihnen dann immer, daß es sich schon allein deshalb lohnt, weil man das puterrote Gesicht vom ›Weinenden Willie‹ sieht.« Runty lachte wieder und befühlte das geronnene Blut auf der Stirn.

Pater Barry mußte auch herzlich lachen, als er hörte, auf welche Weise sich Runty wie ein Floh unter Willie Givens' Rednerrüstung eingeschlichen hatte. Die Art, wie Runty mühsam wieder auf die Beine kam und die Schlägertypen bat, ihn ruhig noch einmal niederzuschlagen, das war eine wirkliche Komödie von der blutig-bizarren Art, für die die Iren Verständnis haben.

»Aber, Runty«, fragte Barry, »wenn das dann vorüber ist, was haben Sie denn dann eigentlich Johnny dem Freundlichen oder Willie oder Big Tom angetan? Wird nicht weiter im stillen gemordet und wird sich nicht McGovern weiter seine Million Dollar wie den Rahm von der Milch abschöpfen? Deshalb glaubte ich, daß Sie viel besser dran täten, endlich Ihr Schweigen zu brechen und vor Gericht auszusagen. Die Kriminalkommission ist bereit, Sie anzuhören. Was hat es aber für einen Sinn, einem die Tür zu öffnen, wenn man dann auch nicht hineingeht?«

»Wenn Sie aussagen, dann könnten Sie genausogut selbst den Kopf in die Schlinge stecken und den Leuten da die Mühe sparen«, sagte Runty. »Sie hätten kaum eine größere Chance als ein Schneeball im Hochofen.«

Aber, argumentierte Pater Barry, wenn Runty schon die Mächte am Hafen sein ganzes Leben lang bekämpft habe, wenn er bloß ein Gast auf dieser Welt sei, wie er immer behaupte, warum dann nicht einmal einen wirklich wirkungsvollen Schlag führen, bei dem mehr herauskommen würde, als bei all den Husarenstückchen zusammengenommen? »Wenn Sie diese Burschen wirklich hassen, dann haben Sie hier eine Gelegenheit, sie in der Presse tatsächlich unmöglich zu machen, wo es ihnen nämlich wirklich unangenehm ist«, sagte Pater Barry. »Sie in einer Kneipe herauszufordern und sich den Schädel einschlagen zu lassen, wozu ist das nütze?«

»Das befriedigt mich selbst in meinem innersten Herzen«, lachte Runty. Diesem Priester war wirklich schwer zu antworten. »Warum sind Sie so erpicht auf diese Untersuchung?« fragte er.

»Weil ich sehen kann, daß die Sache mit Joey Doyle sonst wie üblich vertuscht wird. Der ganze Saustall hier unten wird zum Schweigen gebracht und erstickt wie ein – ein Kissen, das man dem Hafen auf den Mund drückt. Und auf der anderen Seite steht hier der Staat, setzt seinen Apparat ein und bittet dich, aus der Reserve herauszutreten. Wenn das funktionierte, wenn genügend viele von Ihnen ein Bild der ganzen Situation aus lauter kleinen Steinchen zusammensetzen würden, dann könnte dies die gesamten Verhältnisse am Hafen grundlegend ändern. Die Gangster wären vor aller Öffentlichkeit bloßgestellt – statt sich hinter einer sogenannten Gewerkschaftsautorität verstecken zu können.«

»Ich weiß genug, um Tom McGovern und Willie Givens für Jahre ins Kittchen zu bringen«, prahlte Runty. »Ich brauche nur zurückzugehen bis zu der Zeit, als Tom mit eigenen Händen die Fleischtransporte beraubte. Ja, und mit denselben Händen hat er andere Leute umgebracht. Und jetzt kommt ständig jemand zu ihm in die Wohnung, um ihm die Fingernägel zu maniküren, und außerdem ist er Vorsitzender der Gesellschaft zur Förderung und Besserung der Verhältnisse im Hafen, so wahr mir Gott helfe. Ich habe gesehen, wie er das zuwege gebracht hat.«

»Runty, schreiben Sie diese Geschichte nieder«, sagte Pater Barry voller Erregung. »Ich glaube, Sie haben jetzt eine großartige Gelegenheit, Johnny den Freundlichen zur Strecke zu bringen. Und vielleicht auch Willie und McGovern und Donnelly und den Bürgermeister dazu. Diese Untersuchung ist wie ein Stück Sprengstoff. Und ihr Kerle seid zu dumm, um die Zündschnur anzuzünden.«

»Gott der Allmächtige, Pater«, sagte Runty, schon halb beeindruckt. »Wenn Sie so reden, klingt es, als sei das Jüngste Gericht im Anmarsch.«

»Sehen Sie, warum tun wir es denn nicht?« sagte Pater Barry, und seine Worte überstürzten sich fast. »Ich werde in Verbindung mit der Kommission treten. Werde eine Sitzung für Sie einberufen lassen. Sie können Ihre Aussagen unter Ausschluß der Öffentlichkeit machen. Die Kommission will sowieso nicht eher damit herauskommen, bis sie sicher ist, ausreichendes Material zu besitzen. Bis dahin läuft dann alles wie am Schnürchen. Ich werde auch einen Anwalt mit heranziehen. Ich kann dafür sorgen, daß das Gericht eine Urwahl in der Gewerkschaft durchführen läßt. Alles Weitere ist dann Ihre Sache. Bloß machen Sie eines nicht: machen Sie keinen Rückzieher und kommen Sie heulend zu mir gerannt und bitten um Hilfe. Ich werde schon sowieso genug auszubaden haben. Ich werfe Ihnen den Ball zu, Runty, ob Sie ihn auffangen oder nicht, das ist Ihre Sache.«

Runty sagte: »Zum Teufel, ich glaube, ich bin reif für den Nervenarzt.«

Pater Barry ließ nicht locker. »Hören Sie zu. Ich treffe für Sie alle Vorbereitungen für morgen früh. Ich liebe die Behörden genausowenig wie Sie. Aber hierbei sehe ich keinen anderen Weg. Ohne Einschaltung der Regierung haben Sie und Ihre Freunde überhaupt keine Aussicht.«

»Einschaltung der Regierung – oder so«, sagte Runty. »Bleiben Sie mir bloß mit diesen Phrasen à la Willie Givens vom Leibe. Aber den Rest nehme ich Ihnen ab.«

»Amen«, sagte Pater Barry mit einem Lächeln. Er sah sich Runtys Verletzungen noch einmal genau an. »Sind Sie sich sicher, daß Sie wieder weitermachen können?«

»Verdammt, lassen Sie mich jetzt 'raus«, sagte Runty. »Es ist jetzt Viertel nach zwei. Ich will noch in die Longdock-Bar, bevor sie dort zumachen.«
Pater Barry mußte gewaltsam die Warnung unterdrücken – wie können Sie bloß wieder auf die Straße gehen und die Leute geradezu herausfordern, Sie noch einmal zusammenzuschlagen? Er schluckte die Worte hinunter, weil er wußte, daß der Mann doch wieder in die River Street zurückgehen würde, nicht weil er besonders mutig war, sondern weil er seinen Whisky brauchte, und er wußte ebenso, daß derselbe Mann – mit Pater Barrys Hilfe – jetzt nicht mehr davor zurückschrecken würde, am Hafen der Anständigkeit zum Siege zu verhelfen.
»Seien Sie vorsichtig«, sagte Pater Barry, als er Runty zur Tür begleitete. »Sie sind jetzt zu einer wertvollen Ware geworden.«
Runty blickte in die kühle, mondlose Nacht hinaus. Ein paar Schneeflocken tanzten in der Luft. General Pulaski stand wie ein schemenhafter Eisenkoloß im Park.
»Machen Sie sich keine Sorgen, Pater. Ich glaube nicht, daß die mich heute abend noch einmal behelligen werden.« Er faßte sich humorvoll an den verletzten Schädel. »Sie haben ihren Spaß gehabt.«
»Morgen sind wir am Schlag«, sagte der Priester. »Nehmen Sie sich in acht. Bleiben Sie den Kneipen fern.«
»Ich hab' in Bohegan keine Angst«, prahlte Runty.
»Das weiß ich«, sagte Pater Barry. »Wenn Sie aber nichts dagegen haben, so würde ich es gerne sehen, wenn Sie vorläufig noch heil blieben, jedenfalls so lange, bis wir die Sache unter Dach und Fach haben.«
Runty schritt unbekümmert in die Nacht hinaus, die Hände tief in den Taschen seiner Windjacke und seine harte, dünne Brust voll Trotz und Zorn nach vorn gewölbt.
Ein tapferer, kleiner Kerl, dachte Pater Barry bei sich, während er ihm nachsah.

Pater Barry war mit sich selbst zufrieden, als er die Treppe hinaufstieg und in das Badezimmer ging, das er mit Pater Vincent teilte. Es war ein ziemlich primitives Badezimmer, mit einer altmodischen Wanne. Pater Barry hatte versucht, eine kleine

Duschanlage einzurichten. Er hatte ein morgendliches kaltes Duschbad gern. Als der Pfarrer diesen Antrag als unnötigen Luxus abgelehnt hatte, war er sogar so weit gegangen, St. Judas um Hilfe zu bitten. Nur der Heilige des Unmöglichen, meinte Pater Barry, hätte solch eine Neuerung in dem von Pater Donoghue nach alter Sitte geführten Pfarrhaus bewirken können. Der Pfarrer hatte seine Jugend auf dem Lande verlebt und war sich keineswegs sicher, ob heißes Wasser, Duschbäder und dergleichen für die Rettung der Seele erforderlich seien. Ja, er huldigte sogar der Auffassung, daß die Amerikaner zu reinlich seien. »Sie reiben sich alle natürlichen Schutzstoffe von der Haut.«
Pater Barry lehnte sich über das Waschbecken und starrte in dem kleinen Spiegel auf seine Haare, wobei er sich ernsthaft die Frage vorlegte, ob der Haarausfall bei ihm tatsächlich schon alarmierende Formen angenommen hatte – als Pater Vincent im Bademantel, verschlafen und ungekämmt, hereinkam.
»Pete, ist es nicht schon schlimm genug, die Kirche in diese Angelegenheit hineinzuziehen?« begann Pater Vincent. »Willst du etwa diese Säufer noch die ganzen Nächte zu dir hereinholen?«
»Das ist keine Art, von unseren Gemeindemitgliedern zu reden«, versuchte Pater Barry zu scherzen.
»Wir sehen genug von den Gemeindemitgliedern in der Messe und bei der Beichte«, sagte Pater Vincent.
»Ich bin mir dessen nicht so sicher«, sagte Pater Barry.
»Pete, es gefällt mir gar nicht, daß du dich selbst derartig engagierst«, sagte Pater Vincent. »Du hast eine Zukunft vor dir. Du wirst noch deinen Weg machen. Aber nicht auf diese Art und Weise. Du bringst dich selbst ins Grab.«
Pater Barry schüttelte den Kopf. »Ich versuche bloß, ein paar andere vor dem Begrabenwerden zu bewahren.«
Pater Vincent zuckte die Achseln. »Das ist ein Problem für die Laienwelt. Ich finde nicht, daß ein Priester das Recht hat, sich in so etwas einzumischen. Alles, was du erreichen wirst, ist, daß der Monsignore dich mit sichtlichem Vergnügen in die Wüste schicken wird«, sagte Pater Vincent. »Mach nur so weiter, wenn du unbedingt dein ganzes Leben Vikar bleiben willst.«

»Verdammt noch mal, da draußen sind Leute, die man auf brutale Weise terrorisiert«, sagte Pater Barry. Der lange, anstrengende Tag verlangte jetzt sein Recht. Für Geduld war jetzt keine Zeit.

Als er zum Nachtgebet niederkniete, bat Pater Barry Gott, er möge ihm helfen, seine Schwächen zu überwinden, damit er die Kraft habe, den selbstgewählten Weg zu Ende gehen zu können. »Herr, gib mir die Kraft, diese Sache zu Ende zu führen«, betete er, »und ich bitte Dich, Gott, versuche den Monsignore davon abzuhalten, zum Bischof zu gehen und mich in die Wüste zu schicken.« Er bekräftigte diese Bitte mit fünfzehn Vaterunser.

FÜNFZEHNTES KAPITEL

Es war Nachmittag. Terrys Tauben waren wieder in der Luft und bildeten eine schwirrende, dahinhuschende Wolke gegen den sonnenhellen Himmel.

»Nun sieh dir bloß diese Prachtkerle von Tauben an!« sagte Terry.

»Die, die du der Armee aus der Nase gezogen hast, haben den Schwarm fein vervollständigt«, sagte Billy.

»Wart nur, bis wir im nächsten Frühjahr die Jungen von diesen Armeetauben und unseren blauen Belgiern haben werden«, sagte Terry. »Die werden alle anderen in Grund und Boden fliegen.«

Billy lachte. Dann verdüsterte sich sein Gesicht, als er Katie Doyle auf dem Dach zwischen dem Wald von Fernsehantennen und Wäscheleinen hindurch auf sie zukommen sah.

»Wer hat denn das Frauenzimmer hierhergerufen?« sagte Billy.

Der Anblick des Mädchens, das sich über das Nachbardach auf sie zu bewegte, versetzte Terry in eine eigenartige Spannung. Er wollte sie wiedersehen, aber er wußte auch, daß es eigentlich gar keinen Sinn hatte.

»Okay, ich finde, sie haben jetzt genug Übung gehabt«, sagte er,

und hatte auf einmal keine Lust mehr, den fliegenden Tauben zuzuschauen. »Laß sie 'reinkommen.«
Er übergab Billy die Stange und wartete auf Katie. Sie hatte einen anmutigen, damenhaften Gang, fand er; es sah fast so aus, als schwebe sie auf ihn zu. Sein zufälliges Zusammentreffen mit ihr und ihr gemeinsamer Spaziergang durch den Park in der vergangenen Nacht, ihre sanfte Redeweise und die für ihn so ungewohnt freundlichen Worte, die sie gefunden hatte, gehörten mehr in die Welt der Wachträume, als in die harte Wirklichkeit des Boheganer Hafenviertels.
»Was machen Sie denn hier auf dem Dach?« fragte Terry kurz.
»Ich seh' mich nur ein bißchen um«, sagte Katie.
Sie war verwirrt. Sie fühlte sich etwas fehl am Platze, obwohl sie schon ein paarmal mit Joey hier oben gewesen war, als er seine Tauben trainierte. Sie stand ein paar Augenblicke unschlüssig herum und blickte nach Joeys Schlag drei Dächer weiter hinüber. Die Tauben waren noch da und fraßen unbekümmert aus ihrer selbsttätigen Futteranlage. Ihr Anblick, ihr lebhaftes Gehabe, mit dem sie auf Joey zu warten schienen, brachte ihr die Abwesenheit des Bruders auf eine unerträgliche Art erneut zum Bewußtsein. Dann eilte sie auf Terry zu – sie wußte selbst nicht genau warum – vielleicht, weil auch er ein Taubenliebhaber war.
Als Billy die Stange gesenkt hatte, kreisten die Vögel enger um ihren Schlag herum. Terry begrüßte sie mit einer kreisförmigen Armbewegung. »Hier sehen Sie den Meisterschwarm der ganzen Gegend vor sich. Jeder einzelne Vogel von mir selbst gezüchtet und trainiert.«
»Ich sehe so gern zu, wenn sie über den Fluß hinausfliegen«, sagte sie.
»Sie fliegen überall hin«, sagte Terry. »Über das offene Meer. Bis zu zweitausend Kilometer. Sie lassen sich durch nichts beirren. Nicht einmal durch Hunger oder Durst. Sie fliegen so lange, bis sie wieder in ihren Schlag zurückgekehrt sind.«
Sie landeten jetzt eine nach der anderen und drängten sich durch die beweglichen Gitterstäbe in den Schlag hinein.

»Joey züchtete Tauben«, sagte Katie.
Terry runzelte die Stirn. »Ja. Er hatte ein paar Vögel.« Er blickte sie kurz an und schien dann den Teerpappenbelag des Daches zu studieren. »Ich bin heute morgen hinübergegangen, um sie zu füttern.«
»Ich hätte gar nicht gedacht, daß Sie sich so für Tauben interessieren«, sagte Katie.
Terry zuckte die Achseln. »Ich habe sie gern. Schon seit ich ein kleiner Junge war. Ich liebe das Gefühl, das man hat, wenn man sie hoch oben am Himmel aus Wilmington oder sonst woher heimkommen sieht. Das gibt einem so ein Gefühl der Größe« – er lächelte – »als ob man es selbst getan hätte.«
»Fliegen sie immer nach Hause?« fragte Katie.
»Ja, manchmal verirren sie sich auch oder rennen gegen einen Draht oder so etwas«, gab Terry zu. »Und dann werden sie natürlich auch vom Habicht erwischt.«
»Oh!« Katie schauderte.
»Wissen Sie, der Hafen ist nämlich voller Habichte«, sagte Terry. »Das ist nun mal so. Sie lauern dauernd oben auf den Dächern der großen Hotels. Das Hotel Plaza drüben über dem Fluß ist voll von ihnen. Wenn sie eine Taube im Park entdecken, dann stoßen sie wie ein Pfeil auf sie herab. Sie können einer Taube die Kehle im Nu aufreißen, mitten in der Luft.«
»Was alles passiert«, sagte Katie und schloß die Augen einen Augenblick.
»Ja, das kann man wohl sagen«, sagte Terry. »Der Habicht ist ein Räuber im . . .« er hielt plötzlich inne. »Wozu ist ein Habicht gut?« schloß er.
Katie bemerkte auf der Landefläche eine Taube mit einem langen Stoffetzen am Ständer. Als sie fragte, was dies für einen Sinn habe, sah Terry zu Billy hinüber, der sich mißbilligend abgewandt hatte.
»Tja, das ist eine ganz merkwürdige Sache«, begann Terry. »Sehen Sie, eine Taube von irgendeinem anderen Schwarm oder eine verirrte Brieftaube sieht den Stoffetzen und – das ist eine Eigenart der Tauben – dann will sie gerne feststellen was das

eigentlich ist. So fliegt sie heran, schließt sich dem Schwarm an und ohne es eigentlich zu wollen, fliegt sie direkt mit in den Schlag hinein. 's ist eigentlich eine Art Hypnose.«

»Ist das nicht Diebstahl?« fragte Katie in ihrer entwaffnend nüchternen Art, mit der sie schwierige Fragen mit sanften Stimmen zu stellen pflegte.

»Nun – 's ist eigentlich eher ein Sport. Verstehen Sie?« sagte Terry entschuldigend. »Alle tun das.«

»Und dadurch ist es kein Unrecht mehr?«

»Ja – ja«, murmelte Terry und fühlte sich unbehaglich. Dann rief er Billy zu: »Sieh nach, ob sie genug Wasser haben, Junge. 's sieht so aus, als ob der Napf leer ist. Los, beeil dich.«

Billy warf beiden einen abweisenden Blick zu und schluckte einen Fluch hinunter, als er in den Schlag kroch.

»Die ›Golden Warriors‹?« las Katie die Inschrift auf Billys Rücken.

»Ja. Die ›Golden Warriors‹ sind mein Werk.« Terry gab ein bißchen an. »Man könnte sagen, daß ich der erste ›Golden Warrior‹ gewesen bin. Dieser kleine Halunke hier« – er wies mit dem Daumen auf Billy –, »der ist mein Schatten. Er glaubt, ich hätte hier viel zu sagen, weil ich mal eine Weile Berufsboxer gewesen bin.«

»Na, ich hätte dir eine kleben können, daß du ausgezählt worden wärst«, sagte Billy.

»Ha, ha. Du hättest nicht einmal eine Briefmarke auf'n Umschlag kleben können«, sagte Terry und schlug ein paar linke Haken in die Luft.

Eine große, blaugescheckte Taube mit einem dicken weißen Ring um die Augen flog durch die Gitterstäbe hindurch und nahm von der obersten Stange Besitz, wo sie sich zu schaffen machte und ein herrisches Gurren ertönen ließ.

»Sehen Sie mal dorthin«, sagte Terry. »Na, was meinen Sie?«

»Oh, die ist wirklich wunderschön«, sagte Katie.

Billy hatte die selbsttätige Tränke wiederaufgefüllt und sie geschickt etwas auf die rechte Kante gekippt.

»Sie ist ein Er«, sagte der Bursche wild. »Er heißt Swifty.«

»Er ist meine Leittaube«, erläuterte Terry. »Er sitzt immer auf der obersten Stange.«
»Er macht einen stolzen Eindruck«, sagte Katie.
»Er ist der Boß«, sagte Terry. »Wenn ein anderer ihm diesen Platz streitig machen will, dann sollen Sie mal sehen, wie er den fertig macht.«
Katie seufzte. »Sogar die Tauben . . .«
»Sie haben noch etwas Besonderes an sich«, sagte Terry ernsthafter als gewöhnlich. »Sie sind treu. Sie heiraten genau wie Menschen.«
»Besser«, sagte Billy aus dem Mundwinkel heraus.
»Sie sind sehr treu«, fuhr Terry, Billys Einwurf übergehend, fort. »Wenn sie sich einmal verheiratet haben, dann bleiben sie das ganze Leben bis zu ihrem Tode beisammen.«
Katie senkte den Kopf. »Das ist nett«, sagte sie.
Er streckte die Hand aus, um sie zu berühren, doch dann, aus Furcht oder Scheu vor ihr, zog er sie wieder zurück. Terry merkte, wie Billy mit einem böswilligen Grinsen aus dem Taubenschlag zu ihnen herübersah. »Okay, okay, komm jetzt 'raus und bring das Dach in Ordnung. Und verschwinde dann«, befahl Terry.
Billy pfiff einen obszönen Fluch durch die Zähne, tat aber, wie ihm befohlen war. Katie hielt noch immer den Kopf gesenkt.
»Trinken Sie gern Bier?« fragte Terry nebenbei.
Katie sah ihn an. »Ich weiß nicht.«
Er wollte sie berühren, nur ganz leise. Er hatte nie in seinem ganzen Leben irgend jemand gegenüber zarte Gefühle gehegt und suchte jetzt nach Worten oder Gesten. »Ich wette, Sie haben noch nie ein Glas Bier getrunken«, sagte er. »Ich wette zehn gegen eins – Sie haben noch nie ein Glas Bier getrunken.«
»Einmal, als mein Vater . . .« begann sie.
»Wie wäre es, wenn Sie mit mir zusammen eines trinken würden?«
»In einem Lokal?«
»Ja, klar. Das heißt, ich kenne eine kleine Kneipe – ein Lokal, wo es sehr nett ist, mit einem Seiteneingang für Damen und so weiter.«

»Ich sollte wirklich nicht«, sagte Katie.

»Kommen Sie, es wird Ihnen nicht weh tun«, bat Terry. »Kommen Sie ... okay?«

Er nahm sie bei der Hand und zog sie mit. Sie sagte sich, daß ihr eine bessere Bekanntschaft mit Terry vielleicht tiefere Einblicke in die schrecklichen Mordfälle am Hafen vermitteln würde. Aber in Wirklichkeit war es ein gewisses Etwas an Terry Malloy, die ständige Abwehrbereitschaft und vielleicht auch die Narbe über den Augen, die sie mitgehen ließen.

Terry führte Katie zu der Damenbar im Bellevue, das das zweitbeste Hotel in der Stadt war und in dem Rufe stand, für die Prostituierten der Gegend verboten zu sein. Eine schon etwas ältliche Irin, Mrs. Higgins, die in der Nachbarschaft wegen ihrer chronischen, geräuschvollen Trunkenheit wohlbekannt war, wurde gerade von dem Barmixer hinausbefördert, als Terry und Katie ankamen.

»Lassen Sie mich los. Ich will nur noch ein Gläschen ...« protestierte Mrs. Higgins.

»Sie und Ihr Nur-noch-ein-Gläschen«, sagte der Barmixer und schob sie hinaus. »Gehen Sie nach Hause.«

Katie war zurückgeblieben und Terry nahm sie bei der Hand.

»Kommen Sie – Sie brauchen keine Angst zu haben. Habe ich es Ihnen nicht gesagt? Dies ist ein nettes, ruhiges Lokal. Das heißt, Betrunkene wirft man hier hinaus.«

Drinnen verbreitete die Bellevue-Bar mit ihrer alten Mahagonitheke und den kunstvoll hergestellten Beleuchtungskörpern eine Atmosphäre des neunzehnten Jahrhunderts. Ein Matrose von der Handelsmarine, der dem Ende einer längeren Sauftour zustrebte, sang einen Schlager einer älteren Frau ins Ohr, die zum Mittagessen hergekommen war und das Gefühl für Zeit verloren hatte. Terry ärgerte sich, daß ein plumpes, grellgeschminktes junges Mädchen an einer Ecke des Bartisches mit Terrys Freund Jackie zusammenhockte. Terry versuchte wegzuschauen, denn es handelte sich um Melva; doch sie hatte ihn bereits erkannt und rief herüber: »He, Terry!«

Terry nickte bloß.

»Eine Freundin von Ihnen?« fragte Katie.
Terry zuckte zusammen. »Bloß eine – flüchtige Bekannte«, suchte er nach einer Phrase, die er irgendwo einmal gehört hatte. »Was wollen Sie trinken?«
Während Katie zögerte, brach der Seemann seinen Schlager ab und sagte zum Barmixer: »Geben Sie mir noch eine Flasche Gluckenheimer.«
»Ich will auch einen – einen Gluckenheimer probieren«, sagte Katie. »Zwei Gluckenheimer«, rief Terry. »Und zweimal Brandy.«
Katie blickte erschreckt drein. »Na, lächeln Sie doch ein bißchen. Sie fangen ja grade erst an, ein bißchen zu leben«, versuchte Terry sie zu beruhigen.
»Wirklich?«
»He, Terry«, rief ihm der Barmixer zu. »Hast du gestern abend den Boxkampf gesehen? Mit dem Neuen, dem Ryff. Beidarmig. So etwa dein Stil.«
»Ha, ha«, sagte Terry. »Hoffentlich ergeht's ihm besser als mir.« Und zu Katie gewandt, schob er des Barmixers Kompliment mit einer Handbewegung beiseite. »Komödiant.«
»Sind Sie wirklich ein Preisboxer gewesen?« fragte Katie.
»Ja, das war ich mal. Ich war eine Zeitlang sogar ganz gut. Aber – ich bin nicht in Form geblieben, ich mußte ein paar Kopfsprünge machen.«
»Kopfsprünge? Sie meinen ins Wasser?«
Terry lachte. »Ja. Ins Wasser.« Er lachte noch mal.
»Worüber lachen Sie?«
Er wies mit dem Finger auf sie. »Über Sie. Das Fräulein aus dem Wolkenkuckucksheim.«
Sie errötete leicht, aber ließ nicht locker. »Woher stammte denn Ihr Interesse am – am Boxen?«
Terry hob wieder verächtlich die Schultern. »Ach, ich weiß nicht. Ich hab's das ganze Leben schwer gehabt. Ich dachte, es würde sich vielleicht lohnen. Als ich ein Kind war, wurde mein Vater abgebaut« – er sah die Frage in ihren Augen und fügte hinzu – »machen Sie sich nichts draus. Dann haben sie Charley und mich in ein Loch gesteckt, das Kinderheim hieß.« In Erinnerung an

jene Zeiten rümpfte er die Nase. »Mensch, war das ein Heim. Na, jedenfalls, ich lief dort weg und verkaufte Zeitungen und stahl hier und da ein bißchen und boxte und dann schloß sich Charley Johnny dem Freundlichen an und Johnny kaufte ein Stück von mir ...«

»Ein – Stück von Ihnen?«

»Ja, das stimmt«, sagte Terry ohne weitere Erläuterungen. »Er war ein Stück-Mann. Zusammen mit Mr. T.«

»Wer ist denn das?« fragte Katie.

»Vergessen Sie, daß ich ihn erwähnt habe«, sagte Terry rasch. »Also, jedenfalls, ich gewann zwölfmal und dann ...«

Er brach ab und sah sie lange an. Was war eigentlich mit ihm los, war er verrückt geworden? Dieser kleinen Doyle alles das zu erzählen. Es sprach sonst nie über Kopfsprünge, oder Mr. T., oder die Verbindung mit Johnny dem Freundlichen, was machte er eigentlich – war er plötzlich ein Weichling geworden?

»Ja, und dann?« sagte Katie und lehnte sich etwas vor, um ihm in die Augen sehen zu können.

»Ach, warum erzähle ich Ihnen eigentlich das alles?« sagte Terry. »Bedeutet Ihnen denn das überhaupt etwas?«

»Sollte es denn nicht jedem ...« Katie zögerte.

»Wie meinen Sie?« fragte Terry.

»Ich meine, sollte es denn nicht jedem Menschen etwas bedeuten ...«

Terry schüttelte ungläubig den Kopf. »Menschenskind, leben Sie denn auf dem Mond?«

»Hm, ich meine ... der mystische Leib ... Bruderschaft ... ich dachte ...« Katie suchte nach Worten.

»Ha, Gedanken«, sagte Terry, sie nachahmend, aber doch beeindruckt. »Die ganze Zeit, immer bloß Gedanken. Und das Komische daran ist, daß Sie diesen Unsinn wirklich glauben.«

»Ja, das tue ich«, sagte sie still.

Der Barmixer hatte ihnen die Getränke auf den Tisch gestellt. Terry war erleichtert, daß er etwas zu tun hatte. Er hatte immer ein so merkwürdiges Gefühl, wenn dieses Mädchen ihn ansah, beinahe durch ihn hindurch, und dann lauter verrückte Dinge sagte, Dinge, an die sie zu glauben schien, Dinge, die einen entwaffnen und wehrlos machen.

»Also, jetzt sind wir soweit«, sagte er, ergriff das dicke Glas mit dem üblichen falschen Boden, reichte es ihr hinüber und erhob dann das seinige mit feierlicher Miene. »Auf die Dame und auf den Herrn. Den ersten Schluck auf die Dame, hoffentlich ist es nicht der letzte.« Er stieß zeremoniell mit ihr an und wartete dann amüsiert, als sie argwöhnisch den Rand des Glases beschnupperte und sich mit der stark riechenden Flüssigkeit die Lippen benetzte.

»Mmmmmmm«, murmelte sie unentschieden.

»Nicht so«, sagte Terry. »Einen Schluck. Hinunter damit. Schauen Sie her.« Mit einer oft geübten Bewegung goß er sich den Schnaps die Kehle hinunter.

»Wumm!« sagte er.

Auf diese Herausforderung hin hob Katie das furchterregende Whiskyglas an die Lippen und goß es hinunter. Sie riß weit die Augen auf und hustete, als der Schnaps ihr brennend durch die Kehle rann. »Wumm . . .« flüsterte sie verdutzt.

»Gar nicht schlecht, wie?« Terry sah sie grinsend an. Er fühlte sich besser, seit er sie auf vertrautem Boden wußte.

»Es ist . . . ganz . . .« war alles, was Katie herausbringen konnte.

»Wie wär's mit einem Nachläufer?«

»Einem was?«

»Noch eine Runde.«

»Nein, ich danke wirklich.«

»Haben Sie etwas dagegen, wenn ich noch einen trinke?«

»Natürlich nicht«, sagte Katie. »Sie können tun, was Sie wollen.«

»Noch einen, Mac«, rief Terry und empfand nach dem ersten Schnaps ein größeres Selbstvertrauen. Er trank sein Bier halb aus und beugte sich über den Tisch näher zu ihr hinüber.

»Wollen Sie meine Lebensphilosophie hören?« sagte Terry, noch immer in Unruhe über ihre »Bruderschaft«. »Schlag ihn, bevor er dich schlägt.«

Sie sah ihn einen Augenblick an, bevor sie sagte: »Ich habe das, was unser Herr sagt, lieber.«
»Vielleicht«, sagte Terry. »Aber ich habe keine Lust, mich kreuzigen zu lassen. Ich möchte lieber heil bleiben.«
»Ich muß verrückt gewesen sein, daß ich überhaupt mit Ihnen hierhergekommen bin«, entgegnete Katie.
Er legte ihr die Hand auf den Arm, um sie festzuhalten. »Bleiben Sie noch einen Augenblick. Geben Sie mir noch fünf Minuten. Ich habe nicht jeden Tag Gelegenheit, mit einem Mädchen wie Ihnen zu sprechen.«
Sie schüttelte ärgerlich den Kopf und stieß seine Hand weg. »Ich habe noch nie solch einen Menschen kennengelernt. Keinen Funken von Gefühl – oder Menschlichkeit im ganzen Leib.«
»Das sind für mich alles unbekannte Dinge. Was haben Sie schon davon, außer daß es Ihnen im Wege steht?«
»Und wenn Ihnen etwas im Wege steht« – sagte Katie mit erhobener Stimme – »oder Menschen, dann wollen Sie sie nur aus dem Wege räumen. Das meinen Sie doch?«
»Hören Sie mal zu«, sagte Terry, plötzlich voller Spannung und plötzlich hart und nüchtern, »sehen Sie mich nicht so an, wenn Sie so was sagen. Es war nicht meine Schuld, was mit Joey passiert ist. Ihn umzubringen, das hab' ich nicht gewollt.«
»Warum, wer hat denn das behauptet?«
Verdammt noch mal, man hatte ihm bei der Polizei schon oft harte Fragen vorgelegt und ihn hin und her gestoßen, das hier aber war noch viel schlimmer, diese verfluchte, unschuldig klingende sanfte Ausfragerei.
»Also«, begann er lahm, »ich mag die Art nicht, wie sie mir alle zusetzen und mit dem Finger auf mich zeigen. Sie und die Leute in der Kirche. Und dieser Pater Barry. Ich mag nicht, wie der mich immer ansieht.«
»Er hat jeden genau gleich angesehen, einen wie den anderen«, sagte sie.
»So? Ich dachte, er habe es auf mich abgesehen. Jedenfalls, was ist denn eigentlich mit diesem Pater Barry los. Was ist seine Tour?«

»Seine Tour?«
»Ja, ja, seine Tour. Sie haben wohl im Paradies gelebt. Hier macht es jeder auf eine besondere Tour.«
»Er ist doch aber ein Priester.«
»Sie wollen mich wohl für dumm verkaufen! Der schwarze Anzug spielt dabei überhaupt keine Rolle. Alle sind darauf aus, ihr Schäfchen ins Trockene zu bringen.«
»Sie glauben wohl gar nichts, nicht wahr? Sie haben zu niemandem Vertrauen?«
Er faßte hinüber und versuchte, ihre Hand zu erreichen, aber sie entzog sich ihm wieder. »Katie, hören Sie zu. Hier in dieser Gegend muß sich jeder um sich selber kümmern. Jeder muß dafür sorgen, daß er überhaupt am Leben bleibt. Man muß sich mit den richtigen Leuten gut stellen, damit man etwas Kleingeld in der Tasche hat.«
»Und wenn man es nicht tut?«
»Wenn man es nicht tut?« Er blickte sie besserwissend und etwas arrogant, doch auch mit einem gewissen hintergründigen Ausdruck der Trauer an. »Wenn Sie es nicht tun, peng! – weg sind Sie.« Er deutete in einer wilden Bewegung mit dem Daumen auf den Fußboden.
Katie erschauerte. »Als ob man ein Straßenköter wäre.«
Terry trank sein Bier aus und wischte sich mit dem Handrükken über den Mund. »Immerhin, ich ziehe es vor, wie ein Straßenköter zu leben, statt –«
Er unterbrach sich plötzlich. Wer hatte ihn in diese Falle gelockt? Er wurde ausgenutzt, und er wußte es. Es war etwas an diesem redegewandten, sommersprossigen, kühlen, jungen Mädchen.
»Wie Joey zu enden?« sagte sie. »Fürchten Sie sich, seinen Namen zu nennen?«
»Nein«, sagte Terry ablehnend, doch es klang mehr wie ein Schmerzensruf. »Nur, warum bohren Sie immer hierin herum? Kommen Sie, trinken Sie aus. Sie sollen auch etwas Spaß am Leben haben. Kommen Sie, ich werde mal die Musik anstellen.«
Sie schüttelte den Kopf, ohne ihn anzusehen. Was sie innerlich

fühlte, breitete sich um ihn aus und umschlang ihn wie eine Meereswelle, bevor sie bricht, wenn man weiß, daß sie jeden Augenblick aus einer glatten Woge zu einem alles verschlingenden Schaum werden kann. Er war wie ein Schwimmer, der oben auf der Woge bleiben will, oben, wo man ruhig auf dem Kamm dahinreiten kann. Aber es war nicht leicht. Er hatte sich schon überschlagen. Und dennoch, wie beim Ertrinken, war etwas Hypnotisches dabei, etwas, das seinen Willen lähmte, um sich zu schlagen und sein Leben zu retten.

»Was ist mit Ihnen los?« seufzte er. »Was ist denn los?«

Er war aufgetanden, um ein Geldstück in den Musikapparat zu stecken. »Was für eine Nummer wollen Sie? Mögen Sie Georgia Gibbs gern?«

Sie hob den Kopf, um ihn anzuschauen, und genau wie er gefürchtet hatte, brach sich die Woge in ihr und traf sie unvorbereiteter als ihn. Die Worte stiegen aus ihrem Inneren und brachen über den Damm, bevor sie wußte, was sie sagte. »Helfen Sie mir.«

Es traf Terry zwischen Tisch und Musikapparat, während er noch die kalte, feuchte Münze in der Hand hielt. Bei ihr klang es so leicht. Wenn es doch so leicht wäre! Aber da war ja noch Charley und die Arbeit am Hafen und der Respekt vor Johnny und dessen Vertrauen. Für was für einen Verräter würden die ihn halten, wenn er sich in so etwas einließe? Johnnys und Charleys Welt war auf Leuten wie ihresgleichen gebaut. Man konnte einem Mann wie Johnny, einem geborenen Führer wie Johnny, nicht so einfach in den Rücken fallen. Und hier saß dieses anständige Mädchen, dieser Flüchtling aus einem Wolkenkuckucksheim, und bat ausgerechnet ihn um Hilfe, ihn – Terry! der sonst mit so einem Mädchen nichts anderes im Sinn gehabt hätte, als sie in einem dunklen Hausflur gegen die Wand zu drücken.

Er wandte sich von dem Musikapparat ab und stemmte die Arme lose in die Seiten.

»Ich möchte gerne – Katie – aber – ich weiß von nichts. Ich kann wirklich nichts tun.«

Katie stand auf. Sie fühlte sich teilnahmslos und müde. Die

Wirkung des Alkohols umfing sie tiefer und machte sie ratlos. »Gut ... Gut ... Ich hätte Sie gar nicht darum bitten sollen.«
Sie nahm den Mantel vom Stuhl.
»Sie haben ja Ihr Bier noch gar nicht angerührt«, sagte er. »Kommen Sie, trinken Sie doch. Es wird Ihnen guttun.«
»Ich mag es nicht. Aber warum bleiben Sie nicht noch hier? Bleiben Sie doch und trinken Sie noch einen.
Ich habe noch mein ganzes Leben zum Trinken vor mir«, sagte Terry.
Sie warf ihm solch einen Blick voller Verstehen, Mitgefühl, innerer Ablehnung zu, daß er nicht umhin konnte, herauszuplatzen: »Sie sind nicht böse auf mich?«
»Warum denn?«
Und wiederum war die Unschuld, das an falscher Stelle angebrachte Vertrauen schwerer zu nehmen als ein Hieb mit der Faust.
»Weil – weil ich Ihnen nicht helfen kann?«
»Aber woher denn«, sagte Katie leise. »Ich weiß, Sie würden mir helfen, wenn Sie könnten.«
Es hatte mal einen Kampf gegeben, in dem Tony Falcone, der sehr gut Körperhaken schlagen konnte, Terry unter dem Herzen traf. Terry siegte zwar noch nach Punkten, doch konnte er diesen Schlag noch nach Wochen im Leib spüren. Er trug diese Erinnerung noch immer mit sich herum. Die Leute sagten: ein einziger solcher Schlag, und man ist nicht mehr derselbe Mensch, nicht mehr ganz derselbe. Katies »Sie würden, wenn Sie könnten« war solch ein Hieb.
Als Katie sich vom Tisch dem Ausgang zuwandte, fand sie den Weg durch zwei kräftige Männer in geliehenen Smokings versperrt, die sich gegenseitig beschimpften. »Erzählen Sie mir bloß nicht, ich hätte Sie nicht gesehen, ich hab' Sie gesehen« – »Der Teufel soll Sie holen, wenn Sie mich gesehen haben« – »Verdammt, ich hab' Sie nicht gesehen, Sie dreckiger ...« Dann fingen sie an, sich zu schlagen. Katie wich entsetzt zurück, während der Barmixer mit Entschuldigungen herbeieilte.
»Es ist eine Hochzeitsgesellschaft drinnen im Extrazimmer. In

zwei Minuten werden sie sich wieder umarmen und sich abküssen. Kommen Sie mit, ich bringe Sie durch die Hotelhalle hinaus.«

Er führte sie einen schmalen, getäfelten Korridor hinunter, der an dem für geschlossene Gesellschaften reservierten kleinen Ballsaal vorbeiführte. Ein aus fünf Mann bestehendes Orchester spielte mehr schlecht als recht das alte irische Lied »The Washer Woman«. Der Raum war abgedunkelt, und wechselnde Strahlen aus roten, grünen und lila Scheinwerfern huschten von einem billig dekorierten Balkon aus über die Körper der Tanzenden.

Als Terry und Katie stehenblieben, um hineinzuschauen, eilte das Brautpaar an ihnen vorbei, um ihren Gästen in dem Halbdunkel zu entrinnen. Die Braut war klein und nicht sehr hübsch. Terry erkannte in ihr die älteste Tochter von Joe Finley, einem der kleineren bestechlichen Beamten aus dem Rathaus, der Gelder aus den Löscharbeiten am Pier B bezog. Der Bräutigam war Freddie Burns, ein Vorarbeiter, der gute Aussicht hatte, noch etwas zu werden. Das Brautkleid war aus weißen Spitzen und sehr schön, und Katie, die vom Alkohol, der ganzen Aufregung, der Musik und dem Regenbogeneffekt der wechselnden Lichter leicht benommen war, fühlte sich von dieser gemieteten Romantik seltsam angesprochen. Im Gegensatz zu Terry hatte sie keine Ahnung davon, daß der Bräutigam ein schlauer Fuchs war, der in das Rathaus hineinheiratete, um sich den Lohn von acht Arbeitsstunden je Tag zu sichern. »Ich liebe Hochzeiten«, sagte Katie.

»Der Wagen steht in der Seitenstraße«, sagte der Bräutigam gerade.

»Gib mir eine Zigarette«, sagte die Braut, als sie davoneilten.

»Später, du rauchst sowieso zu viel«, sagte der Bräutigam, als das Paar durch den Korridor verschwand.

Die fünfköpfige Kapelle war zu einem altmodischen Schlager übergegangen: »Avalon«; das Geräusch der über den Holzboden hinschleifenden Schritte war hypnotisch. Die Männer waren meist muskulös gebaute, kleine städtische Beamte, die nicht recht in ihre Smokings hineinzupassen schienen. Die meisten Frauen

waren bereits zu dick geworden. Viele trugen gelbes, im Schönheitssalon gelacktes Haar. Dies war eine Gesellschaft unterer Politiker und Häuptlinge aus Bohegan, vermischt mit ein paar Gangstern aus dem Viertel, nicht den Schlägern, sondern den Wucherern, Angestellten und Abgeordneten, die den örtlichen Politikern Nahrung gaben und gleichzeitig von ihnen lebten.
Katie stand in der Tür und hörte traumverloren der Musik zu. Terry hätte gern gewußt, woran sie wohl denken mochte. »Ich traf mein Lieb in Avalon – dort – an der Bucht: Ich verließ mein Lieb in Avalon – und fuhr davon ...« ging der Text des Liedes in seiner einfachen, herzzerbrechenden Logik.
»Die haben sicher vergessen, uns gedruckte Einladungskarten zu schicken, wie?« Terry versuchte, einen Funken in ihr zu entzünden.
Sie lächelte matt, und er fühlte sich ermutigt. In seiner großspurigen Art wies er auf seine braunen Cordhosen und das rot und schwarz karierte Wollhemd. »Bin froh, daß ich einen Smoking anhabe. Ich hasse es, falsch angezogen zu sein.« Sie lächelte ihn an und er legte den Arm um sie, bedacht, ihr nicht zu nahe zu kommen.
»Kommen Sie doch – wollen Sie nicht –, wollen Sie sich nicht ein bißchen drehen?« Er machte aus Zeige- und Mittelfinger ein Tanzpaar und drehte sie vor ihrem Gesicht herum, immer näher und näher, bis sie ihr auf der Nase herumtanzten. Sie lachte, und bevor sie noch nein sagen konnte, tanzte er schon mit ihr im Korridor. Er drehte sie fachmännisch im Kreise; sie folgte ihm leicht, instinktiv.
»Ah, Sie tanzen herrlich«, sagte er mit gewollter Courtoisie, und sie lachte wieder. Mit gesteigertem Zutrauen führte er sie jetzt an den Rand des verdunkelten Ballsaales, wo sie sich unter die übrigen Tänzer zu mischen begannen.
»He, wir sind ganz prima!« sagte er. »Mr. und Mrs. Arthur Murray.«
Sie duldete, daß er sie fester umfaßte. Die Musik mit ihrer süßen Melodie und dem einschmeichelnden Saxophon wirkte beruhigend. »Die Schwestern sollten Sie jetzt sehen«, sagte er,

den Mund dicht an ihrem Ohr. Als sie die Augen schloß, berührte er mit den Lippen ihr Haar und küßte ganz leicht ihre Wange.
»Oh, ich schwebe nur noch, schwebe«, murmelte sie. »Nichts als schweben . . .«
Der Saxophonspieler hatte das Instrument abgestellt, er war aufgestanden, um mit dünner Stimme den Text zu singen. Terry stimmte leise mit ein:

»Und so bin auf dem Weg ich schon –
nach Av – a – lon . . .«

Die Kapelle spielte einen konventionellen Schlußakkord und die Oberlichter verbreiteten wieder ihre aufdringliche Helligkeit. Terry und Katie hielten sich noch umschlungen. Sie waren noch ganz in der süßen, wehklagenden Melodie gefangen. Da kam Truck auf sie zu. Gilly war bei ihm. Truck und Gilly waren nicht der Hochzeit wegen da. Das merkte Terry. Sie sagten nicht »n Abend, Kleiner« oder irgendwas Derartiges. Kein freundlicher Klaps auf den Rücken und kein Scheinboxen. Sie waren »im Dienst«, ganz eindeutig und offenkundig im Dienst.
»Ich habe dich schon die ganze Zeit gesucht, Terry«, sagte Truck.
Etwas stand fest in Bohegan: verstecken konnte man sich nicht. Die Stadt war eine Meile lang und eine Meile breit, und jeder beobachtete jeden.
»Also, was denn?« sagte Terry.
»Der Chef will dich sprechen«, sagte Truck.
»Jetzt sofort?«
»Unbedingt«, sagte Gilly.
Truck beugte seinen Bullennacken an Terrys Ohr. »Er hat gerade einen Anruf von oben bekommen. Irgend etwas ist schiefgegangen. Er kocht wie ein Dampfkessel.«
»Gut, ich muß aber erst noch diese – diese junge Dame nach Hause bringen«, sagte Terry.
»Ich würde gleich hingehen, Terry«, sagte Truck. »Wenn ich du wäre, würde ich jetzt keine Zeit verlieren. Gilly kann das kleine Fräulein nach Hause bringen.«

»Unbedingt.«
»Schau, du kannst ihm sagen – sag ihm, ich bin gleich da«, sagte Terry.
Truck blickte Gilly mit dem Ausdruck höchster Empörung an. »O-kay«, sagte er, wobei die besondere Betonung der letzten Silbe unmißverständlich zum Ausdruck brachte, was er sich dachte. »O-kay . . .«
Die beiden Ganoven warfen sich achselzuckend einen Blick zu und ließen Terry stehen.
Katie trat auf den Korridor und sah ihnen nach, wie sie sich rasch in Richtung auf die Hotelhalle entfernten. Terry kam nach und trat unschlüssig von einem Bein auf das andere.
»Wer sind diese . . .« begann sie.
»Ach, bloß zwei – Bekannte von mir«, sagte Terry mit Unruhe im Herzen.
»Was hat dir denn der kleine Dicke ins Ohr geflüstert?« fragte Katie. »Warum muß er denn flüstern?«
»Hör zu Katie, zu deinem eigenen Besten«, Terry wollte ihr alle weiteren Fragen abschneiden. »Du mußt endlich aufhören, lauter Fragen zu stellen. Hör auf mit der ewigen Fragerei. Hör auf damit, hör auf.«
»Wer waren die beiden?« sagte Katie.
»Es ist ungesund«, fuhr Terry fort. »Ich sage dir das jetzt zu deinem eigenen Besten. Es ist ungesund. Ich sage dir, hör auf damit.«
»Warum machst du dir über mich Sorgen?« sagte Katie. »Du hast doch gerade erst gesagt, daß du dich nur um dich selbst kümmerst.«
»Okay, okay«, sagte Terry mit rauher Stimme und empfand einige Erleichterung in dem Gedanken, daß er sein Schuldgefühl und ihre sinnwidrige Zuneigung überwinden könnte, wenn er sie anfuhr. »Mach nur so weiter, verbrenn dir ruhig die Finger. Aber komm dann bloß nicht heulend zu mir, wenn du dich verbrannt hast.«
»Warum soll ich denn überhaupt heulend zu dir kommen?« fragte Katie.

»Weil ...« sagte Terry beleidigt, »weil ... ich glaube, daß du und ich, wir beide ...«
Er sah sie an, zornig und schuldbewußt, und ließ den Kopf hängen.
»Mich kriegst du nicht«, warnte ihn Katie. »Mich nicht!«
»Das gilt für mich doppelt«, sagte Terry. Drinnen im Saal gingen die Oberlichter wieder aus. Die Kapelle begann, einen Walzer zu spielen.
»Ich gehe«, sagte Katie.
»Ja, laß uns von hier verschwinden«, sagte Terry. »Ich bringe dich nach Hause.«
Es war kühler geworden, seit die Sonne sich hinter der massiven Fabrikkulisse verkrochen hatte, die den westlichen Rand der Stadt bezeichnete. Sie hatten sich nichts weiter zu sagen. Sie gingen schnell die Dock Street hinunter. Als sie sich Terrys Wohnung näherten, die sechs Türen von der Doyleschen Wohnung entfernt lag, wollte Katie ihm gerade sagen, es sei wirklich nicht nötig, daß er sie weiter begleite, als ein Mann im braunen Tweedmantel und dunkelbraunen Hut mit raschen Schritten aus der Toreinfahrt heraustrat, in der er gewartet hatte. »Mr. Malloy?«
Bei der Anrede »Mister« drehte sich Terry überrascht um. Er runzelte die Stirn, als er den Spaßvogel von der Kriminalpolizei erkannte, den großen, breitschultrigen, der ihm zu viele Fragen in der Longdock gestellt hatte.
»Ja?« sagte Terry.
Glover trat näher, ein freundliches Lächeln auf dem Gesicht. »Ich habe auf Sie gewartet, Mr. Malloy. Ich bringe Ihnen eine Vorladung vor Gericht, Mr. Malloy.«
Er übergab Terry das unscheinbar aussehende Blatt Papier. Terry sah es nicht an. Er zerknüllte es in der Hand zu einem Ball.
»Im Gerichtsgebäude. Zimmer neun, um zehn Uhr, Montag morgen«, sagte Glover.
Das war zuviel für Terry. »Hören Sie mal zu, ich habe es Ihnen doch schon gesagt. Ich weiß von nichts. Ich weiß von der Geschichte überhaupt nichts.«

»Sie sind berechtigt, einen Anwalt mitzubringen«, fuhr Glover fort. »Und Sie genießen nach der Verfassung das Recht, sich gegen alle Fragen zu verwahren, die Sie belasten könnten.«

»Sind Sie eigentlich verrückt?« sagte Terry und hatte das Gefühl, als hinge er mitten zwischen Angst und Zorn. »Wissen Sie eigentlich, was Sie von mir verlangen?«

»Mr. Malloy«, sagte Glover in einem Ton, als hätte er früher schon tausendmal dasselbe gesagt, »alles, worum wir Sie bitten, ist, uns die Wahrheit zu sagen.«

»Auf Montag früh also«, sagte Glover. »Und natürlich – wenn Sie nicht erscheinen, werden Sie vorgeführt und haben Strafe zu zahlen. Guten Tag, Malloy.«

»*Mr.* Malloy, wenn ich bitten darf«, sagte Terry, die Arme in die Hüften gestemmt, während er Glover nachsah. »Polente!«

»Was wirst du nun tun?« sagte Katie.

Terry hatte ganz vergessen, daß sie noch da war. »Ich sage dir nur das eine«, erklärte er in sarkastischem Ton. »Ich setze mir wegen der Polizei keine Laus in den Pelz, das ist mal sicher.«

Das war die Sprache der Ganoven reinsten Wassers, und sie führte bei Katie zu einer scharfen, klaren Reaktion. »Es war doch Johnny der Freundliche, der Joey umgebracht hat, nicht wahr?« sagte sie.

Terry krampfte die Finger um die Vorladung. Er sah sich auf die Füße hinunter. Es kam ihm vor, als renne er, als habe er gerade irgend etwas von einem Handkarren heruntergestohlen und mache sich jetzt so schnell er könne aus dem Staube. »Katie . . .« fing er zu sprechen an.

Aber jetzt ließ Katie nicht locker. »Er hat ihn töten lassen, oder hatte etwas damit zu tun, nicht wahr? Er und dein Bruder Charley, ist das wahr?«

»Katie, hör zu . . .«

»Du kannst es mir nicht sagen, nicht wahr? Weil du selbst darin verwickelt bist. Und ebenso schlecht wie alle anderen bist. Genauso schlecht. Nicht wahr? Sag mir die Wahrheit, Terry. Bist du ebenso schlecht?«

Sie hatte mit erhobener Stimme gesprochen; Tränen traten ihr in die Augen, und Terry machte einen Schritt zurück und streckte eine Hand aus, wie um sie zu beruhigen.
»Pst, nicht so laut. Du gehst besser zurück in deine Schule da draußen über den Wolken. Du bringst dich noch ins Irrenhaus. Du bringst mich auch noch ins Irrenhaus. Du machst die ganze Welt verrückt. Hör doch endlich auf, dauernd die Wahrheit wissen zu wollen. Kümmer dich doch erst einmal um dich selbst.«
Katie senkte die Stimme, um ihn nicht anzuschreien. »Ich hätte es wissen müssen, daß du mir nichts sagen würdest. Pop hat gesagt, daß du mal Johnnys Eigentum warst. Ich glaube, du bist es jetzt noch.«
»Bitte. Bitte, Katie, sag das nicht zu mir . . .«
Katie sah ihn an und hätte am liebsten losgeheult. Dann sagte sie so sanft, wie sie konnte: »Kein Wunder, daß alle dich einen Strolch nennen.«
»Sag das nicht, Katie, sprich nicht so mit mir!«
»Kein Wunder . . . kein Wunder . . .« wiederholte Katie leise immer wieder.
»Ich – ich versuche nur, dich vor Schaden zu bewahren. Siehst du denn das nicht ein? Was willst du denn noch mehr?«
»Noch viel mehr, Terry«, sagte Katie. »Viel, viel, viel mehr.«
Sie drehte sich abrupt um und rannte die Straße zu ihrer Wohnung hinauf, damit er nicht sehen sollte, daß sie weinte.
Terry sah, wie sie die Stufen zu ihrer Eingangstür hinaufeilte.
Dann blickte er auf das zerknüllte Papier in seiner Hand. »Hund, verdammter«, sagte er wütend, »elender Hund, elender. Verdammter elender Hund, elender, verdammter.«
Dann fiel ihm Johnny der Freundliche ein. Er mußte wohl ganz den Verstand verloren haben, hinter einem Frauenzimmer herzulaufen und einen direkten Befehl von Johnny dem Freundlichen in den Wind zu schlagen. Mit gesenktem Kopf und bemüht, sich zu konzentrieren, schritt er, während die Vorladung ihm ein Loch in die Tasche zu brennen schien, um die Ecke auf

die Dockanlagen zu und betrat den hinteren Raum in Johnnys Bar auf der River Street, wo Gewerkschaftsbruder Johnny der Freundliche bereits auf ihn wartete.

SECHZEHNTES KAPITEL

Big Mac und Gilly und Truck und Sonny und Specs und »J. P.« und alle übrigen starrten Terry an, als er das Hinterzimmer betrat. Sie betrachteten ihn, als ob sie ihn nie vorher gesehen hätten. Sogar Charley murmelte lediglich »'n Abend Kleiner«. Sie warteten darauf, daß Johnny der Freundliche den Anfang machte.

»Es ist nett von dir, daß du mal vorbeischaust«, sagte Johnny, als Terry nähertrat. Man fürchtete Johnnys Augen wegen ihrer kaltblauen, tödlichen Starre, wenn er verärgert war. Seine Lippen bewegten sich kaum, wenn er sprach. Es war mehr als bloßer Ärger in ihm. Es war eine einstudierte Reserve, die diejenigen, die sich seine Feindschaft zugezogen hatten, dem Zusammenbruch nahebrachte.

Terry war auf der Hut, weil er alle Augen auf sich gerichtet sah und merkte, daß man bei ihm nach einem Zeichen von Unsicherheit suchte. Wie hart würde der harte Junge jetzt sein? schienen diese Augen zu fragen.

»Ich bin hergekommen«, sagte Terry vorsichtig. Er warf Charley, der neben Johnny stand, einen Blick zu. Charley stand auf seiner Seite, doch trug er eine unbewegte Miene zur Schau, um seine Stellung bei Johnny nicht zu gefährden. Es gab in diesem Kreise Augenblicke, wo es auf Sein oder Nichtsein ankam. Johnnys Autorität war fürchterlich, sie duldete keinen Widerspruch. Vor ihm gab es nichts zu verbergen, er ließ keine Unsicherheit durchgehen. Gnade oder Strafe wurde von oben herunter zugeteilt, auf den Tisch gehauen, so daß alle es sehen konnten, unwiderruflich.

»Wieso, du bist hergekommen«, sagte Johnny geziert. Dann schlug er einen rauheren und lauteren Ton an. »Wie denn? Über Chikago?«

Big Mac und zwei oder drei andere lachten pflichtschuldigst. Terry sah sie mit verkniffenem Munde an und versuchte Johnny davon abzuhalten, ihn mit Worten verrückt zu machen.
»Spaß beiseite, Johnny, ich war . . .«
»Halt den Mund, Shlagoom«, sagte Johnny. Die Fünfundsiebzig-Cent-Zigarre, die er zwischen den Zähnen hielt, sah wie eine Revolvermündung aus, die Terry entgegendrohte. »Wie oft bist du ausgezählt worden, Terry?«
Wieder trat vereinzeltes Gelächter auf, aber dieses Mal wandte Terry nicht den Blick von Johnnys eisblauen Augen.
»Ausgezählt? Hm . . .« Terry dachte zurück an die guten und die schweren Kämpfe im Ring. »Nur zweimal. Und das eine Mal davon in der Nacht, als . . .«
»Halt's Maul«, sagte Johnny. »Zweimal. Das muß schon einmal zuviel gewesen sein. Dein Verstand muß dich verlassen haben. Was hast du denn da oben im Kopf, chinesische Glockenblumen? He? Hast du einen Strauß chinesische Glockenblumen da oben, wo eigentlich dein Gehirn sein sollte?«
Wieder war ein unterdrücktes Lachen zu hören, das wie bestellt klang, und Johnny sagte über die Schulter: »Gut, laßt es sein. Jetzt ist keine Zeit zum Witzemachen. Wegen dieses – Genies hier sitzen wir in der Klemme.«
»Was ist los?« sagte Terry. »Was habe ich denn falsch gemacht?«
Johnny wandte sich Charley dem Gent zu, der versuchte, den Unbeteiligten zu spielen. »Ich dachte, er sollte ein Auge auf die Kirchenversammlung halten? Ich dachte, du sagtest, er sei dafür geeignet?«
Charley sagte nichts.
»Johnny, ich bin dagewesen«, sagte Terry. »Ich habe alles mitgekriegt. Es ist gar nichts passiert.«
Johnny drehte sich wieder zu Charley um. Charley gelang es, einen Gesichtsausdruck zuwege zu bringen, der eigentlich gar kein Gesichtsausdruck war. Johnny der Freundliche stieß die Nadel noch tiefer hinein. »Nichts passiert, sagt der Kleine. Das

ist ja ein feiner Mitarbeiter, den du da hast, Charley. Noch einer von der Sorte, und wir tragen alle gestreifte Pyjamas.«

Diesmal lachte niemand. Das Schweigen in dem Raum war wie ein plötzlich eintretender Mangel an Sauerstoff. Hinter sich im Vorzimmer konnte Terry Stimmen an der Bar und das sinnlose Gelächter aus dem Fernsehen hören. Er wünschte, er wäre dort draußen, könnte ein Glas Bier trinken und sich unterhalten. Er griff sich mit der Hand an die Stirn; die Haut war kalt und feucht. Er haßte es, sich vor diesen Burschen hier gehen zu lassen. Man konnte sich innerlich noch so zusammennehmen, aber diese Schweißdrüsen pumpten die Angst einem geradezu ins Gesicht.

Terry wandte sich zu Charley in der Hoffnung auf Trost und Hilfe. »Ich habe dir doch gesagt, Charley, es war rein nichts. Der Pater war der einzige, der redete.«

Johnny blickte von einem zum anderen; der Ausdruck von Empörung auf den Gesichtern war ein genaues Spiegelbild seiner eigenen. »Gut, Leute, haut ab«, sagte er. »Alle außer Charley. Ich will mit diesem Shlagoom alleine sprechen.«

Sie schlichen gehorsam hinaus. Johnny kaute gewaltsam am Ende seiner Zigarre herum.

»Der Pater war der einzige, der redete«, nahm Johnny Terrys Worte wieder auf, formte sie um in kleine harte Geschosse und schleuderte sie Terry ins Gesicht. »Also, heute nachmittag hat dein verdammter Priester einen gewissen Timothy J. Nolan zu einer Geheimsitzung der Kriminalpolizei mitgenommen, und Nolan war der einzige, der redete. Was hältst du nun davon?«

»Du meinst der kleine Runty Nolan? Der Alte? Der dauernd im Tran ist?« Terry zuckte die Achseln. »Der weiß nicht viel.«

»Der weiß nicht viel, wie?« sagte Johnny. Er griff in seine Rocktasche und zog ein längs zusammengefaltetes, dickes Manuskript heraus, das er mit der flachen Hand auf den Tisch schlug.

»Weißt du, was dies ist?«

Terry schüttelte den Kopf.

»Bloß neununddreißig Seiten darüber, wie wir arbeiten, weiter nichts.«

»Wie bist du denn daran gekommen?« Terry war beeindruckt.
Johnny machte mit dem Daumen eine Bewegung, die auf eine höhere Verbindung hinwies. »Das geht dich überhaupt nichts an. Ich habe es bekommen.«
»Das geht dich nichts an, er hat es jedenfalls«, sekundierte Charley. »Die gesammelten Werke von Timothy J. Nolan. Direkt aus der Druckerei. Gott sei Dank, war es eine Geheimsitzung; man kann dieses Zeug deshalb nicht gegen uns verwenden, solange er nicht öffentlich ausgesagt hat.«
»Charley«, sagte Johnny, »du hast Köpfchen genug, um zu reden, aber manchmal hast du nicht Köpfchen genug, um nicht zu reden. Du verstehst, was ich meine?«
Charley wußte, was er meinte. Wenn sich Johnnys Pupillen zur Größe und Härte von Schrotkörnern verengten, dann verließ auch seine intimen Freunde der Mut.
»Nolan!« Terry konnte nicht darüber hinwegkommen. »Ich wußte, daß er sich eine Menge zutraut, aber . . .«
»Zutraut!« Johnny stand auf und schüttelte die Fäuste. Charley hatte ihn schon vielleicht ein Dutzend Mal in dieser Form gesehen, und jedesmal hatte sich eine Hinrichtung angekündigt. »Ein übler Verräter, der sich damit selbst den Hals umgedreht hat.«
Er kehrte Terry den Rücken zu. Terrys Gesicht spiegelte eine Mischung von Furcht, Widerspruch und Resignation wider.
»Charley, du hättest es eigentlich wissen müssen, daß diesem albernen Bruder von dir nicht zu trauen ist. Er war in Ordnung, solange er hier den Spaßmacher spielte. Aber hier dreht es sich um das Geschäft, um wichtiges Geschäft. Wir machen zehntausend Dollar die Woche. Ich kann es mir nicht leisten, daß mir solche dahergelaufenen Idioten das Geschäft ruinieren.«
»Hör mal zu, Johnny, wie konnte ich denn . . .« versuchte Terry einzuwerfen.
»Ich habe dir schon mal befohlen, das Maul zu halten. Es ist jetzt zu spät. Du hättest ein Auge auf sie halten sollen. Auf jeden einzelnen von diesen Wiederkäuern. Du hättest Verstärkung anfordern müssen, wenn du Hilfe gebraucht hättest.«

Er wandte sich wieder Charley zu. »Charley, ist dir klar, was das bedeutet?« Er blätterte in den Seiten des Manuskripts. »Das Zeug, das Nolan hier hereingebracht hat, ist Dynamit. Er war dabei, als Willie Givens und Big Tom anfingen. Er weiß, wo einige von den Leichen begraben sind.«
»Bei Mr. Big liegt es schon vierzig Jahre zurück«, sagte Charley. »Gesetzliche Verjährung.«
»Sicher, sicher«, sagte Johnny. »Aber es wird in allen Zeitungen stehen. Und wenn sie ihn auch nicht anklagen können, so wird es Willie Givens bestimmt nicht guttun und der Kerl wird uns das Leben zur Hölle machen, weil wir diesen Nolan nicht rechtzeitig zum Schweigen gebracht haben. Und der Haufen da drüben im Rathaus ist reichlich unzuverlässig. Ein großer Skandal könnte jetzt die ganze Sache zum Platzen bringen.«
»Vorläufig ist es ja nur dieser eine Bursche«, sagte Charley. »Und man hat ja schon oft Untersuchungen geführt!«
»Klar«, sagte Johnny. »Und wir haben sie prima überstanden, und wir werden es auch wieder tun. Sie werden mich nicht zu fassen kriegen, bloß weil sie mir jetzt etwas härter zusetzen. Dazu habe ich zu schwer gearbeitet. Das letztemal, weißt du noch, als wir eine Untersuchung hatten, da ging die von der Stadtverwaltung aus, und sie nahmen es nicht so genau. Deshalb war das einzige, was dabei herauskam, ein paar Schlagzeilen in der Presse und Empfehlungen, und als alles vorbei war, da saßen wir genauso fest im Sattel wie vorher.« Er kicherte in sich hinein. »War das komisch! In Brooklyn stellte die Untersuchung fest, daß die Familie Genotta die führenden Angestellten in allen Ortsgruppen stellte. Deshalb empfahlen sie, daß neue Wahlen abgehalten werden sollten. Und die Genottas saßen nach der Wahl wieder alle auf ihren alten Posten. Und die Stadtverwaltung bescheinigt, daß alles in Ordnung sei, weil eine neue Wahl entsprechend ihrer Empfehung abgehalten worden ist.«
Charley fiel vorsichtig in das Lachen über die Unsinnigkeit von Reformversuchen ein. »Ja, es ist reichlich schwierig für eine Stadtverwaltung, eine Untersuchung gegen sich selbst anzustrengen.«
»Aber jetzt geht's vom Staat aus, Charley, von zwei Staaten.

Es hat schon etwas in den Zeitungen gestanden, und die Gouverneure und Bürgermeister sind sich nicht sehr gewogen. Ich sage dir, Charley, ich mag diese Untersuchung nicht. Und ich mag diesen Pater Buttinsky nicht. Ich glaube, es ist Zeit, daß Willie Givens den Monsignore dazu bewegt, dem Priester ein Handtuch ins Maul zu stopfen. Ihn in die Kirche zu scheuchen und zu zwingen, das Maul zu halten, verflucht noch mal. Ich wäre bereit, der Kirche eine nette Stiftung zu machen, wenn nur dieser Barry verschwinden würde.«
»Aber, Johnny, ich hab' gedacht, ich hätte getan, was ...« Terry versuchte mit halbem Herzen einen letzten Vorstoß. Dieses Mal war es Charley, der ihm das Wort abschnitt.
»Warum rennst du um alles in der Welt mit seiner Schwester herum?«
»Das stimmt nicht, stimmt nicht. Ich habe nur ...«
»Johnny, es ist das Mädchen«, unterbrach ihn Charley. »Er trifft die kleine Doyle, dieses Frauenzimmer, in der Kirche und wupps – findet er den Weg in die eigene Ecke nicht mehr.«
Er wandte sich um und sagte mit erhobener Stimme zu Terry: »Das sind ungesunde Beziehungen.«
»Halt dich von ihr fern, bleib ihr fern«, befahl Johnny. »Es sei denn, ihr seid beide lebensüberdrüssig.«
»Verrückter Kerl«, sagte Charley.
Johnny sagte: »Charley, die nächsten ein oder zwei Wochen wird es darauf ankommen. Wir berufen deshalb für heute abend noch eine Versammlung mit Willie Givens, unserem Rechtsberater und ein paar von den anderen – Beamten ein. Wir müssen uns enger zusammenschließen.«
»Wir müssen den Eindruck erwecken, als ob diese Untersuchung kein anderes Ziel verfolgt, als die Gewerkschaften zu sprengen«, sagte Charley. »Es schafft für den Staat einen gefährlichen Präzedenzfall, wenn er versuchen sollte, eine ehrliche Gewerkschaftsführung zu untersuchen oder unter seine Kontrolle zu bringen.«
»Richtig«, sagte Johnny. »Nimm dir diesen Gedanken als Leitsatz, sprich mit den Reportern, die gut mit den Transportge-

sellschaften stehen. Wir wollen das in die besten Zeitungen bringen. Und was diesen Nolan anlangt – diesen dreckigen Verräter, so werden wir Mittel und Wege finden, ihn zum Schweigen zu bringen oder er kann –, wie nennt man das, wenn es immer schneller und schneller geht?«

»Eine Lawine«, sagte Charley.

»Ja«, sagte Johnny, »ein Stein kommt ins Rollen und dann noch ein paar Steine und dann wummmm, kommt uns der ganze verdammte Berg auf den Hals.«

»Mach dir keine Sorgen, wir werden das aussitzen«, sagte Charley. »Wir haben zuviel Geld auf unserer Seite. Zu viele Beziehungen.«

»Und Gott sei Dank haben wir auch die besten Muskeln im ganzen Hafen«, sagte Johnny. »Und es ist höchste Zeit, sie zur Anwendung zu bringen, und zwar rasch, bevor dieser sogenannte Priester noch weitere Hunde wie Nolan dazu bringt, uns zu verpfeifen.«

»Wie kann so eine kleine Schmeißfliege wie Runty ...« begann Terry zu sagen.

Johnny der Freundliche ging auf ihn zu, bis sein Mund Terry unmittelbar ins Gesicht schrie. »Von jetzt ab machst du nur den Mund auf, wenn du gefragt wirst. Und weißt du, wohin du gehst? Hinunter in den Laderaum. Keine Druckposten mehr auf dem Boden. Und du bleibst so lange unten im Laderaum, bis du weißt, was sich gehört.«

»Es ist nett von ihm, daß er dir überhaupt noch Arbeit gibt«, sagte Charley.

»Ja ... das stimmt«, sagte Terry kläglich.

»Wenn du hinausgehst, sag Specs Flavin, er soll hereinkommen.«

Damit war er entlassen. Terry versuchte das Kinn hochzuhalten, als er den Raum verließ. Charley machte ein besorgtes Gesicht und Johnny meinte: »Wer einmal ein Ganove war, der bleibt immer einer. Das ist der Grund, daß er nie ein großer Boxer wurde.«

Als Terry durch den vorderen Raum ging, lud ihn niemand auf einen Schnaps ein. Er blieb nicht stehen, er ging weiter bis an den Anfang der Dock Street und dann den Fluß entlang bis zu einem ausgebrannten Pier. Die geschwärzten, vom Feuer angefressenen Pfahlrahmen ragten halb aus dem Wasser, einige nur gerade eben über die Oberfläche, andere fast so weit, wie sie ursprünglich gestanden hatten. Terry setzte sich auf einen verkohlten Stumpf am Ufer und starrte auf die modrige, von Abfällen übersäte Oberfläche des Hudson. In der Nähe fischten ein plumpes Mädchen von etwa elf Jahren in einem schmutzigen Kleid und ihr jüngerer Bruder in einem viel zu großen, zerrissenen Pullover nach Geldstücken, so wie Terry es in seiner Kindheit zu tun pflegte. Er benutzte dazu einen langen Stock, ein Stück Bindfaden und einen Stein mit Kaugummi auf der Unterseite.

In der Mitte des Stroms zog ein Schlepper einen Leichter mit drei Güterwagen darauf hinter sich her. Wie oft hatte sich Terry als blinder Passagier in diese Wagen geschmuggelt, um den Fährmann um seine zwanzig Cents zu betrügen. Terry starrte hinab auf sein eigenes dunkles, nachdenkliches Spiegelbild in dem schmutzigen Wasser.

Das Fräulein aus dem Wolkenkuckucksheim, dachte er. Zum Teufel, wenn er so weitermachte, dann waren sie ein Paar aus dem Wolkenkuckucksheim.

SIEBZEHNTES KAPITEL

Runty Nolan lehnte in der Longdock an der Bar und unterhielt sich mit seinen Freunden Moose McGonigle und Pop Doyle. Er war sich noch nicht im klaren darüber, ob er zur Nachtschicht im Laderaum, zu der er heute morgen eingeteilt worden war, erscheinen sollte, oder nicht. Nachdem er Charleys Bruder in der Kirchenversammlung gesehen hatte, war er ziemlich überrascht gewesen, daß Big Mac ihm überhaupt eine Arbeit zugewiesen hatte, und sei es auch unten im Laderaum. Dieser Platz war eine Art von Slum, der normalerweise für Neuankömmlinge, Ausländer, entsprungene Seeleute, Neger und solche Leute reserviert war, die sich erst spät auf Johnnys Seite geschlagen hatten und keinen Einfluß im Hafen besaßen. Es war eine absichtliche Beleidigung, einem Hafenarbeiterveteranen diesen Arbeitsplatz dort unten anzubieten. Die meisten Amerika-Iren auf Big Macs Pier würden dem Heuerchef ins Gesicht gespuckt haben, hätte er ihnen zugemutet, die Lukendeckel hochzuheben, bei der obersten Lage anzufangen und sich dann allmählich in den Schiffsbauch hinunterzuarbeiten.

Runty machte sich seine Gedanken darüber, was wohl Big Mac dazu bewogen haben mochte, ihm den Platz im Schiffsbauch zuzuweisen. Er hatte sich dem Büro der Kriminalpolizei nur auf langen Umwegen genähert und war ziemlich sicher, daß er nicht verfolgt worden war. Immerhin, es gab zehntausend Augen am Hafen, und man war sich seiner Sache nie ganz sicher.

Jedenfalls würde das kein Grund für ihn sein, der Arbeit im Laderaum fernzubleiben. Er war nur ein Gast auf dieser Welt, sagte er immer, und wenn sie es auf ihn abgesehen hatten, dann konnten sie ihn schließlich überall finden. Zum Teufel mit ihnen! Er konnte die fünfunddreißig Dollar für die schwere, zehn Stunden dauernde Nachtschicht gut brauchen; Geld für Brot und Bier, das er verdammt nötig haben würde, wenn er wirklich den Kopf in die Schlinge stecken und vor der Öffentlichkeit seine Aussagen machen würde. Es gab aber heute abend noch einen anderen Anreiz für ihn, der für jeden Iren absolut unwiderstehlich war: Whisky, und dazu noch ein Whisky, für den er nicht zu zahlen haben würde! Das Schiff, das gelöscht werden sollte, war die *Elm*, aus Cobh in Irland, und ihre Ladung bestand aus irischem Leinen und Spitzen und Hanf und einem Lukenraum voller Kisten mit Jamesons Whisky.

Lachend sprach Runty mit Moose von der Zeit, da die *Ash* mit zehn Jahre altem Whisky in Vierhundert-Liter-Fässern, die hier in Flaschen gefüllt werden sollten, hereingekommen war. Runty hatte ein Faß angestochen und darauf laut »Feuer« geschrien. Daraufhin waren die Vorarbeiter und noch ein paar andere um Wassereimer gerannt. Zwei Stunden später hatte man Runty und die meisten anderen ausgestreckt auf dem Boden liegend gefunden,

wo sie ihren Rausch ausschliefen. »Was ist mit diesen Leuten los?« hatte Barney Backus, der Vorarbeiter gefragt. Runty war wieder so weit zum Bewußtsein gekommen, daß er murmeln konnte: »Es ist das Wasser. Es muß etwas in dem Wasser gewesen sein, das uns alle auf einmal wie die Fliegen hingehauen hat.«
Neben Runty stand ein Eimer. Barney trat heran und blickte hinein. Der Alkoholdunst hätte einen schwächeren Mann glatt umgeblasen. Barney hatte den Vorarbeiterposten bekommen, weil er einer von Johnnys »verlängerten Armen« war, aber er war ein gutmütiger Bursche und kam mit den übrigen Arbeitern gut aus, sogar mit den »aufsässigen«, wie Runty, obwohl er ihnen gelegentlich auf Johnnys Befehl eins über den Schädel schlagen mußte.
Der Ton der Trillerpfeife drang von der Straße her zu ihnen herein, und Runty schob sich die alte Mütze noch etwas mehr auf die Seite, als ob es eine runde schottische Wollmütze wäre.
»Los, 's ist Zeit. Die gute alte *Elm*, bis zu den Schornsteinen mit süßem, irischem Whisky zu beladen.«
»Runty, du wirst diesmal nichts davon klauen«, sagte Pop streng. »Du willst doch jetzt nicht etwa mit dem Gesetz in Konflikt kommen?«
»Natürlich nicht«, sagte Runty mit besonderer Betonung. »Wenn aber eine Kiste zufällig herunterfällt und kaputtgeht und ein paar Flaschen auf das Deck purzeln, dann wäre es doch eine Schande mit anzusehen, daß das gute alte Zeug verlorengeht, hab' ich nicht recht?«
Runty goß schnell noch den letzten Schnaps hinunter. Er warf einen Dollar auf die Bar für die letzten drei Whisky, rief seinen Freunden ein »bis morgen« zu und machte sich mit schnellen Schritten auf den Weg zu den »Jamesons«.
Luke war mit ein paar anderen Negern an den Luken tätig. Außerdem waren dort mehrere Italiener eingeteilt, die kein Englisch verstanden und wahrscheinlich gerade erst durch eine von Johnnys Operationen herübergeholt worden waren. Sie erhielten sofort Gewerkschaftskarten, was zur Folge hatte, daß der größere Teil ihres Lohnes wieder in Johnnys Taschen floß. Diese

Männer waren praktisch in Johnnys Hand, denn wenn sie nicht taten, was Johnny wollte, dann würde er sie sofort den Einwanderungsbehörden übergeben. Darüber hinaus waren auch zwei alte Iren eingeteilt, denen man etwas zu verdienen geben mußte, damit sie dem Geldverleiher die fünfundfünfzig Dollar zurückzahlen konnten, die sie ihm für fünfzig Dollar der letzten Wochen schuldeten. Derjenige aber, den Runty am meisten überrascht war, zu sehen, war Terry Malloy.

»Na, na, sag mir bloß nicht, daß einer von den Großkopfeten hier heruntersteigt, um sich die Hände schmutzig zu machen«, begrüßte ihn Runty. Terry starrte ihn mürrisch an. Der alte Runty hatte anscheinend keine Ahnung, daß er schon mit einem Fuß in der Schlinge saß. Terry hatte sich den Kopf zerbrochen, ob er ihn warnen sollte oder nicht. Ein falscher Schritt und er, Terry, wäre bei Johnny endgültig erledigt. Aber er hatte Runty gern. Sie hatten viel Spaß zusammen gehabt. Er bewunderte die Art, wie der kleine Kerl immer wieder hochkam. Einmal, als sie ihn für tot in den Fluß geworfen hatten, war er wieder an Land geschwommen. Er war wie ein räudiger kleiner Kater, nach dem die Leute dauernd Steine werfen, den aber keiner umbringen kann. Ach was, dachte Terry. Wenn er sich unbedingt selber ans Messer liefern will, so ist das seine Angelegenheit. Ich habe ihn nicht gebeten, diesen elenden Polizisten etwas vorzusingen. Das muß er mit sich selber abmachen. Mir kommt es darauf an, daß ich selbst am Leben bleibe.

Die Temperatur war den Abend über gesunken, und die feuchte Kälte schlug den Arbeitern ins Gesicht, als sie sich den Weg durch die oberste Lage von Leinen-Ballen nach unten bahnten. Das große Netz, das von den Winden am Pier heruntergelassen wurde, wurde von den Männern mit Hilfe ihrer gebogenen, spitzen Ladehaken beladen. Hin und wieder summte Luke während der Arbeit ein Lied vor sich hin.

»Mississippiwasser schmeckt wie Cherrywein.
Ja, Mississippiwasser schmeckt wie . . .«

sang er zur Belustigung der übrigen.

»Hudsonwasser schmeckt wie Terpentin . . .«

Runty lachte. »Zum Teufel mit dem Cherrywein. Gehen wir lieber 'runter zu dem Jamesons Whisky.«
Der alte Gallagher befestigte den Haken an der Oberseite der dritten Lage und als auch diese hochgehoben wurde und in gefährlichem Schwung bei der völlig unzureichenden Beleuchtung über das Deck schwebte, da lagen auch schon die Whiskykisten da, eine Aufforderung zum Beutemachen, wie sie Runty schöner und einladender schon lange nicht mehr gesehen hatte. Big Mac aber lungerte in der Nähe der Luke herum, so daß die Männer sich noch Zeit lassen mußten. Mit Ausnahme einer Kiste, die zufällig aus dem Netz rutschte und aufbrach, wobei jeder der Leute eine einzelne Flasche bezog, waren sie umsichtig genug, zu warten, bis sie sich auf die dritte Lage vorgearbeitet hatten. Dort konnten sie sich unter Deck mit den Kisten beschäftigen, ohne daß die Spüraugen von Big Mac durch die Lukenöffnung etwas bemerken konnten.
»Ihr seht, Leute, Gott der Herr wacht über uns«, sagte Runty und grinste seine Kameraden an, während er sich mit fachkundigem Griff an einer Whiskykiste zu schaffen machte. Der Trick war, die Kiste von unten zu öffnen, den Inhalt herauszunehmen, die leere Kiste dann wieder zu verschließen, sie in dem Netz zu verstauen und dann die unversehrt aussehende Kiste ins Freie befördern zu lassen.
»Ist dies nicht genug Anlaß für ein Fest?« sagte Runty glückstrahlend. »Wir wollen auf Gott und Irland trinken, auf den Whisky und die Frauen, auf Joey und Andy Collins und auf alle die guten Kerls, die dahingegangen sind. Und Tod den Tyrannen!« Er hielt einen Augenblick die Flasche an die Lippen, nahm sie aber mit einem kurzen Lachen wieder ab. »Lassen wir ruhig auch all die Gauner auf Irland und Old Jameson trinken. So prima fühle ich mich heute abend.«
Er begann sich die tiefen Taschen seiner Windjacke mit Flaschen vollzustopfen. »Jetzt könnt ihr sehen, wie hübsch ein kleiner Mann in einem großen Mantel aussieht.«
»Das ist wirklich eine prima Jacke«, sagte Luke bewundernd.

Runty warf einen Blick zu Terry hinüber, der verdrossen vor sich hin arbeitete und die Kisten in dem Netz verstaute.
»He, Terry, was machst du eigentlich hier unten?« rief er, während ihm der Alkohol den Kamm schwellen ließ. »Hältst wohl ein Auge auf uns, damit wir uns nicht mit Johnnys kostbarer Ladung aus dem Staube machen?«
»Mach nur weiter, besauf dich soviel du willst, mir ist das gleich«, sagte Terry.
Runty lachte und hob die Flasche zu einem allgemeinen Toast. »Es lebe Carry! Wo meine Mutter zum erstenmal meinem Vater in die leuchtenden Augen sah!« Er sprach meist in der schwerfälligen Boheganer Mundart, doch je mehr er trank, desto stärker kam der irische Dialekt wieder zum Vorschein. »Ich bin gespannt, ob ich mit den Flaschen in der Hose überhaupt noch gehen kann«, sagte er.
»Runty, du bist eine wandelnde Schnapsbrennerei«, lachte Luke.
»Gott segne die *Elm*«, sagte Runty. »Und Gott segne Mr. Jameson. Und Gott segne die Iren. Und Gott verzeih uns, daß wir Leute wie Willie Givens und Tom McGovern und McGown hervorgebracht haben und . . .«
Es sah fast so aus, als hätte Big Mac die improvisierte Lustbarkeit unten im Laderaum belauscht, denn er rief plötzlich herunter: »Versucht bloß nicht, etwas von der Ladung auf die Seite zu bringen. Ihr wißt, wie der Chef darüber denkt.«
»Aber, Bruder McGown«, rief Runty zu ihm hinauf, »du wirst uns doch nicht des Diebstahls bezichtigen. Ich habe im ganzen Leben noch nie etwas gestohlen.« Dann flüsterte er Luke zu: »Außer irischem Whisky . . .«
»Ich wünsche, jede einzelne dieser Kisten hier auf dem Pier zu sehen – und zwar schnell«, brüllte Mac in die Luke hinunter.
Runty tat so, als reinige er sich die Ohren. »Sprich lauter. Ich kann dich nicht hören.«
Mac rief hinunter: »Wenn du ab und zu die Ohren aufmachst, statt dein großes Maul . . .«
»Mein Mund ist gar nicht so groß«, grinste Runty zu ihm hin-

auf. »Das kommt nur daher, daß mein übriger Körper so klein ist.«
Die ganze Gruppe hörte mit der Arbeit auf und platzte fast vor Lachen.
»Okay, okay, arbeite lieber und red' nicht so viel«, rief Big Mac; er wußte, daß es keinen Sinn hatte, sich mit diesem schlagfertigen kleinen Kerl in ein Wortgefecht einzulassen. »Dieses Schiff muß morgen abend schon wieder auslaufen. Seht zu, daß ihr da unten bald fertig werdet, ihr besoffenen Halunken.«
»Dieser besoffene Halunke da oben soll sich hüten, mit uns besoffenen Halunken hier unten so zu reden«, sagte Runty, setzte sich hin und widmete sich, gegen die Wand gelehnt, seiner Flasche.
Mein Gott, wenn er sich bloß nicht so besäuft, dachte Terry. Ein kleiner Stoß, ein Aufklatschen, und Runty Nolan liegt sechs Meter tief unten. Sie müssen gewußt haben, daß diese Gelegenheit mit dem Whisky ihn fertigmachen wird. Sie sind gar nicht so dumm. Was sie machen, das machen sie raffiniert. Er versuchte noch einmal, sich Runty zu nähern, ihn zu warnen und zu sagen, er solle vorsichtiger sein, aber Runty war bereits volltrunken und hörte auf niemanden mehr.
»Mir machst du nichts vor«, wies Runty ihn ab.
»Erst schicken sie dich in die Kirche und dann hierher, um uns zu bespitzeln. Du kannst von Glück reden, daß wir dir nicht diesen Haken quer durch den Körper rennen.«
»Runty, ich würde mich in acht nehmen, wenn ich in deiner Haut steckte«, versuchte Terry erneut, ihn zu warnen.
»Schön, aber du steckst nicht in meiner Haut«, sagte Runty, der sich in eine rosige Stimmung hineinsteigerte. »Du gehörst da oben zu Charley und Mac. Ich gehöre hier unten zu Joey und den anderen, die sich nicht alles gefallen lassen.«
»Menschenskind, wenn du noch einen Schluck aus dieser Flasche nimmst, dann werden wir dich aufbahren können«, sagte Luke gutmütig.
»Ich stehe immer wieder auf«, sagte Runty. »Denn ich spüre den Gesang der Grünen über die Roten in mir. Und ihr werdet

keinen Iren finden, der auch nur einen roten Heller wert ist, der nicht für die Grünen gegen die Roten eintritt.«
Terry zuckte die Achseln und ging auf die andere Seite des Laderaumes zurück. Luke half Runty auf die Beine und sang mit ihm in schwankendem, gefühlvollem Tonfall alle drei Verse des guten alten Liedes.

»... so heben stolz wir unser Haupt
und setzen unser Leben ein,
daß ewig obsiegt immerdar
das Grün und nicht das Rot ...«

Gegen zwei Uhr morgens versuchte er, den verblüfften italienischen Einwanderern den Text beizubringen. In den folgenden Stunden gab Runty sein gesamtes Repertoire von dem Kartoffellied bis zu Galway Bay zum besten. Um vier Uhr war er bereits über das Gesangsstadium hinaus. Von Kiste zu Kiste taumelnd, tastete er sich zu der Lukenleiter vor, wobei ihm der Whisky im Blut genauso hinderlich war wie der in den Taschen. Trotz des Gewichtes von einem halben Dutzend Flaschen gelang es ihm irgendwie, die lange, schmale Leiter hinaufzuklettern und auf das Deck zu steigen. Dabei war er ängstlich bemüht, seine Ladung an Jamesons vor Verlust zu schützen.
Die Nachtschicht war vorüber, und er war stolz darauf, Lukes wiederholte Angebote, ihn nach Hause zu bringen, abgelehnt zu haben. Verdammt, noch nie hatte jemand Runty Nolan nach Hause bringen müssen. Er trat von der Laufplanke auf das Hiev, balancierte mit der Grazie eines Seiltänzers – jedenfalls kam es ihm so vor – auf den Pier hinüber und verschwand in einem Schuppen. Er sah schon nicht mehr den Rücken des letzten Ladearbeiters, der langsam vom Pier in die Straße hinausschritt.
»So heben stolz wir ...« versuchte er zu singen, gab es aber auf und legte sich auf einem zufällig in der Nähe stehenden Handwagen zur Ruhe nieder. Er suchte in der Tasche nach der Flasche, aus der er getrunken hatte, aber als er sie an die Lippen führte, rutschte sie ihm aus der Hand und zerbrach auf dem Boden. Am Eingang zum Pier hörten Specs Flavin und Sonny

Rodell das Geräusch des zerspringenden Glases. Sie sahen sich an und gingen vorwärts. »Er wird blind sein«, sagte Specs. »Gib es ihm schnell mit dem Brecheisen. Aber schlag nicht daneben, verdammt noch mal.«

Specs war die ganze Nacht in Johnnys Bar gewesen, um sich hierauf vorzubereiten. Jeder Schluck, jedes Glas hatten sein Selbstvertrauen gehoben. Er war nur ein kleiner, nervöser, bleichgesichtiger Mann, aber um vier Uhr morgens kam er sich wie ein Riese vor. Truck und Gilly und die übrigen, die galten zwar auch als zähe Burschen, aber ein Ding wie das mit Joey Doyle oder dieses hier war zuviel für sie. Dazu brauchte man Specs Flavin. Einen ganzen Mann. Specs trug eine dicke Brille, und manchmal neckten sie ihn wegen seiner schlechten Augen, er habe es wohl nötig gehabt, sich äußerlich etwas zu verschönern. Nun, er würde es ihnen zeigen, er würde es ihnen allen zeigen. Der Trieb zum Verbrechen stieg in ihm höher und höher, bis er ihn ganz und gar berauschte. Sonny war zwar nicht mit der eigentlichen Ausführung beauftragt, doch hatte er auch ein Dutzend Schnäpse getrunken, um sich zu beruhigen. Er war von Natur aus kein Killer oder Lustmörder oder so etwas, und er machte nur auf Grund einer gewissen Hochachtung für Specs mit, und um zu beweisen, daß mehr in ihm steckte, als Truck und Gilly vermuteten.

Als sie Runty erreichten, lag er in tiefer Bewußtlosigkeit auf dem Handwagen. Er lag ausgestreckt auf dem Rücken und schnarchte unregelmäßig durch die gebrochene Nase.

»Mein Gott, das klingt ja, als ob die Winde noch in Betrieb wäre«, sagte Sonny.

»Himmel, der ist aber ein gemütlicher kleiner Kerl«, sagte Specs.

»Wie kann uns so ein einzelner, kleiner Hund so viel Schwierigkeiten machen?« sagte Sonny.

»Der wird uns keine mehr machen«, sagte Specs. »Was für ein kleines besoffenes Luder er gewesen ist!«

»Der vertrug schon eine gehörige Tracht Prügel«, sagte Sonny anerkennend.

»Vielleicht gibst du ihm einen über den Kopf mit dem Brecheisen«, sagte Specs. »Ich traue dem Hund nicht, vielleicht wacht er plötzlich auf.«

Sonny tat, wie ihm befohlen war.

Man muß schon ein großer Mann sein, um so etwas zu tun, dachte sich Specs. Es ist, als wäre man Gott oder so. Er ist tot und weiß es nicht, aber ich weiß es, weil ich die Macht in mir habe.

»Siehst du dort den Ballendraht?« sagte er zu Sonny. »Wickel ihn 'rum und unter dem Wagen hindurch.«

Sonny tat, wie ihm befohlen, aber er tat es hastig. Er wollte so schnell wie möglich damit fertig werden.

»Jetzt nimm die Griffe und schieb das verfluchte Ding hinaus auf das Hiev.«

Einen Augenblick standen sie zusammen auf dem Hiev, drei Meter über dem Wasserspiegel. Es war noch dunkle Nacht, doch zeigte sich am östlichen Himmel bereits der erste Vorbote des Morgens. Unter sich konnten sie das Wasser gegen die Pfosten spülen hören.

»Versetz ihm einen anständigen Stoß«, sagte Specs.

Es war fast wie bei einer formellen Beerdigung auf hoher See, wie die beiden mit gesenkten Köpfen da oben standen. Der Handwagen rollte bis an das Ende des Piers und kippte Runty Nolan in die Tiefe des schwarzen Wassers. Jetzt war Runty nicht mehr ein Gast auf dieser Welt. Der gute alte North River, Johnny des Freundlichen stiller Teilhaber, hatte es wieder einmal getan.

»Ich wette, es ist heute nacht ganz schön kalt da unten«, sagte Sonny.

»Aber nicht da, wo er jetzt hinfährt«, sagte Specs mit häßlichem Lachen.

Specs Flavin kehrte dem Hiev den Rücken, und Sonny folgte ihm auf den Pier zurück. Die Spannung hatte nachgelassen und Specs schrumpfte widerwillig zu seiner eigenen, sich selbst verachtenden, unscheinbaren Größe zusammen.

Nur ein paar Häuserblocks entfernt brannte in Pater Barrys Zimmer noch immer Licht. Er war die ganze Nacht aufgewesen und hatte an einem Bericht für die Kriminalpolizei gearbeitet. Es war ihm in diesen wenigen Tagen immer klarer geworden, daß die Arbeitsausgabe, basierend auf dem Überangebot an Arbeitskräften, der Infektionsherd war, der die Arbeitsverhältnisse im Hafen vergiftete. Man hatte diese Form der Arbeitsverteilung in Liverpool und London, in Seattle und Portland schon seit Jahren abgeschafft.

Warum vergiftete sie noch immer den größten Hafen der Welt? Daß die Gangsterbanden am Hafen deswegen an ihr festhielten, weil sie ihnen Macht verlieh, war verständlich. Aber jetzt hatte Pater Barry Berichte gelesen, aus denen einwandfrei hervorging, daß auch die Vereinigung der Transportgesellschaften und die führenden Ladegesellschaften für diese Form der Arbeitsverteilung waren, und zwar nicht nur das, sondern daß sie auch durch ein tiefeingewurzeltes System persönlicher Bestechungen mit der Unterwelt im Hafen gemeinsame Sache machten.

Als er Runty zur Geheimsitzung der Kriminalpolizei begleitete, hatte er die Tabellen gesehen. Die ehrenwertesten Transport- und Ladegesellschaften im Hafen hatten regelmäßig monatliche Bestechungssummen viele Jahre hindurch an allgemein bekannte Gangster wie Johnny den Freundlichen und Charley Malloy, an die Unterwelt auf den übrigen Piers am Hafen, an die Benasios in Brooklyn, an Danny D., Sliker McGhee auf der Lower West Side und an alle möglichen anderen Elemente gezahlt. An den Wänden des Sitzungssaales hatte Pater Barry die Wahrheit gesehen: zweihundert der abgefeimtesten »Gewerkschaftsführer« im Hafen standen auf der Gehaltsliste der großen Passagier- und Frachtschiffslinien und ihrer Zweiggesellschaften. Als er diese Tabellen betrachtete und daran dachte, daß die überwältigende Mehrheit der führenden Arbeiter und Angestellten dieser Firmen Katholiken waren, mußte Pater Barry unwillkürlich wieder an Xavier und seine Probleme vor vierhundert Jahren

in Indien denken – an seinen Hilferuf an den König, ehrliche Beamte zu entsenden. Diejenigen, die die christliche Herrschaft in Indien ausübten, schrieb er, seien Wölfe und Schakale, die Mohammedanern und Christen gleichermaßen nach Leib und Gut trachteten; sie seien so verkommen, so gierig, so egoistisch, so bar jeder christlichen Tugend, daß sie Xaviers unermüdliche Bekehrungsversuche zum Gespött der Straße machten.
Der Hafen schrie nicht nur nach einer gründlichen Reinigung der korrupten Gewerkschaften, nicht nur nach einer neuen, modernen, menschlichen, wirksamen Methode der Arbeitsvermittlung, sondern vielmehr nach einer sittlichen Revolution, die verhindern würde, daß prominente katholische Laien, wie Präsident Willie Givens und Tom McGovern, fromme Reden bei festlichen Anlässen hielten, während sie gleichzeitig duldeten, daß entlassene Zuchthäusler als Gewerkschaftsdelegierte, Abteilungsleiter und Heuerchefs eingesetzt wurden.
Es stärkte Pater Barrys Entschluß, daß er wußte, daß er nicht der erste Priester im Hafen war, der seine Stimme gegen den sittlichen Niedergang erhob, der sich öffentlich dagegen wandte, daß die Unterwelt mit den Wirtschaftsmagnaten und Politikern am selben Tische saß. Der alte Pater Mahoney auf Staten Island – wo Vince Donato die Docks unter sich hatte – hatte seit vielen Jahren mit wildem Eifer gegen dieses Dschungel gepredigt. Sollte Pater Barry aufgerufen werden, um bei der Untersuchung als Zeuge auszusagen, so wollte er die Warnung des alten Priesters zitieren: »Wenn die Kirche und die Gemeinde aufhört, sich für die arbeitende Menschheit zu interessieren, dann stirbt sowohl die Kirche als auch die Gemeinde.«
Aber Pater Mahoney war Pfarrer und hatte sich durch zwei Generationen hindurch das Recht erworben, seine Meinung zu sagen. Er hatte die Enkel derjenigen getauft, die er einstmals getraut hatte. Er konnte gegen Donato auftreten, obwohl dieser ein großer Mann und einflußreicher Politiker auf Staten Island war, der die Docks in der Tasche hatte. Hier in Bohegan war Pater Barry nur ein junger Vikar. Pater Donoghue wollte seinem Vikar nicht den Mut nehmen, sich um das Elend der Dock-

arbeiter in seiner Gemeinde zu kümmern, keineswegs. Aber manchmal war es besser, vorsichtig vorzugehen, als vorzuprellen und dann zu stolpern. »Nur langsam, Junge«, riet der alternde Pfarrer. »Langsam, langsam. Wie beim Bergsteigen. Vergewisser' dich erst, daß du mit deinem Fuß festen Halt gewonnen hast, bevor du den anderen einen Schritt vorsetzt.«
Pater Donoghue war ein guter, sanfter Mann, und Pater Barry nahm seine Bemerkungen als leisen Vorwurf und zugleich als leise Ermutigung auf. Beim Morgengebet versprach der Vikar, umsichtig zu sein und den Leuten soviel Hilfe zu gewähren, wie er konnte, ohne seinen Pfarrer in Schwierigkeiten zu bringen oder sich selbst unnütz zu exponieren.
Er hatte gerade von elf bis zwölf Uhr die Beichte gehört und befand sich auf dem Wege zum Mittagessen im Pfarrhaus, gespannt, ob Mrs. Harries, die Haushälterin, wieder ihren falschen Hasen servieren würde, als Moose, völlig außer Atem und das Gesicht voll bleichen Entsetzens, angelaufen kam.
»Pater, Runty ... Runty Nolan ...« stieß er hervor.
»Ja, ja, was ist denn geschehen?«
»Seine Leiche wurde gerade bei Pier B angeschwemmt. Die Schrauben der *Elm* haben ihn hochgespült. Die elenden Hunde, Pater.«
»Okay, ich komme mit«, sagte Pater Barry. Die beiden Männer eilten hinunter zu den Docks.
Runty Nolan lag unter einer Zeltbahn auf dem Hiev. Die Kunde hatte sich rasch in den Bars und den Mietskasernen verbreitet, und es hatten sich bereits vier- bis fünfhundert Menschen versammelt. Pop und Jimmy Sharkey und Fred, der Barmixer aus der Longdock, und Katie mit Mrs. Collins und Mrs. Gallagher und Luke und Billy und Jo-Jo und einige weitere »Golden Warriors«, und auch der eine oder andere von der Unterwelt, Big Mac und Truck und Gilly und »J. P.« Morgan und die Polizei, die auf den Amtsarzt wartete, und Kapitän Schlegel und einige Gewerkschaftsbeamte und Mutt Murphy, der mit sich selbst sprach, und wohl zweihundert Arbeiter der Tagesschicht, die mit verkniffenen Lippen herumstanden.

Terry Malloy, der sich mitten unter der Menge befand, versuchte, nicht aufzufallen. Er entdeckte Katie, bemerkte, daß sie bleich und verängstigt aussah, und mied absichtlich ihren Blick. Er hatte hiermit nichts zu tun. Hatte er nicht sogar versucht, den kleinen Kerl zu warnen? Und der freche kleine Bursche wollte sich von ihm nichts sagen lassen. Er hatte nichts damit zu tun.

Pater Barry bahnte sich voller Zorn einen Weg durch die Menge und rief in kurzem, befehlendem Ton: »Beiseite, weg da, laßt mich durch.« Als er die unter der Zeltbahn liegende Gestalt erreicht hatte, spendete er schnell die Sterbesakramente. Dann begann er laut und in schnellen Sätzen zu reden. Er sprach mehr wie ein Mann, der sich in einer wilden Auseinandersetzung befand, als wie ein Priester, der eine Totenrede hielt.

»Ich bin hergekommen, um ein Versprechen einzulösen«, begann er. »Ich habe Runty Nolan mein Wort gegeben, daß, wenn er gegen den Mob aufstehen würde, ich mit ihm aufstehen würde. Und zwar bis zum Ende. Jetzt ist Runty Nolan tot. Er war einer der Leute, der die Gabe hatte, immer wieder hochzukommen. Aber dieses Mal haben sie ihn erledigt. Sie haben ihn diesmal endgültig erledigt. Falls es nicht ein Unfall war, wie sie vermutlich sagen werden. Ja, und ich gebe euch mein Wort, daß die Polizei mitmachen wird. Wieder ein Unglücksfall im Hafen von Bohegan.«

Seine Stimme war voller Zorn. Ein Fährboot stieß mitten auf dem Strom einen Warnton aus, aber niemand sah sich um. Kalter Wind peitschte vom Wasser her, und der Talar, den der Priester in der Eile nicht mehr hatte ausziehen können, blähte sich wie ein Segel und schlang sich ihm um die Beine.

»Einige Leute glauben, daß die Kreuzigung nur auf Golgatha stattgefunden habe«, fuhr Pater Barry fort. »Sie sollten es eigentlich besser wissen. Nehmt Andy Collins. Vor ein paar Jahren, gerade als er im Begriffe stand, seinen Dienst als Heuerchef auf Pier D anzutreten, das war auch eine Kreuzigung. Nehmt Joey Doyle, den man daran hindern wollte, eine ehrliche Opposition zu organisieren und vor Gericht auszusagen, das ist auch eine Kreuzigung. Und wenn sie jetzt Runty Nolan

im Fluß ertränkten, weil er bereit war, am nächsten Montag vor der Kriminalpolizei seine Aussage zu machen, dann ist das auch eine Kreuzigung. Jedesmal, wenn der Mob einen guten Mann in die Zange nimmt und versucht, ihn daran zu hindern, seine Pflicht als Gewerkschaftler und als Bürger zu erfüllen, dann ist das eine Kreuzigung.«
Das zornige Wort »Kreuzigung« hing knisternd in der Luft und schwebte einen Augenblick lang über ihnen wie ein gefährlich naher Blitz. Pater Barry blickte die Menge funkelnd an, als ob er jedem einzelnen die Schuld geben wollte.
»Und jeder einzelne, der dies zuläßt« – er wies mit heftiger Gebärde auf die Zeltbahn – »und ich sage es noch einmal, jeder einzelne, von den hochmütigen Transportgesellschaften, den Polizeikommissar und Staatsanwalt, herunter bis zu dem ärmsten Arbeiter im Laderaum – jeder einzelne, der nicht den Mund aufmacht, wenn er weiß, daß etwas geschehen ist – oder gute Gründe zu der Annahme hat, daß etwas geschehen ist –, der trägt genausogut seinen Teil an der Schuld, wie der römische Soldat, der unserem Heiland in die Seite stach, um zu sehen, ob er tot war.«
Mitten in der Menge dachte Terry: »Er sieht mich dauernd an«, und senkte den Kopf, um sich hinter der Anonymität der dicht gedrängt stehenden Hafenarbeiter zu verbergen. *Warum sieht er eigentlich dauernd mich an?*
Von weiter hinten in der Menge ertönte Trucks knarrende Stimme: »Gehen Sie zurück in Ihre Kirche, Pater.«
Pater Barry fuhr, fast wie ein Boxer, in Richtung auf den Zwischenrufer herum. »Menschenskinder, das hier ist meine Kirche. Ich habe Christus gelobt, ihm zu folgen, wohin er mich führen würde. Und wenn ihr nicht glaubt, daß Christus jetzt hier am Hafen ist, so seid ihr alle miteinander auf dem Holzwege.«
Er brüllte diese Worte mit einer Lautstärke, die auch dem Hafenmob verständlich war. Dann senkte er die Stimme, um zu den übrigen zu sprechen.
»Jeden Morgen, wenn der Heuerchef seine Pfeife zieht, dann

steht Christus neben euch bei der Arbeitsausgabe. Okay, ich weiß, einige von euch werden jetzt ein hämisches Lächeln im Gesicht haben. Machen Sie uns nichts vor, Pater, spricht aus einigen dieser Gesichter. Spiegelfechterei aber ist es nur für diejenigen, die Christus selbst mit den Worten beschreibt ›Sie haben Augen und sehen nicht. Und sie haben Ohren und hören nicht.‹ Das trifft für die meisten von euch zu. Klar, ihr habt Augen und Ohren, aber ihr stopft euch lieber die Ohren zu und tut so, als könnt ihr nicht sehen.

Aber so wahr ich hier stehe, Christus ist neben euch bei der Arbeit. Er sieht, warum ihr manchmal Arbeit bekommt und manchmal übergangen werdet. Es ist sogar möglich, daß er selbst übergangen wird, weil er keine Bestechungsgelder zahlen und nicht mit den Leuten gemeinsame Sache machen will, die nicht zu arbeiten brauchen, weil sie lieber euch für sich arbeiten lassen wollen.

So steht Christus auf der Straße mit den anderen Abgewiesenen. Er sieht den sorgenvollen Ausdruck in den Augen der Familienväter, die nicht wissen, wie sie die Miete aufbringen und Frau und Kinder ernähren sollen. Er sieht, wie sie zu dem Geldverleiher geradezu hingetrieben werden und er sieht, wie die Wucherer nur allzu froh sind, ihnen auszuhelfen – zu zehn Prozent und mehr. Er trieb die Geldwechsler aus dem Tempel – und wo sind sie schließlich gelandet? – hier auf den Docks!

Was glaubt ihr, mag Er empfinden, wenn Er sieht, wie Seine Arbeitskameraden für den Lohn eines Tages ihre Seelen an den Mob verkaufen? Was, glaubt ihr empfindet Er, wenn Er zu einer Arbeiterfamilie in die Küche kommt und mit Mrs. Joe Docks spricht, die sich die Augen ausweint, weil ihr Mann keine ständige Arbeit hat? Sie kann sich nicht vorstellen, wovon sie am nächsten Tag leben soll. Jetzt hat sie keine fünf Dollar für Lebensmittel, weil ihr Mann für sein Recht eingetreten ist und deshalb am Hafen keine Arbeit mehr bekommt.

Wie ist Ihm zumute, wenn Er zu einer Gewerkschaftsversammlung geht – zu einer dieser ganz seltenen Gewerkschaftsversammlungen – und mit ansieht, wie sie abläuft? Wenn Er sieht, wie wenige überhaupt hingehen, und wie noch weniger um das Wort bitten, es sei denn, es handle sich um einen Antrag, der von den Leuten da oben ausgeht. Wenn Er sieht, was mit dem einen oder anderen aufrechten Mann geschieht, dem man den letzten Rest von Menschenwürde – ja, Würde in Christo – aus dem Leibe prügelt.

Was mag Er empfinden, wenn er in unserem Viertel herumgeht und die Bars und Spielhöllen und Geldverleiher zählt und vergeblich nach einem Spielplatz oder einem Gemeinschaftshaus Ausschau hält? Was mag Er empfinden, wenn Er die Kinder anständiger Hafenarbeiter in zerlumpten Kleidern herumlaufen und in engen, schmutzigen Straßen Ball spielen und unter dahinrasenden Lastwagen hervorspringen sieht?

Was mag Er empfinden, wenn Er feststellt, was diese Kinder sagen und tun, was sie im Alter von elf Jahren schon alles im Sinn haben? Bereit, mit elf den Kampf gegen die ganze Welt aufzunehmen. Er, der da gesagt hat: ›Wer immer die Kleinen zur Sünde verleitet, es wäre besser für ihn, einen Mühlstein um den Hals zu haben und in den Tiefen des Meeres zu ertrinken.‹

Was denkt Christus von den Leuten, die leichtes Geld verdienen und sich als eure Gewerkschaftsführer gebärden, euch jeden Tag in der Woche und zweimal am Sonntag verkaufen und Zweihundert-Dollar-Anzüge tragen und mit euren Beiträgen und Fonds und eurem Bestechungsgeld sich in den elegantesten Restaurants die Bäuche vollschlagen? Ja, und was denkt Er von Seinen ehrbaren Anhängern, den Direktoren der Transportgesellschaften und den Magistratsbeamten, die während der Messe einen Cent für die Sammlung geben und dann den Verbrechern und Dockaufsehern durch die Finger sehen, die ihre Methoden in Sing-Sing und Dannemora gelernt haben?

Was muß Er, der die Würde der Arbeit nicht mit Worten sondern mit seinen eigenen Händen aufgerichtet hat, von Verhältnissen wie diesen denken? Und was mag sich Er, der ohne Furcht gegen alles Böse in der Welt aufstand, von eurem Schweigen halten?«

Wieder schien er durch die anderen Zuhörer hindurch unmittelbar in Terrys gesenkte Augen zu blicken. Terry drückte sich, so eng er konnte, gegen den breiten Rücken des vor ihm stehenden Mannes. Zum Teufel mit dem Priester und seinem großen Mund. Zum Teufel mit Charley und seinen großen Ideen. Zum Teufel mit allem und jedem, das ihn in diese Sache hineingezogen hat. Der langgezogene Baßton eines auslaufenden Frachters wetteiferte einen Augenblick mit Pater Barrys Zornausbruch. Vielleicht sollte Terry lieber wegfahren, solange es noch ging. Vielleicht hatte Charley Beziehungen, um ihm als Seemann irgendwo eine Heuer zu verschaffen.

»Ihr wollt wissen, was in unserem Hafen faul ist?« begann der Priester langsam, als der Ton der Schiffssirene verebbt war. »Es ist die Liebe zum Dollar. Es ist die Profitgier – das Stehlen en gros – die Leisetreterei –, alles Dinge, die für wichtiger gehalten werden, als Liebe zum Menschen. Man hat vergessen, daß jeder einzelne hier unten euer Bruder ist, ja euer Bruder in Christo.«

Das Wort *Christo* wurde nicht sanft wie Balsam über ihnen ausgegossen. Es wurde ihnen wie ein Fehdehandschuh, wie eine wütende Herausforderung vor die Füße geschleudert. Auf diese Art und Weise mochten die Umstürzler des ersten Jahrhunderts ihren gefährlichen Glauben auf die Marktplätze und die Tempel von Antiochia und Philippia getragen haben. Die meisten der Leute, die jetzt um Pater Barry herumstanden, waren gewohnt, an Christus nicht anders als an eine fromme Abstraktion zu denken, eine graue Gestalt in ihren Gebetbüchern. Es wirkte auf sie wie ein Schock, daß man ihnen jetzt zumutete, einem lebendigen Christus Platz zu machen, der, mit einer Windjacke angetan, mitten unter ihnen stand und einen Ladehaken in der Hand hielt, einem Christus, der nicht wußte, wie Er seine Miete und seine Gemüserechnung bezahlen sollte, ein von Geldverleihern und Schlägern gekreuzigter Christus, Christus an einem Hudsonkreuz, weggeworfen wie Abfall, oder wie Runty Nolan, der, mit Bindedraht umwickelt, in das Brackwasser des Flusses gestoßen worden war.

»Brüder«, Pater Barry schien zu jedem einzelnen von ihnen persönlich zu sprechen, »ganz gleich, wie hart es noch zugehen mag und es scheint mir, als ob es noch härter wird, bevor es besser wird – denkt daran, Christus ist immer bei euch! Er steht jeden morgen bei euch während der Arbeitsverteilung, im Winter oder bei dreißig Grad Hitze. Er ist im Laderaum der Schiffe. Er ist in den Gewerkschaften. Er ist in den Bars. Er kniet hier neben Nolan. Und Er sagt zu euch allen: ›Was ihr dem geringsten unter meinen Brüdern tut, das tut ihr mir.‹ Was für ein besseres Schlagwort könnte eine anständige Gewerkschaft überhaupt haben? Was sie Andy Collins, was sie Joey Doyle und jetzt Runty Nolan angetan haben, das haben sie dir angetan und dir und dir. Euch allen! Und ihr allein, mit Gottes Hilfe, habt die Macht, sie für immer unschädlich zu machen!«
Dann sprach er ein Vaterunser und verkündete: »Die Totenmesse für Timothy J. Nolan findet am Samstag um zehn Uhr statt.« Er wandte sich der Gestalt zu, die unter die Zeltplane endlich zum Schweigen gebracht war. »Okay, Runty?« Er machte das Zeichen des Kreuzes, blickte in die Runde und sagte mit noch immer zorniger und rauher Stimme laut »Amen«.
Pop Doyle eilte herbei, um ihm die Hand zu drücken. Katie folgte ihrem Vater schweigend. Alles Blut war ihr aus dem Gesicht gewichen. Dieser zweite Mord so dicht nach Joeys Tod schien ihr alle Energie, die sie noch vor ein paar Tagen gehabt hatte, genommen zu haben. Aber Runtys Tod hatte eine entgegengesetzte Wirkung auf Pop. Joey war ein geborener Märtyrer. Er hatte gewußt, was er tat; er kannte das Risiko, das er einging, und Pop hatte ihn gewarnt und für ihn gefürchtet und hatte sich unbewußt auf das Schlimmste eingestellt. Runty aber war ein armer Narr, ein sein ganzes Leben lang trinkender und plappernder Tor gewesen, und Pop fand es auf eine schmerzliche Art unmöglich zu glauben, daß Runty in ein paar Minuten nicht mehr drüben in der Longdock-Bar sein und seinen ewig fröhlichen und spöttischen Toast ausbringen würde »auf das Wohl unseres hochmögenden Herrn Willie Givens ...«
»Pater, ich stehe zu Ihnen«, sagte Pop. »Mir ist es jetzt gleich,

was sie mit mir machen. Ich gehe mit Ihnen durch dick und dünn.«
»Guter Kerl«, sagte Pater Barry. »Ich denke, wir halten heute abend noch eine Versammlung ab, um voranzukommen. Das Hafenarbeiterkomitee zu St. Timotheus. Ich habe eine Idee, wie man ein Flugblatt über Joey und Runty herausbringen könnte. Wir können den Vervielfältiger im Pfarrhaus verwenden. Vielleicht können wir so viel Druck auf Donnelly ausüben, daß er diesen Fall nicht so einfach als Unglücksfall abtun kann. Vielleicht können wir sogar einen offiziellen Protest einlegen.«
Er sah Katie scharf an. »Okay, Katie?«
»Pater, ich habe Angst«, sagte sie.
»Mein Vater pflegte einen alten irischen Trinkspruch auszubringen«, sagte Pater Barry. ›Möge der Teufel die Zehen all unserer Feinde auffressen, damit wir sie am Humpeln erkennen.‹ Wenn unsere Bewegung wirklich durchdringt, dann werden wir hier eine Menge starke Männer humpeln sehen, noch ehe alles vorüber ist.«
Moose und Jimmy und Luke und Andy Collins Witwe und ein halbes Dutzend andere, die dabeistanden, lachten oder lächelten verständnisinnig.
»Haben Sie 'ne Zigarette bei sich?« sagte der Priester.
Pop bot ihm eine an. »Pater, Sie und Mutt Murphy gehören zusammen – Sie sind beide Künstler im Schnorren«, sagte er.
»Der Herr nimmt sich ihrer an«, sagte der Priester leichthin. Dann nickte er in Richtung auf die Zeltbahn, die man gerade zu dem Unfallwagen trug. »Ich hoffe, das gilt auch für Runty.«
Er fühlte sich ganz elend angesichts dessen, was man Runty angetan hatte, und trotzdem auf eine seltsame Art und Weise erregt. Männer haben wohl dieses Gefühl auf dem Schlachtfeld gehabt, wenn es den Kameraden getroffen hatte und sie selbst weiter vorgehen mußten. »Bis nachher«, grüßte er sie kurz, drehte sich um und setzte sich mit seinen schnellen Schritten zur Stadt hin in Marsch.
»Mensch, noch ein paar solche, und ich lasse die Baptisten Baptisten sein«, verkündete Luke.

»Wie Runty sagen würde, ein Draufgänger«, rief Moose.
»Mein Gott, ich habe in dreißig Jahren hier unten noch keine solche Aufregung erlebt«, sagte Pop.
»Der Hafen ist ein merkwürdiger Ort«, stimmte Jimmy bei. »Erst ist alles jahrelang ruhig und dann, plötzlich, geht alles in die Luft wie eine Bombe.«
Eine halbe Stunde später saß Terry in Hildegardes Bar.
»Was ist denn los mit dir, bist ja so ruhig, ziehst mich ja gar nicht mehr auf«, versuchte die über die Maßen fette Wirtin ihn aufzuheitern.
»Noch einen«, sagte Terry und tippte an sein leeres Schnapsglas. »Diesmal einen Doppelten.«
»Soll ich dir eine Platte vorspielen, eine ganz scharfe?« bot Hildegarde an.
»Laß mich in Frieden«, sagte Terry.
»Ich weiß, der kleine Runty hat sich dir auf den Magen geschlagen. War ein toller Bursche. Er kam immer her und neckte mich, warum wir eigentlich nicht heirateten. ›Ha, dich kann man ja im Bett gar nicht finden‹, habe ich ihm immer gesagt.«
»Okay, okay, leg die verdammte Platte auf«, sagte Terry und als sie es tat, spielte ihm sein Verstand einen üblen Streich und er hörte Katie und ihre um Vertrauen bittende, ruhige Stimme, aus der die Verzweiflung sprach und die in Gestalt der schmalzigen Grammophonsängerin schrie »Hilf mir, hilf mir, wenn du kannst, um Gottes Willen, hilf mir«.
»Hier Kleiner, trink einen auf Hildegarde«, sagte die Wirtin.
Er nickte. Aber er hörte, wie er Katie antwortete: »Ich kann noch mein ganzes Leben lang trinken . . .«

NEUNZEHNTES KAPITEL

Pater Barry begann sein Tagewerk mit der Sechs-Uhr-Messe. Der Besuch war besser als sonst, weil der Priester neue Bundesgenossen gewonnen hatte, als er nach seiner Abschiedsrede auf Runty ungeschoren geblieben war. Die meisten hatten darauf verzichtet, sich Pater Barry öffentlich anzuschließen, standen aber eine Stunde früher auf und gingen in die Frühmesse, um damit stillschweigend zu zeigen, daß sie Pater Barrys Mut anerkannten. »Er läßt sich nichts gefallen«, sagten sie zueinander, als sie in kleinen Gruppen von den verschiedenen Mietskasernen durch die eisige Finsternis zu der alten Backsteinkirche gingen. »Sich nichts gefallen lassen« war das höchste Lob, das man jemandem am Hafen spenden konnte.

Pater Barry spürte noch immer die starke Erregung und den bitteren Zorn, der auf dem Dock in ihm aufgestiegen war. Als er die Geste des Händewaschens nach dem Meßopfer machte, sprach er die lateinischen Worte so unwirsch, daß viele unter den Hafenarbeitern, die gewöhnlich den unverständlichen Gesang bloß so über sich ergehen ließen, sich jetzt auf einmal die Mühe nahmen, den englischen Text in ihren Gebetbüchern aufzuschlagen.

»O Herr, ich liebe die Schönheit Deines Hauses und den Ort, da Dein Ruhm wohnt. Zerstöre nicht meine Seele mit den Gottlosen, o Herr, noch mein Leben mit Männern des Blutes. In wessen Händen da Feindseligkeit ist, dessen rechte Hand ist voller Arg. Aber ich, ich will hingehen in Unschuld; rette mich und sei mir gnädig.«

Die Worte trafen alle Männer, die an diesem Morgen dem Meßopfer beiwohnten, mit einer ganz neuen Bedeutung. Die meisten hatten Jahre hindurch ihre Bestechungssummen an den Heuerchef entrichtet oder sich den sogenannten Streiks angeschlossen, wenn der Mob eine Schiffsladung Tulpenzwiebeln oder eine Ladung Pelze für seine Zwecke ausnutzen wollte. Wieder einmal gelang es Pater Barry, ohne eine Predigt zu halten, die Messe nicht zu einem trockenen Ritus, sondern zu einem lebendigen Erlebnis zu machen, das tief in dem Boden ihres täglichen Lebens verwurzelt war. Und Bekehrte noch einmal bekehren, dachte Pater Barry im Innern. Als er sich von dem Altar, der Golgatha war, abwandte und in die aufmerksamen Gesichter der Männer blickte, die ihren Frieden mit der Verderbnis geschlossen hatten, da fragte er sich, ob das Predigertum der Stärke endlich Früchte trug. Wieder hat Christus sich den scharfen Nägeln und dem harten Kreuze dargeboten, und durch die Lippen Pater Barrys hatte er sein entscheidendes Versprechen erneuert, sie alle mit seinem Blute zu erlösen.

Die Männer gingen in den bleichen Wintermorgen hinaus, um vor der Arbeit noch irgendwo zu frühstücken. Hier und da wurde von einem wilden Streik als Protest gegen die Ermordung Runty's gesprochen. Runty war so lange unter ihnen gewesen, daß ihn sogar solche, die ihn nie recht leiden konnten, jetzt vermißten.

Pater Barry zog sich in der Sakristei um, als ihm Pater Vincent die neueste Nummer des Boheganer »Graphic« überreichte. »Du lieferst die Schlagzeile auf der ersten Seite«, sagte der Priester zu seinem Amtsbruder.

Ein Reporter des Blattes hatte sich in der Menschenmenge befunden, als Runtys Leiche geborgen wurde. Pater Barrys Attacke gegen das »böse Triumvirat« von Transportgesellschaften, Magistratsbeamten und Gewerkschaftsgangstern erschien in einem zwei Spalten langen Artikel. »Ich habe die Zeitungen von Manhattan noch nicht gesehen, aber ich hörte, daß sie es auch bringen«, sagte Pater Vincent. »Du hast es ja so gewollt, mein Lieber. Jetzt bist du eine Berühmtheit.«

Pater Barry zuckte die Achseln. »Ich habe die Dinge beim richtigen Namen genannt. Sie können mich dafür nicht aufhängen.«

»Nicht mit dem Strick, nein«, stimmte Pater Vincent zu. »Aber wo ist Pater Coughlin jetzt? Noch etwas mehr von dieser Sorte« – er schwenkte den »Graphic« – »und du bist ein linksradikaler Coughlin.«

»Was ist linksradikal?« sagte Pater Barry. »Nennst du das Meßbuch linksradikal? Du nennst die Würde des Menschen linksradikal? Du nennst die Enzykliken linksradikal?«

»Vergeude deine Munition nicht auf mich«, sagte Pater Vincent, indem er sich das ärmellose weiße Meßgewand über den Kopf zog. Er hatte die nächste Messe zu zelebrieren. »Spar dir lieber deine Kräfte für den Generalvikar.«

»Was willst du wetten, daß der Pfarrer hinter mir steht?« sagte Pater Barry.
»Und was willst du wetten, daß der Monsignore binnen einer Stunde den Bischof gegen dich aufbringt?« entgegnete Pater Vincent. »Wenn du dem Polizeikommissar, dem Magistrat und der Hafenarbeitergewerkschaft auf die Zehen trittst, dann trampelst du auf einigen sehr mächtigen Füßen herum.«
»Je größer sie sind . . .« zuckte Pater Barry die Achseln.
»Desto härter fällst du«, warnte ihn Pater Vincent, ein Gebet murmelnd.
Als Pater Barry in das Pfarrhaus zurückkehrte, war der Teufel los. Zeitungsreporter aus New York wollten Interviews haben. Eine Hafenarbeiterdelegation von der West Side, jenseits des Flusses, war erschienen, um sich Rat zu holen, wie man eine Opposition gegen die Verbrecherclique bilden könne, die sich in ihrer Ortsgruppe eingenistet habe. Es waren sogar ein paar Besucher aus dem Brooklyner Reservat des Jerry Benasio da. Ein stellvertretender Heuerchef vom East River war gekommen, der jahrelang mit der Unterwelt gemeinsame Sache gemacht hatte, den aber jetzt sein Gewissen plagte. Um neun Uhr dreißig kam ein Beamter der Kriminalpolizei, um eine Verabredung zu treffen. Er wollte die Möglichkeit erörtern, unter welchen Umständen Pater Barry als Zeuge im Ermittlungsverfahren auftreten könne. Der Priester solle über die Punkte aussagen, die ihm der verstorbene Nolan bezüglich der Korruption und Gewalttaten in Bohegan eröffnet hatte. Auch habe die Kriminalpolizei erfahren, daß Pater Barry an einem Plan zur Reform der Verhältnisse im Hafen arbeite.
Pater Barry verabredete sich mit der Presse und der Polizei und besprach sich mit Jimmy Sharkey, Moose und Dino Lorenzo, einem Mann aus Jersey City, über den Plan zur Herausgabe einer Flugschrift, als die Nachricht kam, der Pfarrer wünsche ihn zu sehen.
Pater Donoghue saß in seinem altmodischen Arbeitszimmer bei einer Tasse Tee, als Pater Barry eintrat.
»Pete, ich mache mir Sorgen über diese Schlagzeilen in der Pres-

se«, sagte der Pfarrer. »Ich finde, du hast zwar nicht direkt meinen Weisungen zuwidergehandelt, doch du hast es für richtig gehalten, meinen Rat zu ignorieren. Wie du weißt, bin ich keineswegs gegen dein Vorgehen als solches. Ich bin auch der Ansicht, daß die Hafenarbeiter unserer Gemeinde unsere Hilfe brauchen. Aber es kommt darauf an, auf welche Weise wir ihnen diese Hilfe gewähren. Diskretion ist oft der bessere Teil der Tapferkeit. Und ich kann eigentlich nicht behaupten, daß du mit diesen deinen Bemerkungen auf den Docks diskret gewesen bist.« Er wies mit einer Kopfbewegung auf den »Graphic« und die schwarzen Schlagzeilen auf dem Teetisch hin. »Bevor du so weit gingst, den Charakter unserer örtlichen Beamten anzugreifen, hätte ich es gern gesehen, wenn wir bei dem Bischof den Boden ein wenig hätten vorbereiten können. Wir sind nur ein kleiner Kirchensprengel, einer der ärmsten in der Diözese. Aber der Bischof hat mich immer sehr anständig behandelt, das muß ich sagen. Jetzt fürchte ich, daß Monsignore O'Hare, dessen Einstellung der deinigen offensichtlich entgegengesetzt ist, zweifellos Gelegenheit haben wird, den Bischof gegen dich zu beeinflussen. Und ich möchte sogar sagen, gegen uns – bevor wir überhaupt die Möglichkeit haben, unser Vorgehen zu erklären.«

»Pater, glauben Sie mir, es hat nie in meiner Absicht gelegen, Ihre Autorität oder Ihren gutgemeinten Rat in den Wind zu schlagen«, sagte Pater Barry rasch. »Es war nur so, daß die Ereignisse mir über den Hals gekommen sind und mich immer schneller und schneller vorwärtsgetrieben haben. Ich hatte keine Ahnung, daß sie Runty umbringen würden, als ich gestern morgen versprach, meine Arbeit von der Kirche aus zu tun. Und als ich dort hinunterging, Pater, und mir vorstellte, welche Abgründe sich da vor mir auftaten, was das für Menschen waren, die sich von Gott abgewandt hatten und mit Menschenleben umgingen, als sei das alles gar nichts – als ich an die sogenannten Führer unserer Gemeinde dachte, die noch schlimmer sind als die Gangster, weil sie es eigentlich besser wissen müßten, ja, ich glaube, da hat es mich plötzlich überkommen, und ich habe sie mit Christi Gegenwart bei der Arbeitsverteilung überfahren.«

»Es war auch sehr eindrucksvoll«, stimmte Pater Donoghue zu, während er den Tee schlürfte. »Ich glaube, es hätte eine ausgezeichnete Predigt abgegeben, zum Beispiel in der Messe zum Tag der Arbeit. Ich bin mir einfach nicht darüber im klaren, ob es unseres Amtes ist, uns so unmittelbar in die weltlichen Geschehnisse des Hafens einzumischen.«

»Pater, vor fünf oder sechs Jahren erzählten mir die Leute von einem wilden Streik, den sich die Kommunisten zunutze machen wollten«, wandte Pater Barry ein. »Fast alle diese Leute sind Katholiken. Wie konnten die Moskowiter von ihnen Besitz ergreifen? Ja, jetzt beginne ich einzusehen, warum. Diese Männer haben Sorgen, wirtschaftliche Unsicherheit, Angst um Leib und Gut. Der Durchschnittsamerikaner ist seit Generationen gewohnt, schwer zu arbeiten. Aber seine Führer sind fast alles Angehörige der Unterwelt, die von den Transportgesellschaften nehmen.«

»Nehmen?« fragte Pater Donoghue.

»Bestechungen annehmen«, erläuterte Pater Barry. »Gemeinsame Geschäfte mit den Gewerkschaftsführern machen.«

»Ich verstehe durchaus«, sagte Pater Donoghue.

»Die Kommunisten brauchten also nur in das Vakuum auf der Führerebene einzutreten«, fuhr Pater Barry fort. »Es gibt Tausende ehrlicher, anständiger Arbeiter auf den Docks, unsere Leute. Es liegt einfach nur daran, daß sie gespalten sind, führerlos, hilflos – terrorisiert. Ihr Schicksal mit einem Achselzucken und einem Schluck Whisky hinzunehmen, ist für sie schon zur Gewohnheit geworden. Der beste Weg, die Kommunisten draußen zu halten und diesen Männern ihre gottgegebene Menschenwürde zurückzugeben, ist, sich der wirklichen Lebensfragen und Interessen des Mannes auf der Straße anzunehmen. Mord und Totschlag, der straffrei ausgeht – und zwar nicht nur gelegentlich, sondern jahrein, jahraus! – Ist es jetzt nicht an der Zeit, daß wir vor aller Öffentlichkeit dagegen aufstehen? Und es berührt die Familie, das Leben jedes einzelnen zu Hause. Entsittlichte Hafenarbeiter betrinken sich, versinken in Schulden, streiten sich mit ihren Frauen, die Kinder leiden Hunger, sie hören auf, in die Kirche zu gehen. Ja, Pater, sie glauben nicht mehr an uns, weil sie mit ansehen müssen, daß Monsignore O'Hare sich mit ihren Todfeinden an einen Tisch setzt. Gewiß, der Monsignore sammelt viel Geld für seine Kirche, und ich nehme an, daß er früher oder später Bischof werden wird. Aber ich teile nicht seine Vorstellung von der einen, wahren, allgemeinen Kirche. Ich sehe nicht, daß er, ›ohne Makel einhergeht und Gerechtigkeit übt‹.«

»Ich verstehe, was du meinst – ja, im tiefsten Herzen«, sagte Pater Donoghue. »Und trotzdem mache ich mir Sorgen um dich. Ich möchte, daß du diese Arbeit weiterführst. Ich glaube, daß du uns dabei helfen kannst, eine stärkere, gläubigere Kirchengemeinde aufzubauen, die Gott näher steht. Aber, Pete, ich sorge mich. Ich muß dir wieder sagen, daß ich genau doppelt so alt bin wie du. Ich habe nie einen besonderen Ehrgeiz gehabt, es in der Kirche ›zu etwas zu bringen‹. Ich habe mich nicht für eine wohlhabende Gemeinde interessiert und habe meine Aufgabe nicht darin gesehen, möglichst viel Geld herbeizuschaffen. Ich weiß, es gibt solche unter uns. Es ist gerade unsere Stärke, daß wir alle Arten von Menschen in uns vereinigen, von den selbstlosesten Priestern, den wahren Heiligen, denen der Fuß schmerzt, sobald ihr Nächster sich den Zeh anstößt – bis zu den Schlauen, den politisch Versierten, den –«

»Pater, ich habe das Gehorsamsgelöbnis abgelegt, und ich beabsichtige nicht, es zu brechen«, fiel Pater Barry ein. »Aber ich glaube, ich kann offen mit Ihnen sprechen. Ich folge dieser Berufung nicht, um es den O'Hares gleichzutun. Ich kann nicht gemeinsame Sache machen mit diesen kirchlichen Ehrgeizlingen, die dahin gehen, wo das Geld ist. Wir haben sie als Päpste gehabt, und wir kennen die Schande. Es gereicht uns zur Ehre, daß wir irgendwie die Medici-Päpste überlebt haben, daß wir kämpfend den Weg zu Leo XIII. und Pius XI. zurückgefunden haben. In dieser vergangenen Woche habe ich begonnen, die sittliche Auseinandersetzung zu erkennen, die wir hier in Bohegan zu bestehen haben. Ich möchte sie gerne ausfechten, so oder so, innerhalb des durch Ihre Autorität gezogenen Rahmens – das versteht sich von selbst.«

»Was ich gern möchte«, sagte Pater Donoghue, »das ist, deinen heiligen Eifer in Grenzen zu halten, die durch die praktische Durchführbarkeit gegeben sind.«

»Sie wollen nicht zusehen müssen, wie ich mir die Torchancen durch einen Alleingang versaue«, grinste Pater Barry.

»Ich glaube, das trifft es so ungefähr«, lächelte Pater Donoghue. »Wenn ich auch immer noch glaube, daß Fußball als Nationalsport keine Zukunft hat.«

»Ihr Ausländer habt doch komische Ideen.« Pater Barry schmunzelte.

»Laß uns zur Sache kommen«, sagte der Pfarrer, wischte sich den Mund ab und schob das Tablett mit der Teetasse beiseite. »Ich fürchte, daß ich dir die Bildung eines Hafenarbeiterkomitees von St. Timotheus untersagen muß. Wie ich höre, sollte es wohl so heißen. Ich habe das Gefühl, daß wir uns dadurch zu unmittelbar in die gewerkschaftlichen Auseinandersetzungen am Hafen einmischen würden.«

»Einverstanden«, sagte Pater Barry. »Wie steht es aber nun mit dem Keller unter der Kirche? Können wir ihn noch benutzen, um Sonntagabend die Protestversammlung für Runty Nolan abzuhalten? Es ist der Vorabend vor dem Beginn der Zeugenvernehmungen durch die Kommission. Runty war zwar nicht der eifrigste Kirchgänger, den wir hatten, aber er erschien doch hin und wieder zur Messe, wenn er nüchtern genug war, den Weg in die Kirche zu finden.«

»Wenn du mir den Beweis dafür, den stichhaltigen Beweis erbringen kannst – falls der Bischof es verlangen sollte –, daß eine derartige Versammlung an keiner anderen Stelle in Bohegan auch nur annähernd so sicher abgehalten werden kann. In diesem Falle habe ich nichts dagegen.«

»Und unser Vervielfältigungsapparat? Die Leute wollen ein Flugblatt über Runty verteilen. Er hatte eine Menge Freunde auf der Straße. Sie wollen abdrucken, was ich gestern auf den Docks gesagt habe – und es verbreiten.«

Pater Donoghue seufzte. »Da du es nun einmal gesagt hast, glaube ich, daß du auch ein Recht darauf hast, deine Worte zu verbreiten. Was dich selbst betrifft, so mußt du dir über das Risiko im klaren sein. Du wirst es erleben, daß die Hafenarbeiter und die Geschäftswelt und die politischen Interessengruppen sich teilen in zwei Parteien für und gegen den – hm, Barryismus. Ich glaube, es wäre gut, wenn unsere Kirche in diese Sache nicht mit hineingezogen würde. Mit anderen Worten, ich möchte keinen Zweifel darüber lassen, was du zu unterlassen hast und was du mit meiner Rückendeckung und auf Grund meiner Autorität tun darfst und was du in freier Meinungsäußerung als amerikanischer Bürger auf eigene Verantwortung tun und lassen kannst.«

»Ich danke Ihnen für diese klare Richtlinie«, sagte Pater Barry.

Das von Sorgen zerfurchte, aber seltsam jungenhafte Antlitz des Geistlichen erhellte sich zu einem matten Lächeln. »Wenn einige unserer Gemeindemitglieder sich die Vervielfältigungsmaschine ausborgen wollen, um für sich selbst etwas abzuziehen, so glaube ich nicht, daß ich dagegen etwas einzuwenden hätte.«

»Pater, mehr kann ich gar nicht verlangen«, sagte Pater Barry. »Sie sind ein fabelhafter Mann.«

»Ich bin ein schwankendes Rohr, daß auf die Gnade unseres Herrn baut«, sagte Pater Donoghue. »Aber ich bin ein altes Rohr, ich habe einige Stürme überdauert.«

»Und Sie sind ein wahrer Schirmherr für dieses Haus«, sagte Pater Barry.

»Dabei fällt mir ein«, sagte der Pfarrer. »Paß auf, daß du in Erfüllung deiner Amtspflichten nicht nachläßt. Du darfst dir jetzt keine Blöße geben. Wappne dich gegen den Vorwurf, daß du, statt dich um deine eigentlichen Pflichten zu kümmern, in die innergewerkschaftlichen Auseinandersetzungen eingreifst.«

»Apropos eigentliche Pflichten«, sagte Pater Barry. »Ich habe nur noch fünf Minuten, um mich auf die Beichte vorzubereiten.«

Er verabschiedete sich von dem alten Pfarrer, der nie mehr sein würde, als ein einfacher Stadtpfarrer, und zwar aus Gründen, die Pater Barry anzuerkennen begann.

»Laß dir mit den reuigen Sündern Zeit.« Pater Donoghues warnende, von leichtem Humor gefärbten Worte folgten Pater Barry in die Vorhalle. »Fertige sie nicht mit einem kurzen Urteilsspruch ab, bloß weil du in Eile bist, dich um andere Dinge zu kümmern. Die Beichte zu hören, kann eine Kunst sein, oder zur Routine werden.«

In dem stickigen Beichtstuhl versuchte Pater Barry, sich in die Missetaten der armen Sünder zu versenken, die ihm durch den dunklen Vorhang hindurch ihre Sünden und bösen Gedanken, ihre menschlichen Fehltritte und Unterlassungssünden zuflüsterten. Ein alter Mann hatte einer plumpen mittelalterlichen Frau auf der Treppe in das Gesäß gezwickt. »Es war genau vor mir, Pater. Gott helfe mir. Ich konnte einfach nicht widerstehen, Pater.« Drei Gelobt-seist-du-Maria und ein Vaterunser. Ein Fuhrmann hatte eine Rindskeule gestohlen. Pater Barry versuchte, sich selbst zu einer Waage für diese Sünden zu machen. »Sechs Gegrüßt-seist-du-Maria und drei Vaterunser und tue aus Reue eine wirklich gute Tat.« Ehebruch. Nicht zur Messse gegangen, drei Sonntage hintereinander. Die Ehefrau mit einem Schimpfwort bedacht. Diebstahl in einem jüdischen Warenhaus. Und ein Mädchen von elf Jahren, das einen kleinen Nachbarjungen dazu überredet hatte, die Hosen herunterzulassen, damit sie den Unterschied sehen konnte.

Während Pater Barry die Bußen auferlegte und mit den Reuigen für die Reinigung ihrer unsterblichen Seelen betete, fühlte er sich einer kleinen eigenen Sünde schuldig. Statt sich ganz dem Anhören der Beichte hinzugeben, wie ihm der Pfarrer aufgetragen hatte, stellte er fest, daß seine Gedanken zu den Sünden des Hafens zurückwanderten, die ihm ein viel schwereres Vergehen gegen den Plan Gottes zu sein schienen, denn sie umfaßten mehr als nur die Sünden, die man gegen sich selbst begeht. Die gegen die Menschlichkeit verübten Sünden auf den Docks waren Kettenreaktionen, Trägheit des Herzens im großen, in einem Ausmaß, das nicht nur den Hafen, sondern das ganze Volk umfaßte. Wenn auch das verängstigte Kind mit seiner natürlichen, jeder Eva anhaftenden Neugier die Wunder des Geschlechts auf eine tiefere Art später kennenlernen mußte, so schien doch Pater Barry ihr Vergehen winzig im Verhältnis zu der kaltblütigen Verleugnung christlicher Nächstenliebe, die auf den Docks herrschte. Johnny der Freundliche war stolz darauf, daß er zu Monsignore O'Hares Kirche von Sacre Cœur gehörte. Er und seine Mutter waren dort jeden Sonntag bei der Messe zu sehen. Wieviel gab Johnny der Freundliche von seinem Inneren preis, wenn er beichtete? Wieviel allzu Menschliches sickerte durch den Vorhang des Beichtstuhles? Bis zu welchem Grade vermochten die unter O'Hare drüben in der Sacre Cœur-Kirche amtierenden Priester Leute wie Johnny dazu zu bringen, ihre Verbrechen der Erpressung, Plünderung und Einschüchterung zu gestehen? Einen Menschen seiner Würde zu berauben heißt, ihn seiner Menschenrechte zu berauben, gewiß keine kleinere Sünde als die, einem Mädchen seine Unschuld zu rauben. Das waren Pater Barrys Gedanken, als er den jungen und den alten Stimmen lauschte, die ihm ihre uralten Unvollkommenheiten hersagten.

Er hatte vor dem Mittagessen noch eine Menge Dinge zu erledigen, einschließlich eines Besuches bei Mrs. Glennon, um festzustellen, ob ihr auf Abwege geratener Ehemann die Lohntüte mit nach Hause bringt. Sonst würde Pater Barry ihm nachlaufen und das Geld abnehmen müssen, bevor er es in den Bars verjubelt. Um mit der Zeit ins reine zu kommen, verließ Pater Barry einen Augenblick den Beichtstuhl, damit er sehen konnte, ob sich die Reihe der Bußfertigen dem Ende zuneigte.

In einem leeren Kirchenstuhl saß der junge Bursche, der zu der Versammlung im Keller der Kirche erschienen war – Terry Malloy. Er war zusammengesunken, hielt den Kopf gesenkt und preßte sich die Hände an den Kopf. Er schien nervös und stand schnell auf, als er des Priesters ansichtig wurde. »He, ich möchte mit Ihnen sprechen«, sagte er rauh.

»Das heißt, Sie warten darauf, dort drin die Beichte ablegen zu können?« sagte Pater Barry und wies mit dem Daumen auf den Beichtstuhl.

»Ja, ja. Ich glaube schon«, sagte Terry, und man merkte, daß ihm nicht ganz wohl zumute war.

»Warten Sie ein paar Minuten«, sagte Pater Barry. »Die alte Dame dort kommt noch vor Ihnen.«

Er neigte den Kopf, um durch den schwarzen Vorhang in den Beichtstuhl zurückzutreten. Mit dem Ohr gegen den Trennvorhang lauschte er der schwachen Stimme, die um Absolution für ihre Sünden bat. »Segnen Sie mich Pater, denn ich habe gesündigt«, murmelte sie. »Ich habe unserem Hausmeister harte Worte gegeben, als er nicht heraufkam, die Toilette zu reparieren. Ich habe ihm ein schreckliches Schimpfwort gesagt.«

Pater Barry wies sie darauf hin, daß der Hausmeister in den Mietshäusern während der Winterszeit ein sehr beschäftigter Mann sein könne und daß sich der fehlerhafte Abfluß mit ein klein wenig christlicher Nächstenliebe und Verständnis für seine tägliche Anfechtung viel schneller wieder in Ordnung bringen ließe, als mit zornigen Worten. Er trug ihr ein »Gegrüßt-seist-du-Maria« auf und erteilte ihr im Namen Gottes die Absolution und entließ sie mit einem »Gott segne Sie und beten Sie für mich«.

Dann trat er schnell aus dem Beichtstuhl heraus, dessen verbrauchte Luft ihm den Schweiß auf die Stirn getrieben hatte und eilte zurück zu Terry.

»Hören Sie, ich möchte mit Ihnen reden«, sagte Terry ungeduldig.

Pater Barry blickte ihn an. Der Bursche sah schmutzig aus, als ob er sich nicht rasiert hätte. Die arrogante Haltung, das bekannte selbstsichere Auftreten, das diese Eckensteher sonst an sich hatten und das er auch an jenem Abend während der Versammlung im Kirchenkeller an den Tag gelegt hatte, waren ihm vergangen.

»Das ist keine Art, mit einem Priester zu sprechen«, sagte Pater Barry. »Mir selbst ist es gleich, aber ...« Er wies auf sein Priestergewand.

»Okay, okay, aber ich muß mit jemandem sprechen. Ich brauche einen – können Sie nicht Ihren Kopf noch mal dort hineinstecken« – Terry wies mit einer Kopfbewegung auf den Beichtstuhl – »und mir eine Minute zuhören.«

»Wie lange ist es her, seit Sie in dieser Kirche waren – oder in irgendeiner anderen?« fragte Pater Barry.
Terry zuckte die Achseln. »Ich weiß nicht. Letzte Ostern bin ich, glaube ich, mit Charley hiergewesen.«
»Sie haben sich recht weit von uns entfernt«, sagte Pater Barry. »Ich glaube nicht, daß Sie bereit sind, die Beichte abzulegen. Warum fangen Sie nicht zunächst einmal an, Ihr Gewissen zu erforschen?«
»Hören Sie Pater, müssen Sie denn eigentlich so viel Aufhebens davon machen? Ich habe etwas, das ich Ihnen sagen möchte.«
»Was hat Sie hierhergeführt, Terry? Können Sie mir das zuerst sagen?«
»Ich bin hier, ist das nicht genug? Das, was Sie da gestern auf dem Dock über Runty gesagt haben. Gewiß, ich weiß, daß Runty drauf und dran war, uns zu verraten, aber« – er zog wieder mit einer hilflosen Gebärde die Schultern hoch – »aber er hatte Mut in den Knochen. Er ist im Leben schwer hin und her gestoßen worden. Und dann dieses Mädchen, die kleine Doyle. Und die gottverdammten Tauben, Joeys Tauben.« Er wischte sich mit dem Handrücken über Mund und Nase, wie ein Boxer, der sich das Blut aus dem Gesicht reibt. »Ich sage Ihnen, Pater, es hat mich erwischt, so daß ich einfach herkommen mußte, um mir darüber klar zu werden, was eigentlich mit mir los ist.«
»Junge, ich muß mich umziehen und einen Besuch machen«, sagte Pater Barry. »Gewiß, etwas frißt innerlich an Ihnen. Das ist Ihr Gewissen. Sie haben es reichlich tief in sich vergraben. Es ist wie ein reiner, weißer Zahn, der von grünem Schlamm und Dreck überzogen ist. Das läßt sich nicht in fünf Minuten wegbürsten.«
»Wollen Sie damit sagen, daß Sie mich da drin nicht anhören wollen, wie?«
Pater Barry schüttelte den Kopf. »Noch nicht. Ich muß jetzt laufen. Warum wollen Sie nicht hierbleiben und beten? Versuchen Sie es mit St. Judas. Er ist eine Art Spezialist für Leute, denen das Böse tief im Herzen sitzt. Er hat eine Menge Barbaren bekehrt.«
»Ja? Und wo ist er gelandet?«

»Wurde mit der Axt erschlagen«, sagte Pater Barry. »Bleiben Sie hier sitzen und denken Sie über ihn nach. Beten Sie zu ihm. Er ist ein Heiliger für verzweifelte Fälle. Bitten Sie ihn um seine Fürbitte. Vielleicht geschieht dann etwas.« Er ging rasch auf die Sakristei zu. »Wir sehen uns später.«

»He«, rief Terry ihm nach, aber Pater Barry hastete bereits den Seitengang hinunter.

Als Pater Barry nach zwei Minuten die Kirchenstufen herunterkam, immer zwei auf einmal nehmend, wartete Terry draußen auf ihn.

»Was soll das nun, weisen Sie mich ab?« sagte Terry.

»Sie haben es sich mit dem Gebet aber leicht gemacht«, sagte Pater Barry und überquerte die Straße, um in den Park zu gelangen. Eine Taube saß auf General Pulaskis Kopf, der bereits zu einem scheckigen Grün oxydiert war. Pater Barry hatte lange Beine und machte derartig schnelle, lange Schritte, daß Terry ab und zu laufen mußte, um mit ihm Schritt zu halten.

»Hören Sie doch zu, Pater, ich will nicht beten; warum soll ich Ihnen denn was vormachen und so tun, als ob ich betete? Aber ich habe etwas in mir, das sich anfühlt, als ob es mich zerreißen wollte, 's ist wie eine Faust, die mich von innen dauernd unter die Gürtellinie schlägt ...«

Pater Barry ging weiter.

»Hören Sie mir zu, verdammt noch mal, und setzen Sie sich nicht aufs hohe Roß«, sagte Terry halb bittend, halb fordernd. »Herrgott, gestern abend haben Sie nach jemandem gesucht, der Ihnen einen Fingerzeig über Joey Doyle geben könnte.«

Pater Barry blieb stehen und sah ihn aufmerksam an.

»Oh? Sie haben einen Fingerzeig?«

»Einen Fingerzeig? Verflucht noch mal«, schrie Terry fast. »Ich bin es gewesen, verstehen Sie doch, ich bin es gewesen!« Er griff so wild nach des Priesters Arm, daß Pater Barry einen Augenblick glaubte, er wolle ihn überfallen. Pater Barry machte seinen Arm frei.

»Sind Sie die ganze Nacht aufgewesen, haben Sie die ganze Nacht getrunken?«

»Kommt es denn darauf an?« sagte Terry in höchster Erregung. Ihm war, als drückte er sich selbst das Messer in ein Geschwür. Man schiebt es immer wieder auf, aber dann ist es ein gutes Gefühl, wenn der Eiter hinausfließt. Es tat weh und war doch gut, den Infektionsherd aus der Wunde herauszudrücken. »Ich sage Ihnen, ich war es, Pater. Ich bin derjenige gewesen, der Joey Doyle in die Falle gelockt hat.«

»Verdammt noch mal, ja«, sagte Pater Barry.

»Aber das muß unbedingt eine Sache zwischen uns beiden bleiben«, sagte Terry.

»Das will ich aber nicht«, sagte Pater Barry. »Wenn Sie bereit sind, kann Pater Vincent Ihnen die Beichte abnehmen. Ich will frei bleiben, um verwenden zu können, was Sie mir sagen.«

»Aber verstehen Sie doch, ich möchte das wirklich nur Ihnen sagen. Ich habe irgendwie das Gefühl, daß Sie mich nicht verpfeifen werden.«

»Ich lasse nicht mit mir handeln, Terry. Ich werde Sie nicht verpfeifen, wie Sie das ausgedrückt haben. Aber Sie müssen mit mir den Weg zu Ende gehen, den ich für richtig halte.«

»Warum kann ich es Ihnen denn nicht in der Beichte sagen?« beharrte Terry. »Was ist es denn für ein Unterschied, ob wir in der Telefonzelle hocken oder hier draußen bei dem alten Pulaski stehen?«

»Weil Sie auch B sagen müssen, wenn Sie A sagen«, sagte Pater Barry. »Kommen Sie mit. Wir wollen weitergehen. Schenken Sie mir reinen Wein ein. Keine Umschweife. Heraus mit der Sprache. Nur zu, ich höre.«

»Also, es fing mit einem kleinen Gefallen an«, begann Terry und dann drückte der Daumen der Wahrheit gegen die Seiten der entzündeten Lüge und der Eiter floß in einem erleichternden Strome hinaus:

»Gefallen? Was mache ich Ihnen denn da vor? Die nennen es da einen Gefallen, aber Sie wissen, was das heißt – entweder Sie machen mit, oder –. Dieses Mal also bestand der Gefallen darin, ihnen bei Joey Hilfestellung zu leisten. Aber, Pater, ich habe das nicht gewußt. Ich habe gedacht, sie wollten ihm nur ein bißchen die Zähne zeigen. Gott ist mein Zeuge, Pater, ich habe nicht gewußt, daß sie ihn umbringen wollten.«

»Sie haben sich gedacht, sie wollten ihn nur einmal anständig fertigmachen, und das war Ihnen gleich«, sagte Pater Barry.

»Ja, ja, ich dachte, sie würden mit ihm reden, würden versuchen, ihn zurechtzubiegen, ihn vielleicht ein bißchen hart anfassen, aber mehr nicht.«

»Und was ich gestern auf dem Dock über das Schweigen gesagt habe, hat Sie das hergeführt?«

»Ja, gewissermaßen. Ich will Ihnen die Wahrheit sagen, Pater. 's ist dieses Mädchen. Die kleine Doyle. Sie hat so eine Art mich anzusehen. Ich möchte die ganze gottverdammte Wahrheit herausschreien. Alle Mädchen, die ich kenne, sind wie die ›Golden Warriorettes‹, alles tolle Weiber. Aber diese Katie, die ist, ja, ich weiß nicht, wieso die eigentlich ganz anders ist. Sie ist so gradeheraus, ganz komisch. Ich gehe die Straße mit ihr hinunter, und mir ist, als ob – tja, als ob ich wieder trainiere und grade eben aus dem Duschraum komme. Als ob ich frisch gewaschen nach Hause komme und mich eine Weile wieder sauber fühle.«

»Was wollen Sie nun in dieser Sache tun?« unterbrach ihn der Pater brüsk.

»Was meinen Sie, tun? Was meinen Sie damit?«

»Finden Sie, Sie dürften, wenn Sie so etwas wissen, es einfach bei sich behalten?«

»Ich habe Ihnen doch gesagt, daß dies unbedingt zwischen uns beiden bleiben muß«, sagte Terry rasch.

»Mit anderen Worten, Sie suchen nach einem bequemen Ausweg«, sagte Pater Barry. »Sie erzählen mir davon, damit ich Ihnen die Last tragen helfen kann. Aber damit bleibt es immer noch ein offenes Loch, in das andere Leute hineinfallen – und ertrinken können. Wie Runty Nolan. Stimmt's?«

»Sie sind ein harter Mann«, sagte Terry.

»Das muß ich schon sein«, sagte Pater Barry. »Ich habe einen harten Tag hinter mir.«

»So reden Sie doch«, sagte Terry. »Vor einer Woche ging es

mir prima. Jetzt bin ich schlimmer dran als ein einarmiger Geiger.«

»Was wollen Sie nun in dieser Sache tun?«

»Was? Was? Worin?«

»Die Kommission? Ihre Vorladung?«

»Woher wissen Sie denn das?« sagte Terry abweisend.

»Sie kennen doch die Western Union«, sagte Pater Barry. »Ich erfuhr, daß sie nach Ihnen suchten. Also? Was wollen Sie in dieser Sache tun?«

»Ich weiß nicht. Ich weiß nicht. Es ist, als ob man einen Affen auf dem Rücken mit sich herumschleppt.«

Pater Barry nickte. »Wobei die Frage entsteht, wer auf wem reitet.«

Sie hatten das hintere, eingezäunte Ende des Parks erreicht. Am Flußufer begann eine riesenhafte Pfahlramme in ohrenzerreißendem Rhythmus zu hämmern. Ein neuer Pier war im Bau.

»Ich bin kein Verräter«, sagte Terry. »Und wenn ich singe, dann ist mein Leben keinen Pfifferling mehr wert.«

Pater Barry blieb stehen und setzte ihm hart zu. »Und wieviel ist Ihre Seele wert, wenn Sie den Mund halten? Wem halten Sie die Treue. Mördern? Totschlägern? Verbrechern? Sie haben die Stirn, von mir Absolution zu verlangen, und paktieren gleichzeitig mit diesem Abschaum, den Sie Menschen nennen?«

»Sagen Sie, was verlangen Sie eigentlich von mir? Ich soll meinen eigenen Bruder anzeigen? Und Johnny den Freundlichen! Es ist mir ganz gleich, was er getan hat, er ist immer hundertprozentig für mich dagewesen. Als ich ein rotznäsiger Junge war und alle auf mir herumgehackt haben, da hat Johnny der Freundliche mich manchmal mit zum Fußball genommen. Er hat das für eine ganze Reihe von uns getan. Hat uns einfach von der Straße mit zum Fußballplatz genommen. Ich habe Gehrig gesehen und Lazzeri. Und Hubble und Terry auf den Polo Grounds.«

»Fußball!« fuhr Pater Barry auf. »Brechen Sie mir nicht das Herz. Es wäre mir auch ganz gleich, wenn Johnny der Freundliche Ihnen eine Dauerkarte auf Lebenszeit für die Polo Grounds gäbe.«

Pater Barry faßte Terry hart am Arm. »Hören Sie zu, ich glaube Sie müssen Katie Doyle alles sagen. Ich finde, das sind Sie ihr schuldig. Ich weiß, es ist sehr viel verlangt, aber ich glaube, Sie müssen mit ihr sprechen.«
Terry zog ärgerlich den Arm zurück. »Ha, mehr verlangen Sie wohl nicht?« Terry wühlte sich mit den Fingern der rechten Hand im Haar. »Wissen Sie eigentlich, was Sie da verlangen?«
»Machen Sie sich nichts draus, ich habe nichts gesagt.« Pater Barry war kurz angebunden. »Ich verlange von Ihnen überhaupt nichts. Wenn jemand etwas von Ihnen verlangt, dann ist es Ihr eigenes Gewissen.«
»Gewissen ...« murmelte Terry, als ob er versuchte, ein Fremdwort zu übersetzen. »Meinen Sie etwa das Zeug, das ihr Priester dauernd an den Mann bringen wollt? Gewissen und Seele und all den Humbug? Der Blödsinn macht einen noch völlig wahnsinnig.«
»Sie halten mich auf, und ich komme zu spät zu Mrs. Glennon.« sagte Pater Barry, während er Terry stehen ließ und aus dem Park hinausschritt. »Viel Glück«, sagte er kühl über die Schulter.
»Ist das alles, was Sie mir zu sagen haben?« rief ihm Terry nach. Er haßte diesen smarten Priester, aber er wollte nicht, daß er wegging. Er wollte nicht alleingelassen werden.
»Sie wollten auf beiden Sätteln reiten, mein Lieber«, rief Pater Barry zurück. »Bitte sehr.«
Er nahm drei Stufen auf einmal, während er über die kleine Treppe aus dem Park auf den Bürgersteig heruntereilte.
»Der elende Pfaffe läßt mich hier einfach stehen, als ob ich ein Haufen Dreck wäre«, murmelte Terry in einem wilden Anfall grenzenloser Verwirrung.
Die Pfahlramme war einige Augenblicke still gewesen, jetzt trat sie aber wieder in Tätigkeit und hämmerte, hämmerte, hämmerte ihre Stahlpfosten durch den weichen Schlick tief in das Flußbett hinein. Wumm! Wumm! Wumm! Wumm! Es hallte in ganz Bohegan wider.
»Dieser elende verdammte Krach«, sagte Terry und hielt sich

die Hände an die Ohren. Ein Täuberich plusterte sein Gefieder auf dem Rasen vor einer schlanken, blaugezeichneten Taube auf. Er wölbte die Brust und spreizte die Schwanzfedern, gurrte wichtigtuerisch und stolzierte um sie herum. Terry beobachtete den Vorgang und dachte an seine eigenen Vögel. An Swifty mit seinen kräftigen Schwingen, seinem glänzenden, blauvioletten Nacken und seinem hübschen, dunkelblauen Kopf. Er wünschte, er wäre wieder ein sorgloser Junge, der vor der Polizei davonrennt, in dem Strom herumschwimmt und den Tauben zusieht, wenn sie über den Himmel ziehen.

ZWANZIGSTES KAPITEL

Wieder auf dem Dach und mit seinen Tauben beschäftigt, konnte Terry für eine Weile seine Sorgen vergessen. Er ging in den Schlag und machte sich mit den einzelnen Nestern zu schaffen. Die eine Wand des Taubenschlages war mit kleinen Holzkästen ausgestattet, so daß jedes Vogelpaar einen eigenen Raum bewohnte. Terry sah gerne zu, wenn die Tiere aus sauberem Stroh ihre Nester bauten und abwechselnd, die Männchen bei Tag und die Weibchen bei Nacht, die beiden kleinen weißen Eier bebrüteten. Er beobachtete voller Freude, wie aus dem grotesk anmutenden, federlosen, einen Tag alten Jungen unbeholfene, flatternde Jungvögel wurden, die zum erstenmal das Nest verließen. Aber wie sie es verabscheuten, zum ersten Male auszufliegen! Sie fürchteten sich mit ängstlichem Geschrei vor der großen weiten Welt jenseits ihres Nestkastens und klammerten sich wie um ihr Leben an den Rand ihrer Behausung, wenn ihre Eltern versuchten, sie über die Brüstung zu stoßen. Terry mußte dann immer lachen, und hatte gleichzeitig fast ein trauriges Gefühl – bei all dem Flügelschlagen und ängstlichem Gezeter. Dann hopsten die ausgewachsenen Jungvögel, die schon groß genug waren, um zu fliegen, aber noch nicht recht wußten, daß sie es konnten, unbeholfen auf den Boden des Taubenschlages.

In einem der Nester saß gerade ein wolliger, kleiner Jungvogel, der fast soweit war, sich dieser ersten schweren Prüfung zu unterziehen. Er war dick und viel zu groß für sein Alter, weil sein Zwillingsbruder nach wenigen Tagen gestorben war und er deshalb von den Eltern die doppelte Nahrung erhalten hatte. Terry hielt ihm den Finger hin, und das Junge schlug mit den noch nicht voll entwickelten Schwingen und versuchte ihn mit seinem lächerlich großen braunen Schnabel zu packen. Eine Taube braucht mindestens zwei Monate, bis sie voll ausgewachsen ist. Zunächst glaubt man, sie bestünde bloß aus Schnabel, wie der Zwerg in den alten Märchenbüchern. Terry lachte über den Zorn, mit dem der Kleine nach ihm hackte. Dann legte er sorgsam die Hände auf die Flügel der jungen Taube und hob sie auf. Sie sah ihn mit angsterfüllten Augen an.

»Na, du Kleiner, noch ein oder zwei Tage und du bist draußen. Mehr nicht . . .«

Mensch, dachte er plötzlich, das klingt ja genauso wie Johnny der Freundliche: »Es ist aus mit dem Druckposten auf dem Boden.«

Sanft setzte er das Junge ins Nest zurück, das aus schmutzigem, mit Taubenmist zusammengeklebtem Stroh bestand.

Der junge Billy Conley kam die Treppe herauf, sprang auf das Dach und hielt nach Terry Ausschau.

»He, Terry, rate mal, wer hier ist.«

»Habe keine Zeit. Bin grade beschäftigt«, sagte Terry durch den Maschendraht hindurch.

»Hör zu, Terry«, sagte der Junge. »Es ist der Witzbold von der Kriminalpolizei. Er kommt gerade die Treppe herauf.«

Terry schüttelte wie benommen den Kopf. »Was? Will er zu mir?«

Billy nickte. »Ich habe gehört, wie er sich im Parterre nach dir erkundigte. Er hat doch tatsächlich die Stirn, hier herumzuschnüffeln. Ich habe gehört, wie du ihn in der Longdock-Bar hast abfahren lassen.«

»Ja, ja . . .« sagte Terry geistesabwesend. Er kroch aus dem Taubenschlag und wischte sich die Hände an seinen dunklen Cordhosen ab. Plötzlich faßte er seinen jungen Freund bei den Schul-

tern. »Billy, hör mal zu. Stell dir vor, du weißt etwas, zum Beispiel eine Sache, die irgend jemand einem anderen angetan hast. Du glaubst doch auch nicht, daß man den dann anzeigen sollte?«
Der Junge sah ihn verdutzt an. »Du meinst, ihn bei der Polizei verpfeifen? Bist du verrückt?«
Billy starrte ihn an. Er preßte die Lippen zusammen, so wie es die jungen Strolche in diesem Viertel zu tun pflegten. »Hast du nicht mehr alle deine fünf Sinne beisammen?«
Terry spürte den Haken. Der Ehrenkodex galt für die Halbstarken genauso wie für den Verein auf den Docks. Er versetzte Billy liebevoll einen Klaps auf die Wange. »Bist ein braver Kerl, Billy. Ein guter Junge.« Er nahm den Kopf seines Freundes ungestüm zwischen beide Hände. »Wir ›Golden Warriors‹, wir müssen zusammenhalten, nicht wahr, Kleiner?«
»Du bist immer unser Chef gewesen«, sagte Billy. »Bist du irgendwie im Druck?«
»Ich komme mir vor wie ein Torwart, der einen Elfmeter halten soll«, sagte Terry.
»Er ist gleich oben«, sagte Billy und nickte in Richtung auf die zum Dach heraufführende Treppe. »Duck dich hinter den Taubenschlag und ich werde ihm sagen, daß du fort bist.«
»Ich bin aber nicht fort!« sagte Terry laut. »Ich bin hier, ich bin hier. Warum soll ich ihm denn etwas vormachen?«
Der große breitschultrige Ermittlungsbeamte trat, in einen Tweedmantel gekleidet, auf das Dach heraus, in der Hand eine Aktentasche. »Mr. Malloy?«
»Bis später«, sagte Terry zu seinem jungen Gefolgsmann, der damit entlassen war. Dann schritt er quer über das Dach auf Glover zu, der dort auf einer niedrigen Trennungswand Platz genommen hatte und sich die Füße rieb. »Suchen Sie mich?« fragte Terry. Seine Stimme klang betont harmlos.
»Oh, eigentlich nicht«, sagte Glover und rieb sich die Fußgelenke. »Ich ruhe mir nur gerade die Gehwerkzeuge ein wenig aus.« Er nahm den Hut ab und wischte sich über die rote Drucklinie, die das Hutband hinterlassen hatte. »Hoffentlich habe ich

es bei der nächsten Ermittlung mit Häusern zu tun, in denen es Fahrstühle gibt. In diesem Falle habe ich bis jetzt bloß Treppen hinauflaufen können.«
»Wofür laufen Sie denn die Treppen hinauf?«
Glover lächelte. »Ich bin das, was man einen Angestellten in öffentlichen Diensten nennt. Mir wurde gesagt, daß die Steuerzahler ein Recht darauf haben, zu erfahren, was hier unten los ist.«
»Politik«, tat Terry diese Worte mit einem Achselzucken ab.
Gene Glover wußte, daß man in seinem Beruf nicht mit der Tür ins Haus fallen durfte. Er war als Beamter der Steuerfahndung ausgebildet und wußte, daß man bei solchen Interviews nach ganz bestimmten Regeln vorgehen müsse. Er hatte Terrys Personalpapiere eingehend studiert und mit seinem Kollegen, Ray Gillette, besprochen, wie man am besten vorging. Terry würde sich abkapseln. Jede Frage über die Verhältnisse im Hafen würde ihn äußerst mißtrauisch machen. In der vergangenen Nacht hatten sie in Glovers Küche bei einem Glas Bier den Fall genau durchgesprochen. Terry war früher einmal Boxer gewesen. Ex-Boxer redeten gern von ihren Kämpfen im Ring. Für viele von ihnen waren das überhaupt die größten Ereignisse in ihrem Leben. Schlagzeilen. Geld. Das Gefühl eigener Leistung. Erschien er nicht mehr auf der ersten Seite, so wußte jeder Boxer, daß er am Ende war.
Glover bemühte sich deshalb jetzt, seine Fragen spontan klingen zu lassen, obwohl sie in Wirklichkeit vorher eingeübt waren:
»Habe ich Sie nicht vor drei, vier Jahren in Madison Square Garden mit einem Burschen namens Wilson gesehen?«
»Wilson? Ja. Ich hab' gegen Wilson geboxt.«
Terry trat ein paar Schritte zurück. Mit einem Seitenblick hatte er Swifty in den Schlag fliegen sehen und wollte seinen Schnabel überprüfen. Ihm waren ein paar feuchte Flecken um seine Nasenlöcher aufgefallen. Es konnte sich um eine leichte Erkältung handeln.
Glover folgte Terry. Er wirkte ganz unbefangen. Glover verstand sein Geschäft. Er stand außerhalb des Schlages und schaute

hinein, während Terry nach Swifty griff und dessen Schnabel befühlte.
Glover hatte den Kampf Malloy gegen Wilson nicht gesehen, aber er hatte sich der Mühe unterzogen, bei einem Sportjournalisten, den er kannte, eingehende Erkundigungen über ihn einzuziehen.
»Ich hatte geglaubt, Sie würden damals den Kampf gewinnen«, sagte Glover. »In den ersten beiden Runden lagen Sie ganz klar in Führung. Aber dann holte er auf. Mensch, dann hat er Sie geradezu in die Tasche gesteckt.«
Terry ließ Swifty wieder auf die Stange zurückfliegen und kam näher an den Maschendraht heran.
»Er und mich in die Tasche stecken, wie? Wenn ich Ihnen aber sage, daß ich den Kerl eine halbe Runde hindurch geradezu auf den Beinen halten mußte?«
»Aha, ich verstehe schon. Sie wollen sagen, er war schwer angeschlagen?«
»Was meinen Sie wohl, was ich mit meinen Rechts-Links-Kombinationen gemacht habe, ihn gestreichelt?«
»Sie haben ihn also schon sicher gehabt, Sie konnten ihn bloß nicht endgültig zur Strecke bringen, wollen Sie das damit sagen?« sagte Glover.
»Zur Strecke bringen«, sagte Terry verächtlich. »Verdammt noch mal, ich konnte richtig fühlen, wie er immer mehr nachließ. Ich hätte ihn zur Strecke bringen können.«
»Aus den Kampfunterlagen geht aber hervor, daß er Sie für die Zeit auf die Bretter schickte«, erinnerte ihn Glover. »Fünfte Runde, stimmt's?«
»Wen geht das was an?« sagte Terry. Die Wahrheit stieg in ihm hoch. »Ich hab' nur ein paar Leuten einen Gefallen getan ...«
»Gefallen!« sagte Glover. »Ich bin nur froh, daß ich damals nicht auf Sie gesetzt habe. So ist es also gewesen.«
»Ja. Ja, genauso war es. Und wissen Sie auch, daß ich, wenn ich damals gesiegt hätte, Anwärter auf den Titelkampf gewesen wäre? Wilson stand an dritter Stelle und ich war unmittelbar hinter ihm, und die beiden Halunken vor uns verfügten über keine Beziehungen.«

Terry schüttelte kurz den Kopf und dachte an all das Training, das Geratter des Punchingballs, an den Kampfplan. »Ich war an dem Abend prima in Form.«

»So sahen Sie auch aus, wenigstens in den ersten paar Runden. Mir schien eigentlich, daß Sie zu Anfang zu sehr aus sich herausgingen, und daß Wilsons Kontern Ihnen allmählich die Luft wegnahm.«

»Ha!« entgegnete Terry gereizt. Der Kampf gegen Wilson war ein dunkler Punkt in seinem Leben, den er immer noch nicht verwunden hatte. »Die Sportpresse sagte dasselbe, aber es kam nur wegen der verdammten Wette, daß ich verlor.«

»Was Sie nicht sagen«, meinte Glover und dehnte sich. »Hm, ich glaube, ich muß wieder gehen. Werde mich wieder mit dieser Treppe amüsieren. Es war nett, mit Ihnen zu reden. Zweimal in der Woche schaue ich mir im Fernsehen die Boxkämpfe an. Ich glaube, Sie würden leicht mit diesen kümmerlichen Mittelgewichtlern fertig, die man heute groß herausstellt.«

»Ab und zu denke ich mir auch, ich könnte eigentlich wieder anfangen«, sagte Terry. »Ich bin erst achtundzwanzig. Meine Beinarbeit ist noch gut.«

»Und Schlagkraft haben Sie sicher auch noch«, sagte Glover. »Übrigens habe ich mich erst gestern abend mit einem Freund über Ihren Kampf gegen Wilson gestritten. War es eigentlich ein Haken oder ein Bolo, mit dem Sie ihn in der dritten Runde erwischten?«

»'n Bolo«, sagte Terry verächtlich. »Ein blödsinniger Ausdruck. Irgendein Journalist hat ihn erfunden, um Gavilan besonders herauszuheben. Ein Bolo ist nichts weiter als ein kurzer Aufwärtshaken.« Er machte einen solchen Haken vor. »Ist nichts besonders dran.« Das Scheinboxen und das Gefühl längst vergangener Anerkennung erregten ihn. »Ich kämpfte ausgesprochen auf kurze Distanz«, sagte er stolz und trat aus dem Taubenschlag heraus. »Sehen Sie mal her, strecken Sie mal Ihre Linke aus, und ich werde Ihnen was zeigen.« Er manövrierte Glover in eine etwas unglücklich aussehende Boxerstellung hinein.

»Ich hatte den Kerl vollkommen durchschaut, verstehen Sie? Er

hatte eine gute Linke, klar? Okay, ich lasse ihn also ruhig ein paar Runden seine Linke gebrauchen. Damit er aus sich herausgeht, verstehen Sie? Und die ganze Zeit passe ich genau auf, wie er seine Rechte unten läßt. Und dann, als er sich einbildet, es sei soweit und er könne mich an den Seilen festnageln, wann es ihm paßt, da unterlaufe ich ihn und – zack, eine Rechte!« – er schlug einen scharfen rechten Haken – »zack, eine Linke, und dann, als er seine Deckung für einen Augenblick unterläßt, bringe ich meinen Aufwärtshaken an – zack! Er fällt mir in die Arme. Er weiß nicht mehr, ob er im Ring ist oder in irgendeinem Traumland, und von da an war es bloß noch ein Herumgetanze ... Dieser Wilson war kein Kämpfer.«
»Ich glaube Ihnen«, sagte Glover mit offensichtlichem Interesse.
»Ja, das ist eine feststehende Tatsache«, sagte Terry voller Erregung. »Mein Gott, wie gern hätte ich ihn k. o. geschlagen. Das kam aber nicht in Frage. Bloß wegen dieser verdammten Wette. Zum Teufel, mein eigener Bru ...«
Terry merkte plötzlich, was er sagen wollte und unterbrach sich.
»Ihr eigener was?« ermunterte ihn Glover.
»Ach, das sind alte Kamellen«, wich Terry aus. »Wer schert sich heute noch um mich und Wilson?«
»Ja, ich glaube, ich muß jetzt wirklich gehen«, sagte Glover. »Es ist ein Jammer, daß man Ihnen den Sieg nicht gegönnt hat. Hoffentlich haben Sie das nächste Mal mehr Glück.«
»Ha, ha«, sagte Terry bitter. »Wenn es nach meinem Glück ginge, dann könnte ich mich gleich begraben lassen.«
»Bis auf bald«, lächelte Glover. »Vielleicht erzählen Sie mir noch mal die ganze Geschichte.« Er verschwand in der Dachtreppe.
Eine Stunde später war Terry immer noch auf dem Dach und beobachtete auf einer umgestülpten Kiste sitzend, seine Tauben. Er hörte, wie jemand drei Häuser weiter, über die Dächer auf ihn zukam. Es war Katie. Sie trug ein blaues Kopftuch, um ihre Haare vor dem Wind zu schützen. Die Sonne schien matt durch eine dünne, bleifarbene Wolkenschicht hindurch. Als Katie bei Joeys Taubenschlag stehenblieb, wußte Terry nicht, ob er

sie herüberrufen solle oder nicht. Er hatte versucht, ihr am Tage vorher auf dem Dock, als die improvisierte Leichenfeier für Runty stattfand, aus dem Wege zu gehen, und er hatte sich mit der Tatsache abgefunden, daß sie wohl kaum jemals wieder mit ihm sprechen würde. Gut, er war's zufrieden. Bohegan war ein Nest und früher oder später würde Johnny doch davon erfahren. Es war alles sowieso schon schlimm genug.
»Halt dich von ihr fern«, hatte Johnny befohlen.
»Sie sind es Katie schuldig, ihr die Wahrheit zu sagen«, war Pater Barry in ihn gedrungen.
Terry fühlte sich wie ein Mann, der beim Tauziehen in der Mitte des Seiles steht: Er wurde mal nach der einen, mal nach der anderen Seite gezogen. »Verdammich«, sagte er laut.
Katie wandte sich von dem Taubenschlag auf dem anderen Dach ab und kam auf Terry zu. Als sie so nahe war, daß er ihr Gesicht deutlich sehen konnte, ergriff ihn eine unbestimmte Angst. Sie sah so verteufelt frisch aus. Wenn man sie ansah, mußte man sie gern haben, mußte man ihr vertrauen, mußte man sie irgendwie in Schutz nehmen wollen. Verdammich! Sie war die Sorte von Mädchen, mit der ein Strolch kein Recht hatte, in einem Zimmer zusammen zu sein.
»Ich hoffte, ich würde dich hier oben finden«, sagte sie.
»Ja, ich – eine meiner Tauben ist krank.«
»Ich habe über Joeys Tauben nachgedacht«, sagte sie. »Wir müssen sie irgendwie loswerden. Pop sagt, der Metzger würde sie nehmen, aber ich ...«
Sie brach ab. Er war ihr sehr nahe, und er fühlte den Drang in sich, ihre Wange zu berühren, den Arm um sie zu legen, aber wie konnte er es wagen. In seinem ganzen Leben, das sich hauptsächlich hier oben auf dem Dach, beim Glücksspiel und an den Straßenecken abgespielt hatte, war er bisher noch vor keinem Mädchen auch nur im geringsten unsicher gewesen. »Aber ich – ich dachte, vielleicht könntest du sie mit zu deinen Tauben nehmen«, fuhr sie fort. »Dann wäre wenigstens für sie gesorgt. Ich weiß, sie wären bei dir in guten Händen. Ich würde sie dir anvertrauen.«

»Sicher, sicher. Wie du willst«, murmelte Terry. Dann machte er einen kleinen Schritt vorwärts – innerlich war es ein großer Schritt. Der Teerpappenbelag des Daches vibrierte von der Lufterschütterung, die von der Pfahlramme unten am Flußufer ausging.
»Katie, hör mir zu«, sagte Terry. »Ich« – er suchte nach Pater Barrys Worten – »bin es dir schuldig, dir etwas zu sagen.«
»Wirklich?«
»Es hat mich die ganze Zeit, seit dem Abend in der Kirche verfolgt und nicht mehr losgelassen«, sagte er.
»Es tut mir leid, daß ich mich dir gegenüber gehen ließ«, sagte sie. »Es ist eine Sünde, den Menschen nicht zu verzeihen, auch wenn man sich wünscht, daß sie eigentlich besser wären.«
»Ich wünschte, du würdest nicht immer so etwas sagen«, sagte er.
»Warum denn?«
»Weil ich mir dann um so schäbiger vorkomme. Ich habe dann immer das Gefühl, als müßte ich in einem Haufen von Schlamm herumkriechen. Das ist der Grund, warum ich mit dir sprechen muß, Katie. Du wirst mich vielleicht dein ganzes Leben lang hassen, aber ich kann nicht anders – entschuldige bitte –, es ist wie wenn man sich erbrechen muß. Wenn du es erst einmal hochkommen spürst, dann mußt du es auch von dir geben.«
»Also los«, sagte Katie. »Gib es von dir.«
In äußerster Panik sah er sie einen Augenblick über den Abgrund, der sie trennte, an. Dann sprang er hinein.
»Katie, ich – ich habe gerade dem Pater erzählt, was ich getan habe – was ich Joey getan habe.«
Sie bedeckte ihr Gesicht mit den Händen und schüttelte den Kopf. »Nein . . .«
»Was ich Joey angetan habe«, er sprach lauter, um das unablässige Dröhnen der Pfahlramme zu übertönen. Unwillkürlich schob Katie die Hände vom Gesicht, bis sie über ihren Ohren lagen. Terry sprach immer weiter, rief immer weiter, die Schuld ergoß sich aus ihm wie ein befreiender Strom – *hör zu – so hör doch – mein Bruder Charley – und Johnny – zu mir immer*

gut gewesen – ein Gefallen – die Taube – damit Joey aufs Dach geht – Specs und Sonny – Die Schuld und all der Unrat ergoß sich aus ihm in Katies unschuldiges, nicht mehr voller Vertrauen zugewandtes Gesicht, und sie wisperte voller Entsetzen »nein ... nein ...«

Ein großes Schiff, das in der Mitte der Fahrtrinne aus dem Hafen hinaussteuerte, ließ einen dröhnenden Sirenenton mit einer Reihe ohrenzerreißender Ss und Ns in seinem BSSSNNN ertönen ... Aber nichts konnte Terry daran hindern, ihr die Wahrheit ins Gesicht zu schreien. Es mußte alles, bis auf das Allerletzte, heraus. Er steigerte seine Lautstärke zu reiner Hysterie, um sich über dem Gedröhn der Pfahlramme und dem unbarmherzigen Sirenenton Gehör zu verschaffen. »Katie, ich rede die Wahrheit. Ich halte mit nichts zurück. Ich habe Joey in die Falle gelockt. Aber, Katie, so wahr mir Gott helfe, ich wollte nicht, daß sie ihn umbringen. Das habe ich nicht gewußt. DAS HABE ICH NICHT GEWUSST! ...« Das Geheul der Schiffssirene brach plötzlich ab und Terrys Stimme war so laut, daß sie klang, als könne man sie in ganz Bohegan hören. Einen Augenblick später setzte auch die Pfahlramme aus, als ob ihre Dampfmaschinen Luft holen müßten. Es war plötzlich still. Terrys Stimme sank fast zu einem Flüstern herab. »Katie ... Katie ... ich habe bestimmt nicht gedacht, daß sie ...«

»Du hast dir nie etwas gedacht – außer, wie du dir den Mund oder die Taschen vollstopfen könntest«, sagte Katie mit einer Wildheit, die Terry wie ein Peitschenschlag ins Gesicht schlug. »Du hast ihn getötet oder nicht getötet. Du wolltest bloß deinen Druckposten behalten, Nummer eins, wie immer.«

Er streckte die Hand aus, wie um sie zu beruhigen, sie aber wandte sich um und lief über das Dach, wich den Luftschächten aus und duckte sich unter dem Gewirr von Fernsehantennen hindurch.

Okay, er hatte es gesagt, er hatte es gesagt, dachte er bei sich. Und jetzt? Jetzt? Er hatte eine Art unsinnige Lust verspürt, sich das alles vor Katie von der Seele zu reden. Und jetzt – nichts. Er war müde und wollte nichts sehnlicher als sich ausstrecken und ausruhen können – wie nach einem schweren Zehnrundenkampf. Die Pfahlramme fing wieder zu hämmern an. Der Teufel sollte sie holen. Würde sie niemals aufhören? Würde er nie seinen Frieden haben? Er beneidete Runty Nolan, wo immer er auch sein mochte. Der brauchte sich jedenfalls für nichts mehr zu entscheiden. Es war gerade die Notwendigkeit, sich so oder so entscheiden zu müssen, die einem spitze Nadeln in den Schädel trieb ...

»Jesus, Maria und Joseph ...« sagte Terry. Es sollte ein Fluch sein. Aber er fühlte sich so zerschlagen und innerlich zerrissen, daß die Worte weich in seinem Munde klangen, fast wie ein Gebet.

EINUNDZWANZIGSTES KAPITEL

Die Zusammenkunft, die Johnny der Freundliche mit seinen Gewerkschaftlern in dem halbverwitterten Büro am Kai abhielt, war nur eine von einer ganzen Kette von Versammlungen, die in allen übrigen Büros der Hafenarbeitergewerkschaft am Jersey-Ufer und im ganzen Hafen von Staten Island, den West-, Süd- und Ostseiten von Manhattan bis weit nach Brooklyn hinein abgehalten wurden. Der Distriktsrat hatte Sondersitzungen einberufen. Hochgestellte Mitglieder des Syndikats, wie Jerry Benasios gefürchteter Bruder Alky, der Brooklyn und den größeren Teil von Jersey kontrollierte, und Wally »Sliker« McGhee, einer der Großen von der Lower West Side, waren mit dem Flugzeug aus ihren Verstecken in Miami und Hollywood herbeigeeilt, um an der Ausarbeitung eines gemeinsamen Schlachtplanes für die Kollegen zu helfen, die eine Vorladung bekommen hatten.

Es war mit anderen Worten der Teufel los. Die Kriminalpolizei hatte Auftrag, die Gewerkschaftsunterlagen einzuziehen und zu überprüfen. Die Bücher der Gesellschaften waren auch angefordert worden, und hinzu kam, daß den Direktoren der Transportgesellschaften unangenehme Fragen vorgelegt wurden, wieso sie dazu kämen, »Scheinarbeiter« in ihren Lohnlisten zu führen, womit sich die Taschen der örtlichen Gewerkschaftsfunktionäre füllten und der »Friede auf den Docks« sichergestellt werden sollte. Es ging das Gerücht, daß Angestellte der Transportgesellschaften, die nach der Konfiszierung ihrer Unterlagen die Aufdeckung großer Schiebungen befürchten mußten, zu reden anfingen, um die Schuld von den »ehrbaren« Transportgesellschaften auf die breiten Schultern der Verbrechercliquen abzuwälzen, die in den gewerkschaftlichen Ortsgruppen das große Wort redeten.

Gewiß, es hatte schon vorher Untersuchungen gegeben, mindestens ein Dutzend; sie hatten eine Woche lang die Zeitungen gefüllt, aber keine ernsteren Folgen gehabt als die, daß höchstens der eine oder andere wucherische Geldverleiher oder irgendein kleinerer Gangster verurteilt wurde, den der Mob sowieso zu liquidieren bereit war.

Diesmal aber schien die Flut der Reformbestrebungen im Hafen im Steigen begriffen. Viele große Zeitungen hatten damit begonnen, in Leitartikeln gegen die Schönfärberei Stellung zu nehmen. Eine größere Gruppe oppositioneller Hafenarbeiter schien im Begriffe, öffentlich in Aktion zu treten. Es ging sogar das Gerücht, daß die Polizei auch nicht einmal vor Willie Givens halt machen würde, der in aller Stille entlassene Zuchthäusler zu führenden Gewerkschaftsfunktionären ernannt oder mit Freibriefen zur Gründung eigener Ortsgruppen ermächtigt hatte. Aber Willie war gleichzeitig auch ein hoher Beamter. Willie war Vizepräsident einer staatlichen Arbeitsorganisation. Er war eine bekannte Figur bei politischen Versammlungen in New York.

Die jährliche Festveranstaltung der Willie-Givens-Association konnte sich einer Gästeliste rühmen, der an Glanz kaum eine andere im ganzen Staate gleichkam. Und Seite an Seite mit den Bürgermeistern, Stadträten, Senatoren und Richtern konnte man die Benasios finden, und die McGhees, die ganze Stufenleiter des Rauschgifthandels und Gewaltverbrecher und alle Arten von Gangstern, die den Hafen ihr eigen nannten. Beim letztjährigen Bankett hatte Johnny der Freundliche den Tisch

Nr. 17 für sich selbst, Charley, Big Mac, McGown, Polizeikommissar Donnelly, den Boheganer Bürgermeister Bobby Burke und eine Auswahl von Stadträten, Richtern und Leibwächtern reserviert. Bobby Burke, der sich auf seine Wiederwahl einstellen mußte und von der Gunst des Mobs in Jersey City abhängig war, geriet jetzt in eine Panikstimmung. Er und Donnelly bezogen große Summen aus Bohegan und von den Docks. Das einzige, was er wollte, war, seinen Raub in Sicherheit zu bringen und um eine gerichtliche Untersuchung herumkommen.
Johnny der Freundliche war im Sektor Bohegan der bestimmende Faktor. Er wollte es ihnen jetzt zeigen, was ihn an den Platz hinaufgeführt hatte, auf dem er jetzt stand. Jetzt kam es darauf an, die Reihen zu schließen und durchzuhalten. »Aushalten« war Johnnys Motto. Nichts zugeben. Sich durchboxen. Die Leute seiner Umgebung konnten die animalische Stärke spüren, die sich nicht so sehr in seinen Muskeln als in seinem Geist manifestierte. Er war der Überzeugung, daß er recht hatte, daß sein Vorgehen berechtigt war. Die Art, wie er auf den Docks operierte, machte sich nicht nur für ihn selbst bezahlt, sondern gewährleistete auch das rasche Beladen und Löschen der Schiffe. Er verstand es nicht nur meisterhaft, große Summen auf die Seite zu bringen, sondern war auch stolz darauf, alle technischen Tricks der Ladearbeiten genau zu kennen. Er konnte einen Fehler schneller entdecken, als der alte Kapitän Schlegel. Hier gehörte er her. Er hatte sich aus dem Laderaum emporgearbeitet. Er kannte jedermanns Arbeit. Dies war alles sein Werk, und seine Lebensaufgabe bestand darin, dafür zu sorgen, daß alles blieb wie es war.
Bei ihm saßen Charley und Truck und Gilly und »J. P.« Morgan und seine Heuerchefs, Big Mac, Socks Thomas und Karger, der soeben bedingt aus dem Zuchthaus entlassen worden war. Specs und Sonny hatten sich nach Florida in Sicherheit gebracht, als Pater Barry den Aufruhr am Hafen ausgelöst hatte. Johnny würde für sie sorgen müssen, bis sich der Sturm gelegt haben würde.
Es stand kein Richtertisch hier und es wurde niemand feierlich

vereidigt, doch alle Anwesenden wußten, daß eine Gerichtssitzung stattfand, in der Johnny als Richter, Geschworener und Staatsanwalt fungierte, Terry Malloy in absentia abgeurteilt wurde und sein Bruder Charley zum erstenmal auf einem wackligen Stuhl saß. Die Woge der Empörung gegen Terry, der sich mit der jungen Doyle eingelassen hatte, war noch weiter angestiegen, als bekannt wurde, daß er Pater Barry erneut in der Kirche aufgesucht hatte. Und von seinem Dachposten, jenseits der Straße, wo er sich zu Beobachtungszwecken eingenistet hatte, wußte »J. P.« eine Menge zu berichten.

»Ich konnte nicht verstehen, was sie sprachen, Chef, aber Terry und dieser Schuft von der Kriminalpolizei haben zehn Minuten lang Backe an Backe dagesessen. Terry hat eine ganze Menge geredet, das steht fest und dieser Schnüffler sah aus, als ob er ihm an den Lippen hinge.«

»Backe an Backe«, sagte Johnny der Freundliche und sah Charley an.

»Wie ein Liebespaar«, sagte »J. P.«

»'n schöner Bruder«, sagte Johnny und sah Charley an.

Charley schluckte und sagte nichts.

»Hm, sonst weißt du immer etwas zu sagen«, sagte Johnny.

Charley holte tief Atem und gab sich redlich Mühe, seine Bildung und Redegewandtheit unter Beweis zu stellen.

»Backe an Backe braucht noch nicht viel zu bedeuten, Johnny.« Charley versuchte seiner Stimme einen selbstsicheren Klang zu geben. »Es ist genausogut möglich, daß er ihn hat abfahren lassen, wie er es schon einmal getan hat. Ich glaube immer noch nicht, daß er reden wird. Dafür gibt es keinen Beweis, solange er nicht öffentlich als Zeuge aufgetreten ist.«

Johnny schob sich eine Zigarre in den Mund und drehte sie beim Reden zwischen den Zähnen.

»Schönen Dank für die Rechtsauskunft, Charley. Deshalb habe ich dich auch ständig hier gehalten. Wie verhindern wir aber jetzt, daß dieser verdammte Kerl öffentlich als Zeuge aussagt? Das ist es doch, was du sonst immer so schön ›das erste Gebot der Stunde‹ genannt hast.«

Big Mac murmelte etwas hinter dem Handrücken zu dem neben ihm stehenden Truck, dessen breite Schultern vor Vergnügen bebten. Charley funkelte sie an. Lauter Dummköpfe, die ganze Bande. Und alle bezogen sie ihre Gewerkschaftshonorare und Spesen, weil Charley es so für sie eingerichtet hatte.

»Johnny, er ist nicht einer der Schlauesten, aber er ist ein guter Junge, das weißt du auch.«

»Er ist ein Strolch«, sagte Big Mac. »Keinen Funken von Dankbarkeit dafür, daß ich ihm den Druckposten auf dem Boden zugeteilt habe.«

»Du hältst den Mund«, wies Charley Big Mac mit erhobener Stimme zurecht. »Und deine Dankbarkeit mir gegenüber? Ich war es, der dir deinen Posten erhalten hat. Schlegel wollte dich schon ein halbes dutzendmal hinauswerfen.«

Johnny streckte beide Hände aus und gebot mit gespreizten Fingern Schweigen.

»Schon gut, Mac – Charley –, ich führe diese – Untersuchung.«

Einige der Umstehenden wagten ein vorsichtiges Lächeln. Aber alle hatten Angst. Charley war ein wertvolles Mitglied. Er verstand es, bei Tarifverhandlungen und vor der Presse zu reden. Und jetzt, wo sich die Situation zuspitzte, war ein ehrbar aussehender Mann wie Charley gut in der Nähe zu haben.

»Terry hat uns ein paarmal schon einen Gefallen erwiesen, Johnny. Das dürfen wir nicht vergessen«, versuchte Charley von neuem. »Es kommt alles nur daher, daß dieses Mädchen und vielleicht auch der Priester irgendeinen Einfluß auf ihn gewonnen haben, der, hm, seine geistige Grundhaltung beeinträchtigt. Verstehst, wie ich das meine?«

Derartige Redensarten mochten am Platze sein, um die hochwohllöblichen Mitglieder des Distriksrates oder einer Tarifdelegation zu benebeln. Aber Johnny hatte jetzt kein Verständnis dafür.

»Verdammt noch mal, rede deutlich, damit ich dich verstehen kann«, rief er.

»Ich meine, daß die Doyle und der Priester ihn derartig um-

garnt haben, daß er schon nicht mehr weiß, wo oben und unten ist«, sagte Charley, so wie er es von Hause aus gewohnt war.
»Der ganze Bödsinn mit geistiger Grundhaltung und so interessiert mich nicht«, sagte Johnny. »Wir stecken in einer doppelstaatlichen Untersuchung. Dies ist keine Kleinigkeit, aus der sich Willie Givens so einfach herausreden oder herauskaufen kann. Jetzt geht's auf Biegen oder Brechen. Dein kleiner Bruder kann uns alle an den Galgen bringen. Ich will nichts weiter wissen als: ist er taubstumm oder ist er ein Spitzel?«
Charley zögerte lange, bevor er antwortete. Er spürte, wie ihm der Schweiß ausbrach. Es hatte jetzt keinen Sinn mehr, Johnny den Freundlichen mit schönen Redensarten abzuspeisen. Er mußte jetzt für seine Worte gradestehen. Johnny ließ sich nichts vormachen. Auf seine eigene Art, nach seinen eigenen Gesetzen, war Johnny ein Wahrheitsfanatiker.
»Ich – wünschte – ich – wüßte ...« sagte Charley nach langer Überlegung.
»Ich auch, Charley«, sagte Johnny. »Auch deinetwegen.«
Johnny sah seinen Adjutanten mit kalten Augen durchbohrend an. Ein Schauer rieselte durch den Raum, Männer, die sich in den Bars und Seitenstraßen von Bohegan als kampferprobte Krieger erwiesen hatten, fürchteten für Charley. Sie hielten sich ganz still. Sie versuchten, weder Johnny noch Charley anzusehen, aus Angst, den geringsten Fehler zu begehen.
»Ich bin nie dafür gewesen, den Jungen eng an uns zu binden«, fuhr Johnny fort. »Das ist hier keine Spielerei. Es geht ums Ganze. In unserem Geschäft ist kein Platz für Nieten. Es ist höchste Zeit, deinen Bruder zurechtzubiegen.«
»Zurechtzubiegen – wie?« fragte Charley, diesmal mit so wenig Worten wie möglich.
»Okay, ihr da, trollt euch«, sagte Johnny zu seinen Gefolgsleuten. Er vertraute ihnen, aber es hatte keinen Sinn, unnötige Zeugen zu schaffen. Diese Sache wurde am besten zwischen ihm und Charley erledigt, damit alle übrigen mit gutem Gewissen sagen konnten, sie hätten nichts davon gewußt.
Als sie draußen waren, sagte Johnny: »Schau, es ist ganz einfach.

Fahr mit ihm hinaus zu der Stelle, die wir schon öfter benutzt haben. Versuch, ihn auf der Fahrt zurechtzubiegen. Versuch es, so gut du kannst. Wenn er aber nicht mitmacht, wenn er dir selbst an den Kragen will, dann fahr weiter und übergib ihn Danny D.«

Danny D. war ein gefürchteter Mann, der Leute auf Befehl verschwinden ließ. Er hatte ein halbes Dutzend Morde auf dem Gewissen. Nie hatte man Zeugen auftreiben können. Er war ein Vetter der Benasio und hatte für die Interstate schon ein paar Streiks gebrochen. Es gab Polizeibeamte, die Danny D. privat zwei Dutzend Morde zur Last legten. Er war ein entsprungener Seemann, der vor Jahren einmal mit den Einwanderungsgesetzen in Konflikt gekommen war. Eigentlich hätte er längst ausgewiesen werden müssen, doch verstanden es seine Anwälte immer wieder, die Deportation aufzuschieben.

Die Erwähnung des Namens Danny D. verschlug Charley fast den Atem. »Danny D. – Johnny, das kannst du doch nicht tun. Ich meine, schön, der Junge ist vielleicht auf Abwege geraten. Aber, Himmel noch einmal, Johnny, ich werde schon mit ihm fertig. Er hat bloß etwas das Gleichgewicht verloren.«

»Gleichgewicht verloren«, rief Johnny. »Hör mal, Shlagoom, erst fährt er mir öffentlich in die Parade, ohne daß ihm etwas passiert. Dann spielt er mir den nächsten üblen Streich und wenn das so weitergeht, dann ist es endgültig um mich geschehen.«

»Aber es ist eine riskante Sache, sich gerade jetzt mit einem Psychopaten wie Danny D. einzulassen. Es ist besser, gerade jetzt kein Aufsehen zu erregen.«

»Bleib mir bloß damit vom Leibe. Ich gehe immer aufs Ganze, Charley. Wenn ich ins Hintertreffen gerate, dann streiche ich nicht etwa die Segel, sondern setze erst recht alles auf eine Karte. Dann ist mir jedes Mittel recht. So bin ich groß geworden. Und, Bruder, so will ich auch vor die Hunde gehen – wenn es schon sein muß. Aber an deiner Stelle würde ich lieber nicht damit rechnen.«

»Johnny, ich liebe dich, das weißt du«, sagte Charley. »Ich weiß, was es dich gekostet hat, diese Stellung zu erringen und sie zu dem auszubauen, was sie jetzt ist. Ich bin immer dagewesen, wenn du mich um etwas gebeten hast, das weißt du. Aber, Johnny, was du jetzt von mir verlangst, das kann ich nicht. Ich kann es einfach nicht, Johnny.«

»Dann eben nicht«, sagte Johnny.

»Aber Johnny ...«

»Nun gut, dann eben nicht«, sagte Johnny.

Charley wußte, was das bedeutete.

»Johnny, er ist mein kleiner Bruder«, versuchte es Charley zum letztenmal.

»Wenn es mein kleiner Bruder wäre«, sagte Johnny, »und zum Teufel, wenn es meine eigene Mutter wäre, Gott segne sie, dann müßte ich es tun, wenn man mir in die Quere kommt. Ich will nicht sagen, daß ich es gern täte. Ich will damit nur sagen, was man tun muß, wenn man in diesem Geschäft wirklich seinen Mann stehen will. Die Leute laufen im Nu auseinander, wenn Gefahr im Verzuge ist.«

»Allmächtiger Gott«, sagte Charley.

»Okay, aufs Pferd«, befahl Johnny der Freundliche. »Zuviel Denken ist schädlich.«

Charley versuchte, sich beim Hinausgehen nichts anmerken zu lassen, doch alles Blut war ihm aus dem Gesicht gewichen, und das weiße Seidenhemd klebte ihm an der Haut.

Terry lag auf dem Bett, blätterte in einer Fachzeitschrift für Brieftauben und versuchte, nicht an die schwierige Lage zu denken, in der er sich befand. Er hatte die Tür verriegelt. Er wollte heute abend nicht mehr ausgehen. Wohin konnte er auch noch gehen! Mit wem konnte er überhaupt noch reden? Höchstens noch mit Billy, dem Jungen, und sogar der fing schon an, mißtrauisch zu werden. Die Masse hatte sich von ihm abgewandt und Joey Doyles Freunde wollten auch nichts mehr mit ihm zu tun haben. Truck und Billy hatten ihn einfach stehen lassen. Johnny hatte es auf ihn abgesehen; der Priester hatte ihm schwer zugesetzt, und als er schließlich tat, was dieser Barry ihm eingeredet hatte, da war das Mädchen vor ihm davongelaufen, als ob er ein Aussätziger wäre.

Er nahm die Zeitschrift wieder auf und versuchte, die Schilderung eines von Havanna ausgehenden Spezialrennens zu lesen, doch schon nach wenigen Augenblicken warf er das Blatt auf den Boden, streckte sich auf dem Rücken aus und versuchte nachzudenken. Bevor dies alles geschehen war, hatte er nie nachzudenken brauchen. Er brauchte nur so in den Tag hineinzuleben. Er war sich immer noch nicht darüber im klaren, warum man ihn eigentlich hatte so an die Wand drücken können. Ihm war wie am Morgen nach einer durchzechten Nacht, wenn er glaubte, das Herz wolle ihm bersten.
Es klopfte. Er richtete sich halb auf. Das Gefühl einer drohenden Gefahr ergriff ihn.
»Ja?«
»He, Kleiner, ich bin's, Charley«, kam es durch die Tür.
Terry sprang auf, um ihn hereinzulassen. Charley wirkte in seinem Kamelhaarmantel eindrucksvoll und wohlhabend. Das Treppensteigen hatte ihn außer Atem gebracht.
»Du bist nicht mehr in Form, Charley«, Terry versuchte einen leichten Ton anzuschlagen. »Hast zu gut gelebt.«
»Ja, ich will wieder etwas Sport treiben«, sagte Charley. »Komm, Kleiner, zieh dir die Jacke an. Wir gehen zum Boxen.«
»Mein Gott, ich habe . . . ich weiß noch nicht einmal, wer heute dran ist«, sagte Terry.
»Macht nichts«, sagte Charley. »Wahrscheinlich wieder zwei Nigger, wie es heutzutage üblich ist. Ich hab' zwei gute Plätze, erste Reihe hinter der Presse.«
»Ich wollte schon die ganze Zeit mit dir reden«, sagte Terry.
»Zieh dir die Jacke an. Wir haben unterwegs Zeit zum Reden.«
Gewöhnlich gab es weit und breit kein Taxi, heute abend aber fanden sie eines an der Ecke. Es herrschte ein unfreundliches Dezemberwetter.
»Mein Gott, eine ekelhafte Nacht«, sagte Terry.
»Die Zeitungen haben Schnee vorausgesagt«, sagte Charley.
»Das Wetter ist völlig verrückt geworden. Das kommt von dieser neuen Bombe«, erläuterte Terry.
»Wohin?« sagte der Taxifahrer.

»Biegen Sie nach links in die Bedford Street«, sagte Charley. »Ich sage Ihnen schon, wo Sie halten sollen.«
»Ich dachte, wir führen zum Boxen«, sagte Terry.
»Klar, aber – ich wollte auf dem Wege dorthin noch einen Wettschein ausfüllen«, sagte Charley. »Und außerdem haben wir so etwas mehr Zeit um uns auszusprechen.«
Terry lehnte sich bequem in das schon etwas schäbige Lederpolster zurück. »Also schieß los, Charley, ich bin ganz Ohr.«
»Ja, ich bin wohl schon von Geburt an so etwas wie ein Einzelgänger«, sagte Charley. »Aber – glaub mir, Terry, es kommt mir jetzt nicht darauf an, meine eigene Stimme zu hören. Du bist mein Bruder, Terry, und ich habe etwas Ernstes mit dir zu besprechen.«
»Mmmmmmmm-mmmmmmmm«, sagte Terry und blieb auf der Hut.
»Also – es wird behauptet, du hättest eine – eine Vorladung bekommen.«
»Stimmt«, sagte Terry in gleichgültigem Ton.
»Unsere Leute kennen dich natürlich gut genug, um zu wissen, daß du der Polizei nichts vorsingen wirst«, sagte Charley, indem er sich sacht weiter vortastete.
»Mmmmmmmmm-Mmmmmmmmm«, brummte Terry.
»Trotzdem sind sie der Meinung, daß du nicht länger so weit abseits stehen solltest«, fuhr Charley fort. »Sie wollen dich etwas näher heranziehen. Vielleicht läßt sich dir der eine oder andere Posten unten am Hafen vermitteln.«
Terry zuckte die Achseln. »Regelmäßige Arbeit. Hin und wieder einen Dollar extra. Das ist alles, was ich brauche.«
»Gewiß, das ist schon richtig, solange du jung bist«, stimmte Charley bei. »Aber die Zeit bleibt ja nicht stehen. Du bist bald dreißig. Es wird jetzt bald Zeit, daß du auch mal an deine Zukunft denkst.«
»Das schon, aber ich finde, man lebt länger, wenn man keinen allzu großen Ehrgeiz hat«, sagte Terry.
Charley sah ihn an. Dann wandte er den Kopf ab und schlug die Augen nieder. »Vielleicht«, sagte er. Dann fügte er, um

seine Gefühle zu verbergen, schnell hinzu: »Schau, Junge, du weißt, der neue Pier, den sie da bauen . . .«

Terry dachte an die Pfahlramme; er spürte noch jetzt das Dröhnen in seinem Schädel.

»Wird ein großartiger Pier werden – zwei Millionen Dollar. Die Pan-American-Linie wird dort anlegen und unsere Ortsgruppe wird dort zuständig sein. Das ergibt den Posten für einen neuen Ladechef.«

»So?« sagte Terry.

»Du weißt, was das heißt«, sagte Charley. »Sechs Cent für jeden Zentner, der gelöscht und auf Lkws verladen wird. Das klingt zunächst einmal gar nicht so viel, aber es summiert sich. Und was das Angenehme ist, du brauchst keinen Finger zu krümmen. Ich finde, es ist der beste Posten im ganzen Hafen. Drei, vierhundert Dollar in der Woche sowieso. Leute wie Turkey Dooley und Dummy Ennis verdienen ihre dreißig-, vierzigtausend Dollar im Jahr und zahlen Steuern für fünf. Das ist der richtige Platz für dich, Junge. Jeden Winter einen Monat in Miami.«

»Und ich bekomme das ganze Geld für nichts und wieder nichts?« sagte Terry.

»Für nichts und wieder nichts«, sagte Charley. »Du tust überhaupt nichts. Und redest überhaupt nichts. Ist das klar, Junge?«

Terry seufzte und schüttelte den Kopf. Er stand auf einmal vor einem ganz neuen Problem. »Ja, ich verstehe schon. Aber das ist noch nicht alles, Charley, es gehört noch eine Menge mehr dazu. Laß dir das sagen. Eine Menge mehr.«

Charley sah mit Beunruhigung, wie sehr sein Bruder aus dem Gleichgewicht geraten war. »Terry, hör mir mal zu«, sagte er scharf. »Du willst mir hoffentlich damit nicht sagen, daß du gegen deinen eigenen . . .« Er wies mit dem behandschuhten Finger auf seinen eigenen untadeligen Kamelhaarmantel. »Kleiner, du willst doch hoffentlich nicht sagen, daß du gegen deinen eigenen Bruder aussagen wirst.«

Terry rieb sich mit dem Handrücken über das Gesicht. »Ich weiß nicht, Charley. Ich meine, ich will damit sagen – ich

weiß nicht, Charley. Darüber wollte ich schon lange mit dir sprechen.«
»Hör zu, Terry«, sagte Charley ruhig, als müsse er noch einmal ganz von vorn anfangen. »Die Piers, die wir durch die Ortsgruppe kontrollieren, du weißt doch auch, wieviel sie uns wert sind ...«
»Ich weiß ... ich weiß ...« sagte Terry.
»Also gut«, sagte Charley. Warum mußte ihm dieser Junge nur so große Schwierigkeiten machen? »Glaubst du etwa, Johnny kann es sich leisten, diesen ganzen Apparat aufs Spiel zu setzen, bloß weil ein dahergelaufener lausiger Gernegroß es sich in den Kopf gesetzt hat, ihm ...«
»Oh, sag das nicht!« bat Terry.
»Ja, zum Teufel, so ist es!« sagte Charley.
»Ich hätte besser sein können«, sagte Terry.
»Darauf kommt's jetzt gar nicht an«, sagte Charley.
»Ich hätte sehr viel besser sein können, Charley«, sagte Terry.
»Die Sache ist die, wir haben nicht viel Zeit«, erinnerte ihn Charley.
»Ich sage dir doch, ich habe mich noch nicht entschieden«, rief Terry aus. »Wenn ich dir doch klarmachen könnte, was das heißt, Charley – dieses verdammte Sich-für-etwas-Entscheiden.«
»Entschließ dich, Junge. Ich bitte dich. Ich bitte dich!« Dann fügte er hinzu, und in seinen halbgeflüsterten Worten lag Scham und Resignation und Verzweiflung: »Bevor wir zur Bedford Street No. 2437 kommen.«
Die Adresse rief in Terrys Vorstellung eine Erinnerung wach, eine tödliche, dunkel-drohende Erinnerung. »Bevor wir wohin kommen, Charley?« fragte er ungläubig. »Bevor wir wohin kommen?«
Draußen ging ein kalter, von vereinzelten Schneeflocken untermischter Regen nieder und verlangsamte die Fahrt des Taxis. Charleys Stirn war heiß und feucht. Alle die Jahre klugen Redens und geschickten Operierens hatten ihn schließlich in diese Situation geführt, in der er wie ein Kindermädchen flehen mußte:

»Terry, zum letztenmal, nimm den Posten. Bitte, nimm den Posten.«
Terry schüttelte den Kopf.
Charley war immer stolz auf seine guten Manieren, auf seine Intelligenz und Zurückhaltung gewesen, jetzt aber brachten die Enttäuschung und das Gefühl drohender Gefahr einen Damm in ihm zum Bersten, und ohne zu wissen, was er tat, griff er in die Tasche und zog eine Pistole hervor. »Du wirst den Posten annehmen, ob du willst oder nicht. Und jetzt halt dein verdammtes Maul. Keine Widerrede. Und damit basta.«
Als Terry die Waffe in den Mantelfalten sah, fürchtete er sich nicht; das Plötzliche dieser abschließenden Geste versetzte ihn jenseits von Angst und Furcht in einen Zustand wortlosen, intuitiv empfundenen Mitgefühls, das ihm bisher unbekannt war.
»Charley ...« sagte er traurig und spürte zutiefst, wie peinlich diese Situation für sie beide war. Er streckte die Hand aus und schob mit sanfter Bewegung den Pistolenlauf beiseite.
Charley lehnte sich in den Sitz zurück und ließ die Waffe in den Schoß sinken. Er schob den Hut zurück, um seine Stirn zu kühlen. Er nahm aus der Brusttasche ein mit seinen Initialen versehenes Taschentuch und tupfte sich das Gesicht ab.
»Nimm ihn bitte an«, flüsterte Charley. »Nimm diesen Posten.«
Terry wich in die hintere Ecke seines Sitzes zurück. Er schüttelte noch immer vor fassungsloser Enttäuschung den Kopf. »Charley – oh, Charley.« Ein tiefer Seufzer stieg in ihm auf.
Charley biß sich auf die Lippen und ließ die Pistole in die Manteltasche gleiten. In dem Schweigen, das jetzt folgte, konnten sie den Regen gegen die Scheiben schlagen und die nassen Reifen auf den Pflastersteinen rutschen hören. Es war ein alter Weg, der vom Fluß aus in das flache, eintönige Hinterland von Jersey führte.
Als Charley wieder zu sprechen begann, tastete er, fast atemlos, nach Worten, die seine früheren Beziehungen zu Terry in irgendeiner Weise wiederherstellen konnten.

»Sieh mal, Junge. Ich – ich ...« Er reichte zu Terry hinüber und versuchte dessen Oberarm zu drücken, eine alte, zwischen ihnen beiden oft geübte freundschaftliche Geste. Terry entzog ihm weder seinen Arm, noch erleichterte er Charley die Bewegung.
»Wieviel wiegst du eigentlich heute, du alter Boxer?« wünschte Charley plötzlich zu wissen.
»Fünfundsiebzig, achtzig. Warum?« Terry tat die Frage mit einem mürrischen Achselzucken ab.
»Mensch, wenn du hundertachtundsechzig Pfund hättest, dann wärst du prima.« Charley fiel in die Vergangenheit zurück. »Du könntest ein neuer Billy Conn sein. Der Esel, den wir dir als Manager zugeteilt hatten, hat dich nur viel zu schnell herausgebracht.«
Terry hatte langsam den Kopf geschüttelt. Jetzt brachen die Vergangenheit und all die Demütigungen, die sie ihm bereitet hatte, in einem einzigen Schrei aus ihm heraus. »Der war es gar nicht, Charley. Du warst schuld daran.«
Terry kam aus seiner Ecke hervor und beugte sich zu Charley hin. Die alte Demütigung reizte ihn wieder wie das Blut einer Gesichtswunde, das nicht gerinnen will. »Weißt du noch, damals die Nacht im Madison Square Garden? Du kamst in die Garderobe und sagtest: ›Junge, heute ist der andere dran. Wir wollen mit Wilson verdienen.‹ Weißt du noch! Heute ist der andere dran. Der andere! Ich hätte Wilson damals in Grund und Boden schlagen können. Und was war die Folge? Er bekommt den Titelkampf, draußen unter freiem Himmel. Und was bekomme ich? Einfache Fahrt nach Bohegan. Nach jener Nacht bin ich nie wieder in Form gewesen. Das weißt du nur zu gut, Charley. Es ist, als ob man – als ob man einen Gipfel erreicht, und von dort an geht es nur noch abwärts. Das bist du gewesen, Charley. Du warst mein Bruder. Du hättest mir wenigstens ein klein bißchen weiterhelfen sollen. Du hättest dich um mich kümmern müssen. Nur ein klein wenig. Statt mich so wegen des elenden Geldes herunterzureißen.«
Charley war nicht imstande, Terry anzublicken. »Ich habe im-

mer dafür gesorgt, daß du zu deinem Geld kommst«, sagte er leise.
»Ach, du verstehst ja doch nicht«, rief Terry mit erhobener Stimme, als ob er auf diese Weise die zwischen ihnen bestehende Verständigungslücke überbrücken könnte.
»Ich habe mich immer bemüht, daß du auf gutem Fuße mit Johnny bleibst«, versuchte Charley zu erklären.
»Du verstehst mich nicht!« rief Terry wieder aus. »Ich hätte Klasse sein können. Ich hätte Titelanwärter werden können. Ich hätte etwas darstellen können. Statt der Narr zu bleiben, der ich bin. Oh, ja, der ich bin. Du warst schuld daran.«
Wieder herrschte etwa zehn Sekunden lang Schweigen, während Terry fortfuhr, Charley anzustarren und Charley voller Angst Terry ins Gesicht blickte und die Tage ihrer gemeinsamen Jugend sah, Terry wieder vor sich sah, als kleinen schmutzigen Dreikäsehoch, als zwölfjährigen Straßenjungen und dann in seinem farbenprächtigen Trainingsmantel, als er in Erwartung des Gongs in der Ecke hin und her tänzelte – und schließlich Terry als den achtundzwanzig Jahre alten Strolch, der in Johnnys Bar herumhockte, der Narr, der er nun einmal war.
»Okay, okay ...« Charley kämpfte mit sich um eine Entscheidung. Er blickte hinaus, um festzustellen, wie dicht sie schon an das einzelne, zwei Stock hohe Fachwerkhaus herangekommen waren, das von den Mitgliedern der Danny-D.-Bande gewöhnlich als das »Gashaus« bezeichnet wurde. »Ich werde ihnen sagen – ich werde ihnen sagen, ich hätte dich nicht finden können. Er wird mir zwar nicht glauben, das ist so gut wie sicher, aber ...« Er fuhr mit der Hand in die Tasche und schob Terry die Pistole zu. »Hier, vielleicht kannst du sie brauchen.« Dann beugte er sich vor und schob die Glastrennwand zwischen den Rücksitzen und dem Fahrer zurück. »He, Fahrer, halten Sie an.« Er öffnete die Tür, während der Wagen noch fuhr. »Spring 'raus, rasch und lauf!« Er versetzte Terry einen Schlag auf den Rücken. Einen halben Häuserblock weiter unten stand ein Autobus. Terry rannte über die dunkle, vor Nässe glitzernde Straße laut rufend auf ihn zu.

Charley lehnte sich erschöpft auf den Sitz zurück. »Drehen Sie um«, sagte er müde und mit geschlossenen Augen zu dem Fahrer. »Fahren Sie mich zum Sportplatz.«
Der Fahrer riß den Wagen scharf nach links herum, so daß Charley fast von seinem Sitz herunterrutschte, fuhr mit Vollgas in Danny D.'s Grundstück hinein und steuerte den Wagen unmittelbar in die Garage, wo zwei Spezialisten postiert waren, um zu erledigen, was hereinkam. Charley Malloy öffnete den Mund zum Protest, aber die Männer verstanden ihr Handwerk, und er verstummte für immer.

ZWEIUNDZWANZIGSTES KAPITEL

Als der Bus an einer Straßenecke im Zentrum von Bohegan hielt, sprang Terry ab und lief ein paar hundert Meter durch den starken, vom Wind gepeitschten Regen bis zur Doyleschen Wohnung. Er hatte die Mütze verloren, und die Haare hingen ihm naß und zerzaust herunter. Der eisige Regen tropfte ihm von der Stirn und rann ihm über das unrasierte Gesicht. Er rannte die ausgetretenen, knarrenden Stufen, immer drei auf einmal nehmend, hinauf, als ob er von einer Zwangsvorstellung getrieben würde, die ihm jedes Gefühl für die eigene Sicherheit genommen hatte. Was ihn quälte, war das Bild Katie Doyles, die sich nach seiner Beichte von ihm abgewandt hatte – ihre zornigen Worte, ihre Flucht. Diese Vorstellung war wie ein Motor, der ihn vorantrieb. Er erreichte den Treppenabsatz im dritten Stock, rannte zu der Tür und schrie: »Katie! Katie!«
Katie lag im Bett und versuchte einzuschlafen. Pop war mit Moose und Jimmy ausgegangen, und die Tür war verriegelt. »Halt die Tür gut verschlossen«, hatte Pop ihr gesagt, »und laß niemanden herein. Und wenn es Gott der Allmächtige selbst ist.«
»Katie! He, Katie!« Terry rief durch die Küchentür hindurch. Katie antwortete nicht, und Terry rief ihren Namen immer wieder, während er gegen die Tür hämmerte.

Katie lief zum Eingang, um festzustellen, ob die Tür wirklich verriegelt war. »Du kannst nicht herein. Geh weg!« rief sie zornig.
»Katie, bitte, mach auf. Ich muß mit dir sprechen.«
Er stieß mit dem Fuß gegen die Tür, und sie schrie: »Hör auf. Hör auf! Bleib mir vom Leibe.«
Sie vergewisserte sich, daß der Riegel vorgeschoben war, eilte in das kleine Schlafzimmer zurück und versuchte, ihre Eisenbettstelle vor die Tür zu schieben. Sie fürchtete sich vor Terry, der sich mit aller Gewalt gegen das splitterige Holz der Küchentür warf. Dann hörte sie, wie der Riegel nachgab. Terry stürzte auf sie zu. Sie versuchte, sich in das Bettzeug zu hüllen. Die Haare hingen ihm wild ins Gesicht und er fuchtelte mit den Armen. Seine Augen jagten ihr Angst und Schrecken ein.
»Geh hinaus – hinaus!« schrie sie mit schriller Stimme, und als er versuchte, sich ihr zu nähern und plötzlich leise sagte: »Katie, hör zu ...«, da schüttelte sie den Kopf und sagte: »Wenn Pop dich hier findet, bringt er dich um. Du darfst mich nicht mehr sehen.«
Als er näher herankam, sprang sie aus dem Bett und warf sich gegen ihn, in dem Versuch, ihn rückwärts aus dem Zimmer zu drängen. Er griff ihre Arme und schrie ihr ins Gesicht: »Du glaubst, ich stinke, nicht wahr? Du glaubst, ich bin ein stinkender Lump, weil ich Joye ...«
Sie riß sich los und rief in rasender Wut: »Ich will nicht davon reden, ich will bloß, daß du ...«
»Ich weiß, was du von mir willst«, fiel er ein.
»Ich verlange von dir nichts weiter, als daß du mich in Frieden läßt und – und daß du tust, was dir dein Gewissen befiehlt.«
»Hör auf mit dem Gewissen!« Er schlug mit der rechten Faust wütend nach dem eisernen Bettpfosten, den Katie als Schranke benutzen wollte. »Warum mußt du immer wieder dieses verdammte Wort in den Mund nehmen?«
Sie wich vor ihm zurück, sich fürchtete sich noch immer vor ihm, aber sie fürchtete auch für ihn. »Terry, ich habe dieses Wort vor dir noch nie ausgesprochen. Nie.«

Er hielt inne, überrascht, und verwirrt.
»Nein?«
Sie schüttelte den Kopf. Sie empfand keine Furcht mehr vor ihm. Er war nicht mehr der Mann, der wie ein wildes Tier in den Straßen auf Beute ausging. Bis auf die Haut naß und vom Wind zerzaust, wirkte er eher wie ein kleines, gehetztes Tier, das in einer ausweglosen Lage nicht mehr weiß, wohin es sich wenden soll.
»Jetzt fängst du an, auf dich selbst zu hören«, sagte sie. »Was heißt das anders, als daß du auf dein Gewissen hörst.«
»Katie«, sagte er ruhig, »sei jetzt nicht böse. Ich, ich glaube, es ist so – es ist wie das Gefühl, wenn man jemand lieb hat.«
Wieder wollte er die Arme um sie legen, sie an sich ziehen, sie küssen und das Gesicht in der zärtlichen Wärme ihres Nackens vergraben. Aber er stand nur da und starrte sie wild an. Und so merkwürdig es klingt, Terry Malloy war für Katie wie der dunkle, böse Traum fleischlicher Sünde, den sie in ihrem Bett in Marygrove geträumt hatte – nie waren es die anständigen jungen Männer, denen sie bei den allzu streng überwachten Schulfesten begegnet war, sondern die Wildheit nackter männlicher Leidenschaft, die sich in ihr Zimmer schlich und sie zu erdrücken schien, bis sie manchmal das Licht andrehen mußte, aufstand und die Jungfrau Maria anflehte, sie vor diesem Makel zu bewahren. Sie spürte in sich den überwältigenden Drang, sich wider alle Sitte und wider besseres Wissen halbnackt und schamlos in seine Arme zu werfen.
»Terry, bitte – jetzt nicht – wir wollen – wir wollen ein andermal darüber reden«, sagte sie. »Jetzt mußt du gehen – bitte.«
»Okay, okay, vergiß, was ich gesagt habe«, murmelte Terry. »Ich habe kein Recht ...« Er wollte sich abwenden. »Verzeih mir wegen der Tür. Es ist so viel geschehen. Ich komme, glaube ich, nicht darüber weg.«
»Ich werde dich heute nacht in meine Gebete einschließen«, sagte Katie ernsthaft.

»Mein Gott, die kann ich wirklich gebrauchen«, sagte Terry.

Aus dem Hof hinter dem Wohnhaus kam ein unterdrückter Schrei. »He, Terry. He, Terry ...«

Erschreckt eilte Terry in die Küche und blickte die Feuerleiter hinunter. Er konnte in der Dunkelheit niemanden sehen, aber er hörte die Stimme, die diesmal lauter rief:

»He, Terry, dein Bruder ist hier unten. Er will mit dir sprechen.«

»Charley ...« sagte Terry.

»He, Terry«, kam der Ruf von drei Stockwerken weiter unten, »komm herunter und sprich mit deinem Bruder.«

»Terry, geh nicht hinunter«, bat Katie.

»Vielleicht ist er in Gefahr.«

»Schließ dich in deinem Zimmer ein«, sagte Katie.

»Charley?« rief Terry aus dem Fenster in den Hof hinunter.

»Komm 'runter – er wartet auf dich«, antwortete die fremde Stimme von unten.

»Ich muß hinuntergehen«, sagte Terry und kletterte auf die Feuerleiter hinaus.

»Terry, nimm dich in acht«, rief Katie.

»Ich habe die hier«, sagte Terry und griff nach der unsichtbaren Pistole.

»Terry, bitte nimm dich in acht«, rief ihm Katie nach, als er über die Feuerleiter durch den strömenden Regen nach unten kletterte.

»Hier sind wir, Terry, hier«, rief die unterdrückte Stimme in der Dunkelheit.

Katie konnte Terrys hallende Schritte auf der Feuerleiter hören. Drüben auf der anderen Seite des engen, mit Wäscheleinen überspannten Hofes öffnete sich ein Fenster. Eine Frau steckte den Kopf heraus und sah zu Katie hinauf. Es war Mrs. Collins. Katie erkannte sie zunächst gar nicht, da sie die Haare zusammengelegt in einem Netz trug.

»Haben Sie das gehört«, rief die Frau.

Katie nickte und hielt sich die Arme gegen die bittere Kälte um die Schultern.

»Genauso haben sie meinen Andy damals in der Nacht herausgerufen«, sagte Mrs. Collins.

Katie rannte zum Schrank und riß ihren Mantel heraus. Dann eilte sie, ohne auf Mrs. Collins Rufe zu achten, die Feuerleiter hinunter und schrie in die Winternacht hinaus: »Terry! Terry!«

Als sie den untersten Absatz erreichte, schlüpfte eine schäbige, undeutlich erkennbare Gestalt aus dem Kohlenschuppen auf sie zu. Zu ihrer Verblüffung sang er mit heiserer, brüchiger Stimme in höchster Lautstärke einen alten Schlager, der eigentlich lustig klingen sollte, aber jetzt eher wie ein Totengesang wirkte.

»Tippi ... tippi ... tin ... tippi ... tin«

Katie erkannte den unseligen Mutt Murphy. Er hatte eine halbleere Flasche Wein in der Hand und sang zu den erleuchteten Fenstern hinauf.

»Tippi ... tippi ...«

Im Erdgeschoß öffnete sich ein Fenster und eine verärgerte Stimme rief heraus: »Halt's Maul!«

»Tan ...«

Noch ein Fenster wurde aufgemacht und eine wütende Stimme brüllte: »Scher dich zum Teufel!« Ein alter Schuh, der der schwankenden Gestalt des singenden Mutt zugedacht war, verfehlte knapp sein Ziel.

Mutt schüttelte gegen die feindseligen Fenster die Faust. »Spuckt mich ruhig an, verflucht und steinigt mich«, schrie er heiser, »aber ich leide für eure Sünden ...«

Der Mann, der den alten Schuh geworfen hatte, rief laut zurück: »Hau ab und leide woanders, du Strolch.«

Die Fenster wurden zugeschlagen. Unter der Feuerleiter hatte Katie nach irgendeiner Spur von Terry oder dem Rufer gesucht, doch die Nacht schien beide verschluckt zu haben.

»Terry-y-y-y-« das Echo ihrer kleinen, von Panik erfüllten Stimme hallte von den Häuserwänden wider. Mutt stolperte, die Weinflasche schwingend, auf sie zu. Sein triefender Mund erfüllte sie mit Abscheu.

»Ich hab' ihn gesehen. Ich hab' ihn gesehen ...«

»Wo ist er hingegangen?«

»Ich hab's gesehen, wie's passiert ist. Mit meinen eigenen Augen hab ich's gesehen.«

»Was? Was haben Sie gesehen?«

»Ich hab' gesehen, wie sie ihn umgebracht haben! Ich hab' ihn schreien hören.«

»Wen – wen haben Sie gesehen! So reden Sie doch, reden Sie!« Katie verlor völlig die Fassung.

»Seine Henker. Sie haben ihn in die Seite gestochen.«

Aus seinen geröteten Hundeaugen begannen dicke Tränen über sein zerstörtes, unrasiertes Gesicht herabzurinnen. »Oh, ich weine für sie – ich weine um sie.«

»Wer denn? Meinen Sie Terry?«

Mit der rechten Hand hob Mutt die Flasche mit großartiger, apostolischer Geste empor.

»Unser Herr Jesus, als er starb, um uns zu erlösen . . .«

Katie stieß ihn angeekelt beiseite. »Oh, gehen Sie weg, Sie – Sie Ferkel.«

Mutt trank die Flasche in einem letzten Zuge aus und warf sie krachend gegen die Hauswand. »Tippi . . . tippi . . . tan. . . tippi . . . tan.« Er nahm sein unablässiges Lamento wieder auf und wanderte in den Kohlenschuppen zurück, um seine Ängste zu vergessen und sich in seinen Visionen zu begraben.

Der Zwischenraum zwischen den Rücken an Rücken gebauten Häusern verengte sich in eine schmale Gasse. Katie glaubte, aus jener Richtung einen Laut gehört zu haben und eilte, Terrys Namen rufend, darauf zu. Als sie sich dem Eingang der Gasse näherte, antwortete Terry mit mühsamer, leiser Stimme: »Hier bin ich!«

Sie lief zu ihm hin und fand ihn, wie er Charley Malloys leblose Gestalt anstarrte, die am Kragen seines Kamelhaarmantels von einem Haken, der aus der Hauswand herausragte, hing. Der sonst makellose, goldbraune Mantel war schmutzig, die Aufschläge waren blutverschmiert. Katie gab voller Entsetzen keinen Ton von sich. Terry zitterte vor Haß am ganzen Leibe.

»Ich schlage ihnen allen die Schädel ein«, sagte er.

»Terry, komm mit zurück ins Haus.«

»Ich habe gesagt, ich schlage ihnen allen den Schädel ein. Allen.« Er hatte die Pistole in der Hand. Sein Blick war auf Charley gerichtet. Er schien Katie überhaupt nicht zu bemerken. Er ging zur Wand hinüber und hob Charley herab. Er streckte Charley aus und faltete ihm die Hände über der Brust.
»Sieh nur, wie die Hunde ihm den Mantel versaut haben«, sagte er.
»Terry, du bist von Sinnen«, sagte Katie. »Gib mir die Pistole, du redest, als ob du den Verstand verloren hättest.«
Terry steckte sich die kleine Waffe sorgfältig in die Tasche. »Los, hol den Pater«, befahl er. »Sag ihm, er solle sich um Charley kümmern. Charley war Katholik. Er soll sich seiner annehmen. Ich will nicht, daß er in dieser verdammten Gasse lange herumliegt.«
Er machte sich in Richtung auf die Hauptstraße auf den Weg.
»Wo gehst du hin?« rief Katie schrill.
»Geht dich nichts an«, sagte Terry. »Tu, was ich dir gesagt habe.« Er ging weiter, ohne sich auch nur ein einziges Mal umzusehen, ob Katie seine Befehle ausführte und in die Kirche lief. Sie rannte jedoch schluchzend durch die stürmische Nacht und erreichte die Kirche fast zu der gleichen Zeit, als Terry in Johnnys Bar eintrat.
Ein Dutzend Stammgäste hockten an der Bar und sahen einem Boxkampf im Fernsehen zu.
»Johnny der Freundliche hier?« sagte Terry unvermittelt vom Eingang her.
Jocko, der Barmixer mit dem Pferdegesicht, der wesentlich schlauer war als er aussah, konnte die Waffe, die Terry bei sich hatte, nicht sehen, aber er spürte irgendwie, daß Terry eine hatte. In den zehn Jahren, die er hinter diesem Bartisch zugebracht hatte, war er zu einem Fachmann auf diesem Gebiet geworden.
»Er ist jetzt nicht da«, sagte er kurz. Gewöhnlich war er ein guter Freund von Terry und half ihm, wo immer er konnte.
Aber jetzt wußte er, daß etwas schiefgegangen war. Das brauchte man ihm nicht erst zu sagen. Er konnte die Gefahr riechen.
»Weißt du das bestimmt?« sagte Terry und schritt langsam durch

die Länge des Barraumes bis zur Tür des Hinterzimmers. Die meisten Gäste wandten den Blick vom Fernsehschirm ab, um Terry zu beobachten. Wenn Johnny der Freundliche sich auf dem Kriegspfad befand, dann nahm der ganze Hafen von Bohegan daran Anteil. Ein paar von den Stammkunden wichen sogar von dem Bartisch zurück. Als Terry sich der Hintertür näherte, griff Jocko unter die Bar und faßte einen hölzernen Eisenhammer, den er gelegentlich als Schlagwaffe benutzte. Er hielt ihn hinter dem Rücken und wartete ab, was der aufgebrachte Junge tun würde.

Terry stieß die Tür zu dem Hinterzimmer mit dem Fuß auf, so daß er die Hände zum Schießen frei behielt und die Tür als Deckung benutzen konnte. Es war nur ein Mensch in dem Zimmer: »J. P.« Morgan, der seine Schuldscheine vor sich ausgebreitet hatte und mit großer Gewissenhaftigkeit Eintragungen in seinem kleinen schwarzen Buch vornahm.

»Johnny gesehen?« sagte Terry.

»Er ist beim Boxen«, antwortete »J. P.« ohne aufzuschauen.

Terry ging an das Ende der Theke zurück und winkte Jocko heran.

»Einen Doppelten.«

»Beruhige dich, Terry«, sagte Jocko.

»Laß mich mit deinen Ratschlägen in Frieden. Gib mir lieber den Doppelten.«

Jocko zuckte mit den Achseln und füllte zwei Schnapsgläser.

»Hör mal zu, Junge, warum gehst du nicht nach Hause, bevor der Chef herkommt?«

Terry goß den Inhalt der kleinen Gläser hinunter. »Ich habe keinen Rat bestellt, sondern Whisky«, sagte Terry.

»Langsam, mein Lieber, langsam«, sagte Jocko.

Hinter Terrys Rücken war »J. P.« auf leisen Sohlen zu der Telefonzelle gegangen, um Johnny zu warnen. Terry hörte ihn, schoß herum und schrie: »Bleib von der Telefonzelle weg!«

»J. P.« tat, wie ihm befohlen.

»An jeder Straßenecke gibt es hier mindestens zehn Bars«, sagte Jocko. »Wie wär's, wenn du woanders trinken würdest?«

»Mir gefällt es aber grade hier. Mir gefällt dein hübsches Gesicht«, sagte Terry.
Jocko schüttelte den Kopf. Er hatte lange am Hafen gelebt. Er hatte gesehen, wie Johnny der Freundliche die Führung auf den Docks an sich riß, indem er hier in diese Bar hereinkam und die Leute hinausprügelte, die damals Ende der dreißiger Jahre den Hafen in der Hand hatten. Jocko überlegte, ob Terry übergeschnappt war. Was konnte ihn sonst dazu bewegen, offenen Krieg mit einem Riesen wie Johnny anzufangen?
Pater Barry saß in der Bibliothek des kleinen Pfarrhauses und beantwortete Briefe von verschiedenen Leuten im Hafen, die von seiner freimütigen Predigt auf dem Dock gehört hatten. Er schöpfte neue Hoffnung, als er sah, daß er und seine kleine Gruppe nicht allein standen, obwohl ihre Lage in Bohegan fast hoffnungslos schien. Ein alter italienischer Hafenarbeiter, der in Jersey City unter ständiger Lebensbedrohung lebte und Angst hatte, mit seinem Namen zu unterschreiben, sagte, er bete für ihn. Eine irische Hausfrau aus Manhattan schrieb, man solle die Gangster samt und sonders hinauswerfen, auch wenn sie mit ihrem Mann und ihren zwei Kindern eine Zeitlang von der öffentlichen Wohlfahrt leben müßte. Es waren auch anonyme, in Bohegan aufgegebene Briefe von Dockarbeitern dabei, welche schrieben, sie zahlten Big Mac regelmäßige Bestechungssummen und müßten sich an all den betrügerischen Wohlfahrtssammlungen beteiligen, hätten aber Angst, Protest einzulegen. So ist es schon seit Jahren gewesen, schrieb einer von ihnen, und Sie können von Glück reden, daß Sie Ihren Kragen umgedreht tragen, sonst hätte man Sie nach Ihrer Predigt auf dem Dock bestimmt nicht ungeschoren gelassen. Und trotzdem, Pater, hoffentlich nehmen Sie sich in acht, denn diese Leute verstehen es nur zu gut, einen Unfall in Szene zu setzen.
Als Pater Barry darüber nachdachte und ein schwaches, müdes Lächeln um seine Lippen spielte, kam Katie hereingerannt. Ihre Haare waren naß, sie war atemlos und redete fast zusammenhangloses Zeug.
Als er aber hörte, daß Charley tot sei und Terry eine Waffe

bei sich habe und vor Kummer rein um den Verstand gekommen sei, da sprang Pater Barry auf und sagte, er würde hinausgehen und Terry suchen. Wenn Terry es mit dem Revolver auf Johnny abgesehen habe, dann gebe es nur ein paar Orte, wo man nach ihm suchen müsse – das Gewerkschaftsbüro, Johnnys Bar, den politischen Klub.

»Mach dir keine Sorgen, ich werde ihn schon finden«, versprach Pater Barry. »Hol Pater Vincent wegen Charley. Ruf deinen Onkel im Polizeirevier an. Sag ihm, wo Charley ist. Und bitte ihn, daß er dich nach Hause bringt.«

»Seien Sie vorsichtig, Pater«, sagte Katie.

Pater Barry zuckte die Achseln. »Wir haben jetzt keine Zeit, über uns selbst nachzudenken.«

Erst als er den Häuserblock hinunterlief und der Regen ihm als nasser Schnee ins Gesicht schlug, kam ihm der Gedanke, ob er mit diesem unerwarteten Ereignis nicht etwa gegen die Befehle des Pfarrers handle, der ihm verboten hatte, noch einmal die Kirche in Verfolgung reiner Hafenangelegenheiten zu verlassen. Aber wo hörte die vom Pfarrer genehmigte christliche Mildtätigkeit für die Familie Glennon auf und wo fing der Kampf um ein christlicheres Leben für die gesamte Hafenbevölkerung an? Terry Malloy, der sich aus dem Unrat herauszuarbeiten versuchte, war auch ein Teil dieses Kampfes. Mußte er Mrs. Glennon, jene fromme, kranke, mütterliche und duldende Frau mehr lieben als Terry Malloy, den gottabgewandten, blutbeschmierten Kerl, der sich vor Christus und dem Gewissen und sich selbst versteckte? Oh, es war viel leichter, der tränenreichen, dankbaren Mrs. Glennon Trost zu spenden. Das eigentliche Problem aber war Terry Malloy. Das Problem war die von Schmutz starrende Hafengegend. Und Pater Barrys Geist verstieg sich in der Erregung bis zu der schreckeneinflößenden Grenze des Ungehorsams. Pfarrer hin oder her – die Kirche konnte es sich nicht leisten, diesem Problem aus dem Wege zu gehen, wenn sie eine sittliche Kraft sein wollte, die die männliche Stärke besaß, Christus nachzufolgen.

Vor sich sah er die rote Lichtreklame von Johnnys Bar.

Terry hockte an den Bartisch gelehnt und hielt die rechte Hand so, daß er jederzeit die Pistole ziehen konnte, wenn sich die Tür zu öffnen begann. Alle Anwesenden sahen voller Spannung zu, als plötzlich die Tür aufgerissen wurde. Und alle waren überrascht, als ein Priester eintrat.

Pater Barry erkannte Terry sofort und ging auf ihn zu, bis er etwa die halbe Länge des Bartisches von ihm getrennt war.

»Ich muß mit Ihnen sprechen«, sagte Pater Barry.

»Sie haben ja Augen im Kopf. Ich sitze Ihnen genau gegenüber«, erwiderte Terry höhnisch.

»Machen Sie keine Dummheiten«, sagte Pater Barry nähertretend.

»Wer hat Sie hierhergeholt?« sagte Terry. »Was wollen Sie von mir?«

»Den Revolver«, sagte Pater Barry. Er war jetzt so nahe, daß er die Hand nach der Waffe ausstrecken konnte.

»Ha, ha«, lachte Terry gezwungen.

»Den Revolver.«

»Mensch, hauen Sie bloß ab.«

»Seien Sie vernünftig und geben Sie mir den Revolver. Ich gehe nicht eher wieder hinaus, als bis ich ihn habe.«

»Scheren Sie sich zum Teufel«, sagte Terry.

»Was haben Sie gesagt?« Pater Barrys Gesicht rötete sich.

»Scheren Sie sich zum Teufel.«

In seinen Jugendjahren hatte Pater Barry manchen Kampf auf der Straße bestanden, und der Schlag, den er jetzt führte, wirkte bei ihm ganz natürlich. Es war eine rechte Gerade, aus der Schulter heraus geschlagen, und sie kam für Terry so überraschend, daß er zu Boden ging.

»Warten Sie, ich helfe Ihnen auf«, sagte Pater Barry.

Terry stieß ihn fort. »Weg mit Ihnen! Rühren Sie mich nicht an!«

»Sie wollen wohl den Helden spielen?« sagte Pater Barry ärgerlich.

»Das geht Sie gar nichts an«, schrie Terry ihn an.

Und Pater Barry schrie zurück: »Sie kommen sich wohl sehr

tapfer vor, wenn Sie jemandem 'ne Kugel in den Kopf schießen. Das halten Sie wohl für sehr tapfer, wie? Wenn man das tut, ist man noch lange kein Held. Jeder Strolch kann sich im Leihhaus einen Revolver besorgen.«

»Das geht Sie gar nichts an«, sagte Terry wieder, beinahe schluchzend. »Warum kümmern Sie sich nicht um Ihren eigenen Kram? Das hier geht Sie 'nen Dreck an?«

»Sie wollen Johnny den Freundlichen treffen?« redete Pater Barry durch ihn hindurch.

»Treffen wollen Sie ihn an seiner verwundbarsten Stelle? Sie wollen ihn fertigmachen? Stimmt das?«

»Ja, verdammt noch mal«, sagte Terry.

»Für das, was er Charley angetan hat«, fuhr Pater Barry unaufhaltsam fort. »Und vielen anderen Männern, die besser waren als Charley. Dann lauern Sie ihm hier nicht auf, wie ein Ganove. Etwas Besseres kann ihm gar nicht passieren. Er schießt Ihnen eine Kugel in den Kopf und erklärt, er habe in Notwehr gehandelt. Und zieht sich aus der Affäre, wie er es schon hundertmal getan hat. Jetzt hören Sie mir zu, Terry, die einzige Möglichkeit ihn wirklich zu schlagen, liegt im Gerichtssaal. Treffen Sie ihn mit der Wahrheit, und nicht mit dieser – dieser Spielzeugkanone.«

Langsam begann Terry zuzuhören. Er runzelte die Stirn und verzog das Gesicht, als ob es weh täte.

»Warten Sie mal einen Moment. Drängen Sie mich nicht«, sagte er.

»Werfen Sie den Revolver weg«, sagte Pater Barry. »Das heißt, wenn Sie den Mut dazu haben. Wenn Sie ihn nicht haben, dann behalten Sie ihn meinetwegen.«

Terry nahm den Revolver aus der Tasche und sah ihn nachdenklich an. Pater Barrys Lippen waren trocken. Er fuhr sich mit der Hand über den Mund, sah gespannt auf die Waffe und rief Jocko zu: »Geben Sie mir ein Bier.« Er warf sein Zigarettengeld auf den Bartisch. Terry betrachtete immer noch die Waffe. »Zwei Bier«, sagte Pater Barry. Er schob Terry ein Glas hin. Er trank das seinige durstig aus. Terry trank langsam.

»Wenn Sie mir nicht diesen Revolver geben wollen, dann lassen Sie ihn hier«, sagte Pater Barry.
An der Rückwand des Barraumes hing ein in glücklicheren Tagen aufgenommenes Bild von Johnny dem Freundlichen und Charley Malloy, die ihren Vorsitzenden der International, Willie Givens in die Mitte genommen hatten. Es war in Jamaika aufgenommen worden und zeigte die drei Arm in Arm mit lächelnden Gesichtern.
»Verdammte Schweinerei«, sagte Terry laut und schleuderte den Revolver quer über den Bartisch mitten in das unter Glas eingerahmte Bild. »Sag Johnny, ich wäre hier gewesen.«
Pater Barry entrang sich ein hörbarer Seufzer der Erleichterung, als sie draußen waren.
»Ich werde Sie heute nacht bei mir unterbringen«, sagte er.
»Ich habe keine Angst«, sagte Terry.
»Habe ich etwas davon gesagt?« sagte Pater Barry. »Ich habe mir gedacht, wir könnten gemeinsam Ihre Zeugenaussagen durchgehen. Sie können diese Kerle mit Ihren Aussagen über Doyle und Nolan glatt zur Strecke bringen. Und mit Charley. Da drüben sitzen noch drei oder vier andere, die Ihnen nicht unbekannt sein dürften, und bereiten sich auf ihre Aussagen vor. Wir wollen dem Gericht ein möglichst vollständiges Bild liefern. Das wird Johnny an der Stelle treffen, wo es wirklich einen Sinn hat.«
Er nahm Terry am Arm und setzte sich durch den strömenden Regen in Richtung auf das Pfarrhaus in Bewegung.
»He, Terry, haben Sie vielleicht zufällig 'ne Zigarette bei sich?«

DREIUNDZWANZIGSTES KAPITEL

Aus dem Gerichtssaal, wo die Untersuchungen über die Zustände am Hafen geführt wurden, ergossen sich die Korruption und der Unrat und der Schlamm einer verbrecherischen, jahrzehntelangen Vergangenheit über die ganze Stadt. Die Schlagzeilen in der Presse waren dick und schwarz. In Rundfunk- und Fernseh-

sendungen wurde der New Yorker Hafen als ein verruchter Riese hingestellt. Die großen Illustrierten, die jetzt endlich aufzuwachen schienen, öffneten ihre Seiten der Unmenschlichkeit, wie sie in der bisher geübten Arbeitsverteilung auf den Docks zum Ausdruck kam; sie schrieben lange Artikel über die Korrumpierung der Gewerkschaften und die Schamlosigkeit, mit der die Direktoren der Transportgesellschaften und bestochene Magistratsbeamte an diesen Unternehmungen beteiligt waren. Die Schleusen schienen geöffnet, und die Abwässer ergossen sich in die Öffentlichkeit.
Die Warnung, sich nicht in die Hafenverhältnisse einzumischen, es sei denn in Ausübung kirchlicher Pflichten, mochte als ein rotes Vorsignal gegolten haben, denn jetzt folgte in letzter Minute ein Befehl des Bischofs an Pater Donoghue, in dem Pater Barry untersagt wurde, bei der Untersuchung als Zeuge auszusagen. Aber der Vikar war zu sehr in Fahrt, um sich dadurch entmutigen zu lassen. Er wußte durch seine eigenen Gewährsleute, daß Monsignore O'Hare kein Mittel unversucht lassen würde, um seine alten Freunde Willie Givens und Tom McGovern zu schützen, und er wußte ebenso, daß sein hochgestellter Rivale alles tun würde, was in seiner Macht stand, um ihm, Pater Barry, beim Bischof anzuschwärzen. Nichtsdestoweniger hatte er seinen Pfarrer bis zu einem gewissen Grade auf seiner Seite, und er fühlte sich sicher in der Überzeugung, daß das überwältigende Beweismaterial über Gangstermethoden und Gewalttätigkeiten schließlich auch die Leitung der Diözese zu seiner Auffassung bekehren würde.
Am Morgen der ersten Vernehmungen hatte er in der Messe in seine Gebete eine besondere Bitte um den erfolgreichen Ausgang dieser Untersuchung eingeschlossen, damit die Männer am Hafen anfangen können, sich der menschlichen Würde zu freuen, wie Christus sie verstand und die Gott für sie vorgesehen hatte. Oh, Gott, verjag diese Johnnys für immer und ewig, hatte er gebetet, und wenn du schon einmal dabei bist, oh, Gott, dann vergiß nicht die ehrbaren Gönner. Es sind dieselben, die Xavier 1550 seinem König zur Aburteilung empfahl.

Pater Barry tat sein Bestes, um mit seinem vollen kirchlichen Stundenplan nicht in Rückstand zu kommen, während er gleichzeitig jede neue Sonderausgabe holen ließ, die Rundfunkberichte abhörte und aufgeregte Telefonanrufe von Moose und Jimmy und einigen anderen Mitkämpfern entgegennahm, die im Gerichtssaal anwesend waren oder auf Abruf warteten. Wenn er auch selbst nicht dort sein konnte, so hatte er doch die Genugtuung zu wissen, daß einige der Hafenarbeiter, die ihn um Rat gebeten hatten, dort drinnen den Zeugeneid leisteten und die Tatsachen vor aller Öffentlichkeit ausbreiteten. Nicht, daß er irgend jemand wider besseres Wissen dazu gezwungen hätte, in den Zeugenstand zu treten. Luke, zum Beispiel, war zu ihm gekommen und hatte erklärt, er könne wahrscheinlich seine fünfköpfige Familie nicht mehr ernähren, wenn er als Zeuge auftreten und erzählen müsse, wie man die Neger auf den Docks übervorteile.
»Meine Frau hat solche Angst, daß sie die ganzen Nächte weint«, hatte Luke gesagt. Pater Barry versprach, er würde darüber mit dem Richter sprechen. Er glaubte nicht, man würde Familienvätern so etwas zumuten, ohne ihnen gleichzeitig einen gewissen körperlichen und wirtschaftlichen Schutz zu geben.
Ein Angehöriger der Wach- und Schließgesellschaft, die auch von der Hafenarbeitergewerkschaft kontrolliert wurde, erzählte Pater Barry, er habe eine Vorladung erhalten, weil auf dem Pier, den er zu bewachen hatte, so viele Güter verschoben wurden. Der Pier gehörte zufällig zu Johnnys Herrschaftsbereich. »Die erste Woche, die ich dort eingesetzt war, war ich noch so neu und unerfahren, daß mir der Diebstahl ganzer Kisten von Damenhandschuhen auffiel und ich diese Beobachtung der Polizei meldete. Am nächsten Tag kommt Truck Amon zu mir und fragt, ob ich Michael McNally heiße, und als ich sage ›ja‹, holt er aus und schlägt mir die Nase ein. ›Von jetzt an kümmer dich nicht um etwas, was dich nichts angeht‹, sagt er zu mir. ›Ich dachte, Wache halten wäre die Aufgabe eines Wachmannes‹, sagte ich ihm. ›Bewach dich lieber selber‹, gibt er mir zur Antwort. ›Mehr hast du hier nicht zu bewachen.‹«

McNally wollte nun wissen: sollte er diese Begebenheit erzählen? Es war gleichbedeutend mit dem Verlust seiner Stellung, und in seinem Alter fand man nicht mehr so leicht einen neuen Posten. Pater Barry hatte ihn nicht gedrängt, als Zeuge aufzutreten, wie er es im Falle Terry getan hatte, sondern er überließ es dem Mann lieber selber, sich zu entscheiden. Der Wachmann war dann am nächsten Tage wiedergekommen, um dem Pater zu sagen, er habe den Fall mit seiner Frau besprochen und sie seien beide zu dem Entschluß gekommen, daß er aussagen müsse. »Unser Glaube lehrt uns, was unrecht und was recht ist«, hatte er gesagt, und Pater Barry, dessen Eltern aus Verhältnissen stammten, wo Mut mehr zählte als Sicherheit, mußte lächeln. Er würde mit Pater Vincent sprechen, dessen Familie ein Warenhaus besaß; vielleicht wäre dort eine Verwendungsmöglichkeit für ihn. »Ich habe ja gewußt, daß du mich in dieses Theater mit hineinziehen würdest«, hörte er Harry Vincent sagen.
Der erste Zeuge, der aufgerufen wurde, war Wachmann Michael McNally. Und als er nach der Schilderung seiner etwas gewaltsamen Einführung in sein Arbeitsgebiet erklärte: »Wenn ich schon damals gewußt hätte, was ich jetzt weiß, hätte ich mir nie die Mühe genommen, jene Kisten mit Damenhandschuhen zu retten«, da wirkte die Ehrlichkeit dieses Eingeständnisses so entwaffnend, daß ein Lachen durch den Zuhörerraum lief. Die Wahrheit hat einen schönen Klang, wie die Messingglocke auf einem Schiff, dachte Pater Barry, als er beim Mittagessen eine Bandaufnahme von McNallys Aussagen im Radio hörte. Aber für Millionen von Menschen würde McNallys Zeugenaussage nichts weiter bedeuten als soundso viele Fragen und Antworten – Frage, Antwort – Frage, Antwort. Hinter dieser langen Reihe von Zeugen verbargen sich menschliche Wesen, Menschen, die Angst und Zweifel hatten – Menschen, die um ihr tägliches Brot bangten – Menschen, für die dieses Frage- und Antwortspiel Leben oder Tod bedeuten konnte.
Auf den Wachmann folgte ein Versicherungsdetektiv, der an Hand von graphischen Darstellungen ein Bild der systematisch durchgeführten, großrahmigen Plünderungsaktionen lieferte. »Es

ist wie ein Kampf gegen Heuschreckenschwärme«, gestand er ein, bevor er den Zeugenstand verließ.
Der pausbäckige Leiter einer Steuergesellschaft gab zu, dem Gewerkschaftsführer einer Organisation am East River 15 000 Dollar für die Ausrichtung der Hochzeit von dessen Tochter übergeben zu haben.
»Ist das nicht ein ungewöhnlich großzügiges Hochzeitsgeschenk?« fragte der Vorsitzende mit unbewegtem Gesicht.
»Wir waren persönlich befreundet und sie ist ein sehr nettes Mädchen«, beharrte der Funktionär.
»Entspricht es nicht der Wahrheit, daß die Summe von 15 000 Dollar von der McCabe Stevedore Company und nicht von Ihnen persönlich ausgezahlt wurde?«
Der Leiter der Steuergesellschaft wurde ein bißchen röter im Gesicht und fragte, ob er sich, bevor er antworte, mit seinem Anwalt beraten könne.
Ein Strolch gab zu, er sei aus Sing-Sing unmittelbar auf die Docks zurückgekehrt, sei als Abgeordneter der Gewerkschaft mit einem Wochenlohn von hundertundfünfzig Dollar plus Spesen eingestellt worden und habe sich einen regelmäßigen Anteil an den schwarzen Ladegeldern verschafft. Er drückte es nur etwas feiner aus.
Antwort: »Ich kam an diesen elenden Pier zurück, und da ich dort schon vor meiner Abwesenheit gearbeitet hatte, haben wir die Sache besprochen und uns dahingehend geeinigt, daß wir drei als Partner tätig sein würden.«
Frage: »Und Sie haben keine Druckmittel verwendet, um Ihren Willen durchzusetzen?«
Antwort: »Sie können sie ja fragen, ob ich irgend etwas Derartiges getan habe.«
Frage: »Sie wurden also ein Arbeitskollege?«
Antwort: »Wenn es etwas zu tun gab. Aber in der Regel gab es nichts zu tun.«
Frage: »Ist es nicht die volle Wahrheit, daß Sie aus Sing-Sing herauskamen, nachdem Sie dort drei Jahre wegen Raubüberfalls abgesessen hatten, sich in diesen Verladering hineindrängten und

die Hälfte der Profite einsteckten, mindestens zweihundertfünfzig Dollar die Woche, und sich dabei auf Ihre Stellung in der Gewerkschaft abstützten?«
Der Zeuge bat, sich mit seinem Anwalt besprechen zu dürfen.
Ein farbiger Hafenarbeiter sagte aus, er mußte zweimal Bestechungssummen zahlen – zunächst zwei Dollar an einen Neger, der im Keller seines Hauses eine Vorauswahl unter den farbigen Arbeitern vornahm, und dann drei Dollar an den weißen Heuerchef am Pier. Der Zeuge hatte schließlich die Arbeit am Hafen aufgegeben, erklärte er, weil »man zu viele Dollar für die Erlangung eines Arbeitsplatzes zahlen müsse, und auch dann die Farbigen keine Chance hätten«.
Ein verängstigter Arbeiter aus Brooklyn sagte aus, er habe dagegen protestiert, seine Monatsbeiträge von drei Dollar zu entrichten, da nie Versammlungen abgehalten oder Finanzberechnungen vorgelegt wurden.
Frage: »Wem übermittelten Sie den Protest?«
Antwort: »Unserem Agenten, und es waren noch zwei andere Leute bei ihm.«
Frage: »Und was geschah darauf?«
Antwort: »Jemand versetzte mir einen Fußtritt. Ich weiß nicht, wer es gewesen ist.«
Frage: »Sie wurden in den Leib getreten?«
Antwort: »Ja, Herr Vorsitzender.«
Frage: »Und ins Krankenhaus eingeliefert?«
Antwort: »Ja, Herr Vorsitzender. Ich war fast fünf Wochen ohne Arbeit.«
Frage: »Und diese Körperverletzung geschah unmittelbar an dem Pier, wo Sie arbeiteten?«
Antwort: »Ja, Herr Vorsitzender, wo ich damals arbeitete.«
Mrs. Collins trat in den Zeugenstand und berichtete, wie ihr Ehemann sich als stellvertretender Heuerchef auf Pier B in Bohegan geweigert hatte, gekürzte Gruppen einzustellen, was soviel hieß, daß weniger Leute Überstunden machen mußten, um die arbeitsscheuen Gauner mit zu unterhalten. »Andy war ein guter Mann«, sagte sie und begann zu weinen. »Jedesmal, wenn

ich den Schlüssel in der Tür höre, glaube ich, er kommt nach Hause.« Sie wischte sich die Tränen von ihrem vorzeitig gealterten Gesicht. »Ich habe einen Sohn, der ist jetzt dreizehn, und etwas verspreche ich Ihnen, er wird keine Arbeit am Hafen annehmen, jedenfalls nicht, solange dort dieser Haufen von Gangstern am Werke ist.«

Der Strafauszug von Alky Benasio wurde überprüft und ein ehemaliger Staatsanwalt aus Brooklyn wurde befragt, wie es geschehen konnte, daß der Bericht über einen Mordfall, der sich in den vierziger Jahren am Hafen zugetragen hatte und in den Alky irgendwie verwickelt war, aus den Polizeiakten verschwunden war. Der ehemalige Beamte redete lange, konnte aber keine Klarheit in diese Sache bringen.

Dann wurde Alky selbst als Zeuge aufgerufen. Er war ein mittelgroßer unscheinbarer, selbstsicherer Mann, mit dessen Namen mindestens zwei Dutzend Todesopfer verknüpft waren.

Alky gab nichts zu, nicht einmal die Tatsache, daß sein Bruder Jerry Benasio jetzt die Macht auf den meisten der von Italienern bearbeiteten Docks innehatte. Nur einmal, als der kühl-reservierte Vorsitzende eine besonders peinliche Frage stellte, rief er in tief empfundener Empörung aus: »Sie haben doch die Unterlagen vor sich liegen. Sie haben die Hochschule besucht. Sie haben die Regierung auf Ihrer Seite, Sie haben überhaupt alles auf Ihrer Seite. Ich habe mich von ganz unten mühsam emporarbeiten müssen.«

»Und wo, glauben Sie, stehen Sie jetzt?« fragte der Vorsitzende, indem er ihn auf eine vielleicht nicht ganz faire Weise aus seiner Reserve herausholen wollte, denn Alky Benasio war in den Augen des Gesetzes ein freier Mann, und die Morde, bei denen er seine Hand im Spiel hatte, waren kunstgerecht durchgeführte Operationen, die sich nie beweisen lassen würden.

Sliker McGhee, der, braungebrannt und in einem eleganten Maßanzug und dezent gestreifter Krawatte soeben von Florida heraufgekommen war, hörte höflich zu, während ein Auszug aus seinen Personalunterlagen verlesen wurde: Fünf Verurteilungen, Berufung zum Organisationsleiter durch Willie Givens und Verbindung zur Elite der Unterwelt. Er sah aus wie ein eleganter Geschäftsmann, und die Erwähnung der Morde, mit denen die Untersuchung ihn in Verbindung brachte, wirkte höchst unwahrscheinlich. Auf alle Fragen, einschließlich der nach Namen und Anschrift seiner Mutter, antwortete er in vollendeter Diktion, wie man sie selten am Hafen zu hören bekam: »Ich verweigere die Aussage, weil diese Frage geeignet ist, mich herabzusetzen oder zu belasten.« Er verließ den Zeugenstand mit einem glatten Lächeln, als verzeihe er den Behörden diese unnötige Zeitvergeudung, und schon wenige Stunden später flog er zu seinem, dem Vergnügen gewidmeten Leben nach Florida zurück.

Bürgermeister Bobby Burke von Bohegan behauptete nervös, er habe nicht gewußt, daß sein Polizeikommissar Donnelly früher einmal ein von Johnny dem Freundlichen angestellter Alkoholschmuggler gewesen sei. Und er bestritt, die Docks als ein Ventil der Vetternwirtschaft benutzt zu haben, obwohl ein ehemaliger Polizeiangestellter bezeugte, daß Burke ihn an Stelle einer Abfindung mit einem Brief zu Johnny dem Freundlichen geschickt habe, damit dieser ihn während der Wochenenden auf seine Gehaltsliste setze. Bürgermeister Burke bestritt ebenfalls, daß der verstorbene Charley Malloy als Bindeglied zwischen Bürgermeisteramt und der Unterwelt fungiert habe. Die Aussagen des Bürgermeisters konnten jedoch nicht sonderlich überzeugen. Oft gab er ausweichende Antworten, und als man ihn fragte, wie er sechzigtausend Dollar bei einem Jahresgehalt von fünfzehntausend auf die Bank habe legen können, suchte er Zuflucht in langen, fieberhaften Beratungen mit seinem Anwalt.

»Wenn das der Bürgermeister ist, dann möchte ich lieber gar nicht erst wissen, wie das übrige Bohegan aussieht«, sagte ein Zeitungsreporter aus Manhattan grinsend.

Kurz darauf erbrachte der Vorsitzende den dokumentarischen Beweis dafür, daß alle leitenden Funktionäre der Gewerkschaft, die für die Passagierschiffahrtspiers auf der West Side zuständig waren, allesamt Gewohnheitsverbrecher mit langen Vorstrafen waren. Diese Leute waren nicht nur die führenden Gewerkschaftler für die Luxusdampfer, sondern besaßen ihre eigene

Transportgesellschaft und kontrollierten fast den gesamten Touristenverkehr. Der Superintendant der Empire Lines wurde gefragt:

Frage: »Die Polizeiunterlagen über den Schatzmeister der Steuergesellschaft, die auf Ihren Piers arbeitet, zeigen, daß er wegen schwerem Diebstahl verurteilt wurde und aus dem Zuchthaus von New Jersey entsprungen ist. Und der Erste Vorsitzende dieser Gesellschaft wurde wegen verbotenen Waffenbesitzes angeklagt. Er ist auf den Docks allgemein unter dem Spitznamen ›Plötzlicher Tod‹ bekannt. Ist Ihnen dies bekannt?«

Antwort: »Nein, das habe ich nicht gewußt.«

Frage: »Ein weiterer Lademeister auf Ihren Piers ist Timmy Coniff, der dreimal wegen Einbruchs, Raubes und versuchten schweren Diebstahls verurteilt wurde, fünf Jahre in Sing-Sing und drei Jahre im New Yorker Staatsgefängnis zugebracht hat. Kennen Sie ihn?«

Antwort: »Ich bin dem Herrn ein- oder zweimal begegnet.«

Frage: »Stimmt es, daß zehn Tonnen Stahl von Mr. Coniffs Pier gestohlen worden sind?«

Antwort: »Ja, Herr Vorsitzender.«

Frage: »Stellt das Ihrer Meinung nach nicht einen bemerkenswerten Fall von Plünderung dar?«

Antwort: »Ja, Herr Vorsitzender.«

Frage: »Fällt es Ihnen, als leitende Persönlichkeit einer unserer größten Transportfirmen, nicht auf, daß vielleicht irgendeine Beziehung zwischen derartig umfangreichen Diebstählen und der Tatsache bestehen kann, daß zahlreiche Gewohnheitsverbrecher in führenden Stellungen auf Ihren Docks beschäftigt sind?«

Antwort: »Man könnte es wohl annehmen.«

Frage: »Könnte? Sind Sie nicht tatsächlich dieser Auffassung?«

Antwort: »Ich möchte es eigentlich nicht so ausdrücken, Herr Vorsitzender.«

Ein halbes Dutzend anderer führender Transportleute hatten zwar auch von Diebstählen, Plünderung und allgemeiner Kriminalität auf ihren Docks gehört, machten jedoch hinsichtlich der Ursachen nur sehr vage Angaben.

Ein unglückseliger Vizepräsident einer weltbekannten Schiffahrtslinie gab sogar zu, eine Bestechungssumme von fünfundzwanzigtausend Dollar angenommen zu haben, damit seine Gesellschaft in Zukunft ihre Geschäfte mit der Interstate abwickelte.
Ein Zeuge nach dem anderen – teils einfache Arbeiter, teils aussageunwillige Eckensteher, die gezwungen wurden, Fälle offener Gewalttat zu beschreiben, einige ehrlich, wenn auch abweisend, einige offen feindselig – berichteten in beinahe alltäglich klingendem Ton von Bestechung, Diebereien, Einschüchterung und Mord. Verbrechen der Erpressung und Nötigung wurden nicht nur ein- oder zweimal, sondern tagaus, tagein in monotoner Reihenfolge in Hunderten von Stunden und Tausenden von maschinengeschriebenen Zeugenaussagen bewiesen.
Pater Barry verschlang jede Zeile davon und war in seiner Hochstimmung bereit, eine Wette darauf einzugehen, daß die Unterwelt à la Johnny der Freundliche in Amerika dem Untergang geweiht sei. Was konnte denn ihn oder seine Untergebenen oder Vorgesetzten jetzt noch retten, da der Bodensatz ihrer Gemeinheit schließlich doch ans Tageslicht gebracht worden war?
Und die Vorstellung hatte gerade erst begonnen! Nicht einer, sondern acht Schatzmeister der örtlichen Gewerkschaftsorganisation erklärten mit einem unterschiedlichen Grade der Empörung, daß ihre Abrechnungsvorlagen am Vorabend der Untersuchung auf mysteriöse Art verschwunden seien.
»Merkwürdig«, sagte der Vorsitzende, »daß auf der einen Seite so viele Fälle von Diebstahl und Unterschlagung vorgekommen sind und auf der anderen Seite das einzige, was in einem Dutzend verschiedener Stadtteile gestohlen worden ist, ausgerechnet Abrechnungsunterlagen sein sollen.«
Big McGown, der für Johnny den Freundlichen gleichzeitig als Schatzmeister und Heuerchef für die Hudson American Line fungierte, fühlte sich höchst unbehaglich, als er zu diesem geheimnisvollen Verschwinden der Abrechnungsunterlagen befragt wurde.
Er sog seine Backen ein, brummte vor sich hin und sah hilfesu-

chend nach seinem Anwalt, dem aalglatten Sam Millinder hinüber, als der Vorsitzende sein Vorstrafenregister vorlas. Als Vorbereitung für seinen wichtigen Posten als Dockleiter einer der größten amerikanischen Exportlinien hatte Mac eine Bank beraubt und eine Strafe wegen Totschlags abgesessen. Interessant war die Feststellung, daß Johnny der Freundliche ihm diese Stellung als Dockleiter versprochen hatte, während Mac noch »abwesend«, das heißt, im Gefängnis war. Man kam eigentlich nicht um den Schluß herum, daß der Totschlag im Auftrage von Johnny dem Freundlichen verübt worden war und Johnny sich durch Vermittlung dieser Stellung auf dem Pier einer Verpflichtung entledigen wollte.

Frage: »Sie wollen mir erzählen, daß die Ortsgruppe, der Sie als Schatzmeister angehören, allein an Beiträgen monatlich sechstausend Dollar einnimmt, gar nicht zu reden von besonderen Einkünften und häufigen Sammlungen – das heißt mindestens fünfundsiebzigtausend Dollar im Jahr – und darüber keine Bücher führt.«

Antwort: »Doch, wir haben Bücher geführt.«

Frage: »Mr. McGown, vielleicht können Sie unseren Beamten dabei helfen, diese Bücher aufzufinden?«

Antwort: »Hm, die Sache ist die, in der letzten Woche wurde bei uns ein Einbruch verübt, und wir können die Bücher nicht mehr finden?«

Frage: »Haben Sie diesen – bedauerlichen Einbruch der Polizei gemeldet?«

Antwort: »Wir – wir ...« Big Mac verdrehte verzweifelt die Augen. Er war nicht daran gewöhnt, viel selbständig zu denken. Dies war ein noch nie dagewesenes Erlebnis für ihn. »Wir wollten erst ganz sicher sein, daß die Bücher nicht irgendwo im Büro verlegt waren, bevor wir die Polizei bemühten.« Er wandte sich Zustimmung heischend Sam Millinder zu.

Millinder fühlte sich nicht glücklich. Er war ein gescheiter und gewandter Mann, der sich nicht scheute, Willie Givens in bezug auf dessen jährliche Einnahmen von fünfundsiebzigtausend Dollar fachkundig zu beraten, aber diese Dummköpfe, die nicht einmal nachplappern konnten, was man ihnen vorher eingepaukt hatte, gingen Sam auf die Nerven. Irgendwie hatte es Sam Millinder fertiggebracht, seine Stellung als ehrbares Aushängeschild für die Longshore International zu behaupten, jetzt schien aber dieses Aushängeschild in Gefahr, allzu oft durchlöchert zu werden. Bei einem Punkt konnte Sam Millinder sich nicht einmal selbst eines Lachens erwehren, als sein Klient besonders törichte Antworten gab.

Big Mac sollte erklären, wie er es zustande gebracht habe, im Laufe der letzten vier Jahre fünfzigtausend Dollar bei einem Gehalt von neuntausendfünfhundert Dollar auf die Bank zu bringen. Handelte es sich womöglich dabei um Bestechungsgelder von Hafenarbeitern, über die Big Mac eine uneingeschränkte wirtschaftliche Kontrolle ausübte?

Antwort: »Nein, Herr Vorsitzender. Ich habe Glück beim Pferderennen gehabt. Ich habe einen Friseur, der mir recht gute Tips gibt.«

Frage: »Hat dieses Glück seinen Niederschlag in Ihren Einkommensteuererklärungen gefunden? Ich sehe hierüber keine Unterlagen?«

Ein verblüfftes Stirnrunzeln verdunkelte Big Macs Gesicht.

Antwort: »Hm, ich – ich möchte mich zu dieser Frage erst mit meinem Anwalt beraten.«

Sam Millinder trat vor das Mikrophon und gab eine Erklärung ab. »Ich möchte den Herrn Vorsitzenden und den ehrenwerten Beisitzern keinen Zweifel darüber lassen, daß ich auf hier gestellte Fragen keine Antworten erteilen werde, sondern mich hier lediglich in der Rolle eines Ratgebers bezüglich der verfassungsmäßigen Rechte der von mir vertretenen Gewerkschaftsmitglieder befinde.«

Die Spannung in dem überfüllten Gerichtssaal steigerte sich, als Willie Givens, auf Lebenszeit Erster Vorsitzender der International, den Zeugenstand betrat. Sam Millinders Verhalten war bei einigen der offenbar stark ins Kriminelle gehenden Gestalten fast von einer gewissen Schroffheit gewesen, jetzt aber umhegte er die schwammige Figur des »Weinenden Willie« wie eine liebevolle Mutter, die ganz entsetzt ist, weil ihr kleiner Liebling sich plötzlich zu einem Ungeheuer ausgewachsen hat. Millinder hatte auch zwei Gehilfen ständig bei der Hand, die wie kleinere Schlepper versuchten, den havarierten Riesen in den sicheren Hafen zu manövrieren.

Willies Gesicht sah wie ein großer Lehmklumpen aus, den ein achtloser Bildhauer zusammengehauen hatte, ohne sich die Mühe zu nehmen, ihn fertig zu formen. Gelegentlich leuchtete der mächtige, kämpferische, auf scharfes Trinken geeichte Hafenarbeiter aus der Zeit vor vierzig Jahren durch die Hülle von Fett und Wohlleben hindurch. Er hatte schwammige Hängebacken, und die zwiebelförmige, blaugeäderte Nase ragte ihm wie ein Wahrzeichen nächtelanger Trinkgelage aus dem Gesicht.

Der »Weinende Willie« hatte sich einen langen Weg von den Pferdefuhrwerken und den Fleischkarren des Jahres 1912 emporgearbeitet. Es hatte einmal eine Zeit gegeben, da er Seite an Seite mit Runty Nolan und Pop Doyle für dreißig Cents die Stunde gearbeitet hatte. Und er war keineswegs gescheiter als sie, oder tapferer, oder irgendwie besser. Aber er besaß etwas, das sich in Amerika noch immer bezahlt machte. Man nenne es wie man wolle – Habsucht oder die Gabe, eine sich bietende Chance zu ergreifen, die Kunst eigentlich nichts Besonderes zu tun, es aber dafür besonders gut zu tun, es mit Bravour zu tun, es mit theatralischer Geste zu tun, es mit einem Schwall offiziell klingender Worte zu tun, mit einem freundlichen Kopfnicken für den Bürgermeister, mit einem verständnisvollen Augenzwinkern mit den Schiffsleuten, mit herzbewegenden Gesten seiner großen roten Hände, stets bereit zum Wohle seiner vierzigtausend Hafenarbeiter, denen er sein Leben gewidmet hatte, in Tränen auszubrechen, Tag und Nacht für sie auf dem Posten zu sein, sich um nichts anderes als ihr wirtschaftliches Fortkommen und soziale Sicherheit zu kümmern. – Willie Givens, der sich von einem Hafenarbeiter mit zweieinhalb Dollar pro Tag zu einem bestimmenden Faktor der gesamten Metropole heraufgedient hatte, mußte zu folgenden Fragen Stellung nehmen:

Frage: »Mr. Givens, entspricht es nicht den Tatsachen, daß

fünf von den sieben Organisationsleitern, die Sie in den letzten zehn Jahren ernannt haben, umfangreiche Vorstrafen besaßen?«

Antwort: »Niemand hat von mir verlangt, das Vorleben dieser Leute zu überprüfen.«

Frage: »Aber als Vorsitzender großer Gewerkschaften würden Sie doch nicht wünschen, notorische Verbrecher in Ihren Arbeiterorganisationen einzusetzen, nicht wahr?«

Antwort: »Ich habe Männer ernannt, die das Vertrauen ihrer Kollegen besaßen. Ich habe die besten, gerade verfügbaren Männer eingesetzt.«

Frage: »Als Sie Mr. McGhee als Organisationsleiter mit zehntausend Dollar Jahresgehalt und Spesenersatz bestellten, waren Sie sich der Tatsache bewußt, daß er zwei Strafen in Sing-Sing abgesessen hatte und vierzehnmal verhaftet worden war, darunter zweimal wegen Mordes?«

Antwort: »Ich bin mir nicht sicher, daß ich es damals gewußt habe.«

Frage: »Als Sie aber von Mitgliedern der Ortsgruppe, zu der Sie selbst gehörten, darauf hingewiesen wurden, haben Sie dann Schritte unternommen, um Mr. McGhee zu entfernen?«

Antwort: »Ich kann keine Schritte ohne die Empfehlung meines Exekutivkomitees ergreifen.«

Frage: »Gut, hat Ihr Exekutivkomitee jemals einen solchen Schritt getan?«

Antwort: »Ja, Herr Vorsitzender. Es berief einen Unterausschuß, um das Verhalten des Kollegen McGhee zu untersuchen.«

Frage: »Aha. Und ist dieser Unterausschuß zu irgendwelchen Schlußfolgerungen gelangt?«

Antwort: »Ich bin mir dessen nicht sicher. Ich glaube, sie haben den Bericht noch nicht fertiggestellt.«

Frage: »Nun, Mr. Givens, wer war Vorsitzender dieses Unterausschusses?«

Antwort: »Oh, es war, glaube ich, Mr. Malloy.«

Frage: »Mr. Charles Malloy, auch unter dem Namen Charley der Gent bekannt?«

Antwort: »Ich kannte ihn als Charley Malloy.«

Frage: »Ist dies nicht derselbe Charles Malloy, der kürzlich in einer Seitenstraße von Bohegan ermordet aufgefunden wurde?«

Antwort: »Ich glaube, daß es sich hier um denselben Mann handelt.«

Frage: »Mr. Givens, als Sie Mr. Malloy zum Leiter eines Ausschusses ernannten, der die Eignung von Sliker McGhee als Gewerkschaftsorganisationsleiter überprüfen sollte, waren Sie sich da der Tatsache bewußt, daß Mr. Malloy für die Boheganer Ortsgruppe tätig war, die von Johnny dem Freundlichen geführt wird, demselben Mann, der bald als Zeuge hier erscheinen wird, und dessen Strafregister Eintragungen wegen Alkoholschmuggels, schweren Diebstahls und schwerer Körperverletzung aufweist? Und über den in diesem Gerichtssaal zahlreiche leitende Angestellte von Lade- und Schiffahrtsgesellschaften ausgesagt haben, daß sie ihm im Laufe der letzten fünf Jahre Bestechungssummen von mehr als fünfzigtausend Dollar übergeben haben?«

Der alte Willie Givens bat um ein Glas Wasser. Er hatte mit Bürgermeistern und Richtern und hohen Magistratsbeamten in den Ehrenlogen der Sportplätze zusammengesessen, aber jetzt begann ihm die Hand zu zittern. Seine Nase schien noch um eine Nuance blauer zu werden. Die Backen hingen ihm schlaff wie Übergabefahnen auf beiden Seiten herunter. Pop Doyle und Jimmy Sharkey saßen im Zuschauerraum; sie waren schon zwei Stunden vor Beginn der Verhandlung erschienen, um ganz sicher Einlaß zu erhalten. Als sie Willie in dieser unangenehmen Lage sahen, wußten sie, daß Runty Nolan irgendwo seine Freude daran haben mußte.

Immerhin, es gab in dieser sündigen Welt doch noch ein klein wenig Gerechtigkeit, flüsterten sie sich zu, als sie Willie bei einer seiner charakteristischen Tiraden zuhörten.

Antwort: »Sehen Sie, was Johnny den Freundlichen und auch alle anderen anbetrifft, so haben wir in unserer Organisation eine Einrichtung, die wir mit örtlicher Selbstverwaltung bezeichnen, und bevor ich in bezug auf ein Gewerkschaftsmitglied irgendwelche Schritte ergreifen kann, bin ich gezwungen, dem Exekutivkomitee vorzuschlagen, einen Unterausschuß einzusetzen, der zu prüfen hat, ob irgend etwas für unsere Organisation oder die Wirtschaft als Ganzes Abträgliches geschehen ist, und insofern als ich ...«

Frage: »Ja, ja, ich verstehe schon durchaus, Mr. Givens. Meine Frage an Sie lautete aber: Wußten Sie, daß Mr. McGhee und Mr. Benasio und Mr. Danny Dondero und Mr. Johnny der Freundliche, lauter führende Mitglieder Ihrer Organisation, notorische, gewohnheitsmäßige und gefährliche Verbrecher waren, die die Hafenarbeitergewerkschaft lediglich als Abdeckung für ihre fortgesetzten verbrecherischen Unternehmungen benutzten? Nachdem Sie jetzt vierzig Jahre dieser Organisation angehört haben, können Sie diese Frage nicht mit einem ehrlichen Ja oder Nein beantworten?«

Antwort: »Es mag schon das eine oder andere in diesem Hafen hier vorgekommen sein; ich sehe aber nicht ein, warum es schlimmer sein sollte als in jedem anderen Hafen, oder in jedem anderen Teile der Gesellschaft – und wenn jemand hier unten die Gesetze übertritt, dann ist das nicht meine Aufgabe den Fall aufzuklären, sondern vielmehr die Aufgabe der Polizei und Staatsanwaltschaft.«

Frage: »Und Sie glauben, daß Polizei und Staatsanwaltschaft auf diesem Gebiet gute Arbeit geleistet haben?«

Antwort: »Ich glaube, sie haben ihre Sache ganz gut gemacht.«

Das war Willie Givens. Seine Vernehmung dauerte einen ganzen Tag. Wenn ein Drittel oder mehr aller Funktionäre der Hafenarbeitergewerkschaft Vorstrafen aufzuweisen hatten, so sei er darüber durchaus überrascht. Aber Willies Gesicht wurde beträchtlich länger, als er zugeben mußte, für persönliche Zwecke mehrfach einen Griff in den Rücklagenfonds seiner eigenen Gewerkschaftsorganisation getan zu haben, und zwar zum Beispiel für:

Frage: »1450 Dollar an Beiträgen für den Golfklub?«

Antwort: »Hm, ich ...«

Frage: »11 575 Dollar für zwei Cadillacs?«

Antwort: »Mmmm, das ...«

Frage: »850 Dollar für eine Schiffsreise durch die Karibische See?«

Antwort: »Ich – äh ...«
Frage: »9500 Dollar an Prämien für eine private Lebensversicherung?«
Antwort: »...«
Frage: »600 Dollar für Krawatten und Hemden von Sulka?«
Antwort: »Einen Augenbl ...«
Frage: »1000 Dollar für das Begräbnis des Onkels Ihrer Frau?«
Antwort: »Dazu kann ich ...«
Als Willie endlich am Ende des Tages den Zeugenstand verließ, sich den Schweiß aus den Falten des Gesichts wischte, seinen eleganten grauen Zweireiher glattstrich und versuchte, noch einmal wie in den guten alten Tagen ein Lächeln aufzusetzen – da schien der auf Lebenszeit gewählte mächtige Präsident nicht nur das Ende des Tages, sondern vielleicht sogar das Ende seiner Laufbahn überhaupt erreicht zu haben, und Pop und Jimmy und Moose wünschten nur, daß Runty jetzt unter ihnen sein könnte. Wie die Zeitungen am nächsten Morgen verkündeten, hatte Willie Givens viele schwarze Flecken auf der Weste, mehr noch als Runty jemals geglaubt haben mochte.
Gerüchtweise verlautete, daß Big Tom McGovern auf dem Gipfel seiner Macht – oder seines Misthaufens, wie man bereits sagen hörte – Mittel und Wege finden würde, um einer Vorladung zu entgehen. Doch erschien Mr. Big – wie die Zeitungen ihn vorzugsweise nannten – schließlich doch im Zeugenstand. Pater Barry konnte sich eines gewissen schadenfrohen Lächelns nicht erwehren, denn er hatte bei der Vorladung McGoverns seine Hand im Spiele gehabt. Man hatte gemunkelt, Tom McGovern habe genügend politischen Einfluß, um die Untersuchungskommission von seiner Vernehmung abzuschrecken. Einer seiner alten Freunde, der frühere Magistratsrat Gilhooley, saß als Richter in der Kommission, und es wurde im Hafen davon gesprochen, Gilhooley würde schon dafür sorgen, daß Big Tom um eine Vorladung herumkäme. Pater Barry – bei dem Anflug von Hintergründigkeit, der seiner Persönlichkeit eine gewisse Würze verlieh – hatte einen Reporter des Boheganer *Graphic*

zu sich gebeten und gefragt, ob dies zutreffe. Der Reporter hatte gesagt, er wisse dies zwar nicht, werde sich aber bei der Kommission erkundigen. Als der Vorsitzende der Kommission erfuhr, die Presse wünsche Aufklärung über Tom McGovern, da rang er sich zu der Überzeugung durch, daß er und seine Mitarbeiter sich einer scharfen öffentlichen Kritik aussetzen würden, wenn sie den Mann, dessen Vorherrschaft auf den Docks zu einem öffentlichen Geheimnis geworden war, bei dieser Untersuchung aus dem Spiele ließen.

Genau wie Willie Givens war auch Big Tom McGovern vom einfachen Hafenarbeiter mit dreißig Cent die Stunde aufgestiegen. Er und Willie hatten als junge, ehrgeizige, rücksichtslose Draufgänger gemeinsam angefangen, doch waren sie beide von verschiedener Veranlagung. McGovern war zwar auch aufgedunsen und schwammig, doch wohnte eine Kraft in ihm, die dem Windbeutel Willie fehlte. Tom McGovern besaß die Hände und Augen eines Hafenarbeiters und war gewohnt, daß man ihm aufs Wort gehorchte. Seine Harre waren weiß, und er trug sie kurzgeschoren, so daß sein breiter Stiernacken und der eigensinnige Schnitt seines fleischigen aber harten und intelligenten Gesichts nur um so deutlicher hervortraten. Er besaß eine Luxusjacht und war als Stammgast in den elegantesten Etablissements der Hauptstadt bekannt, doch hatte seine Stimme noch nichts von ihrem harten Boheganer Akzent verloren. Er hatte Söhne, die an der Harvard Universität studiert hatten und eine Enttäuschung für ihn bedeuteten, doch war er stolz darauf, wenigstens selbst seine Ursprünglichkeit bewahrt zu haben. Er saß in vielen Aufsichtsräten, war Mitglied zahlreicher exklusiver Klubs, enger Freund vieler führender Persönlichkeiten des staatlichen Lebens, Direktor mehrerer Wohlfahrtseinrichtungen und wurde vom Bürgermeister mit Vorliebe zur Erledigung schwieriger Gewerkschaftsprobleme am Hafen herangezogen. Er bezeichnete sich selbst gelegentlich humorvoll als »Ein-Mann-Behörde für Hafenangelegenheiten«.

Er hörte geduldig zu, während seine verschiedenen Unternehmungen, die er kontrollierte, verlesen wurden: Er war Präsident der Interstate Stevedore Company, der größten Firma im Hafen, die mit einem Dutzend verschiedener Schiffahrtslinien auf vierzehn Piers von Bohegan bis Red Hook tätig war. Er besaß ein halbes Dutzend Schlepper- und Leichter-Gesellschaften. Er besaß die Ölgesellschaft, die den örtlichen Verwaltungen am Hafen das gesamte Öl verkaufte. Seine Baustoff-Firma besaß fast eine Monopolstellung in New York. Er besaß die National Trucking Company, eine der größten am Hafen. Er besaß ein Trockendock, ein Farbunternehmen, er besaß eine Obst- und Gemüse-Export-Import-Gesellschaft.

Die Liste wuchs zu einer geradezu lächerlich wirkenden Länge, aber Big Tom McGovern lachte nicht. Das war alles sein Werk, das Werk eines Mannes, dessen Vater ohne einen Pfennig in der Tasche nach Amerika gekommen und ohne einen Pfennig gestorben war, ein armseliger Dockarbeiter, der froh war, für dreißig Cent die Stunde zu arbeiten. Der junge Tom hatte den geschlagenen Ausdruck in den Augen seines Vaters gesehen und sich geschworen, daß dieser Ausdruck nie seine eigenen Augen überschatten sollte. So saß er also jetzt fest und gewichtig auf dem Zeugenstuhl, während die Zuhörer über das Inventurverzeichnis des Hundert-Millionen-Dollar-Reiches lachten, das er sich mit seinen eigenen beiden hart zupackenden Händen aufgebaut hatte. Dies war Amerika, verdammt noch mal, und er würde seine Trümpfe ausspielen, wie sie ihm grade in die Hand kamen.

Frage: »Mr. McGovern, ein Buchprüfer hat festgestellt, daß Sie vom Konto Ihrer Interstate Stevedore Company in den letzten vier Jahren über eine Million Dollar abgehoben haben, ohne daß irgendwelche Belege dafür vorhanden wären. Wie würden Sie das erklären?«

Antwort: »Gar nicht.«

Frage: »Und Sie sind nicht einmal bereit, eine Andeutung zu machen?«

Antwort: »Es gehört nicht zu meinem Beruf, Andeutungen zu machen.«

Frage: »Würden Sie nicht als einer unserer führenden Geschäfts-

leute auch sagen, daß es einigermaßen seltsam ist, Abhebungen in dieser Größenordnung durchzuführen, ohne die entsprechenden Belege beizubringen?«
Antwort: »Ich weiß nicht. Wir geben viel für Unterhaltung in unseren Betrieben aus.«
Frage: »Diese Summen wurden aber nicht für Unterhaltung verwendet.«
Antwort: »Ich weiß nicht.«
Frage: »Die Heuerchefs und Ladeleiter auf jedem einzelnen der von der Interstate Stevedore Company kontrollierten Piers haben ein umfangreiches Vorstrafenregister. Besteht irgendwelche Verbindung zwischen den an diese Leute ausgezahlten Abschlagsgeldern und der unerklärlichen Abhebung von einer Million Dollar?«
Antwort: »Ich weiß nicht.«
Frage: »Verfolgen Sie nicht als Präsident der Interstate die Geschäftsgebarung Ihrer Gesellschaft?«
Antwort: »So genau nicht. Sie ist nur eine von vielen Unternehmungen, an denen ich interessiert bin.«
Frage: »Aber Sie haben sich die Zeit genommen, persönlich die vorzeitige Entlassung aus dem Zuchthaus für Mr. McGown und Mr. Karger zu erwirken, indem Sie dem Gnadenausschuß erklärt haben, Sie hätten Arbeitsplätze für sie, sobald sie in Freiheit seien?«
Antwort: »Mir wurde gesagt, die beiden verstünden sich auf ihre Arbeit. Das war für mich die Hauptsache.«
Dann wurde Beweismaterial darüber vorgelegt, daß einhundertfünfzig verurteilte Verbrecher auf den Gehaltslisten der Interstate geführt wurden.
Frage: »Mr. McGovern, vor vier Jahren waren Sie Vositzender eines Komitees, das vom Bürgermeister eingesetzt worden war, um einen Bericht über die im Hafen herrschenden Verhältnisse abzugeben. Das Ergebnis Ihrer Untersuchungen war, daß die Verhältnisse zufriedenstellend seien. Ist das richtig?«
Antwort: »Ja, Herr Vorsitzender.«
Frage: »Haben Sie Ihre Untersuchung auch auf die Frage aus-

gedehnt, daß Ihre eigenen Ladegesellschaften von Gangstern durchsetzt waren?«

Antwort: »Nein, Herr Vorsitzender.«

Tom McGovern hatte sich unter harten Verhältnissen emporgearbeitet und er gab harte Antworten; seine »Ja, Herr Vorsitzender« und »Nein, Herr Vorsitzender« fuhren wie Axthiebe in das Galgengerüst, das der Vorsitzende für ihn zu errichten bemüht war.

Als alles vorüber war, machte sich in dem Gerichtssaal niemand mehr irgendwelche Illusionen über Big Tom McGovern. Man hatte ihm schwer zugesetzt, und seine Frau und seine Söhne waren vielleicht etwas blasser geworden, aber er war immer noch Mr. Big. Er überflog den Raum mit einem letzten ironischen Blick, als wolle er sagen »Zum Teufel mit euch allen« und verließ den Zeugenstand. Draußen wartete ein uniformierter Chauffeur in dem großen Lincoln auf ihn, um ihn in seine Luxusvilla zurückzufahren, die vierzig Jahre und fünfzig Millionen Dollar von der River Street entfernt war.

An dem Vormittag, als Johnny der Freundliche vernommen werden sollte, kam Terry Malloy unter Polizeischutz in den Saal und nahm eine Reihe hinter Johnny Platz. Terry hatte seit der Nacht, die er bei Pater Barry im Pfarrhaus zugebracht hatte, unter Polizeischutz gestanden. Er hatte dagegen protestiert, aber der Polizeichef Donnelly wollte kein Risiko eingehen. Ihm und Bürgermeister Burke wurde es von Tag zu Tag unheimlicher; wenn Terry jetzt irgend etwas zustoßen sollte, dann würden sie sich damit ihr eigenes Grab nur noch tiefer schaufeln.

In dieser fremden, unerwarteten Umgebung fühlte sich Terry wie benommen. Er drängte sich nicht danach auszusagen, aber er fürchtete sich auch nicht davor. Er wünschte sich, daß Johnny seine Strafe wegen Charley bekommen würde, aber nachdem er Zeit gehabt hatte, darüber nachzudenken, war er nicht mehr so sicher, daß diese Vernehmung Johnny dem Freundlichen tatsächlich den Rest geben würde. Pater Barry schien seiner Sache gewiß zu sein, und Terry mußte zugeben, daß Pater Barry auf seine Weise ebenso smart war wie Johnny der Freundliche auf die seinige.

Johnny der Freundliche war ein kalter, feindseliger Zeuge, der die Richter und die Vertreter der Staatsanwaltschaft anfunkelte, als ob sie auf der Anklagebank säßen und er die Staatsanwaltschaft verkörperte. So fühlte er sich auch. Diese Leute waren nichts als Schurken, Politiker, Verräter. Big Tom McGovern hatte ihn absichtlich ignoriert, als sie in dem Vorraum des Gerichtssaales zufällig aneinander vorbeigegangen waren. Aber Mr. Big hatte ihnen allen gezeigt, wie man auftreten müsse. Nichts sagen, nichts zugeben, alles ableugnen mit einem lauten »Ja, Herr Vorsitzender – nein, Herr Vorsitzender«.

Frage: »Mr. Freundlich, hat Ihre Ortsgruppe jemals ein Bankkonto geführt?«

Antwort: »Nein, Herr Vorsitzender.«

Frage: »Warum nicht?«

Antwort: »Das war Mr. Malloys Sache, er war unser Geschäftsvertreter.«

Frage: »Und Sie wissen nicht, warum Mr. Malloy die Gewerkschaftsgelder niemals auf einer Bank deponiert hat?«

Antwort: »Ich habe keine Ahnung, was er getan hat.«

Frage: »Hatten Sie als Vorsitzender daran kein Interesse?«

Antwort: »Wir hatten wohl nicht genug Geld, um es in eine Bank zu legen.«

Frage: »Mr. McGoven hat ausgesagt, daß Ihre Monatseinkünfte mindestens sechstausend Dollar betragen haben, nicht wahr?«

Antwort: »Ich habe mich nicht in diesem Raum befunden, als er seine Aussage machte.«

Frage: »Aber Sie wissen doch sicher, wie hoch sich die Einnahmen Ihrer eigenen Gewerkschaft belaufen haben?«

Antwort: »Ich kümmere mich nicht um solche Einzelheiten.«

Frage: »Gut, was tun Sie denn als Präsident?«

Antwort: »Ich laufe hierhin und dorthin, ich passe auf, daß die Leute ihre Arbeit tun, überwache den Arbeitseinsatz, leite die Gewerkschaftsversammlungen usw.«

Frage: »Sie haben in mehr als fünf Jahren keine Mitgliederversammlung abgehalten, stimmt das?«
Antwort: »Wir haben, glaube ich, ein paar gehabt.«
Frage: »Entspricht es nicht den Tatsachen, daß eine der Neuerungen, für die sich der verstorbene Mr. Joseph Doyle einsetzte, regelmäßige Mitgliederversammlungen waren, wo jeder seine Meinung frei zum Ausdruck bringen konnte? Und entspricht es nicht den Tatsachen, daß dieses einer der Gründe war, warum Sie Mr. Doyle haben umbringen lassen?«
Johnny blickte sich um, bis er Terry unter den Zuhörern entdeckte und ihn mit haßerfülltem Blick festhielt. Terry kniff die Lippen zusammen und starrte ihn ebenfalls an.
Antwort: »Von diesen Todesfällen weiß ich nichts.«
Frage: »Ich habe Sie bis jetzt nur nach einem gefragt.«
Antwort: »Sie können sich die Mühe sparen, ich weiß nichts über irgendwelche Mordfälle.«
Frage: »Sind Sie sich darüber im klaren, daß Sie unter Eid aussagen?«
Nicht weich werden, den Kerlen gerade in die Augen blicken und sich durchboxen, das war Johnnys Rezept, nach dem er als Zeuge handelte, und als er aus dem Zeugenstand entlassen wurde, konnte man hören, wie er vor sich hinmurmelte: »Ihr elenden Hunde, ihr . . .«
Als nächster Zeuge wurde Terry Malloy aufgerufen. Er und Johnny begegneten sich im Mittelgang. Johnny öffnete den Mund zu einem Grinsen, und Terry blickte ihn lediglich kalt an. In seinem Inneren spürte er eine nervöse Erregung. Wie war er nur hierhergekommen? Es schien noch nicht einmal einen Tag her zu sein, daß er und Johnny und Charley im Hinterzimmer von Johnnys Bar einem Boxkampf im Fernsehen zugeschaut und sich bestens unterhalten hatten.
»Mr. Malloy«, sagte der Beamte, »schwören Sie, die Wahrheit zu sagen, die ganze Wahrheit und nichts als die Wahrheit, so wahr Ihnen Gott helfe?«
»Gemacht.«
»Ich schwöre«, korrigierte der Beamte.

»Ich schwöre«, brummte Terry.
Der Vorsitzende stellte zunächst ein paar belanglose Fragen über Terrys Tätigkeit auf den Docks und kam dann auf den entscheidenden Punkt.
»Mr. Malloy, stimmt es, daß Sie in der Nacht, als Joey Doyle tot aufgefunden wurde, der letzte waren, der ihn gesehen hat, bevor er von dem Dach heruntergestoßen wurde, oder von selbst herunterfiel?«
Antwort: »Mensch, 'runtergestoßen wurde er!«
Frage: »Ja, wir kommen gleich darauf zu sprechen; aber Sie waren der letzte, der ihn gesehen hat?«
Antwort: »Ja – ich will sagen – ja, das stimmt.«
Frage: »Und stimmt es, daß Sie dann . . .«
Antwort: »Moment mal, Moment mal, das heißt, ich war der letzte, der ihn gesehen hat, außer den beiden, die ihn hinuntergestoßen haben.«
Frage: »Haben Sie jene Herren gekannt?«
Antwort: »Sie meinen die beiden Lumpen Sonny und Specs.«
Frage: »Meinen Sie damit Richard C. Flavin?«
Antwort: »Das ist Specs.«
Frage: »Und Jackson H. Rodell?«
Antwort: »Ja, das ist Sonny.«
Die Verhandlung wurde einen Moment unterbrochen. »Sind Flavin und Rodell ihren Vorladungen gefolgt?«
Der Vertreter der Staatsanwaltschaft: »Nein. Sie befinden sich angeblich im gegenwärtigen Augenblick außerhalb des Staates New York und damit außerhalb unserer Jurisdiktion.«
Die Antworten kamen Terry leichter von den Lippen, als er sich immer deutlicher klar wurde, wie sehr man ihn bei Joeys Ermordung mißbraucht hatte. Wie hatte er nur so dumm sein und nicht erkennen können, was sie vorhatten, wo er doch wußte, daß Joey in die Opposition gegangen war; und jeder, der in Opposition zu Johnny dem Freundlichen tritt, hat nur die eine Wahl: Entweder ändert er seine Tonart oder er hört überhaupt zu singen auf.
Frage: »Mr. Malloy, hat Johnny der Freundliche jemals Ihnen

gegenüber irgendwie angedeutet, daß er Joey Doyle loswerden wolle – daß er Joey Doyle nach dem Leben trachtet?«

Antwort: »Soll das ein Witz sein? Ja, natürlich!«

Frage: »Mr. Malloy, würden Sie jetzt bitte in etwas weniger schnoddriger Form erzählen, was . . .«

Und die Wahrheit, die nackte, häßliche, reinigende Wahrheit strömte aus Terry heraus, nicht vorher eingeübt, nein, so wie sie war, ungehindert, seine eigenen Sünden mit den aalglatten Operationen seines Bruders Charley vermengt; und es entstand das Bild eines rücksichtslosen, brutalen Terrors, der im Namen Johnnys des Freundlichen aus den Docks von Bohegan ein Schlachthaus gemacht hatte.

Antwort: »Ja, und ich könnte Ihnen noch . . .«

Der Vorsitzende machte eine Bewegung. »Mr. Malloy, es ist gut jetzt. Ich möchte Ihnen für Ihre aufrechten Aussagen danken. Man kann wohl sagen, daß sie in einem gewissen Gegensatz zu dem stehen, was andere heute nachmittag hier ausgesagt haben.«

Terry trat vom Zeugenstand herunter. Er war erregt. Das Reden über Charley und ihre letzte Taxifahrt und über Danny Dondero, der Charley als Ersatz für ihn selbst umgebracht hatte, diese heftigen Eindrücke drohten ihn innerlich schier zu verbrennen, und er war noch halb benommen und zitterte vor Aufregung, als rauhe Hände nach ihm griffen und ihn rüttelten. Es war Johnny der Freundliche, der sich von einem Polizeibeamten losreißen wollte, um Terry ins Gesicht zu schreien:

»Du stinkender, elender Verräter du. Du hast dir gerade dein eigenes Grab gegraben. Brauchst dich bloß noch selbst hineinzulegen. Du bist ein toter Mann in diesem Hafen und in jedem anderen Hafen von Boston bis New Orleans. Nicht einmal als Kraftfahrer wird man dich mehr nehmen, keine Gepäckwagen wirst du mehr schieben, du lebst nicht einmal mehr. Du bist ein wandelnder Leichnam.«

Als der Vorsitzende seinen Hammer auf den Tisch schlug und die Wachen Johnny den Freundlichen wegzogen, spuckte er Terry ins Gesicht. Terry holte mit der Rechten aus, irgend jemand ergriff sie aber, bog sie ihm hinter den Rücken und zog ihn mit fort. Es entstand ein Wirrwarr von Gesichtern und Blitzlichtern und Reportern, die ihn mit Fragen bombardierten. Es war fast so, als habe er gerade einen Boxkampf gewonnen und würde jetzt eilends in die Garderobe zurückgeführt. Aber Terry wußte, hin und her gestoßen und übererregt und verwirrt wie er war, daß dieser Kampf viel, viel härter war, und er war noch nicht vorüber.

VIERUNDZWANZIGSTES KAPITEL

Noch immer Worte über Johnny den Freundlichen vor sich hinmurmelnd, wurde Terry rasch in einen Fahrstuhl gebracht und von zwei uniformierten Polizeibeamten, die zu seinem Schutze abgeordnet worden waren, aus einem Hintereingang ins Freie geführt. Er hatte sein ganzes Leben lang die Polizei gehaßt und auch jetzt noch war ihm ihr Anblick keineswegs willkommen.

Sie fuhren ihn im Polizeiauto zu seiner Wohnung. Er sprach kein Wort, sie ebenfalls nicht. Es waren Donnellys Leute, die zu ihrem Polizeichef wegen ihrer Beförderungsaussichten aufblickten. Jetzt, da das Team Burke–Donnelly–Johnny der Freundliche mitten im Feuer stand, war ihre Stellung bei der Hafenpolizei in Gefahr. Ein neuer Polizeichef könnte auf den Gedanken kommen, auch ihre eigenen wöchentlichen Nebeneinnahmen von den Buchmachern, Wucherern und Hehlern zu untersuchen, die an den Piers für Johnny den Freundlichen tätig waren.

Als Terry aus dem Wagen stieg, wollte er die Tür hinter sich zuschlagen, doch die Polizisten blieben ihm auf den Fersen.

»Was ist denn los?« sagte Terry und wollte sich von ihnen entfernen.

»Wir haben Auftrag, bei Ihnen zu bleiben«, sagte Wachtmeister Novick.

»Habe ich euch darum gebeten? Haut ab«, sagte Terry ärgerlich.

Die Polizeibeamten nahmen ihn in die Mitte. »Befehl ist Befehl,

Junge. Man ist scharf auf Sie. Sie sollten sich freuen, daß wir bei Ihnen sind.«

»Ach wo«, zischte Terry sie an. »Ich komme mir wie ein Spitzel vor.«

Die beiden sahen sich an und lächelten. »Na . . .«

»Im Ernst, ihr macht mich noch völlig verrückt, wenn ihr euch an meine Rockschöße hängt. Wie kann ich euch loswerden?«

»Wir haben Auftrag, heute nacht vor Ihrer Tür zu parken«, sagte Thompson, der andere Polizeibeamte. »Wenn Sie morgen immer noch der gleichen Meinung sind, dann nehmen wir Sie mit zum Revier, und Sie können dort eine Freigabebescheinigung unterzeichnen. Wenn man Sie dann durchlöchert wie einen Schweizer Käse irgendwo findet, dann hat unser Chef wenigstens etwas in der Hand, womit er sich entlasten kann.«

»Ha, ha, sehr spaßig«, sagte Terry.

Terry verbrachte den Rest des Tages und fast den ganzen nächsten Vormittag in seinem Zimmer. Er wurde von niemanden angerufen und er erhielt keine Besuche. Er hatte das unangenehme Gefühl, als wäre er in einem Mausoleum eingemauert, als wäre er lebendig begraben. Er spielte mit den Polizeibeamten Poker zu dreien und einer von den beiden ging für einen Augenblick hinaus, um ein paar belegte Brote zu holen. Dann legte er sich aufs Bett, verdrossen und mit sich selbst uneins. Er dachte an Katie; halb hatte er gehofft, sie würde kommen und ihm für seine Tat den Rücken klopfen. Dann dachte er: wofür eigentlich? Dafür, daß ich zugegeben habe, an der Ermordung ihres Bruders beteiligt zu sein? Und daß ich eigentlich Runty hätte warnen müssen, aber einfach nicht den Mut dazu aufgebracht habe? Und daß ich Charley mit hineingerissen, selbst aber im letzten Moment das Weite gesucht habe? Mensch, ich bin wirklich ein feiner Held. Katie müßte eigentlich hereingelaufen kommen und mich von oben bis unten abküssen, ich bin solch ein verdammt vornehmer Charakter.

Gegen Mittag des nächsten Tages war er so ruhelos geworden, daß er es zu Hause einfach nicht mehr aushielt. Deshalb fuhr er mit Novick und Thompson zum Polizeirevier und unterschrieb ein Stück Papier, wodurch er die beiden loswurde. Einige der Beamten dort lachten laut, als sie ihn sahen. »Na, wie geht's denn dem großen Reformator?« sagte einer. »Hast du Informator gesagt?« fragte ein anderer spitz. Terry funkelte sie an und bedeutete ihnen, sie mögen sich zum Teufel scheren.

Trotz alledem kam er sich ganz merkwürdig vor, als er allein die Straße hinunterging. Er fühlte sich exponiert. Der Bohegañer *Graphic* hatte am selben Tag sein Bild mit der inhaltsschweren Überschrift gebracht: *Das nächste Opfer der Unterwelt?* Es war ganz eigenartig, so etwas gedruckt zu sehen. Er fühlte sich eigentlich gar nicht gemeint. Irgend jemand mit demselben Namen, der so wie er aussah. Irgendwie glaubte er, er könne einfach wie immer in Johnnys Bar hineinschlendern, sein Bier trinken und mit Johnny herumalbern. Er machte aber vorsichtig einen großen Bogen um Johnnys Bar. Nicht etwa, weil er Angst gehabt hätte. Nein, es war nur besser, dachte er, eine Zeitlang die Leute dort nicht zu sehen. Es war ihm gar nicht wohl bei dem Gedanken, er müsse irgend jemandem erklären, warum er so gehandelt hatte. Er wußte, daß er recht getan hatte. Er wußte, wie recht Pater Barry gehabt hatte, als er ihm sagte, der einzig mögliche Weg, um Johnny fertigzumachen, wäre der, dem Gericht reinen Wein einzuschenken, damit in Zukunft die Arbeiter am Hafen alle die gleiche Chance hätten. Es war auch eigentlich nicht so, daß Terry das Gefühl hatte, richtig gehandelt zu haben, als vielmehr, daß er getan hatte, was er einfach tun mußte, als man ihn bis an den Rand des Abgrunds gestoßen hatte. Dennoch empfand er einen gewissen Nachgeschmack von Schuld, ein gewisses, unendliches kleines, aber höchst unbehagliches Gefühl, wie ein winziger Stein im Schuh.

Er trat in eine Bar, die er vorher nie aufgesucht hatte, und trank ein paar Glas Bier. Er merkte, wie die Leute ihn ansahen. Ein paar Gäste verließen das Lokal. Vielleicht wären sie auch ohne ihn gegangen. Aber Terry stellte sich vor, daß sie aus dem Schußfeld sein wollten, falls die Vorankündigung des *Graphic* sich bewahrheiten sollte.

Er faßte den Entschluß, bei Hildegarde vorbeizuschauen. Die

dicke Hildegarde hatte ihn immer gern gehabt. Sie würde jetzt eine Art Prüfstein sein.
Hildegarde sagte: »Hallo, mein Liebling, ich schenk dir 'nen Drink«, und schien ganz die alte zu sein. Aber Terry war jetzt viel empfindlicher für Stimmungsnuancen als jemals zuvor, und er hätte gerne gewußt, ob Hildegarde nicht etwa nur absichtlich diese Fröhlichkeit an den Tag legte, um ihm zu zeigen, daß alles noch wie früher war. Und um es noch schlimmer zu machen, waren auch zwei Freunde von Pop Doyle in der Bar; sie rückten ostentativ von ihm ab, ob aus Angst oder Feindschaft, wer konnte das sagen? Ich gehe für sie bis zum äußersten und die Leute um Pop Doyle behandeln mich immer noch wie einen Strolch, dachte Terry voller Bitterkeit. Und die andere Seite will mir an den Kragen. Feines Geschäft.
Auf dem Nachhauseweg traf er seine Freunde Chick und Jackie, mit denen er fast jeden Morgen in der Longdock-Bar zu frühstücken pflegte.
»He, Chick – he, Jackie«, rief er.
Sie blickten durch ihn hindurch und gingen weiter.
Terry empfand einen Schock. Chick und Jackie, die immer über seine Späße gelacht hatten und ihm einredeten, was für ein großer Boxer er einmal gewesen wäre. Doch dann versuchte er sich trotz aller inneren Zerrissenheit zu trösten. Was bildeten sich die beiden eigentlich ein, sie waren doch bloß zwei kleine Halunken, die einerseits nicht den Mut aufbrachten, ein anständiges Leben zu beginnen und andererseits nicht genug Verworfenheit besaßen, um sich für eine Stellung bei Johnny dem Freundlichen zu qualifizieren. Was gab diesen beiden Shlagooms das Recht, von Terry Malloy wegzuschauen?
Er blieb bei zwei zehn- oder elfjährigen Buben stehen, die auf der Straße Ball spielten und sprach mit ihnen. Er mußte mit irgend jemand reden. Er dachte an Billy und die Warriors und an seine Tauben auf dem Dach. Richtig, daran hatte er ja noch gar nicht gedacht. Er würde hinaufgehen und mit ihnen sprechen. Manchmal hatte er den Eindruck, als ob die Tauben reden könnten. Swifty blähte den Hals und brachte ein gurrendes Ge-

räusch hervor, und Terry konnte schwören, er verstünde, was der Bursche damit sagen wollte.
Er fühlte sich etwas besser, als er auf das Dach hinaustrat und Billy hinten bei dem Taubenschlag sah.
»'n Tag, Meister!« Er versuchte, seiner Stimme einen Anflug Vertraulichkeit zu geben. »Wie geht's denn den Kleinen?«
Billy antwortete nicht. Billy starrte ihn groß an. Tränen der Wut standen ihm in den Augen.
»Auge um Auge, Zahn um Zahn!« Der Junge schleuderte seine ganze Verachtung Terry ins Gesicht, und gleichzeitig warf er etwas auf Terry zu, das ihm vor den Füßen liegen blieb. Dann eilte Billy die Feuerleiter hinunter. Aber Terry sah nur den toten Vogel in seiner Hand – Swifty – seinen Leitvogel, seinen Liebling, auf den er und Billy bei den Rennen mit solcher Spannung gewartet hatten, Swifty, die stärkste und schnellste und beste Taube der ganzen Gegend. Übelkeit überkam ihn, als er den schlaffen, umgedrehten Hals des Vogels von seiner Hand herunterhängen sah, und voll dunkler Vorahnung ging er langsam zum Schlag hinüber.
»Oh, mein Gott!« stöhnte er, als er sah, was dort geschehen war. »Oh, mein Gott, oh, mein Gott, oh, mein Gott . . .«
Alle Tauben lagen tot am Boden. Jeder einzelnen war der Hals umgedreht. Sie lagen dort wie ein schrecklicher Haufen, eine auf der anderen, so wie sie auf den Boden des Taubenschlages geworfen worden waren.
Terry sank auf der Schwelle seines Schlages nieder, vergrub das Gesicht in den Händen und weinte. Wann er zuletzt geweint hatte, wußte er nicht. Seit er sieben Jahre alt war, bestimmt nicht mehr.
Wie lange saß er schon hier? Es konnte eine halbe Stunde sein. Beim Aufblicken sah er Katie auf sich zukommen. Er machte keine Anstalten, sie zu begrüßen.
»Ich möchte schon lange mit dir sprechen«, sagte sie.
»Ja. Du hast dir Zeit gelassen.«
»Pop wollte nicht, daß ich dich traf. Er sagte, es sei gefährlich.«
»Damit hat er wahrscheinlich recht«, sagte Terry.

»Ich gehe morgen nach Marygrove zurück.«
»Das ist eine gute Idee«, sagte Terry.
»Aber ich mußte dir noch sagen, daß das, was du ...«
»Ach, laß sein«, fiel er ihr ins Wort. »Das ist jetzt vorbei.«
Jetzt erst blickte sie hinter sich in den Schlag und sah die Tauben.
»Oh, mein Gott!« sagte sie. »Oh, nein, oh, nein ...«
»Jede, auch die allerletzte«, sagte er. »Jede einzelne.«
»Oh, Terry, warum bloß, warum?«
Er zögerte und sagte dann mit leiser Stimme: »Wahrscheinlich wollen mir die Burschen damit zeigen, was sie von Verrätern halten. Ich glaube, das ist es.«
»Aber was wollen sie denn sonst, wollen sie weiter einen Mord nach dem anderen und ...«
»Ach, laß«, sagte er.
»Terry, du mußt jetzt weg von hier«, sagte sie. »Geh doch auf ein Schiff oder in den Westen, auf eine Farm ...«
»Farm!« sagte er voller Abscheu.
»Ach, das ist ganz gleich, irgendwohin, bloß weg von hier, weg von Johnny dem Freundlichen, weg von dieser ganzen schrecklichen ...«
»Hör mal zu«, sagte er. »Spar dir deine Worte. Es gibt ein altes Sprichwort am Hafen. Wenn sie dich erwischen, dann erwischen sie dich. Sie folgen dir auch in den Westen. Ich habe sogar gehört, daß sie einen Mann noch in Australien zur Strecke gebracht haben.«
Katie drückte sich die Faust fest gegen die Lippen, um nicht aufzuschreien.
»Mach dir um mich keine Sorgen«, sagte er. »Du gehst jetzt in deine Schule zurück. Werde Lehrerin und versuch, den Rotznasen etwas gesunden Menschenverstand beizubringen. Vielleicht heiratest du mal einen Lehrer, so daß ihr beide dann euch zu Tode hungern und glücklich miteinander leben könnt ...«
Er versuchte zu lachen, als er sah, wie sie mit den Tränen kämpfte.
»Jetzt hau lieber ab«, sagte er. »Dein Vater hat schon recht.

Ich weiß, wie ich mich zu verhalten habe. Aber du gehörst in jene andere Welt, wo man von diesen Dingen nichts weiß.«
Sie neigte sich vor, um ihn zu küssen, und streckte dann im letzten Moment die Hand aus.
»Ich werde für dich beten«, sagte sie. »Ich werde dich nicht vergessen.«
»Glaub mir, ich auch nicht«, sagte er. »Nimm es nicht so schwer, Katie.«
Sie drehte sich um und ging über das Dach davon. Sie hatte den anmutigsten Gang, den er je an einem Mädchen gesehen hatte. Was wäre, wenn er ihr nachliefe? Was wäre, wenn er sagte: »Komm, Katie, komm her!« Zehn zu eins würde sie kommen. Grade das war so seltsam an der ganzen Sache. Er hatte es in der Schule nie sehr weit gebracht, aber soviel wußte er. Worauf es ankam, das wußte er. Er hatte sie nie geküßt, er hatte sie nicht einmal angerührt, außer in dem kurzen Augenblick, als sie zusammen tanzten. Mensch, waren das anderthalb Minuten gewesen:

... Ich verließ mein Lieb in Avalon
und fuhr davon ...

Er sah ihr nach, bis ihr langes, braunes Haar im Treppeneingang drei Häuser weiter verschwunden war. Die Pfahlramme am Hafen hämmerte noch immer und baute an dem neuen Pier, auf dem Terry die Stellung des Ladechefs angeboten worden war. Aber Terry achtete nicht auf das Hämmern. Er stand da und dachte an Katie.
Ein paar Tage später ging er die Dock Street entlang und überlegte sich, ob er nicht vielleicht in Hoboken sich mit einer Anti-Givens-Gewerkschaft zusammentun sollte. Ein Auto hielt am Rinnstein und Johnny der Freundliche stieg aus, gefolgt von Truck und Gilly. In der Presse war mehrfach gefordert worden, daß Johnny der Freundliche wegen seiner Teilnahme an den zahlreichen Mordfällen am Hafen festgenommen werden müßte. Aber der zuständige Staatsanwalt, der auch zur alten Clique im Rathaus gehörte, hatte erklärt, es sei unmöglich,

Johnny vor Gericht zu stellen, solange die beiden Hauptfiguren außer Landes seien. Specs Flavin und Sonny Rodell waren angeblich in Cuba, und auch im Falle ihrer Auslieferung konnte Johnny der Freundliche kaum unter Anklage gestellt werden, es sei denn, sie bezeichneten ihn als Anstifter.

Als er Johnny den Freundlichen sah, war Terrys erste Reaktion, umzudrehen, in ein Tabakgeschäft einzutreten und zu warten, bis Johnny um die Ecke verschwunden war. Als er aber versuchte, sich bei hellem Tage auf einer öffentlichen Straße zu verstecken, da fiel ihm ein, was er Katie gesagt hatte, daß nämlich der Mob einen überall aufspüren kann. Plötzlich gewann er seine alte Sicherheit zurück. Er drehte sich in Johnnys Richtung, beschleunigte seine Schritte und rief: »Hallo, Johnny. Ich möchte mit dir sprechen.«

Johnny der Freundliche blieb stehen und wartete. Er war die Ruhe selbst. Er hatte Tag und Nacht gearbeitet, um seinen Apparat zusammenzuhalten, und war vollkommen beherrscht. Es war Terry, der sich jetzt nicht in der Hand hatte.

»Hallo, Johnny, willst du wissen, was an dir faul ist?« fuhr er auf ihn los. »Wenn du diese beiden Leibwächter nicht hättest, wenn man dir deine Maßanzüge und die Bestechungsgelder und deine Revolverhelden wegnehmen würde, was bliebe denn dann von dir übrig? Nichts! Ein Nichts bist du. Dein Mut geht nur so weit, wie deine Brieftasche und deine Pistole reichen!«

Truck und Gilly sahen Johnny an, er gab ihnen aber ein unmerkliches Zeichen stillzuhalten. Johnny hatte bereits den Exekutionsbefehl erteilt. »Er muß verschwinden.« Johnny wußte zwar nicht, wann und wo diese Sache erledigt werden würde, aber er konnte sich jetzt bequem zurücklehnen und den Dingen ihren Lauf lassen.

»Ich weiß, du glaubst, du bist der letzte von den starken Männern, aber weißt du, was du bist? Du bist ein ganz billiger, dreckiger, elender Lump, und ich bin froh, daß ich so gehandelt habe. Hörst du? Ich bin froh darüber. Ich bin froh, was ich getan habe. Und ich hoffe, daß man dich braten wird wie ein Stück Speck, das in Stücke bricht, wenn man es nur anrührt.«

»Du bist ein toter Mann«, sagte Johnny mit völlig ruhiger Stimme, »ich könnte dich hier an Ort und Stelle umlegen. Aber ich kann warten. Ich möchte dir nur eines sagen. Spiel nur nicht den starken Mann, weil du glaubst, ich wäre auf dem absteigenden Ast. Das bin ich nämlich nicht. Ich sitze immer noch im Sattel. Und ich werde auch noch im Sattel sitzen, wenn du bereits die Erde von unten ansiehst und Würmer zum Frühstück frißt.«
Er drehte sich um und ging davon. Truck und Gilly würdigten Terry keines Blickes, während sie ihrem Chef auf den Fersen folgten.
Terry sah sie um die Ecke biegen. Er zitterte am ganzen Körper. Es war ein Gefühl höchster Heiterkeit. Diese Begegnung hatte ihn noch mehr als die Stunde im Zeugenstand von Johnny dem Freundlichen endgültig freigemacht.
Pater Barry suchte ein paar Tage später Terry auf und traf ihn nicht. Er kam am nächsten Abend wieder, und Terry war immer noch nicht da. Er hinterließ eine Nachricht, daß Terry ihn anrufen möge, und als kein Anruf kam, erstattete der Priester eine Anzeige bei der Polizei. Dort machte man sich keine besonderen Sorgen. Man meinte, daß ein Einzelgänger wie Terry vielleicht auf ein Schiff gegangen oder in den Westen gefahren sei. Wenn er aber binnen einer Woche nicht zurückgekehrt sein sollte, würde man ihn als vermißt führen.
Drei Wochen später fand man die Überreste eines Menschen in einem Faß mit Ätzkalk, das auf einen der großen Schuttabladeplätze in Jersey geworfen worden war. Bei der Leichenschau wurde der Tod auf Grund von siebenundzwanzig Stichwunden, offenbar durch einen Eispickel hervorgerufen, festgestellt. Angehörige meldeten sich nicht. Die von dem Ätzkalk bis zur Unkenntlichkeit zerfressene Leiche konnte nicht mehr identifiziert werden. In der River Street aber wußten alle, Johnnys Parteigänger und seine Gegner, um welchen Leichnam es sich handelte.

Pater Barry sah sich in dem einfachen Raum um, der ihm in den letzten zwei Jahren als Wohnung, Büro und Betsaal gedient hatte. Er war gespannt, was aus der Konferenz zwischen seinem Pfarrer und dem Bischof herauskommen würde. Pater Donoghue war heute nachmittag zum Bischof gerufen worden, und es galt im Pfarrhaus als ausgemachte Sache, daß Pete Barry versetzt werden würde, vielleicht in die kleine Hafenstadt Leonardo, hundert Kilometer von Bohegan entfernt.

Pater Barry nahm sein Baseballmagazin vom Fußboden auf und sammelte die Post ein, die überall verstreut lag. Mrs. Harris hatte sich oft gutmütig darüber beklagt, daß Pete Barry der unordentlichste Insasse des Pfarrhauses sei, den sie seit langer Zeit erlebt habe, und jetzt tat der Vikar sein Bestes, um das Zimmer in Ordnung zu bringen – als ob er sich unbewußt auf seinen Abschied vorbereitete.

Es klopfte, und Pater Vincent rief herein: »Pete, kann ich etwas für dich tun?« Harry Vincent hatte Petes Handlungsweise heftig mißbilligt, jetzt aber, da man Pete zur Rechenschaft zog, war Pater Vincent selber überrascht, wie sehr er sich um seinen Kameraden Sorgen machte. Auch als Pete ihn einen »räucherfaßschwingenden Metaphysiker« genannt, hatte Pater Vincent sich darüber mehr amüsiert als aufgeregt, und war sogar bereit gewesen, den Balken im eigenen Auge zuzugeben, wenn Pete nur willens gewesen wäre, ein oder zwei kleine Splitter in seinem eigenen zuzugestehen.

»Nein, danke, Harry, ich räume nur ein bißchen auf.« Er wollte lieber mit seinen Gedanken alleine sein und sich auf den Abschied aus Bohegan und von der Arbeit, die er begonnen hatte, vorbereiten. Er sah auf die silberne Armbanduhr, die ihm seine Mutter nach Ablegung des Staatsexamens geschenkt hatte. Sie wohnte bei einer verheirateten Schwester in Yonkers. Sonntag nachmittag pflegte er sie immer zu besuchen. Sie würden beide diese wöchentlichen Gespräche vermissen, wenn er nach Jersey versetzt werden würde. Mrs. Barry schämte sich, daß sie sich die

Tränen aus den Augen wischen mußte, als sie von der möglichen Versetzung ihres Sohnes an einen fremdklingenden Ort hörte, den sie nicht einmal dem Namen nach kannte. »Wie heißt eigentlich der Ort, an den sie dich schicken wollen?« hatte sie in ihrer breiten Mundart gefragt. Als er den Namen »Leonardo« wiederholte, hatte sie mißbilligend den Kopf geschüttelt. »Leonardo? noch nie gehört.« Ihre Welt war von Carry auf der einen und Yonkers auf der anderen Seite begrenzt, und sie war bereits überzeugt, daß ihr Lieblingssohn in die Wildnis verbannt werden würde. Pete hatte versucht, sie zu beruhigen. Leonardo sei eine ganz anständige Stadt mit 2500 Einwohnern. Die Kriegsmarine habe einen Pier dort, und die Hafenarbeiter verschafften sich einen Nebenverdienst als Muschelgräber und Hummerfischer.

»Wieder ein Hafen«, hatte Mrs. Barry ausgestoßen. »Der Herr sei dir gnädig. Mußten sie dich denn ausgerechnet wieder in eine Hafenstadt versetzen!«

»Leonardo ist kein zweites Bohegan.« Pete hatte zu lächeln versucht, um die Befürchtungen seiner Muter zu zerstreuen, aber innerlich hatte er sich die ganze Woche über schwere Sorgen gemacht. Die Arbeit in Bohegan hatte gerade erst begonnen. Die Darreichung der Hostie war für ihn zu viel mehr als zu einer reinen Routine geworden; sie bedeutete für ihn eine tiefe und intensive Versinnbildlichung des Heilands, der durch die Straßen von Bohegan schritt. Christus erhob sich nicht nur vom Altar, sondern kam herunter in den Hafen und an die Docks. Christus in Cordhosen und kariertem Wollhemd, mit dem Ladehaken im Gürtel, hatte eine schwere Aufgabe an der River Street, und Pater Barry hatte sich gewappnet, um Ihm dabei zu helfen. Mein Gott, was für ein Haufen gottverlassener Katholiken, Christen, Bürger, Menschen, Tiere in Menschengestalt waren es, mit denen Er es in dieser Diözese zu tun hatte! Er mußte unwillkürlich darüber nachdenken, ob die Pharisäer hier in Bohegan Ihn nicht auch viel lieber nach Leonardo verschwinden sehen würden, wenn Er plötzlich anfinge, an der Ecke River und Pulaski Street eine Predigt zu halten und dort vor den versammelten Hafenarbeitern und Stauern und Lkw-Fahrern und Wachmännern und Gewerkschaftsfunktionären und Wucherern und Matrosen und Ladechefs diese Worte sprechen würde: »Gesegnet sind, die Verfolgung leiden um der Gerechtigkeit willen« – das würde die Leute wie ein Faustschlag zwischen die Augen treffen und den Hafen von Bohegan auf den Kopf stellen.

Er hatte versucht, diese dunklen Vorahnungen vor seiner Mutter zu verbergen. Sie hatte vor Jahren darunter gelitten, daß man ihren Ehemann wegen seiner anständigen Gesinnung strafversetzt hatte, und jetzt machte sie sich große Sorgen darüber, daß ihr Sohn sich durch seine Handlungsweise den Zorn des Bischofs zuziehen könne. Er hatte alles getan, um sie zu überzeugen, daß seine Versetzung schon lange fällig gewesen sei; denn es sei üblich, daß man als Vikar immer nach zwei oder drei Jahren einen neuen Wirkungskreis erhalte. Er erzählte ihr natürlich nicht, was er Pater Vincent gesagt hatte, als der Pfarrer zum Bischof gerufen worden war: »Na, Harry, es sieht so aus, als ob sie mich in die Wüste schicken wollen.«

Pater Barry ging ins Badezimmer, um seine schmutzigen Zelluloidkragen zu waschen. Dann band er seine Hafenbriefe mit einer Gummischnur zusammen und schob das Bündel innen in den zerlesenen Band der Briefe des heiligen Xavier. Er würde sich noch hinsetzen und jeden einzelnen dieser Briefe ausführlich beantworten, wo immer er sich auch befinden mochte. »Das Kraftwerk« – wie er und seine Kameraden den Bischofssitz zu nennen pflegten – besaß die Autorität, ihn nach Leonardo – oder Timbuktu – zu versetzen, und er war bereit, einem solchen Befehl getreu Folge zu leisten. Aber sie konnten bei Gott nicht die Verbindungslinien zu den schwerringenden Arbeitern von Bohegan zerschneiden. Was sie den Geringsten von ihnen antaten, das taten sie ihm an, ob er nun in Leonardo landete oder Gott weiß wo sonst. Trug er nicht dafür sein Priesterkleid? Schwitzte er nicht dafür unter diesen unbequemen Zelluloidkragen?

Als der Pfarrer ihn eine halbe Stunde später in sein Büro rief,

trat ihm plötzlich der panische Schrecken seiner Kindheit wieder ins Bewußtsein, die Szene, als er das Geld für das rote Feuerwehrauto seinem kleinen Bruder zuliebe gestohlen und in kindlichem Trotz gesagt hatte: »Wenn der Priester mich zu sehr verdammt, dann hat mich die Kirche gesehen.« Aber jener Priester damals hatte es ihm noch einmal durchgehen lassen. Pater Donoghue war genau dieselbe Art von Mensch, ein Vater, der seinen Söhnen beistand, wo er konnte, wenn er sie auch gelegentlich nicht ganz zu begreifen vermochte.
Pater Donoghue hatte den Vikar ausreden und seine Nöte darlegen lassen. Viele Pfarrer hätten an seiner Stelle anders gehandelt, aber er, Pater Donoghue, empfand für Kämpfernaturen eine ausgesprochene Bewunderung. Seine Achtung vor Pete Barry war gewachsen, und er gedachte der oft übersehenen Mahnung des Heiligen Vaters. »Die Kirche ist ein lebendiger Organismus, und etwas würde ihr fehlen, wenn die öffentliche Meinung in ihr nicht Ausdruck finden könnte. Für einen solchen Mangel wären sowohl die Geistlichen als auch die Gläubigen verantwortlich.« Pater Donoghue dachte an Pfarrer, Monsignores, Bischöfe, Erzbischöfe, Kardinäle und sogar Päpste, die sich diese Weisheit nicht immer zu eigen gemacht hatten.
»Pete, ich habe ein langes Gespräch mit dem Bischof gehabt«, begann Pater Donoghue.
»Leonardo, du hast mich schon!« fiel ihm Pater Barry ins Wort.
»Pete, du bist schon wieder voreilig mit deinen Schlußfolgerungen«, sagte Pater Donoghue ruhig. »Der Bischof ist damit einverstanden, daß die Versetzung vorläufig ausgesetzt wird. Ich rechne es ihm hoch an, daß er mich angehört hat, als ich ihm die positiven Seiten deiner Handlungsweise in aller Breite auseinandersetzte. Aber er läßt dir eines sagen: Halte dich zurück, keine Interviews mit der Presse mehr, keinerlei Sensationen usw., wenigstens so lange nicht, bis er Gelegenheit gehabt hat, sich die ganze Sache noch einmal eingehend durch den Kopf gehen zu lassen.«
Pater Barry fühlte sich erleichtert, wenn es sich auch hier nur um einen zeitweiligen Aufschub handeln sollte. »Pater, ich bin

Ihnen sehr dankbar dafür. Sie sind ein Mordsmann. Das ist mehr, als ich von irgend jemand anderem hier sagen könnte.«

»Ich hoffe, daß du keine bitteren Gefühle dem Monsignore gegenüber hegst«, sagte der Pfarrer. »Wir sind nicht unfehlbar. Wir sind auch nur Menschen.«

»Pater, das ist wirklich wahr.«

»Ich bin schlechten Menschen auch in der Kirche begegnet«, gestand der Pfarrer. »Aber ich habe immer Trost in dem Gedanken gefunden, daß wir alle einmal vor den Richter treten müssen.«

»In der Zwischenzeit aber«, lachte Pater Barry, »können diese innerkirchlichen Auseinandersetzungen recht scharfe Formen annehmen.«

»Ja, das stimmt«, gab der Pfarrer zu. »Ich habe immer versucht, mich aus ihnen herauszuhalten. Doch leidet unsere Kirche darunter wie jede andere Institution. Wo auch immer Ehren, einflußreiche Stellungen und Macht zu erlangen sind, da wirst du Menschen finden, die mit allen nur möglichen Mitteln danach streben – Menschen, die eigentlich über diesen Dingen stehen sollten, Wissenschaftler, Chirurgen, Philosophen – sie streben in ihren Krankenhäusern, in ihren Universitäten und großen Stiftungen nach dieser äußerlichen Glorie. Und ich fürchte, das wird sich auch nicht ändern, bis Christus für uns alle wiederkehrt.«

»Ich weiß nicht, ob ich so lange warten kann.« Pater Barrys Sinn für Humor unterbrach ihn oft gerade in den sorgenschwersten Augenblicken.

»Das dürfte eine deiner Unzulänglichkeiten sein«, sagte Pater Donoghue sanft – »aber du hast, glaube ich, einen wichtigen Beitrag geleistet, indem du unseren Glauben an einer Front in die Tat umgesetzt hast, die die Religion bei unseren Glaubensbrüdern zu einer wirklichen Macht werden lassen kann. Du hast schon recht, bestimmt. Christus steht tatsächlich mit beim Arbeitsappell und weiß, wie es ist, wenn man übergangen oder gekreuzigt wird, sobald man für sein Recht eintritt. Ich habe dein kleines Flugblatt mit großem Interesse gelesen. Und ich finde, wir sollten mit den Kellerversammlungen fortfahren. Wie ich höre, hat sich bereits eine Gruppe von mindestens hundert Leuten gebildet, die für die Fortsetzung dieser Versammlungen sind. Das nenne ich Fortschritt. Ich glaube, daß du auch mit den Enzykliken auf dem richtigen Wege bist. Sie sind nicht als Diskussionsgegenstand in höheren Sphären gedacht. Sie sollen in der River Street zur Anwendung kommen. Ja, auf Pier B. Aber, Pete, du hast auch verschiedene Fehler gemacht. Du hast mich nicht ins Bild gesetzt, damit ich den Bischof hätte aufklären können. Du hast dir gegenüber deinen Gegnern Blößen gegeben, zum Beispiel mit jenem – hm – Abenteuer in der Bar, wo du den unglückseligen Hafenarbeiter niederschlugst und dann mit ihm Bier trankst und später seine Zeugenaussagen mit ihm durchgearbeitet hast, wo ich dich doch darauf aufmerksam gemacht habe, vorsichtiger zu sein. Und dann deine Beteiligungen bei den Vernehmungen vor Gericht. Gewiß, du bist meinem Befehl gefolgt und dem Gerichtssaal ferngeblieben – aber nur körperlich. Du hast jedoch schriftlich einen detaillierten Plan über die Hafenreform vorgelegt, der ein starkes Echo in der Öffentlichkeit gefunden hat. In diesem Plan erklärst du genau dasselbe, was du ausgesagt hättest, wenn du den Zeugenstand betreten hättest. Womit ich nicht sagen will, daß ich von diesem Plan nicht tief beeindruckt gewesen wäre.«

»Ich habe nur die einzige Hoffnung, daß es mir gelingt, diesen Plan auch zu verwirklichen«, sagte Pater Barry.

»Ich auch«, sagte Pater Donoghue. »Ich finde deine Ideen sehr gut – die Einsetzung einer Kontrollkommission zur Ausschaltung der kriminellen Elemente, Abhaltung neutral beaufsichtigter, ehrlicher Wahlen und regelmäßiger, offener Versammlungen in den gewerkschaftlichen Ortsgruppen, Abschaffung der bisherigen Form der Arbeitsverteilung, Schaffung eines Kreditsystems zur Vermeidung des Wuchers und Einrichtung eines Wohlfahrts- und Unterstützungsfonds. Du siehst, Pete, ich habe deinen Plan ziemlich genau studiert. Ich finde, er ist ganz ausgezeichnet, und ich bin überzeugt, daß unsere katholischen Hafenarbeiter angespornt werden sollten, in diesem Sinne zu arbeiten. Aber,

Pete, ich muß es noch einmal wiederholen, du bist viel zu schnell vorgegangen.«

»Aber, Pater, ich mußte einfach schnell vorgehen. Es war fünf Minuten vor zwölf.«

»Pete, wenn du diesen Plan wenigstens vorher mit mir besprochen hättest, dann wäre ich in der Lage gewesen, die Rückendeckung des Bischofs zu erwirken; und ich glaube, es wäre mir gelungen, ihn zu überzeugen. Statt dessen erfuhr er plötzlich durch dicke Schlagzeilen in der Presse von dem ›Hafen-Priester‹. Siehst du denn nicht ein, was du mit deiner Voreiligkeit angerichtet hast?«

»Ich glaube, ich habe mich zur Zielscheibe der Gegner gemacht«, sagte Pater Barry. »Gut. Es war ein Glücksspiel und in gewissem Sinne habe ich verloren. Aber, Pater, wenn sich je eine Veränderung in den bisherigen elenden Verhältnissen am Hafen abzeichnen sollte, dann werde ich wenigstens die Genugtuung haben, daß das, woran wir glauben, bei einigen unserer Leute da drunten Fuß zu fassen beginnt.«

»Mein Sohn, du wirst eine Menge Genugtuungen haben. Und eine Menge Herzeleid. Du hast ein starkes Gefühl für Gerechtigkeit und ein starkes Gewissen. Das ist gut so, solange du den Oberen keinen Widerstand entgegensetzt. Viele unserer Besten, die wir in den ganzen zwanzig Jahrhunderten gehabt haben, waren verzweifelt bemüht, ihr Gewissen mit dem Gehorsam gegenüber den Oberen in Einklang zu bringen. Wir brauchen jedoch beides: einen Hunger nach Gerechtigkeit und die Bescheidung im Gehorsam.«

»Was mir besonders schwerfällt, ist, mich mit einer Reihe anderer Dinge abzufinden«, sagte Pater Barry.

»Wenn es dir Freude macht«, sagte Pater Donoghue, »so möchte ich dir sagen, daß der Bischof sich vorgenommen hat, eine lange Aussprache mit dem Monsignore herbeizuführen. Er ist der Auffassung, daß O'Hare seine Befugnisse überschritten hat, indem er gegenüber den verbrecherischen Umtrieben am Hafen zu nachsichtig gewesen ist. Denk also nicht zu schlecht über unseren Bischof. Vielleicht glaubt er, du seiest ein wenig zu keck gewesen und will dir lediglich einen kleinen Dämpfer aufsetzen. Aber er hat sich sehr für den Gedanken erwärmt, daß wir die Zuneigung unserer Gemeindemitglieder hier am Hafen verlieren, wenn wir nicht eindeutig für ihre gottgegebenen Rechte eintreten. Glaub mir, Pete, du hast hier eine Glut angeblasen, die wir nicht wieder ausgehen lassen dürfen. Ich möchte, daß du sie weiter am Brennen hältst, wenn du gleichzeitig dabei lernst, das Feuer um dich herum – und in dir selbst – unter Kontrolle zu halten.«

Sich erhebend, legte der Pfarrer die Arme um Pater Barry. »Es ist jetzt Zeit, daß ich mich auf meine Predigt für das Hochamt am Sonntag vorbereite. Gott sei mit dir, Pete.«

»Gott segne Sie, Pater!«

Wieder in seinem Zimmer, ließ Pater Barry den Rosenkranz durch die Finger gleiten, den er seinerzeit im Gymnasium von dem Mädchen als Geschenk erhalten hatte, mit dem er damals eng befreundet war. Gelegentlich dachte er noch an sie. Sie erinnerte ihn ein wenig an Katie Doyle. Katie hatte ihn aufgesucht, bevor sie nach Marygrove zurückfuhr. Sie hatte sich verändert; sie war älter geworden; er war überrascht, als sie sich bei ihm entschuldigte, daß sie von ihm die Lösung aller Probleme über Nacht erwartet hatte. Sie besaß jetzt eine Vorstellung davon, wie komplex diese Probleme waren; eine sehr bittere Vorstellung. Jetzt wußte sie, daß man die Sünden der Habsucht, die Morde und Diebstähle in Bohegan nicht einfach ablegen könne wie ein Kleid, sondern daß sie schon tief in den Körper eingedrungen waren.

»Katie, ich hoffe, daß du nie das schöne Feuer der Empörung in dir ausgehen lassen wirst«, hatte er ihr gesagt. »Auch dann nicht, wenn du merkst, daß es auch dich selbst ein bißchen mitverbrennen wird.«

Sie hatten sich einen Augenblick angesehen, und er hatte gewußt, daß sie beide an Terry dachten und an das Böse, das sich so oft mit dem Guten verbindet.

Der Gedanke an Runty Nolan und Terry Malloy tat ihm noch immer weh. Tag für Tag quälte er sich mit der Frage ihres

Opfers ab. War ihr Leben umsonst dahingegeben worden, und war er wirklich berechtigt gewesen, diesen hohen Preis von ihnen zu verlangen, ohne sich vorher genau zu vergewissern, daß es notwendig war? Ich nahm ihr Leben in meine Hand, betete er. Ich stieß auf diese beiden Männer, die so gar nicht wie Märtyrer aussahen: auf den alten Trunkenbold und den jungen Tunichtgut. Ich nahm diese beiden und, ob recht oder unrecht, ließ sie das Schicksal herausfordern, wie es der heilige Ignatius tat, als er da sprach: »Ich bin Gottes Weizen: ich werde von den Zähnen der wilden Tiere zermahlen, auf daß ich enden möge als das reine Brot Christi.«

Pater Barry nahm den vorläufigen Schlußbericht der Untersuchungskommission, der gerade erschienen war, zur Hand und schlug eine Seite auf: »Verbrecherische Elemente, deren Vorstrafenregister es als ausgeschlossen erscheinen lassen, daß sie jemals gebessert werden könnten, haben monopolartige Schlüsselstellungen in der Hafenarbeitergewerkschaft inne; unter ihrem Regime ist es zu blühendem Rauschgifthandel, Geldwucher, Betrug, Unterschlagung und Erpressung in allen nur möglichen Formen – bis zum letzten Mittel des Mordes – gekommen, ohne daß dagegen eingeschritten worden wäre.«

Ohne daß dagegen eingeschritten worden wäre. Diese Worte ließen Pater Barry nicht los: Ohne daß dagegen eingeschritten worden wäre. Tom McGovern war kein Haar gekrümmt worden. Alle wußten, daß seine Macht im Hafen ungebrochen war. Oh, gewiß, man hatte ihn bei der Verleihung des Ordens vom heiligen Gregor übergangen, und Pater Barry empfand eine leichte Genugtuung dabei, doch war McGovern nach wie vor ein Katholik, der seine eigenen Leute schlechter bezahlt als die Verbrecher, die in seinem Auftrag den Hafen kontrollierten. Nach wie vor ein Katholik ...

Hatte der Berg eine Maus geboren? Und war die Maus der arme weinende Willie Givens? Ja, es stimmte, daß Willie wegen Mißbrauchs von Gewerkschaftsgeldern unter Anklage stand. Er war von seinem Posten zurückgetreten und hatte mit Tränen in den Augen seine nicht endende Sorge um die von ihm geliebten Hafenarbeiter beteuert. Willie erhielt den Ruhestand, sein halbes Gehalt, und der neue Präsident hieß Matt Bailey. Er war fünfzehn Jahre jünger als Willie und nicht ganz so dickwanstig. Jahre hindurch war er Präsident einer Gesellschaft gewesen, die mit Willie Hand in Hand gearbeitet hatte. Und natürlich auch mit Tom McGovern. Über die ganze Reform wurde am Hafen nur gelacht, insbesondere, seit der neue Präsident unter dem Namen »Lächelnder Matt« Bailey bekannt war. Pater Barry konnte richtig hören, wie Runty gelacht haben würde. »Jetzt haben wir also einen Lächler statt des heulenden Babys – was ist da schon dabei!«

In Bohegan hatten die Untersuchungen dazu geführt, daß der Bürgermeister auf eine Wiederwahl verzichtete. Das bedeutete auch für Donnelly das Ende. Die Interstate war wegen Bestechung zu einer Geldstrafe von fünftausend Dollar verurteilt worden und hatte die Arbeitslizenz auf den Docks verloren. Aber sie war rasch unter dem Namen National Stevedore Company wiederauferstanden.

Das Seltsamste für Pater Barry war die Tatsache, daß Johnny der Freundliche lediglich wegen Meineids zu einem Jahr Zuchthaus verurteilt worden war. Er würde in sieben oder acht Monaten wieder zurück sein, hatten Moose und Pop dem Priester berichtet. In der Zwischenzeit war es auf den Docks ein offenes Geheimnis, daß Johnny vom Zuchthaus aus weiterregierte.

Der Bundesverband der Gewerkschaften hatte zwar die Hafenarbeitergewerkschaft als »hoffnungslos von verbrecherischen Elementen durchsetzt« aus ihrem Verband ausgeschlossen, aber Typen wie Johnny der Freundliche und Jerry Benasio waren mit stillschweigender Unterstützung durch Tom McGovern weiterhin auf den Docks tätig.

Dennoch war Pater Barrys kleines Häuflein zu einer Hundertschaft angewachsen. Für jeden, der zu den Versammlungen erschien, konnten leicht zehn weitere treten, wenn sie nur die Sicherheit hatten, ihren Arbeitsplatz zu behalten. Ich nenne das Fortschritt, hatte der Pfarrer gesagt. Vielleicht. Vielleicht

mußte man den Fortschritt nicht nach Kilometern messen, wie Pete versucht hatte, sondern mühsam nach Zentimetern, einen nach dem anderen.
Ruhelos ging Pater Barry in die Kirche hinunter, um zu meditieren, sein eigenes Gewissen zu erforschen und um göttliche Hilfe zu erflehen. Die kleine Kirche war leer; in dem flackernden, abgedunkelten Licht der Altarkerzen wirkte sie größer, und Pete Barry schien, wie er vor seinem Lieblingsheiligen Xavier kniete, unendlich klein zu sein. Wenn es in der ganzen großen Galerie der Heiligen einen einzigen gab, der ihn verstehen würde, dann war es der hohlwangige Baske, der den 7000 Perlenfischern von Paravas das Sakrament spendete und gleichzeitig seinem Zorn gegen die getauften Portugiesen Luft machte, die sich betrügerisch in den Besitz der Perlen gesetzt hatten, wofür jene anderen ihr Leben in den Tiefen der Austernbänke gewagt hatten.
Das war ein Heiliger von der Art, die Pete Barry liebte – er betete, Gott möge ihm den Mut geben, auch so zu werden, ein Mann, der nicht nur predigte »und die ersten werden die letzten sein«, sondern diese Worte jeden Tag, und mochte es auch noch so gefährlich sein, seinen Mitmenschen vorlebte.
Er kniete eine Stunde vor dem Altar. Sein Geist wanderte, doch blieb die Intensität seiner Gefühle auf das eine große Ziel ausgerichtet. Er betete für seine Freunde, und er betete für seine Feinde, und er betete für die Toten und er betete, daß das schleichende Übel von Bohegan genommen werden möge. Und schließlich bat er um Vergebung für den Haß, den er gegenüber Tom McGovern und Willie Givens und Johnny den Freundlichen gehegt hatte. Und er war sich gleichzeitig darüber im klaren, daß sein Xavier Johnny dem Freundlichen mehr als nur acht oder neun Monate zugedacht haben würde. Und habgierige Geldmagnaten und allzu weltliche Kirchenfürsten konnten auch einem Heiligen den Geduldsfaden reißen lassen. O Xavier, der du dich vor lauter Leben und Lieben bereits in einem Alter aufgezehrt hast, da geringere Menschen erst in die Blüte ihrer Jahre kommen, gib mir die Kraft, daß ich meinen Mitmenschen

zu der Einsicht verhelfe, daß unsere Kirche nicht für die O'Hares und McGoverns geschaffen ist, die sich ein leichtes Leben machen, sondern eine Kirche, die leidet und duldet, wie Christus gelitten und geduldet hat, wenn sie Ihn auf dem Dache einer Mietskaserne kreuzigen oder im Laderaum eines Schiffes oder auf dem Hiev oder in den stinkenden Abfallgruben von Jersey.
Es war Mitternacht. Pater Barry lauschte dem vertrauten Schlag der Kirchturmuhr. Er wußte nicht, ob er es schaffen würde, innerhalb der vom Pfarrer wohlmeinend gezogenen Grenzen seine Aufgabe zu erfüllen. Einen Augenblick lang empfand er ein leises Mitgefühl mit sich selbst. Durchhalten, Pete. Wie hieß doch der alte Kardinal, der einmal gesagt hatte: »Wenn du nichts sagst und nichts tust, entgehst du der Kritik?«
Mein Gott, er war nicht der Ketzerei beschuldigt wie Sankt Basilius vor Papst Damascus. Er war nicht als Ketzer verdammt und abgesetzt worden wie Sankt Cyrel vom Rate der vierzig Bischöfe. Man bezichtigte ihn nicht der Hexerei wie Sankt Athanasius. Man verbrannte ihn nicht wie die Heilige Johanna. Nein, und der Heilige Stuhl hatte ihn auch nicht verdammt und ausgestoßen wie den heiligen Joseph Calasanctius, der im Alter von zweiundneunzig Jahren zu Rom in Schimpf und Schande starb. Und er wurde auch nicht in ein fensterloses Verlies geworfen, von Papst Clemens verfolgt und der Tröstung der Heiligen Messe für verlustig erklärt wie der große Pater Ricci, des heiligen Xavier edler Nachfolger. Irgendwie haben die Träger dieser großen Namen all das überlebt, und die Kirche ist an ihnen nur um so reicher geworden.
Gestärkt machte er das Zeichen des Kreuzes, erhob sich und beugte das Knie. Dann trat er aus der Kirche und schritt über die Straße in den Pulaskipark. Es hatte geschneit und eine weiße Decke hüllte den Park ein. Es schien ihm für einen Augenblick, als sei aller Wirrwarr und alles Elend in Bohegan zu Ende. Sanft fiel der Schnee herab, ein reiner, weißer Mantel, unter dem sich die Häßlichkeit von Bohegan – für eine kleine Weile – verbergen konnte.
Durch das Gitter am hinteren Ende des Parks lugte Pater Barry

hinaus auf den majestätischen Hudson und weiter hinüber auf die mächtige Hafenmetropole. Aus den dunklen Fassaden der Häuser am anderen Ufer blinzelten ihn zehntausend gelbe Augen an. Sie haben Augen und sehen nicht, dachte er bei sich. Durchhalten, Pete, nicht nachgeben.

Stromabwärts ertönte die Sirene eines Dampfers, der dem offenen Meere zustrebte. Langsam wandte sich Pater Barry von dem alten North River – dem stillen Teilhaber Johnnys des Freundlichen – ab und kehrte heim, um ein paar Briefe im Pfarrhaus zu beantworten.